后浪·陕西省第二期"百优"作家丛书

# 如 我

黄 朴-著

陕西新华出版
陕西人民出版社

图书在版编目（CIP）数据

如我 / 黄朴著 . —西安：陕西人民出版社，2024.1
ISBN 978-7-224-14931-9

Ⅰ. ①如… Ⅱ. ①黄… Ⅲ. ①长篇小说 – 中国 – 当代 Ⅳ. ① I247.5

中国国家版本馆 CIP 数据核字（2023）第 082488 号

出 品 人：赵小峰
出版统筹：王亚嘉　党静媛
责任编辑：党静媛　文 博
责任校对：常颖凡
装帧设计：白明娟
版式设计：蒲梦雅

## 如我
RUWO

| 作　　者 | 黄　朴 |
| --- | --- |
| 出版发行 | 陕西人民出版社 |
|  | （西安市北大街 147 号　邮编：710003） |
| 印　　刷 | 中煤地西安地图制印有限公司 |
| 开　　本 | 880 毫米 ×1230 毫米　1/32 |
| 印　　张 | 11.375 |
| 字　　数 | 254 千字 |
| 版　　次 | 2024 年 1 月第 1 版 |
| 印　　次 | 2024 年 1 月第 1 次印刷 |
| 书　　号 | ISBN 978-7-224-14931-9 |
| 定　　价 | 68.00 元 |

如有印装质量问题，请与本社联系调换。电话：029-87205094

代序

# 时代向前，后浪奔涌

陕西省作家协会主席、陕西文学院院长　贾平凹

纵观中国当代文学的发展格局，陕西文学创作底蕴深厚，果实丰硕。一代又一代作家的继承与接续，使陕西文学在众声喧哗的多元文化轰鸣中，有着振聋发聩的独特力量。

时代的呼唤，激起层层后浪。对中青年作家的扶持和培养，是加强陕西文学人才队伍建设、特别是做大做强"文学陕军"品牌的必行之路，也是陕西省作家协会响应陕西文化强省建设的重要之举。2021年底，陕西省第二期"百优"作家遴选完成，集结了一批有担当、有作为、有学识、有激情的中青年作家。这些年轻一代作家在汲取优秀传统文化的基础上，不断打破写作土壤板结，在创作视野、题材和手法上寻求新的突破，展现出新时代的精神气象。

为了加大精品扶持和宣传推介力度，集中展示并扩大

"百优"作家优秀作品的传播力和影响力，激发作家的创作活力，由陕西省作家协会指导、陕西文学院具体组织编选了这套"后浪·陕西省第二期'百优'作家丛书"。丛书从第二期"百优"作家近三年创作的作品中遴选出10部具有代表性的优秀作品，涵盖了长篇小说、中短篇小说、报告文学、诗歌等体裁，充分展示了第二期"百优"作家对文学艺术的坚守与追求，展现了年轻一代"文学陕军"蓬勃的创作活力与丰厚的文化情怀。

时代向前，后浪奔涌。第二期"百优"作家虽还年轻，但在文学追求和写作技法上，已经积蓄了强大厚实的力量。愿我们的年轻作家承前浪之力，扬后浪之花，秉承崇高的文学理想，赓续陕西文学荣光，勇挑陕西文学事业由高原向高峰攀登的重担，让源远流长的陕西文学之河浩浩汤汤、蔚然奔流！

2023 年 7 月

# 第一章

## 一

为何光线总是那么昏暗,万物的光亮哪里去了,思然的记忆常深陷在几年前那个暧昧的光影里。

按了几次门铃,防盗门终于开了,水莲和思然踟蹰着进了客厅。水莲将东西放在屏风下,搓了搓手,说:"哥,你小区比我们村子还大。"张建设鼻子哼了哼,将两双一次性塑料拖鞋扔到光亮的地板上。蹲下身换鞋的思然看见水莲努力扯着袜子,企图将露出洞的脚趾藏起来。张建设倒了两纸杯水说:"喝水。"水莲嘴里说不渴,手却抓了纸杯,一大口吞下去,烫得嘴哈哈吐着气。"你这房子值好几百万吧?"水莲拿手掌朝嘴巴扇着风说。张建设这回没哼鼻子,喝了一口茶,嘴里吱吱嚼着茶叶。

水莲朝那张狭长多疑的脸铺出谄媚而夸张的笑。

"思然,"水莲强调,"你舅可是咱们柳庄的大名人,他是咱们那个穷山村里走出来的第一个大学生,可给咱们柳庄人争气了。当年那个阵势,你想都想不到。你舅胸前戴着大红花肩上披着红被面,像个新郎官,村上人都去祝贺,有的拿一块手巾,有的送五块钱,有的端一碗鸡蛋,还有人送你舅一只狗。"

张建设将嘴里的茶叶吐进杯子说:"惭愧啊,离开柳庄三十多年了，我给家乡做的贡献还是太少。查四会叫我帮忙给村上学校联系几十台电脑，我给几个老板说了，人家说目前效益不好，等效益好了这都不算个事。查四会让我联系给村上修几座桥，给买些优质矮化核桃树苗，帮助推销核桃、木耳、天麻、猪苓，你看看，他把我当成啥了嘛，我又不是经商的，这超出了我的能力范围嘛。"

"查四会现在是村主任，听说下一步要当书记，书记主任一肩挑。"趁张建设兴致渐高，水莲指示思然将屏风旁的东西呈上来。

"她舅，"水莲说，"也没啥子给你带的，你家里啥都有，给你带了一块腊肉，十斤土鸡蛋，十斤黑木耳，十斤猪苓。猪和鸡都是自己养的，没吃任何化学饲料，营养得很。木耳、猪苓都是自己种的。今年猪苓价格可高了，从地里挖出来还带着泥巴，药贩子就抢着收，一斤卖到四五十块。可惜今年种得少，思然他爸计划明年要多种，种上几百窝。"

思然见水莲将那些来自柳庄的物件一一展览出来。好家伙，闹哄哄地铺满了茶几。不知从哪来的蚊虫来检查了，嗡嗡的，像是怕人不知道它们来了似的。水莲挥着手，蚊虫并不惧她，依然好奇地发出嗡嗡的鸣叫。这些家伙呼朋唤友的，莫非也是从柳庄乘坐了班车，一路颠簸着偷偷混进了舅舅的家。不可知，真不可知。思然担心这些东西不知轻重，会突然压坏舅舅家的茶几。还好，我们柳庄这些自产的土物还是懂得事理的，它们安坐在红木茶几上，除了散逸自身难以遮蔽的气味外，局面还是可控的，一个个敛声静气，似乎在偷听着人说话。

"你拿那些东西干啥嘛。现在超市里啥东西没有，只有你想不到的，没有你买不到的。"张建设将滴着油脂的腊肉卷上报纸扔到地板上，而后目光就被一只飞虫吸引着奔向了阳台。阳台上摆满了绿植，有的开着花，有的摇摆着绿叶，无端地听到昆虫振翅的声响，一种叫不上名的藤蔓纠葛着防护网，将那森严的网格装饰出绿色的意味。

思然倒不稀奇这些。我们柳庄啥植物没有。即使一个教授也不见得比我们柳庄的人认得多。葛藤、娑罗树、通草、连翘、菟丝子、灯笼花、车前草、臭老婆蔓、桔梗、天门冬……思然能叫上名儿的有十几种，还有更多的叫不上名的。至于动物的种类则多得让柳庄外的人傻眼。野猪、果子狸、猪獾、刺猬、羚羊、香獐、野猫、松鼠、山鸡、野兔、狐狸……思然能认得十几种。将来把这些动植物拍了照片，印成画册，让外面人知道柳庄还有这些宝物，那可是一件了不得的事。要是给每种动植物的图片配上文字，再介绍一下它们的特点习性，那则是好上加好了。这么有意义的事情让谁来做呢？自然是让我来做了。柳庄人老几代了，从柳庄走出去的人也不少，可谁能想到这个事情呢？土生土长的柳庄人连那些朝夕相处的动植物的名字都不知道，是不是太对不起那些可爱的生灵了。

"思然。"水莲看她走神，低沉地喊了一声。"这丫头，常一个人发呆，像个木头，你不叫她，都不知道她的神跑哪去了！"水莲似乎做错了啥似的给张建设解释。

"小时候思然匪得很，上树掏鸟窝，下河抓螃蟹，经常看见她带着一群娃钻在水里。"张建设似被烟呛着，接连打了几个喷嚏。

思然咬咬嘴唇，手在头发上摸了摸，觉着张建设说的似乎是另外一个陌生的人。

"他舅，你好多年没回老家了。思然那个时候才上小学。现在娃上高三，明天就要高考了。"水莲看着张建设将痰液唾在张开嘴的垃圾桶里。

"真是女大十八变。"经了火烧火燎的考验，张建设手上的烟头终于烧到他手指，他很不怕疼，烧焦的过滤嘴被他强摁在堆满了烟头的烟灰缸里，"以后来不要带东西，你们大包小包跟逃难似的，腊肉也不要带了，熏制品易致癌，我现在基本不吃腊肉。"

水莲尴尬地搓着手，眼里的欢喜渐渐褪去。

"思然，"她突然喊道，"你爸给你舅带的花花呢，花花呢，快点拿出来。"

思然最看不得水莲咋咋呼呼的样子。她从随身的包里取出塑料袋，窸窸窣窣地刚欲打开，水莲就一把抢了去。

"她舅，这个是好东西，外面再贵也买不到哩。"水莲的手在袋里摸索着抓了一把花送到张建设面前。"思然他爸是个烟鬼，常咳咳咳的，有人给他介绍个单方，叫拿这东西熬水喝，顶事得很，他一天熬一缸子，这个水真神，他一喝就有精神，截掉的腿似乎又长出来了，走路跟飞一样。思然他爸专门给你弄的，说经常抽烟的人喝了好。"

张建设的目光狐疑地审视着水莲掌心萎缩的花瓣。柳庄人都这样，多少年了，这个毛病一直没有改。屁大的事，他们都给你夸大得神乎其神，归根结底，还是经见的世面太少了。

他收拢目光，皱着眉头，恨铁不成钢地叹了一声。

思然不忍见水莲落了狼狈，也不忍见那人总是一副深不可测的模样，便插话道："这个真的有功效，我爸每天熬水喝，咳嗽和痰少多了。"

"这是啥花？"张建设捻了几片花瓣问。

"我们都不知道叫啥名字。"思然闻着突然飘荡的香气说。

"从哪里来的？"张建设将花瓣放在鼻端深情地嗅着。

"她舅，不是偷的也不是抢的。"水莲见张建设好不容易生了兴趣，忙抢过话，"思然他爸老是咳，气喘，镇上的医生刘吉祥给了几包花叫熬水喝，一喝，效果真的好得很，他爸就向刘吉祥要了种子，在玉米地里种了，那花开得可香了可好看了。"

"这是啥花嘛，有这神奇？"张建设将花瓣放在嘴里嚼了嚼，似乎品味了一番复猛地吐到垃圾桶里，"一点都不香，还有一股怪腥味。"

"这花不能吃，主要是泡水喝。"水莲也学张建设的样子将一瓣花放在嘴里咀嚼着，味道就是怪怪的，她似乎为了讨好张建设，故意这么说着，将那包花自作主张地放在茶几上。

"思然，不知道是啥东西就叫你爸泡水喝，万一是啥不好的东西呢？"张建设低沉的声音里带着质疑和威严。

"不关思然的事。"水莲急着解释，"他爸要泡水喝，我们谁也挡不住。你和王大路初中是同学，你知道他那个犟牛筋，他想干的事，谁也拦不住。"水莲慌乱地擦着额头上的汗，经张建设一说，她突然害怕那花真的有问题，万一有毒呢。

"你小点声，秀云在睡午觉，小心把她吵醒了。"张建设似乎有点紧张，他盯着卧室的门说，"李秀云晚上老失眠，只有午睡的时候才能补点觉。"

几个人目光齐刷刷地盯着卧室的门，那倒贴着"福"字的门里似乎藏着一个怪物。

"张建设你就爱大惊小怪的。"门突然开了，一个穿着黑白条纹睡衣的女人从卧室走出来，"啥事到了你跟前就不得了了，满房子都是烟,你就不怕没把你抽死倒把别人熏死了。"

张建设尴尬地笑笑:"秀云你咋不多睡会儿,我们没吵着你吧?"

"你说呢?"李秀云瞪了他一眼,"水莲来了,我还能睡得着吗?"

水莲惶惶站起身说:"她舅娘,我还以为你不在家。"

李秀云摇晃着波浪鬈发说:"张建设,你少抽点烟,我们都是被动吸烟的受害者。"

"我这一辈子就抽烟喝茶这一点爱好,别的啥爱好都没有。"张建设喝了一口茶水。

"哟。"李秀云嘲讽道,"你还嫌爱好不够多,是不是还想包个二奶三奶的,隔三岔五去洗个脚按个摩泡个歌厅唱个歌啥的。"

张建设将纸箱里的鸡蛋拾出来放在盆里:"你只要拨款,我还有啥不敢的。"

水莲尴尬地站着说:"她舅娘,我还以为你不在家。自家养的鸡一天到晚在地里坡上抓虫吃,下的蛋都是营养蛋。"

李秀云身子在睡衣里摇摆着:"一天到晚找张建设的多得像苍蝇,你们以为他是大领导啥都能办,其实他狗屁都办不了。"

张建设收拾着茶几上的木耳、猪苓说:"只要让我当领导,没有啥办不了的。"

李秀云扭着身子走到阳台上打开了窗户:"你不怕大话说的唾沫把自己淹死。"

水莲看着一股股烟雾涌出了窗户,她抓着纸杯喝了一口水说:"她舅娘,几年不见,你还是那么精神,那么漂亮。"

李秀云将花架上盛开的花扯到鼻前闻着说:"水莲,你可真会说话。你们来也不提前打个招呼，万一我们不在家，你们不是白跑一趟。"

水莲嗫嚅着说："我没想那么多。我想星期天你们肯定在家休息呢。以后来一定提前打电话。"

李秀云捡着花盆里的枯叶说："乡里乡亲的，以后来不要带东西，那么远带东西多不方便。"

水莲似乎得了安慰，说："她舅娘，方便，方便。现在有高速，方便得很。"

"你坐下吧。"李秀云指了指沙发。

水莲刚坐下身，防盗门开了，进来的人边换鞋边说："爸，你在家啊，打电话你一直不接，我真想把你手机从楼上扔出去。"

水莲惶惶地站起身说："海山你回来了。"

海山拧过头看着忐忑不安的水莲打了一声招呼说："姑。"

张建设不满的目光砸到他身上："海山你越来越不像话，经常晚上不回家，不回家也不打个招呼，越来越没规矩了。"

"家有啥回的，像个坟墓。"海山嘴里嘀咕着，蓦然发现水莲还站着，他有些不好意思地挠挠头说："姑，你坐啊。"

水莲坐下后，海山说："思然，好久不见了。"

思然羞赧地嗯了一声。

水莲热情地问："海山，你星期六还上班？"

海山说："周六上课的孩子多。"

水莲装出惊讶的样子说："你当老师了，你爸不是说你考公务员吗？"

"还不知道能不能考得上。"海山看了张建设一眼说，"当老师也挺好的。"

"培训机构的老师有啥出息，"张建设哼了一声，"还是公务员保险，有前途。"

"那你叫我去当公务员啊，我这都是考第三次了。"海山恶声恶气地说，"这次要再考不上，你们就不要再管我了。"

"一定考得上。"水莲一连说了三句，最后一句声音都变了调，惹得满屋子的人笑起来。

"思然，要高考了吧？"海山望着思然说，"你想报考哪所大学，专业想好了么，上省内的还是上省外的？最好上北上广的大学，一线城市的氛围就是不一样。"

思然浅浅一笑，说："等成绩出来后再定。"

"你到时候给你妹子好好参谋参谋。"水莲热切地望着海山。

"王一盘回信息了，"李秀云划拉着手机说，"总算有了点眉目。"

"他咋说的？"张建设热切地望着李秀云的手机说，"他咋不给我说，偏要给你说，这个怪人。"

"给我说有错吗？"李秀云盯着手机道，"王一盘说确实难办，他找了市××局的领导，给××局的领导也打了招呼，海山这回应该是没问题。"

"那就好，那就好。"张建设兴奋得语无伦次。

"王一盘女儿在美国留学该毕业了吧？"李秀云说，"我看过王一盘发的朋友圈，她女儿比着剪刀手站在纽约时报广场，洋气得真像个美国人。她将来要是嫁给美国人了，王一盘就有个混血孙子，混血儿聪明，智商高。"

"不要以为在美国留学就有啥子了不起。"张建设说，"美国到处都是野鸡大学，专门骗中国人的钱。"

"王浅予上的不是野鸡大学,王一盘说那所大学在美国很有名,尤其商科和医科,咱们海山要是在国外留过学,还愁找不到好工作吗?"李秀云的目光扫了扫思然。

张建设不应。

"我曾经和王一盘说,浅予要是嫁给了海山,我就给浅予买辆轿车,可王一盘说要买也是他买啊,他说不管谁娶了浅予,第一个孩子要跟他姓王,他不能没了后。你看王一盘身为政府工作人员还这么封建保守,还惦念着传宗接代延续香火的事。太可笑了吧。"李秀云说起王一盘话语里飘荡着嘲讽。

"传宗接代和身份没有关系。"张建设说,"王浅予是王一盘前妻生的,离异家庭的子女性格怪僻,王一盘是没法子才将连高中都没考上的浅予送到了美国,这女子要是当儿媳妇才够你受的。"

"我喜欢有个性的人。留学了,将来娃的基因也好。"李秀云说得有点莫名其妙。

"王一盘这人有福。离婚了,又找了个年轻的,还真生了儿子。"张建设拍了拍腿说,"这家伙。"

"你还挺羡慕的。"李秀云说,"那你也找一个吧。"

"你净胡说。"张建设抓过指甲刀认真地剪起手指甲。

指甲乱飞着,水莲几番欲插话,但觉得那事很神秘,插话似乎不妥,便一口气将纸杯里的水喝尽。

"咱们到书房里聊。"海山拉了一把思然。

"去吧。"水莲推了推。

注视着两人的身影,张建设夫妇那复杂的目光被书房的门给弹了回来。

## 二

假若那天在张建设家放下礼物，说完要求的事，赶紧赶最后一趟回柳庄的班车，我就见不到张海山。见不到张海山就不会发生我和张海山喝酒的事。假若张海山和我都没有喝醉，就不会发生后面的事。没有发生后面的事，我也许还是原来的我。但事情偏偏没有按照假设的路径发生。

其实啊，那天真的热死了，人像泡在蒸汽里，空调尽管努力地工作着，可依然没有制造出怡人的凉意。水莲的衣衫几乎湿透了，隐约可见她大红的胸罩。她拿手当扇子，给脸扇着风。张建设在餐桌落座后，其他人便随意，四个荤菜三个素菜等着他们呢，几双筷子从不同方向围剿，间或听到筷子碰撞碟子的声响。

母亲水莲终于羞答答地述说了来意。

"说起来就很羞愧狼狈啊，仿佛我们做了啥见不得人的事，做了啥羞耻得难以张嘴的缺德事。是的呀，这种事千不该万不该地落在了我们家的头上，落在了思然可怜的爸爸身上。你说怪奇不怪奇。下煤窑那么多人，偏偏那根立柱倒下来，砸在思然他爸的左腿上。

"她舅，你说稀奇不稀奇。

"她舅娘，你说怪奇不怪奇。

"每回镇街上抓奖，也没见王大路那个没用的东西能抓个啥奖回来，想不到去了煤矿却中了大奖。人家抓奖的抓出了彩电冰箱洗衣机电风扇啥子的，他花几百块钱手气最好的时候就抓过几块肥皂几袋洗衣粉。运气不好，他还偏爱跟运气做斗争。到镇街上不敢让他看见彩票店了，看见就不得了了，他钻进店里也学着人家研究纸上曲里拐弯的线，也装模作样地拿铅笔在小纸片上算算画画，有时候买十块，有时候买五十块。有回把到粮油店买菜油的钱都买了彩票。眼巴巴地看着别人中了几十万几百万几千万，可怜的，他连几毛钱都没中过。

"她舅，她舅娘，思然正是花钱的时候，可王大路从不相信自己生来就是穷人命，偏要跟命过不去。他常挂在嘴上的一句话我耳朵听得都起茧子了，啥叫命运，你强它就弱，你弱它就强，你不敢跟它作对，它就常来找你的麻烦。人是不能被打败的。你听听，他说的比你们当记者的当干部的说得还要好。我也从来没见他把命运打败过，倒是命运常把他打得落花流水，恓惶得像一只被主家赶出门的败家狗。

"她舅，她舅娘，他不认命，就把我们一家人害苦了。

"那晚上我正做梦，梦见天上飞着红艳艳的钞票，有一百的，有二百的，有三百的，好像还有几张一千的。我就抓啊，抢啊，那些钞票都会飞，你抓在手上它就像只鸟儿样，挣扎着就飞走了。它飞我也会飞，飞我还不会吗？我嘴里叼着钞票，手上抓着钞票，满身都被钞票糊住了，金灿灿的。大路快来啊，我叫着，将一张一百元放在嘴里用力一咬，嘎嘣，声音脆极了，钞票像银圆一样发出了尖叫。有人踢了我一脚。那一脚可重了，我直接从空中跌下来。睁开眼，黑乎乎的，觉得嘴里咬着一个臭烘烘的东西。啪，王大路拉亮灯，我看到自己的牙齿紧紧咬着王大路的手指头，那个指甲里拥挤着垢痂的手指头被我狠狠咬在嘴里。"

"你想吃肉啊！王大路喊叫着。

"我松了牙齿，张开嘴道，我的钱呢，我捡的钱呢？

"王大路一只手拍了拍我的脸,昏暗的灯光里,他的手指像一根肿大的香肠戳在我眼前,手指上分布着一行参差不齐的牙印。

"你想吃肉也不见得要吃我的手指头,手指头上能有几两肉。王大路疼惜地朝他的手指头上吹着气,眼睛瞪得老碗大。要不是你咬我手指头,我都记住大乐透那七个数字了,你这个死婆娘一咬,我梦见的数字都跑了,白白把几百万几千万给咬掉了。

"王大路像是被抢了肉骨头的狗,眼里哗哗喷出仇恨的怒吼的火焰。

"我委屈地说,你还怪我呢,我捡了那么多的钱,你要不把手指头从我嘴里抽出来,我就把钱带回来了,多得很哪,一百的二百的一千的两千的,好多人捡,就数我捡得最多了,都怪你把我给打醒了。

"说着说着,我就不知羞耻地哭起来,哭得身子像一棵被风刮得东倒西歪的树。

"王大路那个不是东西的东西,又推了我一把,差点把我推到地上了。他瞪着发绿的眼睛说,你是捡到死人的钱了吧,只有给死人烧的纸钱才会有一千两千一万两万的,你要是不咬疼我的手指头,兴许我就能准确地梦到那七个数字,有了这七个数字,那五百万还不是咱家的!还用着你费心劳神地去跟死人抢钱,死人的钱抢回来有屁用,除非你到了那边,真到了那边,我会给你烧金山银山,你有的是永远花不完的钱。

"她舅,她舅娘,海山啊,你们说说,有这样子说人的吗?他这不是咒我死嘛。他以为我还真的愿意跟着他过活,穷得叮当响,有啥子前途嘛,一眼就能看到苦海一般的将来。这不,迷上了彩票,眼里都是数字,做梦梦到了六个数字,就差那一个数字了,他嘴里不停点地诅咒我，怨我把那关键的数字给咬没了。他凭着梦里的记忆，写了一百多组数字。他将那写满了整整三页纸的数字揣进兜，打着手电，把在门口睡得正香的阿黄叫醒了。手电筒在黑夜里破出白亮亮的光，像一条金光闪闪的大路铺在了眼前。被打扰了好梦的阿黄不耐烦地冲空中摇摆的光亮嚷了几声，便被王大路吆喝着冲进了黑地里。

"他舅，你晓得的，到镇街要二十多里路，我看着一道光柱磕磕碰碰地爬上了路沿，风冷飕飕的，我身子打着战，一颤一颤的，牙齿也开始打架，咯吱咯吱的，黑夜里看到的都是黑，光线不晓得跑到哪去了，我靠着门框，看见天边飞过一颗流星，那会儿，天亮得不能再亮了。

"她舅，你晓得的，王大路那人是个犟性子，他认准的死理，十几头牛也拉不回。

"他走到了镇街，人家彩票店还没开门。他就像一摊烂泥蹲在店门口，阿黄窝在他脚边，一人一狗，傻呆呆地守到了九点钟。那天他打了二百零一注彩票，给思然交学费的钱被他花得没剩一分，可怜的，在饭馆里要人家的面汤喝，足足喝了三大碗。有个人油泼面还没吃几口，人家看他眼睛一直盯着，便说，你要是想吃就留给你吃。王大路感激的啊，他一把抢过碗，生怕人家反悔了似的，一嘴扎进碗里，支支吾吾地说，不脏不脏，饭有啥子脏的嘛。他可真是饿了，夜里演算了大半晚上数字，又走了二十多里路，你说，他不饿才怪呢。他几乎是将那碗面倒进了肚子，阿黄一直看着他，看得嘴里的涎水流了一阵又一阵，最后王大路愣是没给它留半点饭星子。阿黄跟着王大路走了一阵就赖在地上不想走了。王大路好说歹说，赌咒发誓说给它吃肉给它啃骨头，阿黄才半信半疑地起了身。好一阵子，阿黄的情绪都没解开，看到陌生人到了家门口，竟一声也不喊嚷。

"当然没中奖。

"她舅啊，她舅娘啊，王大路那个德行能中个奖吗？

"我最后还看了他选的数字，最多的一组蒙对了三个号码，其余的都是风马牛不相及。好一阵子，他不买彩票了。他以自身的体验说那都是骗人的，专门骗老百姓钱呢。他还异想天开地想买个彩票机印彩票。公家的彩票两块钱一注，他想卖便宜点，一块钱一注。凡是买的都能中奖，百分之百地中。这是一本万利的好事，几乎不摊本，多好的事。可是没有哪里能买到彩票机子，再说了，政府也不让私人印彩票卖彩票。这一本万利的好事情政府怎会让你一个平头老百姓来干呢？因为这个，他还愤愤不平了好长时间。

"后来煤矿上招工，他便报了名。

"人家嫌他年龄大，不想要，他硬给人家塞了几千块钱，才勉强让他报了名。体检的时候，发现他肝上有个囊肿，肺上也有问题，拍的片子上有好多阴影。亏得我们村上的刘吉祥有同学在医院。吉祥这个娃好，卫校毕业，他爷开了个诊所，他就在诊所当医生。吉祥卫校好多同学在医院上班，有当医生的，有当护士的。给他同学买了两条烟，塞了一个红包，他的同学又给王大路重新拍了片子，这回好了，各项指标都正常。

"要是刘吉祥没有同学在医院就好了。

"那样王大路的体检就过不了关，体检过不了关，他就下不了煤窑，下不了煤窑，他的身体就不会遭两次大灾。他下煤窑的头一年，脱轨的矿车从他下身碾过去。他瞒着我在医院住了一星期。在矿上的第五个年头，倒下的立柱压住了他左腿，醒来后他发现医院把他左腿齐膝盖处给截了。矿老板崔等来当然不愿意赔更多的钱。他说王大路违规操作，本来还要王大路赔偿矿上的损失，看在乡里乡亲的面上，就不进一步追究责任了。如果再缠着闹着要钱，性质就变了，就成了敲诈勒索，就是违法犯罪，崔等来扬言要让警察把王大路抓起来。

"她舅啊，你是大记者，书记市长都害怕你，请你给我们帮帮忙，能多要一点赔偿款。有人砸断一根手指头都赔偿一万呢。有人眼睛叫炮轰瞎了都赔两万呢。崔等来有钱得很，满嘴的金牙，脖子上挂着胳膊粗的金项链，十个手指头上戴着金箍子，腰上系着金皮带，听说他头发是金的，吃饭的筷子是金的，饭碗是金的，不晓得他喝的水是不是金的。

"她舅吔，她舅娘吔，我和思然来主要是这个事，但最最重要的还是看望她舅她舅娘吔。"

## 三

水莲絮絮叨叨地说着。鼻涕下来了，泪水下来了，脸上好似起了山洪。

张建设递给她一张餐巾纸说："先吃饭吧。"

水莲擦着鼻涕眼泪，餐桌上一会就堆积了一团污秽的纸。她突然解开衣服扣子，众人吓了一跳，她贴身穿的衬衫已湿透，几乎贴上了肌肤。那衬衫口袋被别针别着，她解开别针，取出一个几乎濡湿的信封。

"这两千块钱你先收着，不够了我回去再借。"水莲将那被汗水浸湿的信封伸到张建设面前。

"胡弄哩嘛，"张建设如见了恶物，仓皇地躲着说，"拿钱干啥，这是拿钱的事情吗？"

"啥事都要花钱。"水莲显得很懂人事的样子，"你要跑路，要找人，要求人，这没钱不行，不能让你白出力。"

李秀云的鼻子哼了哼："这点钱有啥用，还不够一顿饭钱，哪个煤老板不是手眼通天，问他们要钱，比从老虎嘴里拔牙还难。"

水莲的泪水又如泉水般不争气地奔出来。她放了筷子，手捂着脸，任由无法控制的抽泣声从指缝里挤出来。

张海山已喝了两罐冰镇啤酒。他开了第三罐，一仰脖，酒液携着泡沫往嘴里奔涌。嘴已张到极限，几乎要吃掉易拉罐，如是，还有液体溢出了口腔。好久没这么痛快了，张海山将捏扁的易拉罐扔进了垃圾桶。呼，思然头发被他吹出的洋溢着啤酒味儿的风掀起，思然手抓住了餐桌，似乎怕被他吹得飞起来。

"别哭了。"思然扯了扯水莲擦鼻涕的手说，"能办就办，办不了也没啥大不了的，不要动不动就哭。"

水莲打回了思然的手："你懂个屁，你爸残疾了，到哪里去打工，谁还要他？人家都能要回钱，咱们凭啥要不回钱。你要是男娃，就去崔等来矿上闹，柳庄好几个在矿上出事的人就是这样要回了钱。这世道是讲理的怕不讲理的，不讲理的怕不要命的，要怪就怪你不是个男娃。"

张海山的眼睛瞪着他爸，他又开了一罐啤酒说："爸，你就帮帮我姑，她们大老远来求你，你一个准话都没有。你要是办不了，我去找其他人。看你拿捏得那个样子，你不是经常给人办事吗？"

"你懂个屁。"张建设起身离开餐桌，"现在的事情越来越难办，你以为你爸是市长啊？要是容易，还能让你公务员考了三年都考不上。"

张海山递给思然一罐啤酒说："喝吧，我爸就爱拿腔作调的，他不管有我哩。"

李秀云拿筷子敲了敲桌子说："海山你口气大得很嘛，敢当着外人的面顶撞你爸。你没有在社会上办过事，不知道办事的艰难。水莲是有事才想起他的干哥了，真是病急乱投医。"

水莲擦了擦泪水说："你们虽然不是我的亲哥嫂，但我觉得你们比我的亲哥嫂还亲哩。我爸生前常说，我干哥对他比亲儿子还亲。"

李秀云撇了撇嘴说："老一辈人迷信。爱认啥干儿子干爸。建设小时候体弱多病，算卦的说让找个属虎的人做干爸，冲冲就好了，他爸就让建设认了你爸为干爸。"

"不过还真怪，"张建设端着紫砂壶走过来说，"自认了水莲爸为干爸，我的身体慢慢就强壮了，再也没得过啥病，身子也长开了。早先过年我爸经常带我去给水莲爸拜年，我在洛城工作后，就很少回柳庄，也很少再去看望水莲爸。"

张建设嘴巴含着紫砂壶嘴，美滋滋地喝了一口枸杞红枣茶说："我抽空得回老家看看我干爸。"

李秀云挖苦他说："你不孝顺则已，一孝顺起来还够吓人的。"

"真的，"张建设感慨道，"小时候我干爸对我像亲儿一样，有好吃的东西总给我留着。每次去总给我抓几个核桃，给我吃荷包蛋，给我讲故事，过年给我做灯笼，还给我发五块钱压岁钱。"

"你爸今年有多大年纪了？"张建设摩挲着紫砂壶问。

"我爸要是活着，今年都七十六了，"水莲哽咽着说，"真快呀，他死了五个年头了。"

"他咋死的？我咋一点印象也没有。"张建设声音低沉，他将紫砂壶放在茶几上。

"脑梗，发现的时候人已经不在了。"水莲揉了揉眼。

"过年有机会了给他上个坟，"张建设说，"小时候我干爸对我真的很好。"

"你太不孝了。"李秀云揶揄他说。

"哥，有你这份心就够了。"水莲说，"王大路经常讲，我爸十几个干儿子里，就数你对他情谊最深。"

"那你更应该帮我姑。"张海山递给思然一罐啤酒说。

思然正犹豫着，水莲催促道："喝啊，陪你哥喝，像个木头似的，喝点酒怕啥。"

思然抓着冰凉的易拉罐说："我晕车，现在还头晕，一喝酒怕又吐了。"

"又不是让你喝毒药，看把你难的。"水莲瞪了瞪思然说，"喝，陪你哥喝。"

"干了！"张海山手里的易拉罐响亮地碰过来，思然听着清凉的声响，不由喝了一口。

水莲见思然喝了，便收拾餐桌上的碗筷去灶房清洗。

张海山拉着满脸绯红的思然闪进了书房。

## 四

他开了书柜的门，思然看到了酒。五粮液、茅台、国窖、汾酒、西凤酒、郎酒，似乎是低调地举办名酒博览会。

"我爸喜欢喝酒,也喜欢收藏酒。"海山指点着说,"这柜里最多的是茅台,有三十多瓶,五粮液二十多瓶,其他都是不太著名的二三线品牌。"

"你爸买这多酒干啥,能喝得完吗?"思然觉得身子很轻,她把自己像一片离开枝头的树叶安置在椅子上。

"打死他才不会买呢。"海山发出神秘的笑,"谁会买这么多酒,又不是开酒庄的。"

"我爸也爱喝酒,但也就喝十几块钱一瓶的白酒,这些酒他见都没见过,更何况喝呢。"思然望着那些尊贵得像是大人物似的酒说。

海山抓着椅子背说:"回去的时候给你爸拿一瓶茅台喝。"

思然目光离开了那些包装豪华的酒道:"不要。"

海山从酒柜里抓出一瓶酒:"这法国干红,口感好,入口醇,我每晚睡觉前都要喝一杯。"

他拿开瓶器往出起着橡木塞。

"你酒瘾咋这么大?"思然的目光像蝴蝶飘落在书架上。

"不喝酒我就睡不着。整晚整晚睡不着。后来发现喝酒能治失眠,我就临睡前喝,想不到越喝量越大。"海山往高脚杯里倒满了红酒。

"你年纪轻轻的咋会失眠?"思然看着杯里静默如血一样的红酒说,"我每天学习到凌晨两三点,早上六点就起床,高中三年每天都是这样周而复始地循环。太欠觉了,走路都会睡觉,站着都会睡觉,等高考结束,我睡他个天荒地老,把三年的觉都补回来。"

"你太拼命了。"海山抿了一口酒说,"我当年高中有个同学,每晚熬夜学到凌晨三四点，三年熬下来，成绩是上去了，可高考前一天却猝死了。他爸还以为他趴在桌上睡觉呢，叫他他不吭声，拍拍也不醒，身子还温热着，人早就走了，握在手里的笔送进火葬场都没有拔出来。"

"不拼能行吗？爱拼才能赢。"思然难过地揉了揉酸涩的眼说，"谁知道拼是拿生命做代价的。"

"不能太拼了，生命只有一次。"海山将一杯红酒递给思然说，"我睡觉时爱想问题，结果越想越睡不着，头脑里像是开了个集贸市场，我就喝红酒，结果发现喝红酒比吃安眠药的效果好。"

海山美美喝了一大口，手指头轻叩着桌面，目光热热地盯着思然。

"你这哪是喝红酒啊，你这是牛饮。"思然抿了一小口酒说。

"大口喝着痛快。"海山又喝了一大口猩红的液体。

"我不敢喝了，头有些晕。"思然看着海山手里的高脚杯说。

"你喝一口吧，只抿一小口。"海山喝着红酒说，"你绷得太紧了，喝点酒放松放松。不要把上大学想得太美好，我大学毕业三年，照样还没有找到理想的工作。"

"你是对工作要求得太高了。"思然抿了一小口红酒说，"你只想着考公务员，只想着进体制，一个名额往往几百个人争，比高考还残酷。"

"我爸说体制内的工作才叫工作，其他的都是打工。打扫卫生也是工作，售楼部卖房子也是工作，送外卖也是工作，这样的工作需要上大学吗？幼儿园教师、居委会干事都要求研究生学历，简直是瞎胡搞。"海山说着说着就愤懑起来，一口干了杯中的酒。

"我考上大学后接着考研,争取读到博士毕业。"思然无限向往地说。

"那把你读成老姑娘了。"海山给自己又倒了满杯说,"不怕,我就喜欢女博士,我等着你毕业。"

"你胡说啥啊。"思然脸上沸腾着红晕。

"真的,我等着你,一直等到你博士毕业,说不定那时候我都有了一官半职。"海山脸上的火焰扑腾着,身子也如起了火焰,扑腾着灼灼的热。

"其实呀,还不如我们老家的红葡萄酒好喝,那甜的呀,我能喝一大杯。"思然摸着绯红的脸。

"那红葡萄酒绝对是糖精和白酒勾兑的。"海山的眼睛红彤彤的,他的脸红彤彤的,他整个人就像一件焚烧的红彤彤的铁器。

"反正我就是觉得好喝,比红糖水好喝。"思然觉着自己的身子喷洒着恼人的火焰,似乎要燃烧,要沸腾,要崩溃。

"你爸的书真多,这一面墙的书架上全是书,还有这么多的豪华本。"思然觉得一股疯狂的力量抓着她,那力量沿着血液在身体里野蛮地冲撞。

"他大部分都没看,纯粹是装点门面。厚黑学之类的倒是看了不少,官场小说玄幻小说他最爱看了,一点品位都没有。"海山已经站到了她身后,他呼出的气息顽强地骚动着她的头发。

"我们村上人把你爸佩服得不得了,说你爸和书记、市长平起平坐,甚至书记、市长还要让着你爸,说你爸进出都有秘书有保卫,甚至上厕所都有专人陪同。柳庄人把你爸夸得啊,都不像人了。"张建设是记者,思然觉得记者了不起,他们凭着一支笔,就把世界给征服了。

"没那么夸张的。"海山指着书架上那些奖杯说,"我爸就是爱显摆,没有你们说得那么神,有些事他能办,有些事他也办不了,他是个有影响的记者,但他不是市长、书记,他要是书记、市长,我考公务员还需要连考三年吗?"

"为啥你一定要考公务员?"思然翻着书架上有贾平凹签名的《秦腔》说,"竟然还考了三年,比范进还范进。"

"只有当公务员,只有当大官,我才能实现理想,改变世界。"海山的目光巡视着书架上的书籍。

"祝你成功,"思然揶揄他,"希望世界被你改变得越来越好,而不是越来越糟糕。"

"我们都会成功,我们一定成功。"海山说得异常坚决,他嘴里喷着酒气,似乎他已经当了大领导。

"我该走了,还有几套卷子没有做,明天就要高考了。"思然看了看表说。

"卷子能做完吗?"海山说,"考前就要放松,别老是绷得紧紧的,我看你太紧张了。"

"不紧张是假话,我爸说考不上就出去打工,反正大学毕业了也是打工。"思然忧心忡忡地说,"我英语是短板,每次一百五十分的卷子只考一百一二十分,英语下的功夫最大,收效最差。数学没下过多大功夫,每次轻轻松松考高分。强项不用补,弱项补不上去。真是没办法。现在一对一辅导,一个课时三百多,我们班有人光各种课外辅导就花七八万。我可是一个辅导班都没上过。"

"高价辅导班都是骗人的。"海山说,"我在培训机构当老师,那里的猫腻太清楚不过了。有的连教师资格证都没有,有的没上过大学，有的就是让你刷题，还有的请在校大学生兼职辅导，你说这样的高价班有意义吗？"

"也不能一概而论，有的辅导班还是不错的。"思然知道海山是安慰自己，便幽幽地说。

酒意上涌，思然抓着椅背支撑着困倦的身体。

"你一定能考上你喜欢的大学。"颇有醉意的海山摁了电源，桌子上的电脑打开了。

"咱们听听音乐。"海山突然伸手摸了摸思然的头发。

室内响起一阵缠绵悱恻的旋律，思然睁开疲惫的眼，看到屏幕上现出一个女人。那女人身子像软体动物一样扭动，突然一个男人贴上去，他们如两条蛇缠绕一起。

思然听见咯噔一声巨响，血液似乎变成了猛兽在身体里喧腾。她看见海山走进屏幕变成了那个兽一样的男人。海山朝她的耳朵吹着气。她觉着自己变成了一条湿漉漉的河。她惊诧地发现屏幕里的女人成了自己，忽而是妖冶的蛇，忽而是幽深的洞穴，忽而是软弱的泥淖，而海山呢，海山狂笑着，忽而是丑陋的兽，忽而是噬人的烈焰，最后变成了一枚锐利的灼热的铁钉。

## 五

窗外的鸟鸣吸引了思然的目光。那是一种尖锐的嘶喊，疼痛中夹杂着难以言传的哀婉。那鸟的翅膀扑扇着，似乎竭力在树枝上保持着身体的平衡。它颀长的尾翼闪耀着炫目的光斑，好像经了各种颜色的渲染，一时间辨不出真正的色泽。倒是那不知从何处飞来的黑鸟，用尖锐的带着弯钩的喙衔住了它脖颈，它挣扎着身子如钉在了树枝上，那漆黑如魅的黑鸟啊，两只翅膀像巨大的铁翼蛮横地击打着它身子，那黑鸟骑着它，利爪缚住它，巨翼挥动，它战栗着发出阵阵尖叫，色彩绚丽的羽毛纷纷脱落。

思然一阵心悸。一个老师宣读着考场纪律，另一个老师走过思然身边，他砰地关上了窗户。嘎——思然看见黑鸟挟持着那只色彩艳丽的雌鸟，它们在天空翻滚着发出阵阵呼叫。一片片羽毛飘荡着，一根颀长的金黄的尾羽从玻璃窗外飘然而逝。思然看见自己的试卷显出一团湿润。她擦了擦眼，不知道是汗水还是泪水。她记得那年的天气分外酷热，似乎老天将积攒了几年的热量全在这几天喷射，喷得她满身满脸，臭烘烘的。

她茫然地握着笔，她看见自己的笔被一只手操纵着，似乎那不是自己在作答，而是另一个和自己分外相似的人。

"你要好好考，考不上就出去打工。"王大路搓着胳膊上的垢痂。他每说一句话都要喘一阵，像一个没人拉动的风箱。他往嘴里塞了一根烟，刚吸一口，就被呛着了，就喀喀地咳。鼻涕泪水涌出来。他的脸像被糨糊糊住了。王大路往地面唾了几口。似乎觉得脏，脚奔过去，鞋底在地上跐来跐去。地面疼得龇牙咧嘴，发出聒耳的嘶鸣。"你不要命了？"水莲拔掉他嘴里的烟扔到了门外。他将不满的目光朝她身上放了放，便用拳头嗵嗵地砸着胸。喘不上气，气短，老觉得气不够用。他的声音有气无力，似乎不是从他的嘴里产生的。"都尘肺了你还抽，不怕抽死你。"她靠着门框，挡住了屋外往进偷窥的阳光。他在凳子上挪了挪屁股，紧跟着放了几个沉闷的屁。左腿的裤子被一缕风吹着，呼啦啦的，像飘着一个丑恶的黑幡。他将坐得麻木的腿搬着换了个位置。"张建设答应办吗？"他卷起裤子，露出黝黑的半截大腿。他在那老树桩样的腿上挠着，挠出一道道红红的血沟。她没吭声，影子在门外闪了闪。他顿了顿，又重复问了，目光嗵嗵地砸在她身上。"没答应，也没推辞"。她在半明半暗里说。"那到底是办啊还是不办啊？"他不耐烦地，声色里突然生出许多尖锐。"我咋晓得，人家凭啥给你办？"水莲也不耐烦，身子撞得门砰砰地响。

"你要好好考。"王大路似乎想起了谈话的主题，"要是考不上，就不复读了，就出去打工。我现在彻底废了，半截腿没了，还得了尘肺病，这个家以后就得靠你。"

"不要有啥负担。"水莲从门口走回来，坚定地站在她身边。"你一定能考上。每次模考班上都前十名呢，你要是考不上，谁还能考上？大学毕业了咱们就考公务员，考上了公务员，就一辈子当干部，将来在城里安个家，一辈子就不一样了。张建设要不是考上大学，还不是在农村当农民，还不是和你爸一样下煤窑。他肯定也得尘肺病，肯定也会出事故，他媳妇李秀云还能那么嚣张那么眼里无人？张海山还能那么自由自在地想上班就上班不想上班就不上班？张建设当年还没你爸学得好。但人家考上了，你爸没考上。这就是命。你要是考上了大学，你的命就不一样了，你后代的命也就跟着改变。"

平常不善讲道理的水莲摸着思然的头发絮絮叨叨地讲道理了。水莲讲得熟悉而陌生。老师讲过，很多人讲过，在张建设家，张海山又用另一种语言讲过。

嘎——张海山像那只野蛮的黑鸟。他将她压下去的时候，他恶毒的嘴巴就没有停歇过。他几乎剥光了她的羽毛。他说他公务员考了三次，今年一定能考上，今年考不上他就疯了，疯了他就去广仁寺当和尚。高考他考了三次，莫非他的人生逃脱不了三吗？他当过培训机构的老师，当过房地产销售员，当过跑街的记者，当过文案策划，但这些都太低端了，他看不起这些职业，更看不起从事这些职业的人。他觉得公务员旱涝保收，还可以一级级地晋升，科长处长局长厅长，省以上的领导他没想过，他觉得自己不可能。他系统地研究过干部简历。他把报纸上组织部门公示的干部简历剪贴了厚厚一大本。他几乎能背下一些重要干部的履历。他看着电视上那些光鲜的器宇轩昂的领导，能顺口叫出他们的名字，能把他们的简历一一道来。他比组织部部长还懂干部啊。这还不算厉害的。最厉害的是他能预测干部的走向，哪一个干部退休了，哪一个干部上来了。他像一个专家，从干部的履历能力背景，能给你讲个子丑寅卯。这样的天才不当领导干部能行吗？那些低端的职位，只会折损他的青春和才华。"故虽有名马，衹辱于奴隶人之手，骈死于槽枥之间，不以千里称也。"愤懑之余，他常背诵韩愈的《马说》，他觉得自己就是那郁郁不得志的千里驹。不当领导干部根本不行。谈了几个对象都吹了。和那个护士谈了三个月，他们好了三个月了她突然不跟他好了。你知道为啥？不是嫌他长得不帅，也不是嫌他的家庭不好，更不是嫌弃他没有房子，而是嫌弃他的职业不好。那个时候他在《洛城日报》当实习记者。像一个狗仔每天在街面跑。哪里下水道的井盖丢了，骑车的人跌到窨井里了，井里住着一群老鼠和野猫。哪里高楼上跌下的花瓶砸在一个乞丐的头上，乞丐当场晕厥，而整栋楼没一个人承认，乞丐的儿子一家家调查，最后失足从楼顶跌下。哪里的街区突然来了一群牛，牛把汽车掀翻，把人劫了，牛最后戴了人的面具像人一样生活在城里。你看看，他一天干的啥子嘛，难怪人家护士不跟他好了。护士指着报纸上他的名字恨铁不成钢地说:"这么垃圾这么虚假这么匪夷所思的东西你都敢写,说明你这种人一点都不靠谱,跟你生活在一起感觉就是和人面牛身的怪物在一起。"小护士很快就和一个爸爸是处长年龄比她大十岁的官二代好上了。谈的第二个对象更扯。那时候他已经到培训机构当老师了。老师该是传道授业解惑的高尚职业吧。谁知第二任女友埋怨老师光知道拿嘴骗人。他说那你希望我当啥?女友说你当领导当干部当官啊。他说这是想当就能当的吗?这又不是演戏。要是演戏的话,那有啥不敢当的。但这不是演戏,我给谁当领导去?女友就恼了,嫌他没有宏伟理想没有远大前程,"当老师吃一辈子粉笔灰有啥好的。当老师的最后都成了吝啬鬼小气鬼。我爸当了一辈子数学老师,就学会了拿数学思维处世,就爱在任何事上斤斤计较,最后是捡了芝麻丢了西瓜。"女友不喜欢老师,原来是她爸当了一辈子老师。海山觉得这很不好。老师乃人类灵魂的工程师,从事的是关乎灵魂的工作。世上还有比这更神圣的职业吗?他觉得是没有了。就在他准备换个高尚一点的职业时,女友突然和一个领导结婚了。领导是一个单位的调研员,几乎秃顶了,领导的老婆才死,巨大的空白留下了。她趁势就扑上去。她比领导小十岁。"他能活几天?他死了,所有的所有都是我的。"她给海山手机上发了一张电子请柬并解释了他的疑惑。第三个女友就更天方夜谭了。昨天分手的。不是她主动分手的,而是海山不要她了。她参加大学同学聚会,唱了歌,喝了酒,就和大学时的恋人开了房。海山找到宾馆,她的酒还没醒,她一条腿架在一个男人的头上,另一条腿架在另一个男人的胸上,几个男女在地板上睡得正酣。他怀疑他们吸毒了,就打了110。

"思然，你说，我郁闷不郁闷，我郁闷死了，我每晚睡不着，我不喝酒就睡不着，喝少了更睡不着，喝多了，我才能昏然入睡，就做梦，一个个梦。

"思然，你喝了那么一点就醉了，就醉成一摊泥。我那几个女友一个个都能喝，白的啤的，一个个都能喝。我愧不是她们的对手。有两个抽烟，她们抽烟的姿势优美极了。一个会一字马，她一生气就劈叉，我真怕她的双腿劈开了。真香。你身上的香味来自哪里？你又不用香水。但你身上有一种诱人的香味。也许是来自你身体天然的香味吧。柳庄漫山遍野的花。杜鹃花、映山红、连翘花、核桃花、苹果花、百合花、杜仲花，这无数的花弥漫着，连空气都是香的，你不香才怪呢。

"思然，你一定能考上名牌大学。为了理想而奋斗吧。毕业就考公务员。我觉得当公务员是最伟大的理想。当了科长当处长，当了处长当局长，当了局长当厅长，我们一起努力吧。唉，你睁睁眼，我的嘴巴都说干了，我像一只青蛙呱呱地叫个不停，你连一点回应都没有，唉，你的酒量太差了，你喝了那么一点点就醉了，你醉的样子太迷人了。你爸的事情，你放心，我爸办这种事有的是办法，他一定能给你爸讨回公道。"

海山像一条生了无数手足的怪物缠裹了她的身。

"王思然。"

她恍惚听见有人叫她的名字。

"你咋了？"监考老师疑惑地盯着她被泪水打湿的卷子。

她一惊，灵魂似乎返回身体，她揉了揉眼，看见卷子上的文字变成无数蜂朝她嗡嗡袭来。

## 六

再去张建设家已是翌年二月底。水莲从柳庄坐班车到达东郊洛城车站后，乘公交直奔龙岗花园。躲开保安猎狗般警惕的目光，她神不知鬼不觉地溜进了小区。一栋栋高楼将巨大的身子伸向在高空，一如险峻傲慢的山崖，那一扇扇窗户似乎是隐藏在悬崖里的洞穴，不知其间住了多少走兽。间或几只鸟飞过，将呼朋引伴的声音抛播得到处都是。一群穿红着绿的妇女随音乐节奏将身体摇晃得七零八乱的。她站在修剪得毫无个性的树下瞭望了一阵，并不美观嘛，那屁股扭得丑陋的，还不如牛的屁股摆得好看。那空中招摇的胳膊明显乱了节奏，那手里舞着花纸伞的，忘我得像是一只飞进了花丛的蝴蝶。那些人并不怕她看。她们不觉得丑呢，尽情地摇摆，摇摆，将身体将胳膊大腿奔放到极限。"吃多了撑的。"她看着陶醉的花纸伞心里说，叫你们家里有了天大的烦心事你们还跳啊？叫你们家里有个煤矿上砸断了腿有气进没气出的人整天唉声叹气的，你们还有心情跳啊唱啊歌啊舞啊的？要是你们家里再有个高考没考上大学的女子，而这个女子又叫自己熟悉的人糟蹋了，你们还有心情大清早在这里又是跳又是舞又是扭得丢人现眼啊？说不定你们还不如我呢。说不定你们的身子早就瘫了软了。唉。她听见自己叹了一口气。同样是人，为啥差别就这么的大？她们为啥就可以神仙样蝴蝶样疯了样酒醉了样无忧无虑地跳广场舞？她们难道不为吃饭发愁，不为没钱看病发愁，不为子女考不上大学发愁，不为挣不到钱发愁，不为打工找不到工作发愁？真的是幸福的家庭是相似的，不幸的家庭各有各的不幸。

　　等了好久，一单元的楼门终于开了，她趁机跟了进去。那妇人抱着孩子，瞥了她一眼，就按了电梯的按钮。她跟着钻进电梯。那人摁下十八楼的按钮，又深刻地瞥了她一眼。电梯带着她们默默地爬升。趴在妇女肩头的孩子冲她笑。笑出了声。咯咯，咯咯。她也对孩子挤出一个笨拙的笑。孩子伸手冷不防在她脸上挠出几条深浅不均的痕。她往后缩了缩，说："你的指甲好利。"妇人冷冷瞥了她一眼，转过身，将宽阔的脊背对着她。电梯奋力爬升。她觉着是在攀缘一座满是荆棘危险的山崖。她看着那一排亮闪闪的按钮，像是跌入了白花花的迷阵。二十四，二十四，她嘴里几乎叫出声，但她就是找不到二十四。似乎二十四号按钮知道她要来，故意隐匿了。她揉了揉眼，那一排排数字白花花的，像是结了冰的寂寞的长河。"二十四。"她嘴里发出了几乎是求救的声响。那孩子突然生出尖厉的哭，似被人猛扎了一针。那妇人看她，冰冷质疑的目光像是一把把钉子。她躲着，看着孩子说："宝宝，乖。"那孩子突然不哭，冲着她咯咯笑。小手伸过来，摸着了她的脸。柔柔的，像一阵风洗刷了疲惫。手突地揪住她头发，咯咯大笑。她也跟着傻傻地笑。"阿宝，松手。"那人扯着阿宝的手。阿宝却抓得更紧了。她从袋里掏出一个核桃在阿宝眼前晃。阿宝松了手，抓着就放进嘴里。"你去几楼？"妇人问。她讨好地说："二十四。"妇人的手指摁下去，二十四号键突然发出了亮光。她望着闪着光的二十四，忙不迭地说："谢谢，谢谢。"妇人出了电梯，她听见核桃在地上咕噜噜地滚动着，她听见那人呵斥道："脏死了，你往嘴里放，你看那个人多脏。"她听见阿宝声嘶力竭的哭声柔弱地徘徊在电梯轿厢外。

门铃响了三遍。

水莲觉得自己抖着，似乎房子都跟着抖起来。

"你咋又来了？"她明显听出了不耐烦。

"事情没那么好办的，才几个月，你就等不及了。"她听见张建设迎面抛来的话语冷得像天上咚咚砸下来的冰雹，她的一只脚才跨进门里，整个身子突然被防盗门卡住。

"就我一个。"她补充着，身子往屋里奔了奔。

她挤进来，门砰地合上了，楼道回旋着僵硬的声响。

她没有换拖鞋就坐在了客厅的沙发上。暖气还没停，一股热气迎面撞来，热腾腾的。她看见地板上自己携来的尘土还夹杂着一片枯黄的树叶。但她还是若无其事地跷起了二郎腿，她看见自己两条腿晃悠着，鞋底簌簌下了一群尘。

"你急啥嘛，来也不提前打个电话，我今天还有事呢，到城里办事都要预约，哪有像你这么慌里慌张的冒冒失失的。"

张建设在另一张沙发上放着慵懒的身子，他喝了一大口茶水说："现在事情难办得很，不是像你们想象得那么容易。崔等来的背景大得吓人，从他身上弄钱你以为好弄的吗？"

水莲看他睡裤卷到膝盖上露出毛茸茸的腿，她想不到人的腿上咋能长那么浓密茂盛的毛，那身上其他部位呢，也像杂草一样疯狂地长着毛吗？她目光不由得停留在他上半身被圆领衫紧裹着的肥胖的身子，想象着里面也许有着奔涌如水的汗珠及默默生长的杂毛。虱子估计是不会有的，但也说不定，是人就长虱子，就像每个人，不管是有钱人还是穷苦人，不管是领导干部还是平民百姓，都要拉屎撒尿，都要生老病死，这些事情是没有人可以代替的。看他胳膊腿上这乱糟糟的毛，像只混进了人间的猴子，假若毛再疯狂地长，他真变成了猴子，那就很害怕了。

张建设看水莲的目光一直在自己身上钻研，且不时发出难以琢磨的暧昧的笑。他有些不自在了，屁股在沙发里扭动着说："你老盯着我看啥？我一会要出去开会，一个很重要的会，市上领导都参加的大会，我必须出席，不能请假。"

水莲收回目光看着一扇扇关闭的房门说："海山呢，海山干啥去了，今天星期六还上班？"

她又用目光扫视着卧室的房门说："她舅娘呢？咋没见，你们一家人太忙了，星期六都不休息。"

张建设咕咚咕咚咽了几口茶水说："李秀云出去跳广场舞了，每天早上雷打不动两个小时，中午去美容院待三个小时，然后约着人逛商场打牌喝茶，活得比我舒坦。海山考上了公务员，公示时间过后，就能去上班。"

水莲啧啧赞叹："他们能这么舒服，还不是托你的福分嘛。海山要不是有你这样的好爸，他能考上公务员？他要是生在农村，考个像样的大学都困难吧。我家思然要是出生在你这样的家庭，考清华北大一点问题都没有。"

张建设看着客厅暗自飞翔的几只蛾虫说："现在高考还是很公平的，你分数不够，生在哪个家庭都不行。你分数达到了北大清华的线，你就是家里再穷他们也得录你。"

水莲反驳说："有些领导的娃学得那么差，咋都一个个上了大学？而没钱没势穷人的娃，考个最差的学校都费劲，这是为啥？"

张建设的屁股离开沙发，他站起身扭了扭腰拿拳头捶了捶肩："我不和你说了，说了你也不懂。分数够了你就上，分数不够天王老子也没办法。不要动不动就是穷人富人领导干部和平民百姓。

谁生下来就是穷人富人领导干部和平民百姓啊，还不都是一步步奋斗苦熬出来的。你大老远来，不是和我讨论这个的吧？这个问题从古至今就没有一个标准的答案。"

"我当然不是来和你讨论这个问题的。"水莲的脊背靠着松软的沙发，"我是来向你和海山要个说法的，你们不能这么欺负人吧。"

张建设那个气啊。这个泼妇。原来是兴师问罪的。老家那些人果真沾染不得。还是李秀云有远见。她极力反对他和柳庄的乡亲们来往。那些人能给你带来啥资源和益处？啥好处都没有。他们都想像蚂蟥一样地叮着你，把你抓得牢牢的。他们认为你在洛城有资源，有位置，有能力，他们觉得你在洛城生活了二十多年，你的能力大到天上去了。你一个电话，地方官员就当是指示批示呢。鸡毛蒜皮的事，他们都找你。侥幸办成了，那些人也就是给你提几块腊肉，几包挂面，几斤木耳，他们就当作是天大的礼物。办不成，他们就说你架子大，忘了本，给你送的钱少了，说你可怜，在城里混了大半辈子，给亲戚屁大点的事都办不了，给家乡屁大点的福利都谋不到。毁是他们，誉也是他们。还是不理不睬最好了。柳庄在洛城卖菜的跑三轮车的做装修的，多了去，咋不见他们东拉西扯地攀亲戚呢？八竿子打不着的亲戚。扯来扯去的，像是屋檐上暗结的蛛网。舅舅，表叔，表哥，爷，表爷，干哥，姑父，他成了柳庄人公有的亲戚。唉。他觉得李秀云还是有先见之明。柳庄人的电话不要接。号码就不要轻易给人留。家庭住址更要保密，熟人才好下手呢。李秀云再三叮咛。他嘴上应着，到底面子软，对柳庄来的人做不到绝情，这回好了，还真有人前头几乎跪下求你，后面就来兴师问罪了。

见其不语，水莲以为他已经软了，懦了，心里更是怒火澎湃，哼，还装得像，装得人模狗样的，装得跟没事儿一样，这装装就能躲过去了？想得太美了。她不想和他们绕圈子，她觉得没必要，人家文化人最会绕圈子，三绕两绕就把你给绕进去了，还是单刀直入的好。

"海山没给你说吗？"水莲盯着张建设眼镜后犹豫吃惊的小眼睛。

"海山给我说啥？"张建设扶了扶鼻梁上的眼镜，"你到底想说啥？抓紧讲，我马上就要出去开会，这会重要得很。"他躲开水莲咄咄逼人的目光，将手机抓过来，煞有介事地看着发亮的屏幕。

"海山真的没跟你说？"水莲仰着头，梗着脖颈。

"海山大人了又不是个娃，啥事都给我说啊。见了我就闭着嘴板着脸，好似我这个当爸的上辈子亏欠他了。你看他对着手机有说有笑的，可见了我猛然就变了脸，那脸变起来比川剧里的变脸还来得快，他啥都不给我说，好像给我说了就违纪了就泄密了。"张建设的手指滑动着手机屏幕，似乎给水莲诉苦。

"你真的不晓得海山干的好事？"水莲按着自己咚咚奔腾的胸口问。

"海山干了啥好事？他最大的好事是考上公务员，下个月就可以报到上班。你以为是他小子的能耐么？要不是我出马，他小子笔试第三能录上个屁。得亏王一盘帮忙，不然海山又是白考了。"

张建设的屁股离开松软的沙发，身子走到了落地窗前。一只猫带着俏丽的影子倏地从窗前越过，紧跟着，另一只满身漆黑的猫喵地长啸着越过他的脸。

"你的关系硬得很嘛，"水莲讥讽道，"只录一个，海山考第三，还给录上了，你们太厉害，把人家考第一的孩子硬生生给干掉，你们一点良心也不讲。"

"你不要胡讲。"张建设后悔无意中给她说了隐秘,忙改口道,"海山笔试面试综合分排名第一,后来我才知道我们一点忙也没帮上,海山完全是靠着自己的实力考上的。"

"走没走后门跟我一点关系也没有,"水莲冷笑着说,"海山的手段确实高。"

张建设觉得水莲已走到了他身后。他听到了粗重的喘息。水莲抓着阳台上的栏杆,铁栏杆窣窣地抖起来。

他看见水莲解开了羽绒服的扣子。

他惊叫道:"你干啥?"

水莲将脱了的羽绒服随意地抛到沙发上。

"你要干啥?"

水莲冷笑,高耸的胸部抖动着,红色的毛衣裹着她瘦削的腰身,高跟鞋在地板上发出阵阵脆叫,系在脖子上的白围巾衬得她的脸闪着白光。太热了,大冷天家里比夏天还热。她看着他微微发秃的脑壳,胸部对着他闪烁不定的目光。

"暖气还有一个月才停。"张建设嘴里说。

"烧暖气的人神经病,也不看看现在的温度。"水莲将张建设拉着坐在沙发上说,"脑子坏掉的人太多了,你听听我给你讲的故事吧。"

于是,张建设就听到一个荒诞不经的编造得比真实还逼真的故事。这编造拙劣的故事在电视剧里屡见不鲜,而它偏偏发生在自己家里。"一个公务员强暴一个参加高考的高中生。"愤怒的水莲胸部耸动着怒不可遏地给事情定了性。

"你儿子把我女子睡了。她晕车,又被你儿子灌了那么多酒。

啤酒红酒白酒，思然都喝了。当然是海山强迫的。你过去经常带海山回老家。海山那个时候多单纯。单纯得像一只乖巧的羊，像一头忠厚的牛犊。他和思然去树林里采木耳，抓鸟雀，挖竹笋。海山没进过高山大林，一切对他都是新鲜的。思然带着海山爬上了我们门前那高高的山巅。他们坐在那顶着天的山岩上唱歌。我在屋门口听见了。狗也听见了，鸡也听见了，核桃树也听见了，风把他们的歌声吹得很远很远。海山破坏了树上的蜂巢，蜂集体出动，海山吓坏了。他逞能和蜂搏斗，还是思然救了他，蜂全落到思然身上，思然当时就被蜂蜇得昏迷了。思然给海山挖百合，百合可不好挖，长在土里一两米深呢，但思然硬是把躲在土里的百合给挖出来了。一瓣瓣百合团在一起，像是一颗洁白的心。他们一起在水里抓鱼，抓蝌蚪，抓小青蛙。那个时候滦河的水又清又深的，像一条亮闪闪的带子缠绕着柳庄。他们还在一起游过泳呢。比赛谁在水里气憋的时间长。他们躺在滚烫的青石板上，阳光照着，蜻蜓飞着，蝉儿唱着，河水流着，他们讲故事，你讲一个，我讲一个，多好啊。思然说的时候，泪水跟大雨一样打湿了受伤的身子。而这些往事，她以前从来没给我讲过。后来思然和海山见面的机会就少了。你在洛城混得越来越好，你回柳庄的时间就越来越少，海山和思然自然就越来越陌生。但想不到啊，真的打死我也想不到的。畜生都不会干这种乱人伦的事，但张海山就是干了。干得很龌龊很恶心很不是人。你在农村里长大的，你小时候也放过牛放过羊，你见过公牛爬它的姐妹吗？你见过公羊爬它的姐妹吗？没有吧，从来没有吧。畜生都懂得啊。论亲戚，思然给你叫舅哩，海山给思然叫妹呢，思然给海山叫哥呢，虽然不是亲的，是从前认的干亲，但不管咋的，名分上是的。他咋就能下得了手呢？他咋就能干呢？他还给醉醺醺的昏头昏脑的思然放录像。你说，思然还是个少女，海山给思然放这种肮脏下流无耻的片子，不是成心想坏思然吗？思然还是个姑娘，海山给她放这种下流的片子，这不是成心害她吗？他舅，你说思然以后咋嫁人，她咋面对她将来的男人，男人都非常看重那个东西，结婚了，男人发现不是了，思然咋给人家交代，这不是严重影响家庭团结吗？还有比这更严重的，海山强奸了思然，思然高考没发挥好，比分数线低了三分，就三分，思然这一生跟大学无缘了，他舅，你说，海山是不是把思然一辈子给毁了？"

张建设靠着落地阳台的栏杆，他发现自己臃肿的身子微微地抖起来。没有风，他就像被雨水袭击的树，在风雨中不由自主地摇摆。

"海山能干这种缺德事情吗？"

张建设听着自己嘶哑的声音："你不能光听思然说，思然也大了。这个年龄的男女，都成熟得很，谁还没经历过男女之事？他们比我们这一代人开放。我们是不结婚不发生关系，人家是想发生就发生，谁还等到结婚，只要快乐就好。水莲，你的思想跟不上形势了，你要洗洗脑。"

"你放屁。"水莲突然怒了，"要是你女儿叫坏人给糟蹋了，你也这样说吗？"

张建设看着窗外飘摇的纸屑、树叶说："你这都是一面之词。万一两个娃自愿好呢。不要老是糟蹋强奸，那太刺耳了，用词一定要准确。现在的年轻人都很随便，没有谁把这事放在心上。到底是思然引诱海山，还是海山勾引思然，或者两个人干柴烈火，都说不定。不要轻易下结论。当时如果真的发生了，当时就应该说，这么长时间了，你来讹诈我，你有证据吗？"

张建设看着自己的话语像一支支蘸着毒液的响箭，接连不断地射进水莲被汗水浸湿的身体。水莲一屁股坐在阳台上，身子靠着玻璃，听着她发抖的身子带动着铁栏杆发出欸欸的响动。

张建设觉得这个时候的较量最关键了，不能有丝毫的孱弱和怜悯。他分析着这个可怕的女人，研判她下一步会做出啥出格的举动。首先要在气势上震慑，将她像落水狗一样牢牢踩在脚底。二十多年的记者生涯，啥大风大浪没经历，还能叫你这个柳庄的泼妇给唬了。

也许海山真的干了。张建设仔细回顾了思然那天离开的情景。一切和平常没啥两样。当时他还邀请思然高考住自己家里呢，小区距离考场近，不用再花钱住酒店，他对思然的印象好，干干净净的，就像深山里的百合。思然那天并没有表现出异样，还礼貌地和他道了别，过后发现海山那小子烂醉如泥，锁着书房的门在地板上呼呼大睡。那小子那段时间很不正常，恍恍惚惚的，感觉丢了魂魄似的。谈了三个对象，都叫人家以不同的方式把他甩了，甩得鼻青脸肿狼狈不堪。偶尔也带陌生女子回家，想想他也二十五六的人了，他就不再掘地三尺地追问。思然要是一口咬定强奸就麻烦了，那海山的一生真就完了。

"你托我办的事情我一定会尽力的，"张建设沉吟着，"思然他爸和我过去还是一块玩耍的小伙伴呢。你们柳庄人在崔等来矿上打工，十几人得了尘肺病。有个叫刘吉祥的给我打电话、发信息，叫我去采访报道。我给领导汇报过，但领导不允，说这个煤业公司是市上重点保护单位，不得干扰公司经营活动。但王大路肯定是工伤，我就是冒着丢掉饭碗的危险，也一定要给思然他爸讨回公道。"

"我是你哥，你放心吧。我要出去开会了。你先回去吧。"张建设说得异常恳切。

水莲差点就被张建设那一番话感动了。她突然怀疑自己,思然和海山到底有没有那一回事呢?她曾趁着思然睡觉的时候察看了,见思然竹笋般的两腿遍布着触目的咬痕,一行行交错的牙印,她的泪水无声跌落。要不是思然肚子大了,她都不相信思然会被一只兽残酷吞噬。那是一种浸入骨髓的疼。思然把自己藏得很深,即使娘俩有时睡一张床,思然也穿着睡衣,将自己裹得像是被洁白壳子包裹的蚕姑娘。身子成了思然隐秘的存在,即使是娘,也不曾再见过思然成熟的浆果般汁液饱满的身子。但这一切都被那个夜晚毁了。在水莲的逼问下,思然吞吞吐吐地说了。水莲那个气啊。要是张海山在,她会吃了那个畜生。她会拿刀子割了他的那东西。她会叫狗咬他咬死他。她会往他的脚心抹上蜂蜜,让家里的黑猫黑狗舔,让他笑,一刻不停地笑,笑死他。但这都是假设。思然竟然说算了,我们都喝了酒,他喝醉了,他心情不好,也不全怪他。思然还说,她这一辈子再不嫁人了,一个人过。水莲不忍听她说,抱着她的头,泪水湿了她憔悴的发。她不信,她要给思然讨回公道。

到了这个地步,就不要藏着掖着,白刀子进去红刀子出来,该是亮剑的时候了。

"她舅,现在她爸的那个事情不重要了,残了就残了,好歹还捡回一条命,思然的事情才是大事。思然现在的状况一点也不好,整个人跟丢了魂一样,大学又没考上,我怕思然会想不开。那时候事情就大了,我们就是想谈也谈不成了。"

水莲号叫得像一头失去理智的母兽。她任泪水鼻涕汹涌澎湃,身子跟着一抖一颤的。后来更加剧烈了,身子没有方向地摇摆,鼻涕泪水模糊了脸面，那盒抽纸几乎用完了，地上拥挤着一团团她擦鼻涕泪水的纸疙瘩。

"她舅啊，思然要是有个三长两短的，我就不活了，活着也没啥意思。她舅啊，你要是不信的话，我还带着思然的内裤，上面都是血和你家海山的脏东西，我们可以叫公安来，不是你家海山更好，那我就放开了啥都不顾忌了，就是砸锅卖铁也要给闺女讨回公道，市上省上中央，我还不信讨不回公道。"

张建设突然没了主意。

他发现面对这个农妇，他一点办法都没有。是的，他觉着自己的儿子越来越陌生。一次他悄悄进了书房，在海山电脑上发现了几十部不堪入目的视频。他匆匆浏览了，简直开了眼界。虽说他偶尔也看那类片子，但海山收藏的，还是让他瞠目结舌。这也太那个了。想着要给海山提提醒，但总找不到合适的机会。许是海山发现了他的窥探，给他冷过好长时间的脸，他的房门进出都锁着，电脑换了开机密码，儿子的秘密正在向他一点点闭合。

见水莲哭得死去活来的，他冷冷地说："不要再演了，等海山回来再说吧。"

事情就像冰一样凝固在那里。

这种状况水莲是料到的。

她坐在车上想了一路，车子走了一百多公里，她也思绪翻腾了一百多公里。这是她琢磨到的。张建设是在城里混出来的人物，经历过的事情比她听说过的事情还要多，她这点小伎俩人家能怕吗，况且还仅仅是一面之词。张建设不是讲了嘛，"你家思然说被海山强暴了，我还说是思然勾引我家海山呢。海山当了公务员，前途不可限量，我名下的三处房产将来都是海山的，想打海山主意的女孩多去了。她们那一点小九九要是看不破，我这个洛城名记的头衔岂不是欺哄世人的吗？有几个女子是为了所谓的心心相印的爱情，真正被吸引的难道不是财产和地位吗？物质乃第一位的，爱情是屈居第二或第三的，归根结底是因物质和地位的吸引，其他的都是一层虚幻的镀金的外表而已。思然能逃出这个必然的规律吗？你说海山搞了她，那个带血的内裤是证据，我还说她性侵了我家海山呢。海山老老实实的，跟女生握个手对个眼都脸红，都浑身不自在，他能公然在家里且家里还有那么多人的状态下搞了思然，但思然咋不反抗咋不喊叫呢？她一喊，我不信他们还能干成好事。再讲了，思然不同意，海山能弄得成吗？思然不配合，海山就是急死也没法子。"

这是人话吗？水莲听不下去了。

她站起来说："我报案，让警察来调查吧，省得你说我们讹你。"

张建设浑身哆嗦："你随便，你现在就可以去派出所。"

愤怒的水莲走至门口，被开门进来的海山撞得一个趔趄。

# 第二章

一

热死了。

躺在病床上的王大路嘟囔着，看着头顶呼呼旋转的风扇："这扇的都是热风，还不如不扇呢，越扇越热。"

临床的穿着花短裤胳膊上文着犬头的青年接了话:"前几年连电风扇都没有,这几年条件慢慢在改善,城里医院病房早就装空调了,冬天不冷夏天不热,住医院还是个享受哩。"

王大路盯着那人胳膊上文着的凶恶的狗头说:"你年轻轻的,有啥病?"

那人道:"得病跟年龄有啥关系,我老觉得胸闷,没精神,打打针就能舒服几天。你呢?看你喘得像个上不了坡的摩托车,看着都让人觉得难受。"

王大路拍打着胸口说:"肺不赢人,吸一口气都觉得难,真想把肺掏出来洗洗。"

那青年看着他干瘪的胸,说:"咱们柳庄肺不好的多了,按说咱这青山绿水的,空气好得不得了,每个人的肺都应该是经久耐用的,但偏偏有人的肺不顶用,走个平路都喘得呼哧呼哧的。"

王大路把胸口拍得咚咚响。他对埋头看书的思然说:"书还没看够啊,去给我买个冰棍,嘴里火烧火燎的,就想叫冰棍冰冰。"

思然夹着书走出门,听那青年道:"你女子好漂亮,就是穿得太素了,要是好好打扮打扮,真像个明星。"

王大路咯咯笑着,咳出几口痰,身子软软地靠着墙,像一条没有筋骨的藤。

思然回到病房的时候,身后跟着一个人,那人手里提着一箱酸奶和一把香蕉。思然说:"爸,我同学刘吉祥来探望你。"王大路努力睁开迷糊的眼,目光逡巡着这个穿格子衬衫的人:"又让你破费,狗最后找到了没?"

刘吉祥擦了擦脸上的汗:"叔,你记性真好,我前年找狗去过你家,还在你家吃了中午饭。"

王大路竭力将身子往前挺了挺:"你家的狗大军看上了我家的狗小云,每天给小云骚情,整得小云跟丢了魂似的。我撵了好几回,小云到底还是叫它给糟蹋了。"

刘吉祥坐在床沿上说:"我家大军真的喜欢你家小云。它每天赖在你家门口不回来,你扔石头打它,你拿着镰刀棍棒咒骂它威胁它,它像是中了魔就是不离开。我劝它打它也没用,它就是要和小云好。它们终于好上了……"

"大军回家没几天就死了。它的狗鞭被你一棍子打烂,发炎了。临死前几天,它还挣扎着来看小云,被你又打了一棍子,那一棍子彻底要了它的命,它整整喊叫了一夜。"刘吉祥说着他的狗,声音竟有些哽咽。

"狗有九条命,它咋能死了呢?"花格衫青年插话说。

刘吉祥不满地瞟了他一眼:"我的大军是为情而死的,它比人还重感情。"

"给我剥个香蕉。"王大路对旁边呆坐的思然喊,"我经常便秘,已经四天没拉大便了,医生叫我多吃香蕉。"

思然听他们扯那些陈年往事,心早就烦了,扯了一个香蕉递给他:"你肺不好,还每天抽烟,吃面还放那么多辣子,不便秘才怪。你要抓紧把烟戒掉。"

王大路咬了一大口香蕉说:"你现在越来越像你妈了,你妈管我,你妈不在了你就管我,我不吃烟我难受,你以为我爱吃烟?"

刘吉祥看了一眼思然:"女子是父亲的小棉袄,她管你才是关心你。"

王大路喘息着:"啥小棉袄啊,小刺猬还差不多,对我从来就没有好脸色,一点也不温柔,哪像个女儿?"

刘吉祥擦着脸上的汗，盯着输液管看了一会道："肺病要多调理，多喝些中药，说不定比你经常挂针效果好。"

王大路将香蕉皮扔到地上，拿手背擦了擦嘴唇："那你给我开些中药，最好开些大补的，人参鹿茸虎骨啊，多开一些，我回家熬着喝。"

刘吉祥挪了挪屁股："关键是对症，并不是补药对身体都好，有人身子弱补药越吃越严重。你的肺我听着毛病很大，你真的不敢再吃烟了。"

"不怕。"王大路看思然将香蕉皮扔进了垃圾桶，脸皮不自觉地抽搐了，"肺上有病毒，抽烟熏熏就好了。你晓得吗，后来小云下了五个狗娃，长得太像你家大军了，一个狗娃卖三十块，一共挣了一百多块。"

"还有吗，你卖我一只。"花格衫青年插话说，"我想养只狗，省得寂寞。"

王大路摆手赶走了眼前鸣唱的苍蝇："不卖，我怕你把小狗炖了喝了汤。"

那青年坐起身说："小狗娃有啥吃的，还不够塞牙缝。炖汤吃肉还得大狗，吃起来美死了。"他吧唧着嘴唇，似乎吃了一嘴狗肉，拿手背擦了擦嘴唇。

护士进来换药了，她摇晃着输液管责怪道："你们这么多人，光晓得瞎聊，管子回这么多血你们都看不见？"

刘吉祥不高兴，贬斥道："你自己的责任还怪我们，你应该经常来看，收了护理费，就应该提供护理服务，你是这样为病人服务的吗？我们不投诉你都是照顾你了，还给我们发脾气。"

护士一番操作让输液管里的血流回了王大路的血管，又在他另只手背重新扎了针,见输液管的滴壶匀速地滴液体了,才说:"那你赶快去投诉,叫院长开除我,我早不想干了。"

趁护士转身,那胳膊上文着狗头的青年猛地捏了一把护士的大腿,嘴里叫道:"哎哟,我的肚子疼,疼死了,快给我看看。"

护士惊叫一声,飞快地逃出病房。

刘吉祥不悦地瞪了那青年一眼,审视着手上的片子说:"叔,我看你拍的胸片,尘肺可能性大,咱们柳庄下煤矿的人十有八九都得了这种病。"

王大路喘着说:"我在井下干了五年,第一年脱轨的矿车直接从我身上碾过去,第五年立柱把我的腿砸断了,要不是我反应快,那根倒下来的立柱能把我砸成煤饼。现在矿上给我的赔偿还没到位呢。"

刘吉祥愤愤地道:"那你去找他们,不能便宜了他们,煤老板不缺钱。"

王大路摇着头:"人家是钱多,还要人家愿意给你,我又不能去抢。"

刘吉祥又说了一阵安慰的话,就离开了病房。

走到一片树荫下,刘吉祥对思然说:"你爸得的是职业病,应该打官司,保证打赢能赔偿一大笔钱。尘肺病不可逆,最后肺组织高度纤维化,人就会因为不能呼吸而死亡。"

思然看着地上蒸腾的热气说:"以后再说吧,官司是好打的吗?"

刘吉祥见她了无兴趣,便夸口道:"我现在自学法律,已经拿到了法学本科学历,以后要是诊所开不下去了,我就去当律师,当律师应该比当医生刺激多了。"

思然讥讽道："诊所像个银行，你还能办不下去吗？"

不理会思然的挖苦，刘吉祥黯然道："现在查得严，没有过去好办了。"走到粮油店门口，刘吉祥问："你考了啥大学？当年上初中的时候，你一直是咱们班的尖子生。最后我上了卫校，你上了高中，我都后悔没有上高中考大学呢。"

思然苦笑笑："大学今生与我无缘了，下半年我准备出去闯荡江湖。"

"我不信。"刘吉祥惊叫道，"你成绩那么好，怎么会考不上？"

思然踢着地上的石子说："考不上就考不上，没有那么多为什么。"

刘吉祥语无伦次地安慰她："没关系的，现在不比从前了，考不上大学照样有出路，大学毕业了照样还不是有人没工作。"

张记面馆、老刘杂货铺、大上海理发店、夏丽发艺、嫂子裁缝、丫丫时装店、婆婆饺子馆、镇政府、派出所、眼镜肉店、一口香馒头房、庄稼汉菜园、胖子修鞋、李师傅花圈店……最后，诊所的招牌异常显眼地呈现在贴着各种小广告的电线杆旁。思然回绝了刘吉祥叫她进诊所参观的邀请，吃着他买来的冰激凌，看着他大汗淋漓地撕电线杆上老军医包治性病的小广告，跟着自己的影子往镇街西头的医院移动。

## 二

"咋出去了那么长时间？"思然刚踏进病房，王大路就嚷叫。

"我在街上转了转，"思然说，"病房里太闷。"

"肚子饿了,去给我买点吃的。"

思然说:"你不是才吃了吗,咋肚子又饿了。你想吃啥?"

"住院需要营养,医生说我营养不良得加强营养。早上吃的包子稀饭不耐饿,饿得浑身没力气。"

"不是还给你买了一个肉夹馍一碗牛肉干拌面么?"

王大路脸上露出羞涩:"其实我就是想吃,肚子不饿但是嘴巴想吃,没办法,你就给爸看着买吧。"

"你想吃啥?"思然拿扇子给他扇着风。

"饺子,牛肉饺子咋样?"王大路像顽童一样征询思然的意见。

"你想吃我就去给你买。"思然说。

"再买一瓶可乐,要冰镇的。"王大路进一步提出了自己的要求。

看着空荡荡的邻床上卷成一团的被褥,思然嗯了一声。

王大路简直把嘴不当嘴了。

饺子接连不断地往嘴里塞着。他都不怕把忙碌的嘴巴憋坏了。管它呢,似乎不是自己的器官,口腔撑得变了形,咕咚,咕咚,饺子争先恐后地往嘴里钻着,似乎慢一点,那饺子会飞了或是被人抢了。

"爸,你慢些。"思然将可乐拧开盖递到他嘴边,"慢点,又没人抢,看把你噎着。"王大路嘴对着瓶嘴喝了一大口可乐:"太美了,就着可乐吃饺子,太香。"

思然问:"那个人咋不见了?"

王大路含着饺子的嘴里含糊不清:"你送刘吉祥出去那人还好好的,后来他突然喊叫胸疼,现在还在抢救室抢救。"

"啥病?"思然说,"看着那么胖,像个黑熊怪。"

王大路往嘴里塞着饺子，半晌方说："胖了才容易得病，听说心脏的血管堵死了。"

汗水沿着额头眉毛眼睛嘴巴一路跌到了腿上，她的目光像是没有方向的风，在沉闷的病房里没头没脑地旋转。

"好香。"王大路一连打了几个饱嗝。

"吃好了吗？"思然拿书给他扇着风。

"还差一点点，不过也够了。"王大路擦着嘴，"饭店的饺子就是好吃，比家里做的好吃多了。你妈啥饭都做不好，一年四季顿顿都是老三样，从来不晓得换个品种，人吃得没一点胃口。"

思然说："一份牛肉饺子二十块，自己买牛肉包的话，二十块的肉要吃好几顿。"

王大路表扬思然："你小小年纪就会算计，将来过日子一定比你妈强。你妈大手大脚的，做饭就舍得放盐，好像盐不掏钱大风刮来的。在矿上的时候，我们发了工资总要去饭店美美吃一顿，专门点没有吃过的。矿工最怕早上下井晚上出不了井。你也去吃牛肉饺子吧。咱吃一顿，也吃不穷，不吃，也攒不富。"

思然合了书不吭声。

"看的啥书？"王大路说，"就见你一直在看书。"

思然说："讲了你也不懂。"

王大路唠叨："别光顾着看书，也要想想你今后咋办。大学没考上不要有啥负担。上大学花那么多钱照样没工作，早早打工还能早早挣钱。嫁个有钱有势的好男人，照样可以过上好日子。"

思然不耐烦地打断他："爸，别说了好不好？"

王大路沉默了一阵，便抠着牙缝。

"啥年龄办啥事情。"王大路闭着眼说，"我和你妈经媒人介绍订了婚,你妈后来嫌我没文化不想嫁我了。一个晚上我喝了点酒,把她约到河边的石头上看月亮。那个以后她听话多了。我把她经常弄到麦地里树林里石头上。她老老实实的。我们结婚的时候,她就怀上了,她没经验,生头一个被她翻身给压死了。你哥要是活着,现在也二十多了,正是顶门立户的年龄。现在新时代讲究男女平等,其实自古以来男女就没有真正平等过,女人的命运都绑在男人身上。嫁个好男人,你就幸福一辈子。嫁个猪货,你就是做牛做马苦一辈子。"

"爸,你说话太难听了。"

"我是大老粗,不会文绉绉地讲。其实不管咋讲,千古不变的道理是一样的。你去城里打工,眼睛放亮些,看见合适的或者是喜欢你的,就紧紧抓住,不要不好意思,该出手的时候一定要出手。你看咱们柳庄嫁到洛城的那些女子,哪一个不是靠婚姻改变了自己的命运?晓红在饭店打工,和城中村的小伙好上了,结果就嫁到城中村,听说今年拆迁,要补偿两三百万呢。上次开着小车回来,给她妈买了金戒指金耳环,把她妈高兴得满村子炫耀。那个彩霞,嫁给城里一个比她大近二十岁的干部,那人的老婆死了,彩霞一过去,就住上了四室一厅的大房子,听说那个干部有三四套房子。彩霞他爸给我们说,他家彩霞每天的日子就是遛狗、泡美容院、游泳、收房租、上大饭店吃饭、出国旅游,你听,这过去地主婆的日子也没这舒服吧。他彩霞上过大学吗?初中都没毕业。还不如你呢。上次回柳庄我几乎不认得了。披肩发高跟鞋抱着一条鬈毛狗,嘴里抽着细细的飘着香味的香烟,身上的香水味能呛死人,走出去老远,那香味还是一股一股地往你鼻子里钻。你说人家咋就那么香呢。莫非变成城里人,身上的肉也变化了,也能生出香味了。你看黄村的柳枝,挣了不少钱,还给自己整了容,把鼻子隆挺了,把胸整高了,把脸弄成锥子脸,把眼皮割成双眼皮,把厚嘴唇弄成薄片片,看着像个妖精,你说这城市是不是把她们这些人的命运给改变了?你不要看不起人家,一定要向人家学习。"

思然哼了一声,揉揉眼,觉得眼睛湿湿的。

"我残疾了,家里将来就靠你。"王大路继续唠叨,"你妈想借这个机会向矿上多要些钱,可崔等来的钱是好要的吗?人家宁肯一顿吃万儿八千的,也不会给我们这些人。其实崔老板还算不错的,给我在医院看好了腿。医生说我看病花了矿上几十万。我在病床上昏睡了两星期,不吃不喝两星期,虽然最后把一条腿给截了,但总比死了强。这个崔老板是老板里的好人。毕竟和咱们是一个村的,还是有一点良心的。你妈心大,还想多要些钱。她找张建设帮忙,到底咋样,咱们心里一点谱也没有。张建设虽然和咱们家是干亲,可一点也不亲,八竿子打不着。你妈硬往上凑,电话里把哥叫得亲热的,估计张建设听着都难受。都说张建设能量大,经常和市上领导在一起吃饭喝酒。他儿子张海山小时候回柳庄,常和你一起耍。你们上山抓鸟下河捞鱼,很多人说你俩很般配。想不到现如今你们一个在天上一个在地下了。"

似乎很伤感,王大路竟擦了擦眼泪。

黯然地,思然不知道自己该说啥,她走出医院,天黑了一阵,一团光猛地扑过来,天撕开一道口子,她看到自己的影子在地上摇摇摆摆,一只狗和一只猫嬉戏着她飘忽不定的身影。

## 三

阳光似乎抛洒了无尽的热,树被迫翻卷着叶子,蝉声嘶力竭地鸣叫着,空气如凝固的热汤,无风,地面偶尔腾起一团烟雾样的尘,脚莽撞地奔进去,人几乎被脚踩起来的灰尘污染了。

思然看见场院门口忙碌着两个人影,待走近了,才发现是水莲和一个男人在锯树。水莲扶着木马上架的一根两米多长的耳树,那男人手握着锯子。咯吱咯吱——那人的劲头真大,眨眼间,碗口粗的树木被锯成了四截。地上乱七八糟地躺着身高一致的木头。水莲递过毛巾,那人擦了擦汗,又把毛巾递给了水莲。似乎那人顺势捏走了水莲手背上的虫子,水莲没反对,还将手朝那人跟前伸了伸。终于起风了,锯末白花花地扬起来,一群麻雀歇在垒得齐整的木头上。

"妈,"见水莲还没发觉自己,思然喊了一声。

"哦,你咋回来了。这些树锯完,我就去镇医院伺候你爸。"水莲直起身,拿拳头敲着腰说,"这是你表叔,来给咱家帮忙的。"

那个被称作表叔的人叫查四会,打得一手好算盘,能同时双手开盘,被称为异人。虽有了计算器,但他仍舍不得放弃,家里墙上悬了十几副形态各异的算盘。村人喜欢听他拨珠发出的啪啪声响。"大弦嘈嘈如急雨,小弦切切如私语。嘈嘈切切错杂弹,大珠小珠落玉盘。"他常对围观的人吟咏。虽然围观者听不大懂他普通话里缠夹的方言,但这并不影响他表演的兴致。他摇着头追问,你们都说说这算盘珠子相互碰撞的声音像啥声音?有说像冰雹打在玉米叶子上的声响,有说像雨水落在树林里,有说像大雨下在了雨水里,有说像天上下起了珠宝黄金,咚咚,啪啪。他摇着头,目光睥睨着天空,手把珠子拨得飞快。有好事者对他的准确性质疑,拿计算器验证,但他不仅速度快,而且从没错过。"算盘是我们老祖宗发明的世界上最早的计算器。"双手在珠子间飞舞着的他吟唱出这么一句惊世骇俗的话语。这个异人。王大路常和众人慨叹不已。

"思然越来越漂亮了。"查四会一手拉锯,一手摁着木头,"你爸那病是个慢性病,关键是要注意休养,干不得重活。"

"穷人得个富贵病。"水莲接过话,"我准备再弄些树,能种天麻,还能栽木耳,现在耳树卖得越来越贵,我们坡上没有能培菌的耳树了,这些树都是我在黄村买的。"

查四会的目光扫过地上的木棒说:"种天麻也得看土壤,你门前的黄泥地不适合天麻生长。天麻喜欢林下阴湿、腐殖质较厚的地方,栽种的土壤一定要选对,不然种下去也是白种。另外培养蜜环菌的树种也很重要,槲树、栎树、板栗树、栓皮树都可以,但是栎树也就是耳树最好了。"

思然没吭声。

水莲把挣钱的希望寄托在栽种天麻、木耳上。眼羡人家一个个门口天麻堆得像一座座山包,看人家从贩子手里接过一沓沓香喷喷的钞票。就砍了自家坡上的耳树,又到阳坡和黄村买了十几车,她是不挣回天麻钱木耳钱不罢休啊。你想,天麻可以治疗眩晕、半身不遂、肢体麻木、风湿等病,用途大得很。木耳质地柔软,口感细嫩,味道鲜美,风味特殊,而且富含蛋白质、脂肪、糖类及多种维生素和矿物质,营养学家赞其为"素中之荤"。这两样宝贝是柳庄的镇村之宝，名声在外，只要你有货，天南地北都有人来收购，这几年销路一直俏得很。

"你别老是无精打采的。"水莲码着木头说，"你舅张建设答应给你找工作呢，人家门路广，等到了洛城，你要好好干，一定要争口气。"

散乱的木头散发着一阵阵清香，思然的脚踩着一根滚到跟前的圆木说："不用他找，我自己会找。"

水莲给查四会茶杯里加了水说："你能的，人家门路广，能给你找个可靠的事做。"

"现在城里工作难找得很，人都往城里跑，城里哪需要那么多人？"查四会喝了一大口，吐掉嘴里的茶叶说，"你不如学习种天麻种木耳，这也是一门技术，有的人家一年卖天麻收入五六万十几万，比在城里打工强多了。"

水莲咧嘴笑了笑："她能看上这个啊，让她走，年轻人守在家里也没啥出息，让她出去见见世面吧。"

思然咬了咬嘴唇，一脚将圆木踢得滚到了水莲跟前："妈，我爸的背心在哪，我要给他带几件换洗衣服。"

"他身上不是穿着吗？"水莲被木头差点绊倒了，一屁股坐在木棒上。

"他身上那件胸口处烂了几个洞。我爸要他那件黑色的，再给他带一条薄裤子，他身上的裤子穿了十几天了。"思然看查四会将用作菌棒的木头垒得方方正正，十几摞子煞是壮观。

"走二十多里路就为了取一件背心，咋不在镇街买呢？十几块钱买一件，这大热天能把人烤死，他叫你回来取你就回来取。这个当爸的一点也不心痛娃。"水莲嘴里说着，看见查四会的手被锯齿割破了，他往手指上抹了一把锯末。

"我们家没钱嘛，省一点是一点。"思然没看那个人，她觉得那个人有点讨厌，管的事太多了，尤其他看人的眼光叫人难受，像暄腾腾的阳光，又刺又蜇人的。

"给你爸买点营养品，有啥需要了就在镇街买。"查四会递过三张大红的钞票。

"我有。"思然闪避着，将一截圆木踢得骨碌碌跑了。

那人下巴那颗巨大的黑痣映入眼。人说下巴生痣的人非富即贵，但他也就是去年才任的村主任而已。前几年他上秦岭山，给人开过金矿，打过炮眼，干过掘进，据说拿了矿主几斤金子跑路了。在西安南郊鲸鱼沟养猪，上百头，发瘟疫，死了全葬身垃圾填埋场。在大明宫卖了两年瓷砖，以家里五十亩荒山作抵押，合伙柳庄几个做陶瓷生意的老板，将西安荒郊一疙瘩闲地纳入了囊中。在地周边垒了围墙，墙上扎了铁蒺藜，养了两年杂交野猪，后盘给一个专业搞养殖的老板。再后来西安地价猛涨，他们把那块地卖了，几个合伙人为钱翻了脸，一人被砍伤，几年官司打下来，他的头发全白了，最后他到底拿了多少真金白银谁也不清楚。"太贪了，啥都想弄，在西安把钱挣美了，回来却租地种木耳种天麻，他弄啥成啥，木耳、天麻把钱又挣美了。"王大路给思然说起查四会，既佩服又仇恨的模样。

黑痣。思然摸摸下巴，赫然觉得那里隐隐地灼热，她也生了他那样的黑痣，恶心死了，她时时拿手摩挲或用刀刮擦，企图让那个显著的标记消失，谁知越刺激它越疯狂，陡然胖大了许多，不期然还像他那样生出一根黑毛，思然害怕得要命，用剪刀剪了，呸地骂了一声。

"你快去寻。"思然对往码得整齐的菌棒上蒙着苫布的水莲喊,"我还赶紧要去医院,我爸一个人在病床上,他还没吃晚饭。"

水莲诧异的目光掠过思然,看见查四会敷着锯末渐渐变红的手指,苫布被风掀着像一只大鸟的翅膀呼啦啦地飞。

## 四

所谓的背心也不新了,但比起他身上的那件,成色还是好一点。那条蓝色的裤子是王大路的最爱,他只有出门时才穿,那条裤子显得他的腿长,像一棵笔挺的耳树。但现在这条裤子再也穿不出好看的效果了。一条裤腿空荡荡的,若有不怀好意的风,那条裤腿就在身边飘来飘去,偶尔发出欻欻的声响。王大路那一条好腿永远不见了,也许已化到煤炭里成为煤泥的一部分。那条腿做的煤球是被烧了化成一股股的烟呢,还是和一块块煤球混在一起,被卖煤人拉着在冬天沿街叫卖?

爸爸的腿啊。

思然现在似乎理解了金鸡独立的意思。王大路成了一只独立的金鸡。没了腿的王大路拄着拐,他再也不能去远处打工了。他曾去的地方思然都在地图上标注着。府谷、神木、洛南,以及贵州、内蒙古,哪里有矿山,哪里就有王大路一群人的身影。而在崔等来煤矿,王大路没有得到幸运之神的眷顾,那条健壮的腿被一根倒下的立柱砸断了,要不是查四会救,他的身体会被笨重的立柱砸成泥。好险啊,每每想起那场矿难,王大路抚着树桩样的断腿常是叹息而后怕。

走到半道的思然折身往回走。看了一半的《红楼梦》忘了带，病房里正好继续看啊。而王大路也喜欢叫思然读书给他听。你的声音比广播里播音员的声音好听。王大路听她读书常这样夸她。"我咋能比得上播音员！"思然提着袋子走得飞快。

一只只麻雀在头顶的天空鸣叫。几只蝴蝶跟思然飞了一阵，最后站在野花上拍着翅。水声哗哗的。或肥硕如房屋，或圆滑如鹅卵，大小不一的石头如远古的遗迹散落于河床，像牛似马，如犬若鸭，静默中散发着肃穆而神秘的气味。似乎时间将它们凝固了，杂草树木掩映，穿河的风沿河道奔跑，击剑声斥骂声嘶鸣声马蹄声叫嚣声突然塞满了河谷。思然惊吓得停住了脚步。一阵阵薄雾从河面腾起，瞬间就弥漫了河谷，恍惚间看着一支队伍从河里上了岸，骑马的拉车的驮着粮食的，扶老携幼，喧哗与骚动充满了河谷。咿咿呀呀，有女声尖着嗓子唱起来，歌声凄凄，队伍迤逦着上了山，一声尖锐的犬吠，山谷瞬间恢复了沉重的静谧。一张张脸从大雾里飞过。张建设、张海山、查四会、刘吉祥，思然觉得每个人脸上都闪着暧昧的笑容。"张海山。"思然叫着他的名字，将挡着她路的蛤蟆踢飞到了河里。一只螳螂正欲抓捕虫子，她的脚踩上去，看着那摊绿色迸溅的汁液，她叫道："你跳啊，你不是跳远冠军么，你等着叫我消灭你。"失去生命的螳螂自然听不到她的话。一辆车携着劲风呼啸而过，险些将她剐到了河里。海山。思然似乎看见了他高大的白杨树般挺拔的身子。他粗壮的胳膊如生着无数触角的藤蔓，她的身子被无数的手裹住了。他笑着，喘着，不怀好意的气息浮动着她的耳根和发梢。他像一条浊浪澎湃的河水。她如跌进去的小狗，总是游不到岸边。他的笑如一股风，将她吹得身子软酥酥的。她走不动了，身子软得厉害，索性坐在路畔的石头上。

天空阴暗，偶尔从树林里飘出鸟儿孤零零的鸣唱。王大路说这段河谷常出怪事，有人看见过不完的队伍，有人看见一群兵厮杀，有人看见拖儿带女逃荒的，有人捡到光滑如玉的头骨。突然想哭。泪水奔出眼。思然在这暮霭飘拂的路上，在这孤独扭曲的路上，肆无忌惮地把憋着的哭声释放了。

场院静得不成样子，地上的木头横七竖八地躺着，锯子挂在树上，查四会的摩托还器宇轩昂地停在厕所边，那只慵懒的黑狗见是自己的家人，呻吟数声，复又睡去。思然的心咚咚跳着。她似乎有了某种特异功能。她听见了最细微处的声响。她看见自己像一只灵异的猫。她透过玻璃破洞看到两只脚起劲地拍打着床沿。她听见水莲发出母猫般缠绵低沉的呻吟。她觉着一道电击穿了自己。月光突然大亮，世界亮堂堂的。她看见自己像一只丑恶的壁虎抓着掩藏了秘密的窗户。身上汗水激荡。她不知道自己何时消遁。时间好重。她恍惚看到那个瘫在床上的人是自己，是喝醉了酒迷迷糊糊的自己。那另一个人呢？是海山吗？海山健壮得像头公牛。身上游荡着酒精与香水的混合体。他如贪婪饥饿的虎豹张大嘴一口就吞了懵懵懂懂的自己。她骂自己不该那么想。自上高三例假就没有准时过。有时一月来两次，有时索性两个月不来。压力大啊。女生例假紊乱又不是她一个。太正常了。这次几个月没来，她还以为是正常之事呢。水莲去韩城摘花椒，摘完花椒后又忙着去洛川帮人摘苹果。她可怜得连个商量请教的人都没有。穿着肥大宽松的衣衫，王大路根本发现不了她的异样。打工回家的水莲从行李箱里往出掏着花椒苹果山楂及衣物，掏着掏着就发现了问题的严峻。不得已。她告诉了水莲。水莲逼着她讲了细节。"强奸，那是犯罪。"水莲斩钉截铁，怒不可遏。他张海山要判刑坐牢的。水莲拿着恶狠狠的话咒骂那一家人。但她不想啊。海山固然做得不对，但也不至于让海山坐牢。海山的理想远大着哩。他要当公务员。立志要做大官。他说只有当了公务员当了大官，才能改造山河改造人间。自己能把这样的人送进监狱吗？水莲扇了她一耳光。还骂了她几句脏话。这于水莲于她都是第一次。水莲压抑地哭着。叫她一起去洛城。但她不。她不想再见那些人。她不知道水莲去张家的意思。但她朦朦胧胧地觉得，水莲带着自己去，肯定不是啥好事。果然，水莲说："即使不坐牢，也不能便宜了他们，不能叫张海山把我的黄花大闺女白白糟蹋了。"你听，难堪死了。水莲便执意去了。从洛城归来的水莲像是打了大胜仗。得意地似乎做了一笔好买卖。她不想问。也许水莲和张家达成了交易，但那和自己已没多大关系。母亲把自己的贞操卖了，那原本是母亲给的，她觉得收了钱才不亏，那就让她收吧。

思然恍恍惚惚的，如发了高烧，身子像树叶，轻飘飘的。

虽未留心去听，偶然两句吹到耳朵内，明明白白一字不落道："原来是姹紫嫣红开遍，似这般都付与断井颓垣。"黛玉听了，倒也十分感慨缠绵，便止步侧耳细听。又唱道是："良辰美景奈何天，赏心乐事谁家院。"听了这两句，不觉点头自叹，心下自思："原来戏上也有好文章，可惜世人只知看戏，未必能领略其中的趣味。"想毕，又后悔不该胡想，耽误了听曲子。再听时，恰唱道："只为你如花美眷，似水流年。"黛玉听了这两句，不觉心动神摇。又听到"你在幽闺自怜"等句，越发如醉如痴，站立不住,便一蹲身坐在一块山子石上,细嚼"如花美眷,似水流年"八个字的滋味。忽又想起前日见古人诗中,有"水流花谢两无情"之句;再词中又有"流水落花春去也,天上人间"之句;又兼方才所见《西厢记》中"花落水流红,闲愁万种"之句,都一时想起来,凑聚在一处。仔细忖度,不觉心痛神驰,眼中落泪。

思然给王大路读到了《红楼梦》第二十三回"西厢记妙词通戏语　牡丹亭艳曲警芳心",她似乎觉着自己化身为黛玉,不由得擦着泪,冷不防有人拍着她的手,原来是王大路睡醒了,他嗔怪道:"这个故事没意思,听的人都瞌睡了,林黛玉早晚哭哭啼啼的,哪个男人会喜欢她?不如《包公案》《七侠五义》有意思。"

思然还欲再读时,王大路又扯起了粗野的鼾声。

## 第三章

### 一

母亲六十岁这年王一盘不得已将她带到了洛城,在距家较近的鼎新居租了房子,雇用了一个保姆,伺候老人的起居。自老人屎尿不能自理后,保姆一个个辞职不干了。王一盘像毁了巢穴的蚂蚁,终日里惶惶地。每日里先从自己家去老娘处,给弄了吃喝,再匆匆赶赴单位。下了班买点饭菜,急急带给老娘。几个月熬下来,王一盘肥壮的身躯日显萎靡,说着话就打盹了。老娘终是不忍,看着儿子清理床铺,嚷着要回老家。老家脏是脏,大家都脏,谁不嫌弃谁,困到这个屋子里,屎尿味憋在房子里散不去,有时苍蝇嗡嗡着,人变得跟大便一样臭。

王一盘辩道:"城里毕竟还有人经管,回了柳庄,谁管你吃喝,谁给你擦洗,还不是让我更难心安,不是更让人骂我?"

老娘觉得儿子说的也是个理,便背着儿默默擦流泪的眼。一日会议结束得晚,王一盘被人叫吃饭,宴毕十一点,醉醺醺的王一盘开了门,躺在地板上的老娘内裤卷到了大腿,那腿上的便里隐约可见葵花籽和干瘪的豆子,墙上糊着屎的痕迹,显见娘在卫生间跌倒了,她扶着墙,跌跌撞撞爬到客厅,地上一溜稀便,隐隐的血。

被王一盘叫醒的老娘仓皇地盖住了洋溢着热烈恶臭的下半身。"妈,你咋不给我打电话?"王一盘给她擦洗着身子问。"我不会打。"老娘闭着眼睛。"我给你把号码编好了,你直接按1就打到我手机上了。"王一盘拖着地板说。

"我不会。"老娘突然放声号哭。

将那些裹着屎尿的衣服扔进垃圾桶,王一盘站在窗前默默抽烟,一定要找个好保姆,花多少钱都行。

## 二

思然被这个人惊到了。

她左腿瘸着,身子如一张打不开的弓,左胯骨的地方突出一个大包,像永远背着一个神秘的包袱。惨白的皮肤能看到青色的血管,身子那个轻啊,一如睡在茧里的巨婴。

"娃儿,吓到你了吧。我年轻的时候可是全村公认的大美女。我走到哪身后的男子能跟一大群。喜鹊围着我叫,蝴蝶绕着我飞,萤火虫给我照明,蜜蜂给我酿蜜,花朵为我开放,向日葵为我转头,哈哈哈,要是一直待在那个年龄不出来就好了。"

她抓着思然的手咯咯大笑。

"娃儿,不要看我现在又老又丑,可是我的心还年轻得很呢。"她抓着思然的手说,"你的脸蛋真好看,像我年轻的时候,捏一把都能捏出水来。我三个娃就这个老三出息,考大学到了城里,现在还当了个啥领导。三儿孝顺,把我接到城里,可惜我腿不好,不然我也能穿着红绸裙子举着大红伞在广场上跳舞。我会扭秧歌。当过秧歌队的领队哩。县上奖励的一把红绸伞我至今还保留着。可惜现在生活不能自理,活得还不如畜生,好娃哩,终于把你给盼来了。"

思然轻柔地按摩着她干瘦如柴的大腿。

她摸着思然头发继续唠叨:"你这头发又黑又亮,这香味我最爱闻了,这就是年轻的味道漂亮的味道,不像我身上老是一种又酸又臭的气味,我自己都嫌弃自己呢。我晚上起夜把大腿摔断了,老三他爸逞能,他给我接骨,关节没对接上,骨头就长成了畸形。我那老不死的本事不大,脾气倒大得像吃了疯狗肉。三儿到城里工作几多年了,还经常挨他爸的耳光。我常说咱三儿也是有官衔的人,也是国家的人,端着铁饭碗,人面前人五人六的,从乡镇干事副镇长镇长书记一步步熬出来,娃也不容易。可他爸偏不信邪。皇帝老儿还有一个叫花子爸呢。听到啥不利的传言,他就要问个明白，人要是没回来，他就打电话问。有时三儿辩解，他就蛮不讲理地给耳光。他把三儿还当作过去他那个老实得踢不出一个响屁的儿子。他把自己弄得像那个铁面无私的包文正。包拯有王朝马汉有皇上御赐的龙头铡，上铡皇亲国戚下铡奸佞贰臣，他有啥？最多有一条围着他身子瞎转悠的大黑狗。咯咯，扯远了扯远了扯远了。老三和他爸的关系越来越生分。他爸听说烟里头中华烟最好酒里头茅台酒最好，他就叫三儿给他弄点尝尝。说了好多次。三儿说这两样东西都贵得很，一条烟抵几条普通烟抵一袋子化肥尿素呢，一瓶酒抵得上有人一年家里的花销呢，我有钱了给你买。他爸气得不行。他听人传言经常有人给三儿送礼，送茅台五粮液中华烟是最普通不过的，有的还拿信封和塑料袋装钱。他爸就给我发脾气。骂三儿中华烟都发霉了茅台酒都喂狗了，就是不给他这个当爸的尝尝，实在不像话不是个东西。我就把这话说给老三听。说了几次，老三听进去了。回老家的时候给他爸带了一盒中华烟提了半瓶子茅台酒。他爸一口气抽了三根。抽完了说这是中华烟吗，人传得神乎其神的，还没有两块五一盒的黄公主烟好抽，还没有他卷的烟叶子劲大，老三给我拿的该不是假烟吧？喝了几盅子茅台酒，他嘴里嚼着黄瓜说，这酒还不错，比我酿的柿子酒玉米酒强些，不上头，绵，入口很顺，这个应该是真的。他爸自言自语，嘴角挂着几滴酒液，那样子真像一个酒瘾发作了的酒鬼。尤其他抽一口中华烟喝一口茅台酒的样子，享受得像个神仙。这酒不是你买的吧？他爸喝完瓶里剩余的酒问。这个问题太多余太不厚道了，叫人不好回答。三儿冷冰冰地说，不是我买的还是别人送的？他爸摇着空荡荡的酒瓶说，你买半瓶酒吗？三儿冷冰冰地说，谁给我送，人家钱多得烧包吗？他爸最后心疼地说，要是你自己掏钱买以后就不要买了，这么贵自己掏钱买划不来，尝尝味道知道这名烟名酒是咋回事就行了。

"三儿愤怒的目光噼里啪啦的，像是夏天的冰冷子打在他爸窝在躺椅里的身体上。

"你叫我清廉向包拯学习铁面无私不占公家一分一厘的便宜，你又嫌我没有人送烟送酒，你咋就这么会做父亲呢？有你这么做人的吗？看你的意思似乎我混得很差劲，竟然连烟酒都没人送，这个官做得也太没滋味了，你这样子叫我咋做人，你叫我到底是做贪官还是做一个清廉的干部，你这个人哦？

"三儿愤怒的目光像生气的大水漫过他爸散发着酒气的恶臭的身子。他愤愤的声音还没爬出口，就听到他爸嘴里冲出一群高低不平的鼾声。他张着黑洞洞的嘴巴，似乎要吃掉啥子。他爸抽了好烟喝了好酒没几天就死了。睡了一觉人就没了。嘴巴大张着，眼睛瞪得白光光的，半边身子被自己嘴里流出的水弄湿了，脸扭着，嘴巴鼻子都挪了位，屁股底下拉了一摊稀。他爸就这样殁了。

"三儿给他爸的丧事倒是办得风光，花圈院子摆不下，沿着小路摆到了河边。白花花的，风一吹，像是满山的花开。我被人搀着看那些花圈。我叫人念送花圈人的名字。哈，一百多个。这个局长那个副局长，这个科长那个处长的，村上的、镇上的、市上的、省上的，三儿的脸真大。

"我对老头说，你知足了吧，三儿给你把面子挣得够大，这柳庄几十年来你怕是死得最风光的，一百多个花圈，那么多领导都来给你吊孝，你的面子比山还大呢，你的面子赛过了书记、镇长，你的风光几乎赛过了煤老板崔等来。崔老板是有钱。可崔老板还不是也来了。按柳庄的礼仪给你磕头作揖，给你上了三炷香，也够可以了。你死得风光,柳庄那些老头子眼红得不得了。说有镇长来给我烧三炷香跪下磕三个头也死得值了。说让千万富翁崔等来磕个头做个揖也算是活成人了。说能唱四晚上的老戏也是不枉生一回人了。没人能跟你比。三儿请人给你唱了七个通宵的孝歌,请市上剧团名角给你唱了四个晚上的老戏,请几个音乐学院的大学生给你唱歌。那些女演员大冬天穿着短裙子光胳膊光腿,在台子上又是扭又是唱,你要是见了,一定骂人家风骚不要脸骚情,可村上的人爱看,周围几个村的人都来了,从来没有这么多的人聚在一起。太热闹了,从来没有这么热闹过。人们都在心里头在嘴巴上眼红你。

"三儿还讲了话。

"讲了你一生的不容易,讲着讲着就把自己讲哭了,就讲不下去了。

"他老舅把一床红被面挂在他脖子上。他二舅把一个大红花戴在他胸上。这种风俗你是晓得的。生前哪个最孝顺,舅家就给他披上大红被面戴上大红花。这是咱柳庄对孝顺儿女的最高奖励。据说收了很多礼。我看见人单独将信封塞给三儿媳妇橘子。不晓得一个信封装几多。我问橘子,橘子呛我说,你老糊涂了吧,哪里收钱了,现在谁敢明目张胆地收钱。橘子不把我当她妈当作了骗子。我腿瘸了脑子又没坏嘛眼睛又没瞎嘛。我明明在窗子外看有人将信封塞给她了。她咋说没收呢。我又不要你的钱你们怕啥呢。还怕我给人说了去。我有那么傻吗?我只是想知道个数字而已。我按捺不住好奇问三儿。想不到三儿和他女人一个腔,连连说没收钱,还给我再三交代,别人要是问了,就说没收钱,一分一文都没收。他们夫妻都刻意瞒着我,我老太婆就不问了。他爸没了几个月后三儿就把我接到了城里，给我单租了一个单元房，我算是过上了城里老太太的日子。"

"你咋不和他们一起住？听说他们家的房子大得很，住一起不是方便吗？"思然梳着她银白的头发问。老太太絮絮叨叨地说着，似乎累了，喝了几口水，喘着气。

"我腿脚不好，房子弄得臭烘烘的。"老太太说，"我自己都嫌弃自己，跟人家住一起就是个祸害。雇了几个保姆，都不顶事，亏得找到你了，咱一个村的，还真有缘分。"

思然苦笑笑，将老太太的头发绾个疙瘩束在一个网状的髻里。

三

"我妈呢？"

王一盘看了一眼贴着招财娃娃图画的门，轻轻吹了吹杯子面上浮游的茶叶说，"泡绿茶的水不能太开，太开了把茶叶烫死，营养也流失了。"

"刚睡下。"思然看着王一盘将一片茶叶吐到地板上说，"奶奶说了一上午的话，从睁开眼一直说到吃午饭，吃了饭不让我收拾碗筷就说话，说着说着就倒在床上睡着了，睡觉呼噜打得怕人，要不是我从小听惯了我爸妈的呼噜，还真的害怕。"

王一盘看着思然拖鞋里蠕动的脚指头说："你坐下么，老站着干啥？"

看思然在沙发的另一端坐下后，王一盘道："我妈都给你说啥了？她脑子时好时坏的，你听听就是了，权当是听故事，不要给外人讲。自己家里的人说话都不顾忌，叫外人知道了就不好。"

突然被王一盘称为自家人，思然心里头怦怦地跳，她轻声道："我记住了，我给谁都不说，奶奶说啥我听听就是。"

"这就好，"王一盘看着思然顾长的脖颈说，"每天把房子收拾得干干净净的，地板多拖几次，撒些消毒水，我买了几本菜谱，你抽空多学学，人年龄大了，一定要吃好，营养要跟上。"

思然嗯嗯地应着。

王一盘接着道："老年人容易寂寞，不能常看电视，看电视时间长了，对视力很不好，你可以让我妈给你讲故事，她脑子里装的故事可多了，几乎可以编一本故事会，你也可以给她读书读报，给她出一些简单的问题，让她锻炼锻炼脑子，我爸就是脑梗急性发作死的，我妈有轻微的脑梗，让她做些脑力活动有益于她大脑的健康，早晚多推着她出去转转，小区的广场花园啊，周边的启明路风景路及大富豪超市都可以带着她转转，你要像伺候亲妈一样伺候她，你就把她当作你亲亲的妈，虽然她的年龄可能比你亲妈大一些。"

王一盘从茶几上的烟盒里抽出一根香烟说："我妈心善得很，你对她好，她肯定也对你好，咱们老家都是柳庄的，我妈在柳庄生活了大半辈子，你们交流起来也容易得多，她有时候也疑神疑鬼的，你不要管，她不管说啥，你都不要害怕，听着就是了。"

"嗯，嗯。"思然嘴里应着，这是主家给她定规矩下任务，都要用心记着，这是自己的工作，一定要尽职尽责。

"不要怕脏，"王一盘将抽的还剩半截的香烟摁灭在烟缸里，"她有时候大小便不方便，你要多检查多辅助，不要让屎尿沾在身上了，要勤给她洗，勤换衣服，你把她当个婴儿你就明白该咋做了。"

思然看着王一盘蜷在脑门上的头发，心里沸腾着，我还是个孩子呢，你让我把六十多岁的人当婴儿，好像我带过婴儿似的，你一会儿叫我将她当亲妈，一会儿叫我将她当婴儿，那我到底是啥啊？

王一盘看着思然在拖鞋里躁动的脚趾道："我还买了几本老年人护理书，你抽空多看看，这对你提高老年人护理水平有益处。"

思然看了一眼王一盘脑门上垂下来的头发道："我又不当护士，学老年人护理干啥？我最烦当护士了。"

王一盘将那股不听话的头发安顿在头顶上："护士是白衣天使，这是一门专业技术，南丁格尔你听过吗？救死扶伤，伟大的人道主义战士。医生下了医嘱，主要靠护士执行。三分治疗，七分护理，护理的重要性咋样强调都不为过。"

"护士有啥好学的？我初中同学刘吉祥就卫校毕业的，他学的是护理，男护士好找工作，但刘吉祥毕业后不干护士，一个男的干护士多没面子，他就继承他爷爷的衣钵，在他爷爷的诊所既当护士又当医生，病人多得忙不过来，好多人不去镇医院而去他家诊所，因为他爷的服务好，谁家里病人走不了，打一个电话，他爷就骑着摩托去了，不管白天还是黑夜，不管天晴还是下雨，我们那里的人病了都爱去他家诊所挂几天针，他叫我去诊所帮忙，我没去，啥都没学过，穿个白大褂装腔作势的，别人不笑话我心里都觉得别扭，万一一针把谁打坏了，这个责任多大。"

思然说着，突然发现自己还真能说，把那个远在柳庄的刘吉祥都说出来了。

"不是让你当护士。"王一盘见思然误解了自己的意图，便道，

"让你学点护理知识,照顾老人就更便利些,护士也不是谁想当就能当的,人命关天的事,万一一针打下去人给打坏了呢?我听医院的朋友讲,有个护士打针注意力不集中,一针打在屁股的神经上,导致那个人下半身瘫痪了。"

"我懂了。"思然擦了擦额头微微沁出的汗珠道,"你放心,我会做好的,这是我的工作嘛。"

"当作你的本职工作就好。"王一盘看着思然披在肩上的长发说,"其实你和我们一样都是上班,不过我们去单位上班,你是在家里上班,并且比我们还自由。现在在家里上班的人多得很。比如作家、自由撰稿人、家政工作者,等等,多得很。"

见思然不语,王一盘又叮嘱道:"不要往家里带人,现在的人可怕得很,即使是熟人也不要往家里带,对任何人都要保持警惕,进出一定要锁好防盗门,晚上睡觉前一定要把门反锁了把窗子关好,检查一遍水电及煤气,将所有的安全隐患消灭在萌芽状态。"

"记住了。"思然咬了咬嘴唇。

"三儿。"老太太突然在房里喊。

王一盘就进了屋,老太太已经睡醒,她揉着糊着眼屎的眼睛道:"听你在那里和思然咕咕叨叨说了大半天,寻思你该进来看我,可我等了好半天也不见你进来,你得是嫌娘臭,把娘塞给一个保姆就心安理得了。"

"我给思然讲'三大纪律八项注意'。"王一盘将老娘扶起靠着床头道,"我最近工作忙,可能来得少了,你有啥需要就给思然说,她是咱们雇的保姆,你咋吩咐她咋干,只要你满意。"

老太太抓着王一盘白皙如女人般温软的手:"我看见你爸也跟来了,他说他苦了大半辈子还没在城里享受过,我老了老了还在城里住下了,还单独住着一套大房子,还有一个保姆伺候着,过上了往年地主婆的日子。他那死鬼还嬉皮笑脸地极没正经地拧了一把我的脸。说我的脸嫩了不像耳树皮了,说我的眼睛也有神了能照见人影了。咯咯。老没正经的。他说他没坐过地铁,没坐过大辫子公交车,没坐过飞机,没坐过轮船没看过大海。他拉着我的手,把我的手腕子都捏红了。他再三叫我一定要坐坐飞机,感觉感觉在空中像鸟一样飞的感觉,他叫我一定要坐坐轮船看看大海,看看大海到底有多大,轮船为啥能在海上漂?还说我逛的时候带着他的照片喊几声他的名字,我走到哪他就能跟到哪。你爸真能行,亏他能想出来。"

"等你腿脚好了,等我有空闲了,我就带你和我爸坐飞机坐轮船。"王一盘揉了揉潮湿的眼说,"以前我做不到,现在我能做到了,碎碎的事嘛,你想飞,随时就能飞起来。"

"真的?"老太太满是褶皱的脸上挤出灿烂的笑。

"你爸待在房里不走,他要和我住一起。我说你都死了还要和我住一起,他说旁人也不知道他死了,有的人死了他还活着,有的人活着他已经死了。我劝他赶紧回去,老屋那庄子总还得守着吧。可他不愿意回。最后他哭得像个娃。说他的屋子被水冲了,他的房顶一下雨就漏水,说他两条腿上长满了绿毛。我不信,他卷了裤腿叫我看,真的,两条腿像是两截子湿木头,上面长着绿茸茸的毛,还有一些肥胖的甲虫啃他的骨头。我疼啊。你爸哭得像个没娘疼的幼崽。我说让三儿回去给你把房修修。可你爸他哭着不愿回。他说他怕。我问他怕啥?可他哆哆嗦嗦的,一句话也不肯讲。三儿,你抽空回老家看看,是不是有人扒了你爸的坟?你在你爸棺木里陪葬了好烟好酒,我怕有人起坏心盗你爸的坟。"

"嗯。"王一盘胡乱应着,"你是想我爸了吧?"

老太太揉了揉核桃般皱在一起的脸皮:"我想回去看看你爸,他一个人我总不放心,要么你把他接到城里住几天,反正这房子空着也是空着,多一个人还热闹些。"

看她又糊涂得神志不清了,王一盘有些烦,道:"你好好在这里待着,不要胡思乱想。"

老太太闭着的眼睛忽地睁开了:"橘子还跟你在一起吗?咋不见她来看我。我来了这长时间了,她总共来不过五次,每次来待不到几分钟,好像我这里有鬼似的。我再臭也没有她拉下的粪臭,她不来就算了,可不能不让士杰来,我就这一个小孙孙。"

王一盘皱着眉头道:"橘子上班忙得要命,等她休假了,我让她来看你。士杰时间紧得很,每晚学到两三点,上次月考又落后了五名,成了班级第十名年级第八十名,橘子急得快疯了,每晚上守在他身边,士杰一打瞌睡,她就拿针刺士杰的胳膊,士杰胳膊上布满了密密麻麻的针眼。"

"这个女人,"老太太发飙了,"她拿针扎我孙子,她这是亲娘吗,士杰是她亲生的吗,我孙子早晚会死在她手上,这个女人,狼心狗肺、烂心化肺,早晚我孙子会死在她手上。"

"好了,好了。"王一盘站起身不耐烦了,"她儿子她能不爱?现在中考太难了,你成绩不好就考不上重点高中,考不上重点高中就考不上重点大学,考不上重点大学就……"

"好了,好了。"老太太一口浓痰唾在他鞋上,"考不上大学的人多了,没见谁活不成,你上了一个洛城师专,还不照样当干部,橘子那个婆娘才上了个中师,你们干不了的事情就让娃干,有本事你们自己去干,要是把我孙子逼死了我可跟你们没完。"

老太太便讲了许多听来的传闻。谁家娃年级落后了十名就跳楼了，从六楼跳下去像一块玻璃摔在地上摔碎了。某家的娃考得差被他爸抽了一个耳光，娃精神出了问题现在还住在精神病院。家长总是说别人的娃咋样咋样地优秀，咋样咋样地勤奋，咋样咋样地有志向，娃最后拿水果刀捅了别人家优秀的娃……

"好了，不说了，不说了，不要说了。"

王一盘简直要爆炸了。他觉着自己憋了许久的狂躁实在按捺不住。老娘的话太烦太刺耳太不吉利。不会讲你就不要讲。你一个大半辈子生活在农村的老太婆，你咋知晓城里的艰难。哪一个人不是像蛆虫一样从又脏又秽的生活里爬出来？你拖着肮脏的尾巴，爬着爬着，路才慢慢地变得平坦，最后脱落了尾巴才有可能变成一只色彩斑斓的飞虫？许多人像蛆虫一样挣扎在嘈嘈杂杂粪坑般的生活里，一辈子都没爬到坑沿。

几年后，当士杰从十六楼纵身飞出的时候，王一盘是否会想起老娘那可怕的谶言？

## 四

王一盘与老娘张翠香的对话接连不断地飞入思然的耳里。想着自己高中三年打仗一样兵荒马乱的生活，思然心头荡过阵阵苦痛。城里的管教与农村的管教果然有极大的差别，都是为了考学，自己的父母就是常唠唠叨叨而已，可王一盘夫妇那完全是一副拼死拼活的架势，人家这么好的家境尚且如此拼命，自己那点努力又算得了什么？比起士杰的父母，自己的父母太不称职了。小学每天往返四次，每次要走四里路，水莲常抱怨她的鞋子比别人烂得快。初中每个周末回一次家，要走二十五里路，人家父母要么骑摩托车接送，要么给孩子买一辆自行车。可自己父母压根儿就没想过这问题。脚就是走路的，越走越健康，这是个问题吗？王大路压根就没送过自己，水莲就更不用说，往往塞给她五六块钱，就算最大的福利了。没人问她这二十五里路走得累不累。有时帮家里干活就走得晚了，二十五里山路全淹没在沉甸甸的黑里。水流动的声响在夜里显得异常清冷，树木发着呜啦啦的叫声，间或传出猫头鹰长一声短一声的嘶鸣。一团团磷火在黑压压的山坡上一闪一跳的，白晃晃的，风搅着磷火满山坡奔跑，路边腐烂的木耳棒闪着莹莹的白光映着那一座座坟墓，思然怕那墓门洞开会突然爬出几个精怪，脚步声攥着自己在空旷的河谷里愈显恐怖，鬼抓人狐狸变成人的故事纷至沓来，她疯狂地奔跑着，头发在头顶发出呜啦啦的声响，跌倒了，爬起来，如是者再，及至看到人家的灯火，才发现自己浑身水淋淋的，一只鞋跑丢了，她就赤着一只脚走到了学校。

士杰断然不会相信这样的传奇。

要是自己生在如王一盘这等的富裕家庭，成功还不是手到擒来之事吗？有人生来富贵，有人生来贫穷，人是生来就不平等的。谁说人生而平等，这不是麻醉人的胡话吗？老鼠下的娃会打洞，小贩的娃娃会玩秤，这不都是说明基因的可怕吗？思然琢磨着这些貌似庸俗的道理，觉着身上电击般一阵阵发抖。

士杰被橘子带来那天，思然正给张翠香洗头，洗脸池里落着银色的头发和麦麸般的皮屑。门铃声听得不甚真切，门开得迟了，橘子的脸上布满了愠色。

看张翠香乱糟糟的头发披散着还滴答滴答地落水，衣裳也湿了一大片，橘子拉沉了脸，厉声道："洗个头也洗不好，弄得到处都是水，衣服全湿了你没看见吗，你把她弄感冒了咋办？她感冒一次跟得了大病一样，得去医院打一周针，挂一周水得两三千，你以为六十岁的人像你们年轻娃，热点冷点都无所谓。"

思然拿干毛巾擦着张翠香的头发，嘴里没声，心里头却翻腾着无边的愤懑。这个橘子对她一直存有芥蒂，从不正眼看她，似乎她是一个不祥的物件。即使是迫不得已地看了，也是充满着鄙夷和厌憎。听说她曾对思然的到来极是反对，瞧她的眼，双眼皮丹凤眼，看人的目光像带着钩，明晃晃地勾人。瞧她的腿，长得那么长那么细，不当模特儿长那么长的腿干啥啊，不是浪费布料吗？再瞧她的耳朵像个玛瑙做的饺子，要戴你就戴个金的嘛，偏偏戴个几块钱的耳坠，要多俗气就有多俗气。你看她手腕上还戴着一个金黄色的手镯，好看是好看，估计也就是几十块钱的地摊货吧。不能要。这样的人能当好保姆吗？还不是忙着一天到晚地装饰自己，好吃的都叫自己先吃了，哪还顾得上伺候老人。那么年轻她不嫌弃脏吗？如果不嫌脏也不嫌弃工资低，那她的意图就值得怀疑了。这个年代，对谁都不敢多一点点的信任。你信任别人就是给别人伤害你的武器。农村女娃咋了。现在农村女娃为了进到城里来，啥手段不敢用，啥事情做不出来。

前几个保姆不是活生生的例子吗？

陈二花每天光知道看电视剧，几乎把热门剧目追完了，还在电视上买了好多收费节目，啥健身啊美容啊游泳啊瑜伽啊，太可怕了，进了城的女人要是疯起来，比城里的女人恐怖多了，那简直是饿虎下山羊入狼群。

另一个何娜呢？每天光顾自己吃，自己喜欢吃啥就做啥，每天吃五个鸡蛋喝一盒牛奶吃一个苹果洗一次澡。啧啧，才几个月，把自己养成了一头像是有了身孕的奶牛。而张翠香呢，脏还是那么脏，邋遢还是那么邋遢。

那个刘蓝蓝更神，竟然与本小区一个老头好上了，公然把老头引到家，趁张翠香昏睡，两人聊得热火朝天。后来刘蓝蓝经常去老头家，两人坐在沙发上看电视喝啤酒嗑瓜子啃鸡腿，地上散落着肯德基的外卖盒子，妈呀，这日子赛过皇上了嘛。但幸运不总是垂青偷荤的人。旅游回家的老太婆发现了这令人惊诧的一幕。这么滋润无耻的生活她这个原配都不曾享受过，偏偏叫一个来自乡下的保姆捷足先登了鸠占鹊巢了。老头见了突然杀回家的老婆并不吃惊，酒照样品着，鸡腿汉堡薯条照样吃着，简直是一副挑衅的姿势。老婆在叱骂中血压升高突然摔在湿滑的地板上。老婆的儿女不干了。他们无法羞辱自己的父亲。他们来找王一盘。他们集体坐在客厅里。那个长着雀斑的大女儿甩手给了刘蓝蓝一个响亮的耳光。老头儿子摘下架在鼻梁上的宽大墨镜，拿墨镜指着刘蓝蓝就骂。刘蓝蓝掩着脸，哭声一浪一浪地。你不赶这个保姆走，小心你儿子过马路被车撞。你不叫这个保姆走，我爸将来出了任何事情你都得担。那人戴上墨镜看不见了脸色，但他说出的话像钉锤一样一下一下地磕击着王一盘的脑壳。

虽说是个干部，也不是刀枪不入的。流氓耍流氓了法律对他也没辙，该屈服的还是要屈服。这个时代，做人软一些做事低调一些是必须的，也是必要的，更是智慧的。

王一盘也不管面子了。面子有时是个害人的东西。既然你不给我面子，我也不能给你面子。他揉了揉僵硬的脸，挺了挺身子，像宣布一个重大决定似的,当即宣布了对刘蓝蓝的解聘。他的话语一落,防盗门就被那伙人使劲地摔上了。而令他想不到的是,后来因为一件棘手的事,他和这个黑道上被称为"王手"的人还成了朋友,当然是那种酒肉穿肠过的朋友,现在的世道哪有交心换肺的朋友呢?

保姆一个个地被辞,张翠香身上的臭味一如既往地浓郁茂盛。而橘子面对老太太日益猥琐的身体,不要说给她清理了,就是看一眼,她也厌恶地几天吃不下饭,有时候还阵阵发呕。

"我妈又不是怪物把你吓成那样至于吗?"王一盘摩挲着自己膨胀起来的肚腩道,"你把她当成你妈就行了,你对你妈的身体还恶心吗?"

橘子撇着嘴巴,似乎一提婆婆的名字她都会控制不住地呕吐。"关键是她不是我妈,她没生我没养我,我能把她变成自己的亲妈吗?"橘子捂着嘴声嘶力竭。

而思然的到来又让她凭空增添了烦扰。确乎挑不出这个丫头的毛病,老太太也满意,但总有一种不祥的隐忧潜伏于心。

查四会把思然夸成了人间尤物。

"那是个好娃,善良的啊,不小心踩死了蚂蚁都会掉半天泪。看见一个要饭的会把身上的钱全给救济了。那女子本该考上大学的,可不知出了啥问题失利了。她伺候一个老人绰绰有余,关键是她有爱心有善心,不怕脏不怕累不怕苦,这优点你们现在打着灯笼都不一定能找到。"

"你太啰唆了,"王一盘对电话那一端的查四会说,"以前你说话像是吃爆米花干脆利索的,咋现在回到村里就拖泥带水地像个啰里啰唆的老年人。"

"我就是老年人，农村人老得快嘛。"查四会尖厉的嗓子嘎嘎地笑起来。

"她父母还有啥条件？咱们一次说好，省得到时候又扯不清。"王一盘将手机离耳朵远了些。

"没啥条件了。就是对娃好些，像对自己的娃一样。多爱护些，不要当作仆人当牛马一样使唤。尊重娃，给买买应季的衣裳，抽空让出去逛逛，以后方便了给娃找个好人家。娃高中毕业，成绩可优秀了，就是可惜没考上大学，当保姆真把这个好娃给屈了。"查四会的嗓子喀喀着，似乎咳出了一口浓痰。

"放心，不会亏待她的。"不待查四会讲完，王一盘似乎怕那一口脏痰唾了自己，急急挂了电话。

"查四会没给你提说啥额外的条件吧？"橘子扎起耳朵听着，生怕丈夫对自己屏蔽了某些重要的信息。

"又不是他干保姆他有啥资格提条件？"王一盘意外地拍了拍橘子的肩，"这回把你给解放了，你对谁都不放心，这次来个小姑娘还是我们老家的小姑娘，你放心了吧？"

橘子打开王一盘轻佻的手，鼻子哼了哼，把嘴里想说的话硬生生地咽进肚。

"你中午顺便照看照看士杰，"橘子盯着思然说，"他午饭在这吃，六点你送他去'雄鹰名师'，四个小时英语课上完，你把他先接到这里来，我下班后来带他。"橘子检查了卫生间和灶房的卫生，拿手摸了摸窗台。

"没问题，阿姨。"思然已经接过了士杰沉甸甸的书包。

"午饭做个土豆炖牛肉、蒜蓉粉丝蒸鲍鱼、清炒荷兰豆，再做个西红柿鸡蛋汤，饭后吃点苹果，一定要削皮，然后叫士杰睡一觉，三十分钟就可，不能多睡，多睡了就起不来了，你看着闹钟，一定要盯得紧紧的。"橘子把士杰的手机递给思然道，"你给他管着，自从用了手机，他的成绩直线下降，我不在家你就是他老师，给我盯死了。"

思然接过温热的手机说："你放心，我会按照你的要求做的。"

橘子看了看比思然高出一个头的儿子，心里突然涌起一个不可遏制的念头，她越是控制，那个念头来得越是猛烈，她刚要叮嘱，却被儿子推了一把："妈，你快走吧，磨磨叽叽没完没了了，我啥都懂，不要操那么多闲心。历史必将证明，你操的心是多余的也是有害的。"

被儿子推了一个趔趄，橘子强忍着恼怒提醒思然，自己在超市买的食材在餐桌上放着，一定要反复洗，洗干净，菜上残留的农药太可怕了，油和盐一定要少放，好多病都是吃出来的，地沟油注水肉瘦肉精……到了门口还要再强调，被士杰又推了一把，待她身子冲进楼道，防盗门砰地关上了。

## 五

"思然，思然。"张翠香一个劲儿喊。

正在拖地的思然跑到房门口，见老太太掀开被子，露出穿着红秋裤的下半身。

"我看见狼了。好凶恶的一匹狼。狼吃光了我们的猪和牛，最后吃人，逮着人就吃。它要吃我。我说，我的肉发酸，柴得很，会硌掉你的牙，搞不好你还会中毒，我的肉毒性大得很，比敌百虫还毒,敌百虫能杀虱子跳蚤,我的肉能毒死一条蛇一只青蛙一条鱼。狼被我的话吓住了。它说不吃你我吃啥,我的任务完不成。我给它出主意,你可以去吃草,像牛一样去坡上吃草或者吃地里的玉米、麦苗、豆角、土豆、红薯,也可以像猫一样去河里抓鱼吃抓青蛙吃,不一定非要吃我。狼觉得有道理,说它回家问问它妈。过不了几天,狼又来了,它要吃橘子。它说橘子年轻轻的,细皮嫩肉的,保养得好,经常游泳跳舞健身,她的肉肯定好吃。它就去找橘子。谁知橘子一口咬定她的肉才有毒。她吃的水有毒吃的大米蔬菜都有毒,呼吸的空气更有毒,天长日久的,她身上的毒性大的可以毒死几头牛。而张翠香呢,大半生住在乡下,空气好,啥都没有污染,虽然人瘦,但是营养价值高,可以说是无公害的有机食品,乖乖,橘子把我出卖了。"

"狼最后吃你了没有啊?"思然给她按摩着腿,笑嘻嘻地问。

"狼也可怜老年人,它最后听了我的劝,有时候变成牛去河边吃草,有时候变成猫抓老鼠抓鱼,有时候还给我带来几只会唱歌的知了。"

"这匹狼还挺有意思的,你下次让我见见它。"思然按摩着老太太的腿。

"还有更可笑的。"张翠香闭着眼,似乎仍在睡梦里。"橘子满心想叫狼吃了我,她给狼出了好多鬼主意,还给狼送了几斤牛肉几瓶酒,但她没想到狼改邪归正不吃荤了。呵呵。机关算尽到头来误了自己的性命。她当然想叫我死了,心里肯定这么想的,但嘴巴上不敢说。我不小心拉裤子了,她看见跟没看见一样。你没来那阵儿,她把几个保姆都赶走了。我有时候来不及,就拉在床上拉在裤子里,硬生生地把屎焐热了焐干了变成了硬邦邦的屎饼子。橘子名叫橘子,哪里有橘子甜呀,其实叫她蝎子还不错。"

"她再装,也瞒不过我的眼。她怀疑三儿和刘蓝蓝有问题,悄悄在家里装了摄像头。当时我还在做梦呢。她突然带着一个男人进了屋。她在门口喊我的名字,我装作没听见,她装模作样地喊,妈,妈。她从来不叫妈,似乎给我叫妈污了她嘴巴。她一般都喊,喂,喂。或者喊,哎,哎。迫不得已了,就说,士杰她奶。要么就对三儿说,你妈。我不跟她计较。我又没有生人家,凭啥子让人家给我叫妈。她叫得难受我听得更难受。她随便给我叫啥都行,只是不叫老狗就行了。她突然喊叫妈,我觉着有麻烦事了。娃呀,事出反常必有妖。你记住奶的话。奶虽然没几多文化,但活了大半辈子,是人是鬼还是看得清清楚楚明明白白。我装作没听见我没应声。她就对那个人说,她的耳朵不好,就是在她耳边打雷她也听不见。那个人的声音很好听,像个女人。家里装监控不好吧,那个人说。橘子说装,没人知道,你装隐秘些就是了。那人似乎摸了一把橘子的脸。橘子说赶紧吧,先把活干完再奖赏你。那发着女声的男子没吭声。橘子说看把你猴急的。我悄悄爬到房门口,看见两人肩靠着坐在沙发上。你挺能装的,那男的说。橘子打开了那人的手。两人后来进了另一间屋子,我不知道他们要弄啥,肯定是弄啥不好的事。电视上男女动不动就搂在一起倒在床上,然后是风吹着窗帘海水拍打着浪花。两人从屋子到了客厅。那男的说,这违法吧?橘子说,违个啥法,我在自己家里装监控,不看严点,将来这个家就不是我的家了。

"怕他们发现了,我悄悄爬上了床。后来我听到卫生间哗啦啦的水声。怕他们还进一步做啥子龌龊事,我就喀喀地咳着,咳了好半天,橘子不耐烦地敲着门喊,咋了,咋了?喝水,我要喝水,我上气不接下气地说。橘子推开门，将水放在床头柜上。我喝了一口，烫得吐出来。你不敢等会儿，橘子道，你就渴成这了，越活越小。舌头烫得起了个大泡，但不能怪橘子，要怪只能怪自己。我哈着气说，房子谁来了，闹哄哄的，好像有个男的。哪来的人，橘子挡着我的视线，就我一个，房子脏得不成样子了，我收拾收拾。明明听到有人说话嘛，我最近咋老能听到乱七八糟的声音，要么是猪叫唤要么是狗叫唤，还有牛羊的叫声风的叫声，水的笑话声，青蛙的呐喊声，知了的唱歌声，蝴蝶的叹气声，乱糟糟的，我的脑子快炸了。橘子盯我看了好半天，似乎盯着一个怪物，你在农村生活了大半辈子，听到这样声音也不奇怪，毕竟你和这些东西有情感，你是不是想回老家去。橘子的裙子被窗外吹进来的风掀起来，她身上的香水味太害怕了。我才适应这个味道，她忽地又变成了其他味道。我一连打了十几个喷嚏。橘子身子往后退一直退，到了门边。打喷嚏要把鼻子和嘴巴捂着，或者拿卫生纸捂着，飞沫传染病毒可厉害了，说着，她砰地关上门。"

"后来呢，后来那个监控拍到啥了？"

思然把张翠香搀着坐到了轮椅上。

"啥也没拍到。"张翠香张着漏风的嘴呵呵笑着道，"我才不想叫她看见我拉屎撒尿的图像，我更不想让她每时每刻地监视我，说是监视保姆，不是连我一起也监视了吗？我给三儿讲了，三儿很生气，但他没给他婆娘说，就把那几个藏在卫生间卧室客厅灶房的摄像头给摘了，那个刘蓝蓝勾搭上邻家老头后，三儿就把她给辞了。"

家里的监控摄像头现在还能工作吗？思然想着，锁了房门，坐电梯将轮椅上的张翠香推出了家门。

树叶在风中飘荡着,有的落在了绿地里,有的落在了花丛,一片落到了老太太身上。

"我就像这树叶子,风一吹,东飘西荡的,落到哪里就是哪里。运气好了落到地上,运气不好了落进了烂泥塘。你离开了树枝,就啥也不是了,不能挡风也不能避雨,一点用处也没有。"老太太看着空中凌乱飞舞的树叶说:"还没到秋天,树叶就开始落了,落得也太快了些。"

思然推着轮椅穿过一道林荫,停在一处假山前。但见磅礴的水瀑从山顶喷涌,溅落在几蓬低矮的树丛上,又从树丛泼洒而下,如几道白练纷纷坠入碧绿的方潭。红色的黄色的黑色的鱼栖息在嶙峋的做成各类形态的石边,似有事协商,凝结成一大团斑斓的色彩。水雾弥漫而至,脸上湿润润的,似乎毛孔都张开嘴,尽情地呼吸。

一只长尾鸟尖叫着穿过瀑布,忽地飞掠修剪得齐整的草坪,表演似的穿越一排排金黄的银杏树,尖锐的惊叫声尚在耳边,它却戏耍倾泻的瀑布,一个盘旋插入水中,几乎要与端坐的犬状山石相撞,鸟卷起大片水花,衔了一条黑白相间的鱼,飞蹿入蓬勃如云的树冠,鱼群狼狈地散开,水面惊慌地荡着一圈圈波纹。

"这鸟怪的,"张翠香睁开眼睛道,"它是想给咱们说啥么?可惜我现在听不懂鸟语。我年轻的时候,比你现在能大个一两岁的光景,我能听得懂鸟说话,它们说啥我都能听得懂。它们讲哪里的野木耳多,哪里的连翘结的果子密,还告诉我哪里的野果子好吃,哪里满山坡长着药材。其实你听懂了,鸟语就简单得很,它们和人一样,也是琐琐碎碎的事。吃了吗,吃的啥,看见啥稀奇事了,谁和谁好上了,谁偷吃了谁家的果子,谁被人的弹弓打伤了,谁找了一个好婆娘,谁家婆娘不孝顺麻糊蛋,谁生了几个蛋孵出了几个娃,谁家娃不成器,谁家娃出走了一直没回家,都是些鸡毛蒜皮的事。"

张翠香吞咽唾沫润了润嗓子,学了几声喜鹊叫。

"你好厉害,"思然夸奖她,"你能和鸟说话,也是世上的奇人,现在为啥不会了?"

张翠香看着被树枝遮蔽的天空道:"我有一回大病,高烧三十九度连烧了两天,病好后听见几只乌鸦说柿子树洼里有满洼的天麻。我就把这告诉我爸说了。我爸果然在柿子树洼里挖了七大蛇皮袋子天麻。卖了几多钱我不晓得。我爸就让我专门偷听鸟话。我躺在松树林厚厚的软绵绵的松针叶上,听到几只长尾巴野鸡聊天。一个说南山洞里有一窝野猪,大大小小八九头呢。另一个接着道,昨天看见四头野猪崽在洞口晒太阳,它们不知道吃了啥,胖乎乎的。另一个说,这群野猪可精明了,白天窝在洞里睡觉晚上出去吃人的庄稼,猎人一直没找到它们。又说了些其他事,野鸡就飞走了。"

"最后野猪一家子全灭了,那么多的野猪你们吃得完?"

看张翠香似乎说得累了,思然拧开水壶盖,将瓶嘴对着她的嘴。老太太咕嘟嘟地喝了一通道:"我爸带着人集合了村上五六只精壮的猎狗,他们围了那个山洞,架着柴火烧,烧了一天一夜,那一窝猪受不了,老猪带头冲出来,它们晕乎乎的,瘦小的被猎狗咬死了,壮实的跑不远,被几杆土枪打成了马蜂窝。我看见三只才出生的幼崽还闭着眼,被狗给咬了个血窟窿。那些野猪被我爸屠宰了,满村子飘着腥臭味。家家户户都分到了肉。我爸到处给人夸。他让我去偷听一群斑鸠在说啥。我实在不想去,但我爸的话违抗不得，我不去他就死命地打我。那群斑鸠在梧桐树上做窝。树开着很繁的花，我站在树下，它们叽叽喳喳地说着。我听不清，我撕扯着耳朵，耳朵越扯越长，那群斑鸠发现了，它们呼叫着向我扑来。麻雀、野鸡、啄木鸟、猫头鹰、喜鹊、乌鸦、蜜蜂、天牛都来了，它们的嘴像一把把刀子，它们要吃掉我呢。我爸找到时，我在树下昏迷了一天一夜，身上被鸟粪盖得几乎看不见了，我发烧到三十九度，在床上躺了一个多星期。病好后，鸟语我听不懂了，那些鸟见了我就往我身上扔石子扔树叶，在我头上拉屎撒尿。那一年吓得我不敢出门，出门了头上戴着大草帽。后来那头野猪王找到我家，它带了一群野猪，它们往我家门上滋尿拉屎，把我家的门柱差点咬断，我家地里的玉米、土豆、豆子、小麦全被它们给糟蹋了。你种啥它糟蹋啥，日子简直没法过。我爸组织了一支杀猪队，每个人配一支土枪，养了八只猎狗，人和猪干了五六年，最后在县上公安的帮助下，才把那群野猪赶走了。野猪成了保护动物那是后来的事。"

"太可怕了。太神奇了。"思然看着布告栏上花花绿绿的广告单。

"人不能太贪。"张翠香望着几个随音乐扭屁股摆胳膊的老妪道，"我后来才明白，人太贪了，总会受到惩罚。听懂鸟语那阵儿，我把从鸟嘴里听来的秘密，全讲给了大人，连翘、五味子、柴胡、通草、天麻、猪苓被人弄空了，长木耳的耳树砍光了，野猪被打没了，猪獾、果子狸、黄鼠狼被抓得一个不剩了，人成了最贪心的动物，比虎狼还虎狼。幸亏我得大病后再也听不懂鸟语了。我破了天的秘密，天要惩罚我啊。难怪我老了会得各种怪病，是早些年那些被我残害的生灵来报复了。我现在每天在心里默念阿弥陀佛一百遍，还真管用呢，觉得心里头亮堂堂的。"

思然就看广告牌上的广告。老太太问："都贴了些啥么，每天有人往上贴，贴了一层又一层，有人看吗？"

思然看着看着就不由念出声。

帝王墅业，坐拥古城龙脉，得尽天下繁华，一日入住，终生富贵。

保健按摩上门服务，不满意便退款。

吾猫不慎丢失，吾不能寐，常于梦中相见，过路君子或佳人有见到者，万望垂怜，珍惜生灵，给吾来电。此猫全身黑色，眼如闪电，动如劲风，真乃上天之精灵，实乃人间之少有好猫。

某女，现十八岁，貌美如天仙，体态婀娜，独来古城闯荡，恳望相交过路朋友，或谈艺术或谈哲学，或辩人生或悟大道，人生快哉莫过如此。

某女，方妙龄，博学多知，贤惠可人，欲觅年龄二十至五十岁之男子。有房有车有存款，无子女无父母者优先考虑，公务员私营企业老板者优先考虑，有绿卡者条件可适当放宽。

聘足浴技师，有无经验均可，月入五千元至五万元，跨入中产不是梦，快来蓬莱湾中国理疗中心获取人生第一桶金。

收购废旧自行车旧手机洗衣机空调器电风扇旧电脑，变废为宝，保护地球。

高考落榜不落志，快来祥鹏挖掘机学校。

王筱芸，小心点，不要对我老公抛媚眼，小心晚上我找人（此处略去一百字）。

"不要念了，"老太太叫道，"你念书还没念够啊，咱们去小区外边转转。"

## 六

给那棵发财树浇了水，洗了老太太的内衣，拖了地板，思然打开书，读到一些很有意思的文字，她就在笔记本上写下一些感想，并命名曰《思然札记》。

世界上没有一个永远不被毁谤的人，也没有一个永远被赞叹的人。当你话多的时候，别人要批评你。当你话少的时候，别人要批评你。当你沉默的时候，别人还是要批评你。在这个世界上，没有一个人不被批评的。

这个家庭是一架周而复始的无法停息的机器，是一只转动的轮子，这只轮子，要是轴子会不可避免地被磨损的话，会永远旋转下去。

一个人只要有意志力，就能超越他所存在的环境。

思然正写着,听见张翠香叫自己,赶忙合了本子,嘴里应着,快步走进她的房子。

"你动了观音娘娘?"张翠香指着方桌上供奉的塑像斥问。

"没呀。"思然道,"我看上面落了很多灰尘,就拿抹布擦了擦,擦完后就放到原来的位置。"

"你细发看,娘娘脸上咋裂开了一道缝,眼睛红肿肿的。"张翠香揉着自己的眼,哽咽道,"我看东西越来越模糊,这娘娘我还是有印象的,她脸上白净净的,一点皱纹都没有,我昨晚上临睡前磕了头,发现娘娘的样子不对,脸上有眼泪水,还有一条裂纹,是不是你不小心摔地上了?"

说着说着张翠香就哭得更厉害了,她让思然扶她下了床,像蛇一样扭曲着身子爬到方桌前,头在地上咚咚磕着,嘴里呢呢喃喃。

呆站的思然能感到来自地板的战栗,张翠香身子匍匐在地,仿佛她们不是在家里,而是置身一座气氛恐怖的庙堂。她刚进这个家的时候,就发现了这惊悚的一幕。张翠香每天七点起床先敲半个小时木鱼,然后在供奉的观音像前磕头一百次。她每回都做着颇为固定的动作,一点也不偷工减料。即使身子不舒服,她也强迫自己完成这固定的仪式,似乎没进行这项仪式,这一天就算不得正式启程。临睡前也要祷告磕头,往往要进行三十多分钟。也许是闲得无聊吧,思然这般想着,每到张翠香的功课时间,她就自觉地回避了。和自己的父母比,老太太是够虔诚的,不是给神仙做样子,而是真正将自己投进去。小时体弱,水莲常带着自己到老林沟的娘娘庙许愿。如果自己好了,水莲会带着她走五十多里的山路去还愿。无非是放几挂鞭炮,给观音菩萨的塑像披一块大红布而已。山里的神仙很朴素，不会要求人们太多的回报。有长年不好的病好了的，有下煤窑人年底完完整整地回来的，有地里的收成超过往年的，有娃的学习成绩突然就大幅度提升的，有考上很有名气的大学的……思然觉着柳庄人对敬神有着一种非常现实的实用主义。灵验了，就叩拜你，给你烧香供奉放鞭炮。不灵验了，吐一口唾沫，骂几声娘，换个更灵验的庙宇去朝拜。不同的庙宇有不同的应验方式。对有的人灵，对有的人却无效。因而选择哪座山上的庙宇太重要了。

崔等来在柳庄上马石建了一座庙宇，名曰高山寺，修建得极其宏伟，可比得上洛城的柏树林寺了。高山寺烧一炷香最低二十块，若是春节或中元节的头一炉香，则高达一百块。拿神仙来挣钱，真是钻到钱眼里了。柳庄人愤愤不平。王大路骂道："这哪是给神仙烧香啊？是给他崔等来烧，煤矿上的钱还没挣够，还看上了香火钱。"水莲说："人家钱多是，人家本事大，光眼红顶啥用，有本事你去松树尖盖个庙，我给你收钱。""呸，"王大路唾了一口唾沫道，"我就是穷死，也不挣这个昧心钱。"也许柳庄许多家庭都发生过王大路水莲这样的争吵。一座庙就是一个充满魔力的印钞机，柳庄人心里像是被蜂蜇了似的难受。思然被水莲硬扯着进过一次高山寺，看着跪在塑像前一群虔诚的看不到脑壳的人，思然惊吓得匆匆逃出了寺庙。记得那次进寺是给自己许愿的。水莲焚了香跪下磕着头说："菩萨只要保佑思然金榜题名，愿意供十斤菜油点长明灯。"而自己意外地落榜了，难道是菩萨对自己不敬的惩罚吗？思然寻思着，香火味萦绕着呢呢喃喃的祈祷声，胃阵阵痉挛，她手捂着嘴，控制着自己急于喷薄而出的呕吐。

"你以后不要拿抹布擦了。"张翠香让思然搀她从地上站起来，

"抹布脏兮兮的,擦了桌子擦窗台,咋还能擦娘娘呢?越擦越脏,娘娘当然伤心了。"

"我以后不擦了。"思然搀着张翠香簌簌发抖的身子。

"你给娘娘跪下磕几个头认个错,"张翠香的目光突然变得凌厉,"得罪谁都不能得罪娘娘,你做过的善事恶事,娘娘都给你记着,娘娘不像你经常拿个本子写写画画的,可各种事情她都记在心里,天上的地上的,她都看得清清楚楚明明白白,不要想着没人知道,有人一直在盯着你。不做不该做的,不想不该想的,心里头才亮堂堂的,就像是白天有大太阳照着,夜晚有白月亮照着,永远都是亮光光的,不像这天,雾气大得人面对面都看不清。三儿说那不是雾,是霾,不管是雾还是霾,其实都是一个东西,还不是人做了不好的事情,天来惩罚了,这是天给人提醒哩。"

"你跪着磕几个头,娃呀,给娘娘叩头没坏处,每次我磕头你不磕,娘娘会怪罪你的,你跪下磕几个头,我再给娘娘说说,她就不会责怪你,有啥心事你也可以给娘娘说,娘娘会帮你的。"张翠香盯着思然道。

"我不磕。"思然道,"要磕你磕吧。"

"你今天非磕不可。磕一百个响头。"张翠香突然严厉了声色,"你做的好多事情都得罪了娘娘,你不磕,娘娘会怪我的,也会怪一盘,家里也会有霉运,不磕你就不要吃饭。"

老太太拿胳膊肘顶撞着思然。

"不吃就不吃。"思然将张翠香安顿在沙发上说,"你还能把我的头摁在地上不成。"

僵持间,响起了开门声,王一盘进了屋,他似乎没看出情形的尴尬,边换鞋边说:"今天雾霾大得很,昨天天空还是蓝艳艳的,今天就变成了这样子。"

两人都不吭声。

思然走到窗边，见雾霾翻滚着如一个个汹涌的浪头，又像一群群狂奔的魔兽，楼房模模糊糊的，似飘摇的幻影，一只花尾巴鸟尖叫着，旋即被沉重的霾压制了，身子猛地坠入那片修剪得毫无个性的树丛。窗子虽紧闭着，仍抵挡不了一股接一股霾的奇袭，它们似一群不明真相的物种，穷凶极恶地闯入了，蔓延着浩荡着，即刻用自己的方式统治了人间。

思然捂着嘴喀喀地咳起来。

张翠香张大着嘴巴喀喀地穷凶极恶地咳起来。

王一盘咳了几声，用力关了房门。思然木木地站在窗边，举目一片灰茫茫的，她想起了家乡的雪，大片大片翻飞的雪花，她伸舌头舔了舔嘴唇，觉着一行泪流到了嘴角。

"我妈叫你干啥你就干啥。"王一盘已盘腿坐到了沙发上，他点了一根烟抽着说，"我妈就是那脾性，我爸把她压榨了一辈子，现在没人管束了，腿脚又不方便，视力也不好，脾气就大了，你不要和她呛，她叫你干啥就干啥，总不会让你干坏事。"

"她叫我跪在地上给观音像磕头。磕一百个响头。

"她说那个观音像上的裂纹是我弄的。

"她叫我给观音菩萨磕头认错，我哪里有错？我没错，她还强迫我。"

思然愤愤地。

"你还理由多得很。不管是不是你弄的，磕几个头有个啥嘛，总不会有啥坏处。你爸妈就没带你上庙里磕过头？磕头也不会让你少个啥子。她还不是为你好，磕了头，心里头就放下了。她经常叫我磕头呢，磕就磕嘛，有啥嘛，敬神也是敬自己。"

王一盘跷着二郎腿，目光敲打着气咻咻的思然。

思然默默开冰箱取了茶叶，给王一盘泡了茶。王一盘看着杯子里徐徐舒展的叶片说："小小年纪不要钻牛角尖，她都七老八十的了，你和她较啥子劲。橘子厉害吧，有时候都要让着她。"

思然哽咽着："我知道了。"

过了一会，思然难为情道："你能不能先付给我半年工资，我急着用钱。"

王一盘品着茶水道："急啥呢，一般都是干满一个月付一个月或者年底统一给，很少提前支的。"

"我懂。"思然咬着嘴唇道，"我爸每个月要吃药，不吃药，他就喘得不行。家里还要行各种门户，这个一百那个二百，一年也要不少钱。另外我上网络学院的本科课程，一学年学费也得三四千元。"

王一盘噗噗地吹着茶水说："有病不吃药不行，没钱不行门户还不行吗？"

思然说："现在农村行各种门户花费太大了，一年花一两万。搬家要待客，生娃要待客，盖房子要待客，结婚要待客，人老了过世要待客，过生日要待客，待客的名目多得很，谁家要待客了，会提前几个月给你通知，临近了，会隔几天提醒你一次隔几天提醒你一次，你能不去吗？你要是多少年不待客收礼，光出不收不是亏了吗，所以人都争相待客，导致了恶性循环停不下来。过去十块二十块，现在一般关系五十一百，重要的二三百五百一千的也不少，好多人借钱行门户。"

王一盘听着，待思然说完，他抨击道："这个恶习必须改，不改农村咋样才能进步，不改咋样才能建设新农村？"

"我妈给我打了好几次电话，上个月就给我说了，我一直不好意思给你讲，就当作是我借的，算利息，从工资里扣。"低着头的思然惴惴不安。

"不是我不借。"王一盘似乎遇到了重大问题，他端着杯子在客厅踱着步说，"不能助长农村这种恶习，这种恶习必须得制止，指望办酒席收礼致富不是胡闹吗？你把我的意见讲给你妈听，她会听懂的。"

"那就算了。"思然见王一盘执意没有借的意思，反而讲了一通大道理，心头黯黯的，她坐在角落里，寻思怎么给水莲交代啊。

"你就先给娃。"张翠香拄着拐杖走到王一盘面前说，"娃遇到了难处，你就先帮一下。农村那一分钱才是真正的钱，他爸和你爸一样药罐子，花钱就像无底洞，思然肯上进，学习要花钱，你不方便，我这里有。"

"不要不要。"思然仓皇地站起来。

"我不想助长他们这种恶习。"王一盘尴尬地喝了一大口茶水说，"那就先付你半年，截止到明年一月底。"

思然低声说："谢谢，谢谢叔。"

思然说："我多干一个月，这个月不要工资。"

王一盘摆摆手："不是这个意思，你把老太太伺候好了，我们不会计较那几个钱。"

老太太摸着思然的头发说："看把娃可怜的，小小年纪就给家里挣钱，你看士杰一个月钱花得怕怕的，各种补习班，生活费，一个月好几千，把他放到农村去受受苦，省得一天到晚这也不吃那也不吃的。"

"妈,时代不同了,城里的孩子咋能和农村孩子比,咱们家士杰还算花钱少的,有的孩子花得比士杰多的去,能比吗?"

王一盘示意思然拿来屏风处的手包,从包里抽出一沓子钱数了数:"先给你妈寄回去,省得她一天到晚打电话,影响你安心工作。"

思然看着王一盘捏了捏手包里厚厚一沓的钞票,千恩万谢地,"要不要我写个借条?"

王一盘将手包放在茶几上道:"不过提前预付你的工资罢了,你打个收条吧。"

思然就从笔记本里撕了纸,打了一张收条。王一盘审视一番,夸道:"思然字写得好,像是书法家的字。"

思然苦涩地笑笑。

张翠香摸着思然的胳膊说:"思然高考才差了三分,不然哪可能到咱们家照顾我哦,说不定还在上大学哩。"

王一盘便问了思然高中的学习状况。思然简单地回应了。王一盘叹息几声,从包里取出一张一百元:"这是额外给你的,算是奖励。"

思然拒绝了。

## 七

服侍张翠香吃了药,王一盘发来信息,他晚上开会,叫思然去辅导班接士杰。

给张翠香说了，她嘟嘟囔囔地："上啥辅导班，把娃累得要死要活的，没日没夜地学，戴瓶底厚的眼镜，背都驼了，这是学习吗，这是受罪哩。你看城里娃可怜不，就没个玩的时间。"

思然在卫生间照了照镜子，梳了梳凌乱的头发，往苍白的嘴唇上涂了一点唇膏，镜子里突然映出另一个人，那人眼里射出寒冷的光，脸上铺展着沟壑般纵横扭曲的皱纹，花白的头发扑下来遮蔽了脸。

"奶奶你吓死我了！"思然看着镜子里的人，身子朝旁边闪了闪。

"我现在都不敢照镜子，"张翠香看着镜子里摇晃的头发说，"自己都把自己吓着了。你这个年龄好，正是不管咋样都好看的年龄。"

思然奉承她："你现在也好看，和小区其他老太太比，你是最精神最有风度的。"

张翠香高兴了："我年轻时在村里也是数一数二的，好多小伙子喜欢我。有的给我唱歌，有的给我家干农活，有的给我摘野果子，有的偷我晾晒的衣裤，有的晚上守在我的家门口，哦哦，现在说起来我的脸都红。"

"你已经说了很多遍了。你还说有两个男的为了你打架，就像两头公牛为了一头小母牛，打得犄角都断了。你还说看着有人为你打架你就激动兴奋，比挣了大钱还高兴。你还说你唱的歌比鸟儿唱的还好听……"思然心里说着，但她的嘴上没有说。这些话她已经听过无数遍了。每一回张翠香都如第一次给人讲述般兴致勃勃的，而她即使心里烦乱着也装着是第一次听到的那样，有时候为了逗老太太开心，她还装着不懂的样子不停提一些幼稚可笑的问题。

思然以自己满脸的笑容表达了对张翠香的敬仰。

"路上注意安全,过马路要小心,接着了士杰就赶紧回家,不要在外面闲逛。"张翠香絮絮叨叨地,她看着思然穿了高跟鞋,朝她招招手,身子消失在门外。

思然乘公交车在杨家村下了车,穿过马路,就看到第五国际大厦高耸的身影赫然掩映在霓虹闪烁的光影里。B座大厅的墙上挂满了大厦办公机构的铭牌,思然的目光一一读过去,几十家课外辅导机构的名称赫然入目。思然看到了"雄鹰名师",那是士杰的课外培训机构。她曾乘电梯去过十九楼。在一个狭窄的玻璃隔断里,一位老师正在给士杰讲题。桌上堆满了书。老师讲着讲着,打盹的士杰脑壳猛地撞在玻璃上。老师拿厚厚的书脊敲了敲他脑壳说:"回家再睡吧,还有几分钟就下课了。"士杰揉着眼睛说:"你讲吧,我可不想浪费时间。"但老师却不讲,布置了几张卷子。士杰见了思然,道:"你咋来了,我爸呢?"思然小声说:"你爸晚上开会。"士杰噘着嘴道:"讨厌,老是开会。"老师看了一眼思然说:"你还有这么漂亮的一个姐。"思然不好意思地冲老师点点头。老师说:"士杰很聪明,再踏实用功一些就好了,他偏科太严重。"思然点着头说:"老师辛苦,您多费心。"老师摆摆手,冲思然一笑,去了自己的玻璃隔断办公室。思然将一瓶冰红茶递给士杰。士杰瞪了她一眼:"不喝,以后接我就在楼底下等。"思然不好意思地哦了一声。士杰说:"不要到楼上教室来,也不要进这个办公室。"思然又哦了一声。她本来想问个为什么,但想想又算了。人家不让自己上楼,终归有他的理由。我算他什么人?阿姨,保姆,姐姐,哪一个称谓都让他难堪,还是不露面的好。思然看他眼睛仍盯着卷子,不由得说:"试题也不要做得太多了,要善于总结,把经常错的题总结归纳,专门攻你的错题,那样你就可以少走弯路。"士杰抬起头,怪异的目光看着她说:"我数学几乎做了上千道题,每天练习三套卷子,有名气的试卷我都练过,万维啊,黑白卷啊,黄冈卷啊,金卷啊,高中数学这么难,你懂?"思然指着他卷子上的题说:"这个题用抛物线的方法做就走了弯路,如果用求幂的方法解,就会事半功倍。"士杰深深盯了她一眼:"你会做?那你做给我看看。"思然也不谦让,她在数学上可是有天分的,高一数学,她更是熟悉得不能再熟悉了,只看一下题型,解题思路就赫赫呈现在脑海里。她不顾士杰惊诧的目光,抓过试卷,哗哗地做起来。她恍惚回到了课堂,回到了高考现场。做完几道压轴题,思然已是泪湿了脸。她抽泣着站起来说:"不早了,赶紧回家吧。"士杰却不依,他拿着答案和卷子一一对应,"天呀,全对了。"士杰惊呆了,他抓住思然的胳膊说:"你咋会,你一个保姆咋会做高中数学题,我不信,我不信。"

　　胳膊被他抓疼,思然生气了:"保姆咋了,保姆就不能会做高中数学吗?保姆也是参加过高考的,不过高考以三分失利一本线罢了,当年保姆在年级的排名总是稳居前十名,你能做到吗?保姆不想上民办大学,要上,早上了。"

　　士杰抓着她的胳膊并没有松开的意思,声音里却充满了钦佩:"我还真没有想到,我以为我爸给我奶奶找的保姆就是一个小学或是初中都没毕业的农村娃,想不到你这么厉害,你都可以来当培训老师了。我的辅导老师做题都没你的分数高,她经常还要看答案。"

　　思然叹了一口气:"但是人家能当老师我就当不了,我没有学历，人家哪个培训机构要？"思然擦了擦眼泪，"咱们赶紧回家吧，等会你爸妈又要打电话了。"

自那次做题后，士杰对思然的态度急转，他不再把她当保姆，而是看作了姐姐和老师。他总会从书包里给思然掏出毛绒玩具布偶娃娃水晶项链或别的东西。当然他都是躲着奶奶的，更要躲过爸爸妈妈鹰隼一样警惕的目光。思然将士杰送的礼物藏在她的大帆布包里。帆布包的拉链上了锁，放在床的隔板里。要是被王一盘夫妇发现，那就是跳进黄河也洗不清。

橘子晚上有应酬。王一盘外出调研。思然被安排去接士杰。走到那栋大楼前，陆陆续续有学生背着书包走出门。这栋楼像一所特殊的学校，不知道里头藏了多少学生。思然的眼睛湿润了，她又想起自己的学生时光。要是自己从幼儿园小学初中到高中就这样上辅导班，那凭自己的努力考上北大清华一定是绰绰有余。人出生的环境不同，人的命运竟然有这么大的差异。有的差异靠后天的努力可以缩小乃至改变，而有的差异你就是努力终生，也是难得分毫的位移和变迁。比如，你努力十几年才可以坐在六楼的咖啡店喝猫屎咖啡，而士杰之类的孩子从小就是吃着麦当劳、肯德基长大的。

思然在旋转的灯光里嗟叹着，就看见士杰背着一个大书包跟随着一股人流出了门。

"士杰！"思然喊了一声。

"姐姐，"士杰快步朝她走来兴奋地说，"我今天终于考了一个高分，比上次测试高了十分。"

思然将书包要过来背在自己的肩上道："一次高十分，慢慢你就冲到最前面去了。学习就是这样，一点点进步，日久天长进步就非常大。"

"我妈咋没来,她好几周都没来接我了,我爸呢,他又是去开会出差调研吧?"士杰买了两支冰激凌,递了一支给思然。

"你妈妈晚上有聚会,你爸爸说是跟着检查组外出检查得一周。"思然说,"这段时间上辅导班都是我来接,你不会不高兴吧?"

"你接我才好,"士杰道,"我最烦我爸接我了,我往车上一坐,他要么不说话,要么就是轻描淡写地问一下分数,考得好了,他就表扬,考得不好了,他就骂我,有多难听就骂多难听。他光看分数。我妈呢,我在家里做作业,她在客厅看电视,虽然是无声电视,但她有时候笑得比电视里人哭还难听,《还珠格格》那么垃圾的东西翻来覆去地看了七八遍,我听那主题曲就崩溃。她也是光盯着分数,分数高了她就奖励我钱,低了就骂就哭。他们眼里光有分数,根本想不到其他东西。"

"你这是遇到了负责任的爸妈。农村孩子哪个家长会花大价钱让你上辅导班?你学多少是你的本事。农村孩子和城市孩子天生就不在一个起跑线上,这种差别,你们从小生活在城里根本感觉不到。"思然看着地上两个忽长忽短的影子发着感慨。

"我其实挺羡慕农村孩子的。"士杰抓着思然的手说,"家长管得不严,能学多少就学多少,能考多少分就考多少分,还可以到河里抓抓鱼,到山上看看鸟,多么有意思。你看我从生下来就开始学习。小时候我妈让我认各种动物图案,猴子山羊老虎骆驼牛羊猪狗,我简直分不清,感觉它们长得一模一样的。然后认数字背唐诗,从幼儿园就开始上各种辅导班,音乐班、书法班、舞蹈班、游泳班、主持人班、表演班、奥数班、作文班及各种一对一的辅导班,累死人了,活得太累了。"

被士杰抓握的手潮乎乎的，思然试图逃出来，但士杰抓得更紧了。"你说，思然姐，我这么上学有意思吗？每周五模拟考试，然后班级排名年级排名单科排名，你的苦难简直没有尽头。只要我落到班级后十名，必然要挨我妈一顿打。先是噼里啪啦地骂一通，然后讲述供我上学的不易，我偶尔顶了嘴，她就拿书本打我的脸打我的头，我妈只要一上手就停不下来，会跟疯了似的，噼里啪啦一阵暴打。有时候把我的鼻子打出了血，有时候把我的眼镜打烂了，有时候打得我的头疼好几天。"

"你爸不管吗？"思然看着一个个从身边越过的人。

"他们两个约好了，一个教育我的时候，另一个不要插手。我妈一旦发作了，我爸就出门到小区里散步抽烟，要么关在书房里听音乐。有回我爸从外边散步回来，看见我妈还在骂我，骂的话语越来越难听，都涉嫌侮辱我们王家列祖列宗了。老爸恼了，将我捞出来说，走，让那个疯子一个人骂。我妈情绪失控，一水杯砸过去，当下就把我爸的后脑勺打烂了。"

"你妈也是气坏了，"思然说，"她还不是为了让你成才。"

"呸。"士杰放慢了脚步，"她这是把我往死里逼，我只能考第十名，那已是我尽最大的努力了，但她偏要我冲刺前三名。班级第一年级第一了，那还有区上第一市上第一省上第一呢。我能背五十斤，她偏往我的肩膀上压五百斤，她是想把我压死。你不知道我们班上的那几个学霸多可怕。数学李晓丽每回都考满分，那简直是神，你根本不可能超越，她每天都在做题，吃饭上厕所走路都在背单词背课文。语文的王朝柱，作文几乎满分，阅读理解几乎满分，你简直不可超越。英语的胡一喜，那口语说得你几乎怀疑她从小生活在英语国家，每张卷子都做得顶呱呱，英语永远是第一。这些人我就是往死里学也永远不可能超越。这就是悲剧，我们作为同班同学的悲剧。"

"你尽力就好。"思然看着树叶一片片脱落，恍若穿行在秋天的树林。公交车一辆接一辆，自行车摩托车呼啸着驶往不知名的远处，喧嚷声如浪涛拍打着人身，城市的灯火荡漾着，人忙碌得如不知所终的蚂蚁。

"我们喝咖啡。"士杰拉着思然的手走进了路边的咖啡店。

忧伤的音乐如水般流动，玻璃窗外的街景恍若一幅沉浸在水里的油画，那人如游动的鱼及摇曳不定的水草，思然想起了童话故事里那个卖火柴的小女孩。

一杯五十块钱的咖啡并没有让士杰高兴。他看着思然镀了一层金光的脸说："你的鼻子真好看，你的眼睛真好看。"

第一次喝咖啡的思然并没觉得咖啡有多么好喝。一股焦苦味，一股苦涩味，一种说不清的味道萦绕着舌唇。

她躲着士杰的目光说："你其实多么幸福，不要身在福中不知福，还有许许多多的人，连咖啡都没喝过，连这个城市都还没有来过，即使来了，也是匆匆的过客，像一片飘零的树叶不知会被风卷到何处，他们要想在这个城市里像路边的树一样扎下根，那是何等的艰难，起码需要好几代人吧。你该为你被生在了城市而高兴，生在了城市的中产家庭，你的命运自然就和大多数人的命运不一样，你的起点是好多人奋斗的终点。"

士杰拿银色的小匙喝了一口咖啡道："如果能重新选择，我宁愿出生在一个农村家庭，不要太贫困就行。我能与大自然亲近，能够有时间看天空变幻的云朵，看夜空闪烁的星辰，听河里的水带着一路声响流淌，听知了唱歌、听花开的声音、听泥土开裂的声音、听果实成熟的声音。让我随着自然和节气的节奏从容地成长，春暖花开秋收冬藏，那也许才是自然的节拍，是一个生命该有的状态。我觉得现在的我已经不是我了，是一个被过度挥霍的生命，是一个处处被拔节的生命，这样的生命有意义吗？"

思然惊诧地看着士杰。

她想不到士杰这个年龄对生命会有这么深刻的认识，那也许是"为赋新词强说愁"的青春感慨罢了。如果真把他生在农村，让他一生生活在农村，他会适应那种封闭禁锢传统落后乃至愚昧的生活吗？那层层叠叠望不尽的山峦会让他生出末世般的绝望。更何况现在的农村早不是唐诗宋词里的农村了，已经不是田园牧歌的农村了，他向往的那种农村生活只来自课本的描述，那种生活已经如一道晚霞永远地凝固在历史的天幕。

"你是不是觉得我很幼稚？"士杰望着沉思状的思然。

"不，你很深刻，你已经远远地走到了同龄人的前头。"思然望着玻璃窗外闪耀的灯光，"其实，城市已经不是我们想象的城市，农村也早已不是我们想象的农村，它们都不是我们诗意的栖息地。"

"诗意的栖息地在哪里？"

士杰揉着酸胀的眼说："在另外一个星球吗？或者我们将来要重建另一个适合人类栖息的居所。那里没有考试，没有排名，没有污染，没有肮脏，没有算计，没有差别，没有代沟，没有名利，没有丑恶，没有一切阴暗污秽和恶。"

思然望着玻璃窗外匆匆的人流道："那样的乌托邦世界有吗？"

士杰的手指有节奏地叩击着桌面："也许有，只是我们没有发现罢了。"

"你适合学哲学，考大学的时候你报哲学专业吧。"思然看着一道道光在士杰的脸上飘来飘去。

"我最近写了一部研究宋人生活的作品。"士杰抑制不住自己的兴奋，"初稿出版社的编辑看了，觉得很好，提了一些修改意见，我再认真改改，说不定等我高考的时候就能出版。"

"你太厉害了。"思然发自内心地感慨道，"我对历史和哲学都感兴趣，对宋代的历史尤其喜欢，如果让我选择一个时代，我宁愿生活在宋代。"

"你和我想到一块了。"士杰抓着思然的手指说，"要是生活在宋代，我们一起吟诗作赋，那该是何等的畅快。"不过，士杰补充道："要是回到了宋代，我不想你当丫鬟，你该是贵族的千金，像苏小妹那样顽皮富有才华，我就是风流才子秦少游，我们那才叫天上人间的诗意生活呢！"

思然的手被他紧握着，她的心突然跳得厉害，她闭了一下眼，感觉心脏似乎要怦怦地跳出来。她的眼微微睁开一道缝，见士杰的目光望着窗外浩渺的夜空，一颗星拖着白亮的弧线划过深不见底的昏暗。思然蓦然听见一阵奇怪的声响，回头见拐角的座位处，穿着和士杰一样校服的学生，书包放在靠窗的桌子上，两个人的脸几乎贴在了一起。那一男一女的亲吻声显得那么响亮，女生的长发披散着遮住了脸，那个男生甚是俊美，许比女生更秀美些，他睁着眼，将那个女生的头揽在胸前，他们完全不顾这是咖啡店，他们沉醉在自己的世界里。

士杰也许早就看到了，他握着她的手更用力，学校里谈恋爱的多去了，有的在饭堂里你喂我一口我喂你一口，男生把女生唇上的饭粒舔得干干净净，吃着吃着就亲起了嘴，太司空见惯了。

"你有女朋友吗?"思然笑着问。

"没有,"士杰严肃地说,"我不想浪费时间,我想到了大学再谈一场轰轰烈烈的恋爱,经过了高考的洗礼,进入大学校园的女孩才是最优秀的,我不想把激情和冲动献给那些花瓶一样的女生。"

手机嘀嘀响了几声。思然扫了一眼信息说:"你妈问接到你了没有,问你的手机为啥打不通。"

士杰发现手机上果然有妈妈打来的四个未接电话。他将手机关机了说:"我妈就想把我拴在她身上,我又不是小孩子,我已经长大了。"

思然便给橘子回信息说,人已经接到了,在回家的路上。

橘子在信息里责备道,接电话要及时迅速,回短信也要迅速及时,这是基本的常识,以后不许这样。

思然快速回复道,好,知道了。

两人出了咖啡店,思然叮嘱说:"不要讲我们一起喝咖啡的事。"

士杰俏皮地眨眨眼:"明白,我又不是小孩子。"

士杰也叮嘱:"不要给我爸妈说我写书的事,他们认为那是不务正业,他们要我追赶超越勇当第一。"

思然嗔怪:"我又不是小孩,还用你给我交代。"

士杰复问道:"你会一直当保姆吗,你不觉得很无聊?"

思然的心似乎被一个钉子击中了,她咬着嘴唇说:"不会的,我绝不会一直当保姆。"

士杰招手叫了一辆出租车,车子驶到小区门口,思然还没有走出情绪的沼泽地。

## 第四章

### 一

刘吉祥打来电话的那个下午，思然刚给张翠香洗完澡。关于洗澡，王一盘曾郑重地强调过，最少一周洗两次，头发每三天洗一回，衣服经常要换洗，单件衣服要手洗，不要攒一堆交给洗衣机。思然诺诺。寻思，一周洗两次澡，也太浪费水了吧，我们老家有人几个月都不见得洗一回。以前在河里洗，后来河水脏了，就只好十天半月在木桶里洗一回。她洗澡的次数勤了些，王大路常批她，身上有屎啊，老是洗，不怕皮肤洗坏了。如果逢了王大路外出，她就能在木桶里畅畅快快地洗几回。

到了王一盘家，她更不敢放开了洗。常洗着洗着，张翠香突然推开门，思然啊，还没有洗好，水的声音太吵。要么就是说自己想上厕所，肚子疼得来不及了，手抓着门框，身子抖着，似乎思然不让开卫生间，屎尿就会泄出来。

橘子经常检查水表。哎哟，你们两个一月用了好几吨水，比我们三个人用的水还多，我不是心疼那几个水费，而是水现在太珍贵了，咱们这个城市严重缺水，不能因为你交了几个水费，就毫无节制地浪费水，水龙头里哗哗流出来的不是水，而是人最后的眼泪。

思然默默地没有申辩。倒是王一盘过后对她讲，想咋用就咋用，一切以方便为好，橘子让别人珍惜水资源，可她自己却像个龙王爷，水挥霍得让人心疼。有时候碗筷泡在洗菜池里开着水龙头让水冲。洗个内裤就让水哗哗地流着，似乎水一直冲着就冲干净了。有回水龙头没关，不但把自家的房子淹了，还把楼下的人家给淹了。就这，还是该咋样就咋样，水龙头照样长流水。你提醒她，她会说一吨水才一两块钱就把你心疼死了，连自来水都不让老婆放开用的男人还是个男人吗？你听听，这就是她的混账逻辑，该咋用你就咋用，一切以不浪费为原则。

思然诺诺着，她给张翠香擦干头发，就接到了刘吉祥火烧火燎打来的电话。

远远地就看到了那个人。他在小区的喷泉前站着，身子间或似被某种力量裹挟着，不由自主地摇摆。水柱从池里跃起，在冲到最高处时突然散作纷纷扬扬的水花。他半边身子被水花打湿了，但他似乎要和喧嚷的水置气，湿就湿了吧，还能奈我何，他身子凝在水池边，仿佛一株恼恨的树木。

"这小区好气派，"他愤愤地冲着思然说，"这真是上等人住的，你看这进进出出的，都是奔驰、劳斯莱斯、奥迪、宝马、红旗、别克、丰田，我几次试图混进去，都被保安给拦住了。思然，你白了，比在老家时白多了，你也胖了，胖得像个贵妇人，你还更有气质了，似乎你天生就是这富贵小区的人。"

思然见他啰里啰唆没完没了，不悦道："再好也是人家的地方，和我有啥关系，我还不知道自己是个干啥的。"

刘吉祥将嘴上的烟蒂扔进水池里说："我要是将来奋斗得能住到这样的小区也就够意思了，也不枉父母生我一遭。"

冒着青烟的烟头在水面流窜着，几条红色的金鱼慌乱地游到了水边。思然说："你不要往水池里扔东西，你没见旁边的警示牌吗？你好歹也上过学，住这样的小区就是你此生最大的愿望，就这点出息。"

"你才到城里几天，就变得比城里人更像城里人。"刘吉祥看着思然披散在肩上的长发说，"你知道这小区的房价吗，我算了算，咱们辛辛苦苦一辈子不吃不喝在这里还买不到一个卫生间。"

"这里买不起，可以在其他地方买，时间还长得很，谁说咱们就混不出个人样来。"思然看着刘吉祥嘴唇上蓬勃的胡须说，"你来提前也不打个招呼，我出来时间长了，老太太会有意见的。"

"当然有事，还是大事呢。"刘吉祥看着思然的眼睛说，"我现在法律自考本科文凭已经到手了，将来我要当律师当大律师，法律才是咱们最有力的靠山。柳庄得尘肺病的今年死了六个，李树旺前天死了，硬是给憋死的，张解放年初死了，死的时候胸部鼓得像面鼓，崔灯虎五月死的，李有才六月死的，像是约好的，一个接着一个。如果矿上做好防护，本是可以避免的。"

思然问："法律对这咋规定的？"

刘吉祥的眼睛突然迸发一道亮光："打官司，我给他们做代理，运用自己所学的法律知识和崔等来较量较量。那家伙钱多得不知道咋花。现在他在修建崔氏墓园崔氏祠堂，雇了几个文化人修族谱，还在河边建庄园。李有才临死前他儿子想找崔等来赔点钱，但崔等来说李有才儿子敲诈，硬是叫警察把他抓到派出所关了几天。你爸在他矿上砸断了一条腿，治好后才赔偿了两万块。这点钱还不抵他家里两只藏獒几天的伙食费。职业病鉴定，伤残鉴定，最后上法院，法院判他输了，他不赔偿法院会强制执行。"

"那你就替大家走法律程序吧。"思然眼里迸射出一道亮光，"大多数人不懂法律，你懂，你就为咱们柳庄那些被尘肺残害的人讨讨公道。"

"也不是那么简单的，"刘吉祥忧心地说，"法律最讲证据了，我要先到每个病人家里搜集证据，要有证据证明你在崔等来煤矿打过工。大多数人无证据意识，没有保管好自己的工资单和工牌，也没签合同，几乎没有啥证据。崔等来这个人奸猾得很，他知道咋样规避法律风险，他知道咋样保护自己，他请了洛城的知名律师当他的法律顾问。不过，我不怕他们。理亏就是理亏，阴云永远遮挡不了阳光，道路是曲折，前途是光明，只要我们排除万难，就一定能争取最后的胜利。"

喷泉忽然停息了，最后一个水柱像一座巨大的建筑塌下来，水里发出激烈的轰鸣。

"我说的你听到了没？"见思然不语，刘吉祥停止了滔滔不绝的话语。

"你说得对，理亏就是理亏，法律最讲公平正义了，只要找到了证据，还怕法律不还那些尘肺病病人一个公道吗？"思然有些激动。

"有你支持我就可以放手干了。"刘吉祥抹了一把脸上的水珠说，"我的钱包叫小偷偷走了，公交车都没钱坐，我还是一路问一路走到你这里的。"

思然就掏出了随身装的二百块钱。

刘吉祥摩挲着，似乎嫌少，嘴唇嗫嚅着问："主家一个月付你多少工资？"

思然支支吾吾不回应。

"是不是给得少？"刘吉祥愤愤道，"住这么高档的小区，不肯多付你一点劳动报酬，这也太剥削劳动人民了。"

"你错了，"思然纠正道，"他并不像你想象得那么富有，他也是柳庄人，不过人家从柳庄出来几十年了，能打拼到今天这个地步很不容易。"

将那二百块钱在手心里捏成了一个纸疙瘩，刘吉祥讥讽道："你到底善良，才来几天，就说主家的好。你打算一直在这里当保姆吗？"

想起未来思然一脸迷茫："我一定会找到更好的工作的，眼下就这样先干着吧。"

"要是干得不顺心就去我的诊所，我付你的工资肯定比这个保姆工资高。"刘吉祥舔着发干的嘴唇。

"我相信会有机会的。"思然看着水面上一团游动的金鱼。

刘吉祥脸上布满了失望，他朝思然深深看了几眼，怏怏地走了。走了一阵儿，他听到有人大声喊着他的名字。

他停住愤懑而疲累的脚步，看见思然急促地向他奔来。

"面包火腿肠饼干和水，你坐车路上吃吧。"思然将一袋子沉甸甸的东西塞到他手里。

"我不要。"刘吉祥推脱着。

"拿着。"思然下了命令。

"跟我回去吧，我觉得你在这里干得并不痛快。"刘吉祥抓着思然的手。

"我再也不回去了，我不可能就这样回去。"思然颇为坚决地推开那只手。

"要是主家欺负你了，一定要给我说，不要啥都在心里忍着。"刘吉祥接过沉甸甸的袋子说。

思然咬着嘴唇道："主家待我很好，他们待我像自己家里人一样。"

刘吉祥冷冷地说："真的吗？"

思然将五百块钱塞到他衣服口袋里说："不要走路了，打个出租吧，小心天黑回不到柳庄了。"

"跟我回去。"刘吉祥试图抓住思然的手。

思然挣脱着，身子退到一棵行道树后。刘吉祥就提着塑料袋，踟蹰着消失在喧闹的人流里。

## 二

本报讯（记者 张建设）一场大雨将城市变成了河谷。人们惊呼到古城来看海。××路立交桥下积水达一米深，三辆汽车陷入水中。一名司机从车窗里爬出，幸被路人抢救，另两名司机闷在车里，随后消防队员赶到，两人被救出时已窒息而亡。

一群野猪列着整齐的队伍在路上行进。一头疑似猪王的家伙跳上车顶，伸长脖颈嚎叫。在猪王的指挥下，几辆车被推翻，路灯被毁，护栏掀翻，群猪将便利店的面包火腿肠饼干洗劫一空。吃饱喝足后的野猪兽性大发，集体狂欢，每头猪嘴里叼着一瓶啤酒大摇大摆地跳进护城河，河水里浮游着一群野猪，场面极其壮观，堪为洛城百年难得的奇迹。

崔等来向洛城儿童福利院捐款十万元，用于残疾儿童的培训和后期康复。崔等来接受记者采访时表示，未来要把大量资金投入社会公益事业，用自身的行为感召更多的企业家投身社会公益。据记者了解，民营企业家崔等来的产业涉及煤矿、房地产、林业资源开发、乡村旅游等行业，其近年来累计向社会捐款达五百多万元，是本市首屈一指的大慈善家。

思然给张翠香读报纸上的新闻。

"这个张建设，"思然说，"写的都是个啥嘛，不是某个老板的公司开业，就是某个老板的产品获得金奖，不是某公司新品上市酬宾，就是某饭店推出的新菜品八折优惠，这样的记者能称为社会正义的守望者吗？"

"你认得这个记者？"张翠香睁开眼问道。

"不认得，给你念了这么长时间的新闻，看这个记者最爱写这些无聊乏味的东西，因而对他印象深刻。"思然将读过的报纸扔到一边。

"越是无聊的东西，看的人越多，太高深的还没人看呢，"老太太闭着眼说，"还有啥有意思得再念来听听。"

思然就翻着王一盘从单位带回来的各种报纸。无非是全球变暖了，海平面升高了。野生动物给人类传染各种疾病，专家呼吁不要再吃野生动物。肉类交易市场上有人出售穿山甲、果子狸、蚂蚁、蛇、黄鼠狼、麻雀、蚯蚓、蝉、野生螃蟹等。专家建议要善待野生动物，不要因为吃，而最终害了人类自身。某人丢失一只白色小猫，脚上系着铃铛，脖子上围着红色的围巾，有发现者请与女主人联系，有重酬。

思然还欲读时，老太太发出了粗重的鼾声。

九月天气尚是酷热，因贪凉吹空调感冒的张翠香喀喀地咳着。

"我怕是活不成了。"张翠香捶打着自己干瘪的胸，如蝉般一声接一声地发出嘶哑的鸣叫。她往地上吐着一口口浓痰，间或拿卫生纸捂着鼻子，噗噗地擤鼻涕。

"我怕是要死了，"张翠香瞥了一眼进屋的思然说，"我昨晚看见我家掌柜的脚上穿着解放鞋，身上穿着破烂的黄大衣，头发变得像一蓬黄茅草。他嘴角叼着烟，身上长满了毛。他伸出大手来抓我。他说，你一直待在这楼上，你是要等着被烧死吗，像我们过去没粮吃的时候烧死麻雀一样被烧死吗？你是在这里死呢还是回老家回到柳庄去死？你的鬼魂早回去了，你人咋还不回去呢？趁着你脑子还清醒早点回去吧。等你脑子糊涂了啥都没知没觉了你还活着有个啥意味？你早点回去还能落下个好结果，你回去晚了你都不晓得你会成了个啥。老头子说着说着就开始脱衣服。我说大白天你脱啥衣服？他说我的身子痒，身上长满了虱子跳蚤，每天有各种蚊虫叮我咬我。他脱光了衣裳的身体难看极了，像是一只老猴子。他说，儿子盘子从来就不管我，他还知道他有个在农村的爹吗？我说，盘子工作忙，我也经常不见他，他忙得说是连上厕所都跑着呢，橘子也忙，我几乎就见不上她的人影儿，士杰也忙，没日没夜地学习，背驼了眼镜片越来越厚，嘴巴上胡子拉碴的，一天到晚脸上不见个笑容，嘴里跟念经的和尚样，不停地背单词背课文背公式。就这样用功橘子还老是打士杰，排名落后了，她就拿高跟鞋打娃的头，士杰可怜，搞不好会被她妈逼死的。我说了好几回，橘子就是不听。说她的娃她想咋管就咋管，我一个农村老太婆懂个啥，她的娃将来是要当大领导的。咱们的儿子盘子也叫我不要管，他都不管呢。每次看到士杰那个可怜样，我的心脏扑腾腾的就像有一条鱼儿要跳出来。你这个当爷的好，眼不见心不烦的，咋就变成了叫人寒碜的怪物？你赶紧走，不要吓死人了你都不晓得为啥子。老头说变就变，变得猴子不像猴子，狼不像狼，老鸹不像老鸹，喜鹊不像喜鹊，嘴里发出阵阵嘶叫，从敞开的窗子飞走了。你看看，老头会飞了，我要是会飞我就自己飞回柳庄去。"

思然被张翠香疯疯癫癫的话语惊到了。她几乎凝固在门口，窗子开着，房间里隐约潜伏着鸟类的气息，空中飞舞着几根蜷曲的毛发，相框里那个人瞪着眼，愤怒得几乎要从墙上跳出来。

"不要怕，他早就走了，你看不见的。"张翠香喝着思然端来的水说，"他每天晚上来，烦死人了，让盘子回柳庄给他爸上个坟烧些纸钱，你看他爸破衣烂衫的恓惶的怪可怜的。"

思然扯了抽纸给张翠香擦着泪水说："叔叔不回老家祭坟吗？过年或是清明节我爸都带着我给先人上坟。他给我详细指点每座坟头的位置。有的在山崖上，有的在大树林里，有的在野地里。我想不通先人为啥埋得那么远。我爸说我爷爷的爷爷原来就在那些地方住着，死后他们就埋在房屋周围，后代慢慢搬迁，就距离先人越来越远。将来要是有钱了，建设一个王氏墓园，把我们本族先人都迁移到一个墓园里，那样既方便祭祀也对后人是个好的教育。"

"你爸想得长远，"张翠香长叹一声说，"活着的人要敬死去的人，这样一代传一代，后辈才知道他的祖上是谁，他的血脉在哪里，他从哪里来最后又去了哪里。柳庄人堂屋的中堂上不是贴着天地君亲师吗，这就是柳庄人一代传给一代的家风。"

"你说得挺有哲理的。"思然道，"我们都不知道自己将来去了哪里。"

张翠香说："我晓得啊！"她就挣扎着下了床，跪在了观音前。

她给观音磕着头说："人是要转世的，要经历六个轮回，你在阳世做了好事善事，转世的时候就会再次投胎为人，要是做了大好事大善事，就会投胎到当官的人家有钱的人家，一出生就是富贵命，要是没做恶事的话，也会投胎到一个风调雨顺的好人家。做了大恶事的人，会投胎为畜生，下世变为猪牛羊，给人犁地耕种叫人剥皮吃肉。你说，人咋能不知道自己最后去了哪？我给盘子讲。盘子说现在都啥世道了还这迷信。我给橘子讲。橘子说我是老一套的善恶因果循环论早被当糟粕了。我给士杰讲。士杰不晓得是装傻呢还是逗我开心，说我有啥子哲学家的思维，说他正在写一本书，他要在书里探讨这些曾经被当作糟粕的其实是人类不曾认识的东西。实话实说，我也搞不清到底我是不是迷信？不管咋地，盘子回来了，我要叫他回柳庄给他爸割割坟上的草，给坟填填土，磕几个头作几个揖，烧些火纸烧些纸钱，他爸在那边日子苦焦啊，你看他穿得可怜的。"

"唉，"张翠香磕完了头说："思然啊，有空了你就磕几个头，给观音磕了头，你就不心慌了不焦躁了。你看我每天雷打不动地磕头作揖，身体越来越好。唉，盘子有两个星期都没来了吧。橘子恐怕一个月都没来了。士杰呢？我怕娃把脑子学坏了。"

"你放心没事的，"思然扶着她在客厅的沙发上坐着说，"叔叔打过几次电话，说他单位忙，又是出差又是开会经常加班加点，我说你身体好着呢，他说他忙过这一阵就好了。你刚才那个样子好怕人。我给他发信息，他说晚上就来看你。"

"忙啥呀忙，他该不会出啥事情吧。我的眼皮老是跳，心老是慌，身上的皮肤动不动就跳，身子跟要地震一样，他们两个该不会出啥事了吧。我老劝他们凡事要小心,谁都不要得罪,要夹着尾巴做人,人前穿烂些,领导跟前走慢些,好衣服穿到里头,好饭关着门吃,他们就是不信。你看现在报纸上写的没一样叫人省心。给猪肉里注水,饭店炒菜用地沟油,小娃奶粉喝得长成了大头娃娃,自来水里爬出了蛆虫,空气里都是啥子霾,人都跟披了羊皮的狼一样认不清了,到底是人变成了狼还是狼变成了人?我见了他俩就给他俩念叨,一定要小心,身上要长满眼睛长满脑袋,眼睛要看四面八方,他们就是不听嫌我啰唆迷信。我就只好给菩萨说给观音说。我想观音老人家是懂得我的心思的。他们不信,等出事的时候再信就迟了。"

"你不用操心人家,"思然说,"这几天你每顿饭只吃一两口,叫他们知道了,会说我没有伺候好你。"思然给她剥了一瓣橘子,"人家都是在单位上班的人,啥不懂?"

张翠香嚼了几口就将橘子吐到思然的掌心说:"他们不懂,他们以为他们懂,其实他们不懂,我看见了,我啥都能看见,可惜我说不好,我不会说,我说不出来,还是我没文化,我恨我自己不会说。"

思然就不说了。

晚上七点中央电视台《新闻联播》开播的时候,带着一身酒气的王一盘步履蹒跚地进了门。他看着躺在沙发上的老娘对思然说:"咋睡在沙发上,叫回房子睡嘛。"

思然说:"叫了,叫不动,她就爱在沙发上睡,她要看《新闻联播》,刚看了几分钟,就歪在沙发上睡着了,你刚要换台,她就醒了,说她没睡正看着。"

王一盘双手揉了揉脸说:"我妈就是这样,越老越小。"

思然道:"奶奶昨晚烧到三十八度,我吓坏了,不停拿温水给她擦身子,到天亮温度才降下来。我给你和阿姨打电话,一个也打不通。奶奶这段时间情况很不好,要不要到医院去看看?"

王一盘摸了摸老娘的手说:"等忙过这阵儿,带她到医院好好检查检查,这阵子几乎把人忙死了。"

思然想说再忙,也不能不管有病的老娘啊,但寻思不妥,就不再言语。

王一盘把身子摊在沙发上说:"快给我泡一杯浓茶,解解酒。"

思然边泡茶边说:"你每天喝酒,小心把身子喝坏了。"

王一盘翻看了一会手机说:"这会儿好多了,你阿姨最近没来吗?"

思然颇觉奇怪:"你们两个问得一模一样,阿姨电话上问你有没有啥异样。"

王一盘拔着下巴的胡子说:"她还问你啥了?"

"她问你最近有啥变化?是不是穿衣服不太邋遢了,是不是注重仪表了,是不是人变得年轻了,是不是说话开始诗情画意了,是不是走路爱哼着歌儿了,是不是开始减肥了,是不是变得更有魅力了?"

"你咋说?"王一盘看着鼾声波澜起伏的老娘问。

"我咋能知道呢,我说我就是一个伺候老太太的,又不跟你们住在一起,你的变化我咋能知道,要是知道,也是你最知道。"

"答得好。"王一盘在暗淡的光线里朝思然竖起了大拇指。

沉默少顷,王一盘没头没脑地说:"人心难测啊,在一张床上睡觉在一口锅里吃饭在一个家里生活的夫妻都摸不透对方,更何况其他人呢,女人是不是都生了好几副面孔?"

思然觉得王一盘话里藏了深奥的内容，像露出水面的岛屿，但隐藏在水下的真实，谁也无法探测得到。生活难道都是这样的莫测，男女都隐藏着魔幻的面孔，到底谁更容易走向对方的反面，谁更容易背叛对方？思然蓦然想起了母亲，想起了母亲与查四会的种种传闻，想起那个醉酒的夜晚张海山悍然覆压的身影，想起了橘子的手在那个年轻男子脊背上不经意地摩挲，难道，男人与女人之间，就是这样的不可捉摸。如果男人都是靠着下半身思考，那女人呢，如母亲如张翠香这样的女人，他们有的厮守终生，有的却走上了背叛出走之路。这难道是人的本性吗？想着，想着，思然悲从心来，不由得泪水涟涟。

"好好的，你哭啥？"王一盘惊叫着，抓了一张抽纸去擦思然的泪。

思然躲着，王一盘的手落空了，他尴尬地把抽纸放在思然面前说："你好端端地哭啥？将来在洛城嫁个好人家，这不就在洛城站住脚了。那些来城市打工的女孩，不都是这样想的吗？女人在城里立足无非两种途径，一种靠自身，那些高学历的，她们依靠自身的辛苦打拼，在职业上取得了成就，最终在城市里站稳了脚。"

"另外一种嘛，"王一盘喝了口茶水道："那些没有学历或者学历很低的女孩，仅靠着低端的打工很难在城市里立足。每个月三两千元的工资，工作很不稳定，还经常失业，她们能在城里买到房子吗？没有房子就永远没有根，在城里如浮萍一样随波逐流着，一个浪花打来，就可能毁了她们的前途。很多女孩把改变命运的希望寄托在嫁人身上。嫁一个好男人就可改变门户，这成为大多数农村女孩闯城市的不二选择。不知你观察了没有，有些农村的漂亮女孩嫁给了城中村不学无术的混混，有的农村女孩嫁给了大自己七八岁甚至十几岁的离了婚的城里男人,有的进城做了老板或者腐败官员的二奶三奶,有的进了夜总会娱乐场所从事不良职业捞第一桶金,你分析分析,大多数农村女孩进城是不是靠着我说的这几种路径?"

思然颇为愤懑。

醉酒状态的王一盘话语里充满着对农村女孩的歧视和鄙夷。"城里女孩就没有当小三的,就没有去娱乐场所的,就没有见异思迁的,就没有靠着男人改变自身现状的,就没有为了达到目的不惜奉献自身的?"思然无法控制自己情绪愤怒地质问。

"无论是城里女孩还是农村女孩,靠身体改变自身处境也许是一种最为便利的选择。这还要感谢爹妈给自己生了个好身材好脸蛋。要是先天歪瓜裂枣的,想靠这些歪门邪道走捷径,门都没有。这就是世界的诡异之处。"王一盘对思然的愤怒不以为意,"你愤怒,是因为你经见得少,你愤怒,是因为你历练得少。"

"你知道我和你嫂子是咋结合到一起的吗?"王一盘喷着满嘴的酒气问。

思然不语。

王一盘似乎不要思然询问,他眯着眼,陷入了对往昔痛苦的回忆。

"我们是在大学同学会上认识的。那时候我已结婚女儿都上初一了。橘子毕业一直没有找到稳定的工作。今天在售楼部发传单卖房子,明天在培训机构打电话招生。她男朋友和我是校友,他们租住在南郊的白庙村。我们同学聚会。他男朋友夸我是同学里目前最拔尖的,在市级机关工作,旱涝保收,多牛,公务员。橘子满眼的羡慕,不停地给我敬酒。那时候橘子要脸蛋有脸蛋,要身材有身材。饭毕,去楼上的歌厅唱歌,我们开了一个大包,要了四五打啤酒。橘子的男朋友一会儿就喝醉了。我也喝到了极限,但橘子还缠着要和我喝。我们一人手里提着一瓶啤酒,唱着《天仙配》男女二重唱。感觉真好。那时候歌厅开放得很。迷离昏暗的灯光里,那些男女胳膊抱着脖子,屁股坐在腿上,场面不堪入目,混乱极了。我和橘子不知何时就搂到一起跳起了贴面舞。人影错乱,橘子像蛇一样缠在我身上。我头脑还清醒着。我发现橘子的男朋友在角落的沙发上睡得极为沉醉。他确实不该把自己弄成这样子。我抱着橘子的腰,橘子搂着我脖子,我们的脸摩擦在一起。我真的想上厕所。头顶着墙壁,咋也尿不出来。估计是酒喝得太多憋得时间太长的缘故。想不到橘子进了包间的卫生间。我还没明白咋回事,她已经抓住了我。离开的时候,她扶着她昏睡的男友,我给他们打了一辆出租车,给了司机一百块钱。回到家我手机就收到橘子发来的信息。舒服吗?她问。舒服,我老老实实地回答。她的信息像密集的子弹朝我扫射。我困得受不了,索性关了手机。

"我有老婆啊,她叫李晓慧在郊县的医院当护士。我们一月见不上几次面。节假日我带女儿浅予坐两个小时班车去看她。有时她值班,我和女儿呆坐在她宿舍,无聊地看着电视,刺刺啦啦的电流声搅得人心乱糟糟的。她有洁癖,不让我吻她,说脏。不让我摸她,说不卫生。不让这,不让那的,搞得人很没情绪。有时把她惹躁了。她竟说,你大老远来就是为弄这?一句话把人给噎死了。

"橘子找到了我居住的市直机关小区。她买了好多东西,俨然女主人回到了自己的家。浅予上学去了,她搂着我脖子,吻得我喘不过气。她把从超市买来的凉菜摆在茶几上,我们一边喝酒一边聊天。红酒白酒啤酒，三样酒混着喝，她酒量惊人，我很快就醉了。窗台上百合怒放，香味满房子荡漾。她每次来都带一束花。我的房子成了花海。她厨艺好，每次都能做出不同的花样。她像是童话里的田螺姑娘，总是在你想不到的时候突然现身。一次李晓慧推门发现我和橘子正喝着酒。橘子穿着吊带，我裸着上身。李晓慧受不了，橘子却大大咧咧地邀请她喝一杯。李晓慧将她带给我的皮带衬衫内衣一样样往地上扔。橘子公然去郊县医院找李晓慧。说她已经怀了我的娃，让李晓慧不要再骚扰娃他爸。我犹豫着下不了决心。橘子见我优柔寡断，便威胁我要是不离婚，她就去单位告我强奸，那晚上的证据她一直保留着。折腾了三四年，晓慧和我离了婚，浅予跟了她妈。和橘子结婚后，我通过关系给橘子找了一份工作。浅予中考没考上便去美国读高中。橘子神通广大，教了几年书给自己弄了个正式编制。现在她反而看不起我。说我进步太慢，在处级干部的台阶上停滞了五六年。她最近可能要提拔。说是要当副校长。"

"你们的故事好复杂，像一部美国大片，够写一本言情小说了。"王一盘讲完后，思然长长地吐了一口气。

"我是不是给你说得太多了。"王一盘打了几个哈欠，冲进卫生间呕了好半天。

"酒喝高了吐吐人才舒服。"出了卫生间的王一盘擦着嘴，打了几个嗝，脚步还是有些轻浮。

"你每天喝，小心把身子喝坏了。"思然说。

"不喝不行啊。"王一盘似乎头脑清醒了，他叮嘱思然，"我酒后的话你不要当真，千万不要给任何人讲。"

一阵门响，两人朝门口看去，一个女人的身子出现在屏风前。

## 三

"你俩说啥说得那么亲热？"

橘子换了拖鞋，将包挂在门口的挂钩上说："老娘睡沙发也不盖个啥，都不怕感冒了？"

思然忙站起身说："我给她盖了毛巾被，但每回都被她掀开扔了。"

橘子眼睛盯着思然睡裙里露出来的腿说："你忙的还有工夫给她盖毛巾被？我看你的大腿倒是越来越白，比初来的时候白多了。"

思然的腿似乎被蜂蜇了，她把睡裙拉了拉，腿往裙子里缩了缩。王一盘觉着了橘子的不快，他故意开玩笑："谁说城里的空气污染了？你看思然就知道城里的水和空气越来越好。"

橘子瞥了丈夫一眼，轻声道："你又喝酒了，骚情鬼。"

思然觉着像被人抽了一耳光或是被人当众唾了一口。橘子那话分明是说给她的，似乎她做了啥不洁之事。

见思然像个傻子愣愣地待着，橘子命令道："给我倒杯水。"

思然双手给她端来水，她盯着杯子，眼睛找不出杯上的污渍了方说："家里最好少穿裙子，露胳膊露大腿的不好。现在社会不安全，小区一个保姆穿得太暴露，上周出门买菜时被一个送外卖的盯上了。那人一路跟踪到家，拿胶带封了保姆的嘴，头套了黑色的垃圾袋，手脚也拿胶带缠了，人在沙发上被糟蹋得不成样子。你万一出了事谁能负得了责？"

思然讪讪地。

橘子这话太毒了，似乎保姆就该遭逢这样的厄运，殊不知，保姆也是受侮辱和受损害的。那个叫杨如的保姆来自四川，思然和她说过几次话。她操着四川方言说来洛城当保姆无非一个歇脚站，等将来熟悉了这个城市，再找机会换新的更好的工作。保姆现在说时髦点是家政工作者，放过去就是伺候主家的仆人，谁愿意浪费青春被人使唤一辈子。杨如喜欢唱歌，耳朵上经常戴着耳机，嘴里咿呀咿呀的。"你唱得真好听。"思然发自内心地夸她。

"我们那里的人都会唱，张嘴就是歌，说话和唱歌一样，比鸟儿唱得还好听。"杨如说她每天跟着音乐台学唱歌呢，各种流行音乐都会唱。"我将来要上芒果台选秀，说不定我凭着唱歌会一炮而红。"杨如望着银杏树上金黄的如黄金样的叶子说。

"你也不要一直干保姆，"杨如拉着思然的手说，"万一我红了，你给我当专业的伴舞演员，你这么漂亮，身材又这么好，当伴舞一定没问题。"

思然说："我不会跳舞，也不喜欢在舞台上蹦来蹦去的。"

"你傻呀，"杨如轻佻地摸了一把思然的脸说，"你这么好的条件不当演员真是亏了，万一碰上一个大导演赏识你，说不定靠着一两部戏你就出名了，就大红大紫了，那时候别墅汽车算个啥。"

"我不做那种不切实际的梦，"思然望着一片片被风吹落的金黄的银杏叶道，"当几年保姆，熟悉这个城市了，我就换个工作，等再攒下资本了，我就自己创业，开个便利店啊书店啊，等再攒下钱了，我就做更大的事业，将来再去大学深造，读个硕士博士，在大学当个老师，搞研究写专著，那多好。"

杨如鄙夷地咯咯地笑着："就凭你自己能实现这么宏伟的梦想吗，我看是做梦吧。一步步走，太累了。我看网上说一个大明星没出道前就是个跑龙套的，你看人家现在多红，红得发紫，谁还说人家以前的事情，这就叫弯道超车善于利用自身资本。你的条件比我好多了。要真的有导演选秀，你扑上去，说不定就和那个明星一样大红大紫。"

思然说："我做不到，我也不想那样做。"

"你人进城了，脑子还没有进城，"杨如猩红的嘴唇凑近思然的耳朵说，"主家欺负你了没有？"

思然的身子往后退着说："啥意思，我服侍的是一个六十多岁的老太婆，她对我像对待孙女一样。"

"你傻呀，"杨如拉着思然的手，"男主人有没有打你的注意，比如和你套近乎啊，抽空给你献殷勤啊？"

思然道："你脑子里都装的啥乌七八糟的东西，哪有这样的事？你是地摊小报看多了吧。"

杨如朝四周看了看，神秘地道："说你傻你还真的傻，我就不信他家的男主人没有给你骚情过。"

思然的脸一阵灼烧，说道："你的脑子里装的垃圾真的是太多了，得好好清理清理。我的主家是个干部，他那个人很规矩，从来没有你说的有那些乱七八糟的事。他老婆管得可严了。他们给老太太专门租了单元房，平常就我和老太太两个人住。"

两人虽话不投机，但在小区遇见了，还经常聊聊。杨如似乎是个没心没肺的女子，做着随时要把自己牺牲掉的准备。她把思然当作了妹妹。"妹妹，"她说道，"我给咱探探路，说不定就成了，成了你也可以走这条路。"思然往往笑着打趣她，"那你赶快成啊，保姆真的不是人当的。"

"我前天看见杨如和一个男的在垃圾桶旁有说有笑，"有一天王一盘道,"我发现那个男的手偷偷摸她的手,杨如打一下,那手就缩回去,过一会儿又摸,杨如就又打,两人像是捉迷藏。"

"你观察得很仔细嘛。"橘子嫌水太烫,将杯子重重放在茶几上道,"思然这么烫的水你咋能端来叫我喝,你的手是石头做的吗?"

她又呵斥王一盘:"你都一大把年纪了还这么骚情,你是不是也想摸?想摸就去摸啊,咱们小区的保姆都有这一手,就怕你摸了一手屎。"

王一盘的脸上有些挂不住,大了声道:"你看你这个人,我就说个现象嘛,你就上纲上线的,你这样子谁还敢和你说话?"

橘子厉声呵斥:"那个杨如现在躺在病房里,你去发发善心吧,说不定她能遂你愿。"

"你太无聊了。"王一盘道,"疑神疑鬼的,和你越来越没法说话。"

"有些人不无聊,经常跑到这租的房子里干啥?还真变成孝子了,我咋没看出来。心里想的啥鬼主意自己最清楚,不要吃不了腥,还惹一身臊臭。"橘子呛了王一盘又对思然道,"记着,以后不能在家里穿睡裙,不要露胳膊露胸露腿的,内裤内衣也不要挂在阳台上,把自己包裹得严严实实的,要是叫我再发现你露身子,就从这个门里出去。"

思然收了阳台晾衣架上晾晒的内裤和胸衣,蓦然想起了杨如的话,身上顿生寒意。

"你妈今年很不正常,三天两头感冒发烧,脸色发灰发白,怕是不好吧。"橘子平息了一阵后说,"我昨天路过城隍庙,心血来潮去求了个签,老道解签时不停地看我的脸,把我看得心里七上八下的。我追问了许久,老道才说诸多事项到年底方有分晓,恩怨才会分明，该走的人你挽留不了，不该走的人你撵不走，是非成败转头空，浪花淘尽世人。我觉得他说得太玄乎，请他解释清楚些，他摇着头说，已经讲得够清楚了，天机不可泄露。我以为他嫌钱少，便又给他面前的功德箱里投进一张百元大钞。不料老道摇着头说不是钱的问题。我再三追问，他才面色凝重地说道，你和家里人还是多注意吧，坐车注意，走路注意，吃饭注意，睡觉注意，男女之事注意，儿孙之事注意，多行善心多交善缘，一切都可逢凶化吉。我想了一路，突然想到签上说的事情应该是你妈，估计你妈怕是不行了。"

"我妈也就是感冒了，过几天就会好的，她又没啥其他病，咋会突然就不好了？"王一盘看着在沙发上发着鼾声的母亲说。

"七十不留宿八十不留饭，你还是早做准备好。"橘子道，"城隍庙的签很灵验的，不怕一万就怕万一，万一她睡一觉醒不来了，惊慌失措的，看你到时候咋办？"

"你老是疑神疑鬼的，"王一盘厌倦地说，"我妈身体好得很，咋会突然就不行了，你操的啥心嘛。你越来越迷信，经常求签，签能解决你的问题吗？家里有一个活观音你不拜，却拜那些泥塑木雕，我看你抽空得去医院查查自己的身体。"

"你自己盘算吧。"橘子说，"看到时候是火化还是拉回老家土葬，你早拿主意，省得到时候手忙脚乱的。"

"我妈肯定土葬，和我爸埋一起。那块地还有些纠纷，我抽空回去找找村干部，看能不能把那块地买下来。"王一盘的声色沉重了，窗外突然响起了一阵尖厉的警笛声。

"其实火化还简单些。"橘子嗑着瓜子说，"到时候把骨灰带回老家埋在你爸生前栽的那棵大核桃树下，既环保又时尚，树的寿命长，比土堆堆的时间长多了。"

"你说话越来越没谱。"王一盘冷冷地。

"你要是偷偷把人拉回去，小心人家告你。再说了，柳庄的风俗，遗体要停放七天，每天磕头作揖迎来送往，通宵达旦，你的身体能吃得消吗？上次给你爸办丧事，你都晕了好几次，完事后你还在医院挂了几天针。现在办事又不能收礼，干脆火化算了。"橘子看着在沙发上打着鼾的张翠香说。

"我还想在老家建个墓园呢。将来我们百年之后，都埋在那里，生前是一家人死后还是一家人。"王一盘似乎动了情，哽咽着道，"我妈还活着，我们在这里讨论火化，你不觉得太残忍吗？"

老太太突然啊呀一声坐起来。

"哎呀，你两个忙得跟陀螺似的，咋都来看我了？"老太太抠着眼屎说，"这几天要不是思然，我怕真的去见你爸了。我老是看你爸穿着破衣烂衫在房子里走来走去。他一定要带我回老家。他说你们的房子太高了，像是悬崖上的鸟窝，来一次太不容易。你爸叫我给你传话，说他的房子经常漏雨，水都把他的屋顶冲毁了，说你要是有空，给他寄点钱邮几身衣裳，他穿得太烂了，出来人家都笑话他。火化个啥啊，卷个席子扔到垃圾桶里还省事，死了啥都不晓得，讲究个啥。橘子讲得对，你们赶紧把我送回老家。那间旧房子收拾收拾。我一人，不讲究啥了。人家都把老宅子拆掉盖楼，你不愿意盖，好歹收拾收拾，不要叫风给吹倒了。"

"妈，我们没有叫你走的意思，只不过是随便说说。"王一盘给老娘敲着脊背说，"你不要想歪了，我们没有别的意思。"

张翠香下了地，光着脚往她的睡房里挪动，王一盘去搀却被老娘一掌推开，橘子大叫："思然，思然。"

## 四

十月的模拟考试，士杰成绩下滑得厉害。

班主任李延河在家长会上斥责道："这都是你们的亲娃，你们做家长的自己不关心，还指望谁来关心？"

他重点批评了王士杰等八名同学："上课看玄幻小说，作业抄同学答案，下课厕所里抽烟，和女同学玩暧昧，更有甚者，在宾馆开房，这还有个高中生的样子吗？有人说他爸给他把工作安排好了，将来进自己的公司当老板。有人说他家就他一宝贝蛋，房子三四套，车子好几辆，商铺几百平，考上考不上无所谓。有的说他高中毕业直接去国外读大学读研究生，将来找一外国妞结婚，生一个聪明绝顶的混血儿。有的和校外社会闲人混在一起，欺凌同学。这些不良现象，家长必须注意。不能把孩子交到学校，你就不管了。你要时时刻刻关注自己孩子身体和心灵的变化。不然，将来都是废品残次品，对社会有百害而无一益。比如，王士杰一头扎进了历史里，高考又不是光考一门历史，你把历史能研究出个啥，听说他异想天开地在写一部历史著作，我看是胡闹呢，光凭历史你能上大学？数学和英语考个零分，大学能录取你？"

橘子的脸上挂不住了，似乎自己被老师批着，她拿目光找寻自己儿子，发现士杰昂着头，一副漠然而不屑的样子。橘子听到李延河又拿激昂的语调表扬了几个学生及学生的家长。如某某这回跃进了五名，某某进了年级前二十，某某单科成绩进入班级前十，某某综合排名年级前五，某某作文大赛得全国第一，某某的作业一贯极认真,某某每天二十四小时在学习,某某上厕所还在背诵课文,某某打瞌睡还在背单词。

家长会结束后,橘子被李延河点名单独留下来。

"你家士杰最近很不在状态,很多老师反映他要么在课堂上睡觉,要么就是一头扎进历史书里。啥《万历十五年》《中国大历史》啊,《剑桥中国史》啦,等等等等,还看繁体版的《金瓶梅》,你看可怕不?你们家长一天不管娃吗?看着他人到了学校,也上了各种课外补习班,回到家里也是点灯熬油的,其实他在学习的状态里吗?"

李延河手里挥着书,气咻咻地讲着,不时将唾沫喷到橘子脸上。橘子忍着,看他下巴粗硬的胡须亢奋地抖动。一群唾沫溅到橘子唇上,橘子实在无法忍受,身子往后退了退,拿纸巾擦了擦嘴唇。

"你说说,你今年到底怎么了?"李延河对个头高出自己一大截的士杰说,"感觉你整个人就不在状态,似乎在睡梦里,在梦游里,迷迷瞪瞪的,你该不是提前走进历史的尘埃里去了吧?"

"我觉得自己很正常。"士杰说,"倒是你们这些老师不正常了,就是个高考嘛,弄得像是世界要毁灭了,似乎考不上大学就等于宣判了死刑。现在的出路多如牛毛,不像过去就是高考一条独木桥。这都啥时代了,你们这些当老师的脑筋还如此顽固,死守着陈腐的教条。优秀的人才会被这样的教育扼杀,窒息禁锢而死。美国为啥创造力旺盛,就是因为他们的教育鼓励学生反思质疑创造。咱们就是培养高考机器,分数高了能咋样,只不过是善于考试而已,这些人有一点点的创造力吗?"

"哟,你还有理了。"李延河手里的书本几乎要砸到士杰的脑袋上,"无怪乎你学不好了,理论指导实践,你学不好也是活该。"

"士杰妈妈,"李延河的目光严肃地压着橘子的脸,"你的孩子我们没法子教育了,他的认知水平已经远远地超越了我们,我们当老师的无法教育他了。他讲得都对。你经常给我打电话发信息,询问孩子的情况,叫我对他严加管教,我辜负了你的厚望,很惭愧,也很失败。王士杰将来要当历史学家。我再教育,说不定会扼杀一个未来的伟人,那我岂不是历史的罪人?今天当着你的面,我郑重声明,你家王士杰我再也管不了了,我要给天才一个更加宽松的环境,以后就由着他吧。想来就来,想学就学,想睡就睡,这也是我们因材施教因人施教的理念。你也是从事教育工作的,娃是你的亲娃,你们自己选择。"

橘子还没来得及申辩,李延河已夹着书,身子一晃就消失到教室里。

橘子骂出一句脏话,将手里的包朝士杰砸去,一时间学生纷纷驻足观望。

"妈,"士杰说,"要杀要剐晚上回家再说吧,我还要去写作业。"

橘子挥舞的手僵硬着,儿子高大而陌生的身影像一只蝙蝠飞进了暮色里的教学楼。急促的铃声破空而至,学生潮涌着进入教室,学校陷入了宁静。


五


进入这个所谓的名校宛如一场战争,一场攻克坚固堡垒的战争。

凭士杰的成绩当然无望，虽然初中三年，每年都上各种辅导班。单科的，综合的，大班，小班乃至最后发展到一对一。一个课时三百块，高是高了，只要成绩能上去，那也值了。橘子两口子把日常开支压缩到了最低。一周上一次饭馆改为两周乃至一个月去一次，最后索性不去饭馆。路过新开的有特色的餐馆，也都咽了唾沫咬紧了牙。一月看一次电影的爱好也戒掉。橘子美容院的 VIP 卡已到期，虽然打折优惠动人，但她最后还是改为往脸上贴一张面膜了事。王一盘过去偶尔每月还自费洗洗脚，叫小妹按按头揉揉肩的，现在据说一年都没踏进过足浴城。亲戚朋友来，面子总是要的，上餐馆吃饭，陪同游览，临走带点土特产，一年下来也是不小的开支。上头管得越来越严，吃吃喝喝还是少参与为好。土特产之类的隔三岔五倒能收到，但比过去少多了。从前外出调研，到安排好的点上走马观花一番，返程时车后备箱里塞满了土特产。那个年头，家里的木耳、香菇、核桃、茶叶、花椒、腊肉、野猪肉多的经常送人。现在的螺丝拧得越来越紧。纪委动辄通报，某某收了一袋子土豆被警告，某某公车顺路偕妻回家被批评，某某违规出入私人会所吃喝被处分。如此，肚皮里的油水越刮越净，最后大肚腩慢慢消下去，像一个生了孩子的孕妇，身材突然变得苗条。钱是省了一些，但都送给了各类培训机构。简直是抢钱嘛，新时代的土匪。王一盘每次支付高额辅导费时都会恶恶地骂。

"你骂顶啥用，你能制止得了吗，你不上，人家娃都上，你家娃自然就落在后面。你要是厉害，把所有的培训机构关了，让所有娃都不上培训班了，那才叫你厉害。"

橘子对王一盘这种阿 Q 做派极其反感。

"只会发空头议论,没一点实际作为,发的牢骚还不是跟放屁一样。要么你阻止课外补课,要么你娃是天才成绩超好,你这些资源统统匮乏,你发那些牢骚顶多显示你的无能罢了。"补课费花出去八九万,士杰的成绩并没多么显著的提高。中考成绩勉强过了线,无缘洛城五大名校,只能上西郊一所三类学校。橘子打听了,那个学校是下岗职工及打工者孩子的集散地,把孩子放那里,无异于投羊入狼群。橘子自是不甘心。上那样学校,和那些人为伍,自个儿脸上都无光。求人,动用一切社会资源,也要把士杰送进名校。橘子那阵儿像是被充足了气的皮球,浑身充满了能量。她上蹿下跳地寻找各种关系,一月末了也毫无结果。眼看开学在即,士杰的学校还没着落,橘子那阵儿夜夜失眠,她只好逼王一盘。被逼迫得受不了,王一盘就翻手机通讯录,翻着翻着就看到了张建设的电话。

这个人据说手眼通天呀。当时在老乡聚会的饭局上,他张口闭口就是某局长某书记某处长某总经理。与他交往的都是洛城的上层人士。他讲洛城的市委书记像讲自己的伙计。

"张建国人不错,每次去他办公室都要给我送茶叶,那家伙好茶叶多得喝不完,每回两袖清风而去总是满载而归,到了饭点还邀请我在市委领导用餐的小餐厅吃饭。那伙食好得不得了,吃一次饭一块钱。

"一斌为人谦和,学历不高,二十世纪八十年代的中专学历那个时候也不得了啊,相当于现在的985高校。一斌不到四十就当了市长。他喜欢坐公交车调查民情,多亲民的领导,我陪他坐了五六回32路公交车。"

张建设的讲述引得参加饭局的人啧啧赞叹,纷纷索要他的电话号码。王一盘未能免俗，也郑重地记了号码。小心翼翼地拨出电话，想不到张建设一张嘴就叫他王处长，他心里一咯噔，受用得不得了，自己就是个有名无实的调研员而已，张建设这人着实让人舒服。

他羞怯地极不好意思地说了自己的请求，想不到张建设在电话里说道："光大啊，我熟得不得了，这事对他来说碎碎的。"

他就在电话里得意地说起他采访洛城一中校长李光大的事。他曾在洛城日报《教育专刊》上给李光大发过一整版的专访。李光大的照片居于报纸显著位置，显出一副大教育家的派头。很快就约好了饭局。酒至微醺时，张建设道出了专版的秘密。那是李光大掏了钱的，张建设打着五粮液酒的酒嗝说。有人投诉一中乱收费，一学期两万，还不开任何票据，这不是典型的乱收费吗？这不是教育主管部门严厉打击的违纪行为吗？这不是所有家长最为反感最为痛恨的事情吗？认准的新闻就要做，不但要做出成绩，还要做出特色和亮点。擅长暗访的张建设和一个学生家长混进了一中财务室，用微型摄像机拍下了他目睹的一切。各种证据摆在面前，有音像有投诉有票据，李光大极爽快地认了。接下来的事就简单多了。靠山吃山，靠版面吃版面。无非是谈判，无非是版面的大小，钱的多少的问题。最后李校长和张建设在花香茶楼的包间里达成了协议。张建设不再曝光，以记者的名义采写一篇人物通讯。洛城一中赞助版面费八万元。张建设算了算，自己可获得奖励二万多元，于公于私都是极好的事。稿件很快见报。洛城一中的网站接连一周置顶做了飘红推送。广播站每天早上播送《洛城日报》首席记者张建设采写的长篇通讯《为了大地的丰收——记我省著名教育家李光大先生二三事》。当天的报纸洛城一中老师每人一份。学校要求各班级各年级组织学习讨论。

张建设拿牙签剔着牙缝上的肉丝说:"学校最不缺钱了,择校费简直就是印钞机,多少家长背着钱袋子找不到校门。"

王一盘连敬了张建设三杯酒,在醉醺醺中又重叙了自己的请求。"好说好说,"张建设拍打着王一盘宽厚的肩膀,"小事,碎碎个事。"他当即掏出手机给李光大去了电话。不知道李光大在电话里如何回应,倒是听见张建设的口气很强硬,不是请求而是命令,不是商量而是必须要办。

过了些时日,橘子自己去找了李光大。寻了三两次,李光大嘴上应得爽快,就是不见落实。快开学了,事情还没着落,橘子跳楼的心都有了。她逼着王一盘给张建设打电话。张建设问了情况道:"你们也太老实了,给校长意思意思啊。教育局不准借读,校长收借读生也是要担风险的,你们咋那么不懂人情世故。"

王一盘恍然大悟。

橘子骂道:"我说表示一点,你死活不答应,拖了一个多月,现在你明白了吧。"

王一盘没说给张建设送两条软中华烟的纸袋里放五千块钱的事。当时张建设饭吃了脚洗了按摩也做了那种大包大揽的气概,想着该是一点问题也没有,想不到还是在关键环节上出了纰漏。送钱送烟的事就不给橘子说了,怕她又骂骂咧咧地没完没了。一旦醒悟,两人便迅速商量给李光大意思的事。几经磋商,最终决定还是由橘子亲自出马。电话里约了三次,李光大答应在育才路上的光线咖啡馆见。橘子精心化了妆,到洛城最豪华的金华购物中心买了一张五千块的购物卡,又买了两瓶茅台酒两条软中华烟。

李光大那天喝着咖啡可着劲儿赞美橘子,该凸起的凸起,该凹陷的凹陷，真的是让人眼前一亮的美妇。

橘子从洗手间回来，李光大突然站起来抱她。"你好漂亮"，要不是突然手机铃声大作，橘子不知道那天会发生怎样的不堪。趁李光大接电话的时机，橘子逃到了座位上。心脏怦怦地跳着。李光大的声音很柔和，通话毕，他对着手机说："亲爱的，你放心。"橘子赶忙把购物卡推到他面前。李光大抓在手上看了看说："我不缺这个，别人拿的比这多得多。"橘子说："一点心意。"李光大趁机抓着她的手说："你很有味道，我多少年没有这种感觉了。我家的那个就是个木头，我们分床睡好多年了。"橘子还没来得及反应，李光大突然坐到她身边，手被他带进了裤子里。

士杰秋季开学就以借读生的身份坐进了洛城一中的重点班里，而他的学籍则保留在西郊的七十五中。

"你要是学不死，你就往死里学。"橘子每每回想起那屈辱的一幕便狠狠地说。

李光大倒是守信之人，期末考试后将士杰安排在了火箭班。进了火箭班，意味着一只脚已踏进了重点大学的大门。李光大给橘子发来邀功短信。橘子回他一个笑脸。李光大喜欢发暧昧短信，橘子倒也能忍受。想想士杰还有三年呢，搞不好还有事情让他协调，能忍就忍了。好在李光大并不纠缠，见橘子不冷不热的，时间长了，也就失去了耐心。橘子有时看着身边呼呼大睡的王一盘，寻思自己断然不会爱上李光大那个道貌岸然的家伙，但其他人就不好说了。同单位的王晓丽，就夸口自己有四五个男性闺蜜，一个月换一个。身上穿的脸上抹的脚上踩的，甚至连内裤也有男人争相着买。这才叫幸福的人生呢，王晓丽炫耀地对同科室的人说。今年休年假，她就和在国画院结识的画家去了西藏。"那真是人间仙境，那才叫不枉活了一回人。"从西藏返回的王晓丽将一串手串套在橘子的手腕上说。王晓丽的人生橘子徒有羡慕的份儿，她连想的念头都不曾有。如果说被丈夫之外的男人所轻薄，那也是为了孩子，不算自己情感的污点。但活在当下这个世纪，观念还如此保守，无怪乎王晓丽嘲笑她与时代格格不入。一切从头开始。为了让班主任李延河留心士杰，橘子真是豁出去了。逢年过节就孝敬购物卡，五百一千的。单位里发的洗发水毛巾之类，也总是变着法儿送给李延河。借读生本身被人轻看，如果老师再不关注，那来名校就读的功效就大打折扣。李延河推荐了几个辅导班，橘子无一例外地给士杰都报了。她知道李延河推荐的意图。说是这些机构都是经过他考察的，各方面质量经得起检验，每年都有尖子生进入重点高校的行列，北大清华也经常是榜上有名。但其实，谁不知道其中的奥秘呢？李延河的妻子就在他推荐的辅导班任职。李延河也常在辅导班上课，美其名曰为了这些值得造就的学生，他愿意付出巨大的牺牲。有时看着李老师在班级群里声嘶力竭地推荐辅导机构，橘子还真是鄙夷他呢，从学生家长身上赚钱，也亏得这些人想得出，所谓干哪一行就吃哪一行，良心真是大大的坏了。

## 六

最终事情还是坏在士杰身上。

"我要出书了。"士杰那天晚上做完作业溜到客厅对思然说。

"你写啥了，书有这么好出的？"

在思然的印象里，出书是一件庄重而神圣的事情。思然读书，总先看书上作者的简介和照片，有时候痴痴地想着那人在生活中会是何种模样。能出书的，都是在某个领域了不起的人。有的是教授，有的是学者，有的是作家，简介里罗列的各种头衔和荣誉让你跌进佩服的深渊，这样的人才配出书呢。不然，你张狂地写啥啊，自己糊里糊涂的，能写出啥高人一等的见地？王一盘书架上的书，她几乎看完了。有些书还没拆封，有的书里生了虫子。没拆封的书籍，她摩挲许久，自是不敢撕开那精美的包装，就如人的衣着，没主人的允许，外人咋能随便掀开衣服呢。因为读书，橘子明里暗里说了她好多次。你的任务是负责家里的卫生及一日三餐，不是来看书学习的，不是舒服地躺在沙发上喝茶嗑瓜子优哉游哉地看书的。这些道理思然自是明白。士杰上高中后，一家人都住到了租来的大房子里，此处距离洛城一中三站路，方便士杰上学。思然常趁着张翠香午休的时候看书。趁着橘子两口子都上班了才学习。她趁着张翠香睡觉或看电视的时候做作业。陕西师范大学的网络课程她已学了大半，再过两年，她就能拿到本科文凭。那时，她要重新开始。橘子说，你把老王的书看完，至少也是大学本科水平。思然羞怯地笑笑。她摩挲着书籍，觉得自己的水平怎么能比得上大学本科水平呢，只觉书读得越多，自己越是浅薄。当士杰说出要出版著作时，她的心里就万分惊讶。

"不要给我爸和我妈讲，"士杰悄声道，"我妈绝对不会相信，她肯定又会说我不务正业啦辜负了她的希望啦白花了那么多的钱啦花的钱够她买一辈子的化妆品够她做一辈子的美容啦。我爸呢，知道了也不好。他在家里没点主见，我妈说啥就是啥，纯粹是个软骨头，一点反抗的意识都没有，从骨子里害怕我妈。一个女人有啥可怕的。要是我,早和她离了,和这样的女人过日子乏味极了,过一辈子比坐一辈子监狱还可怕。"

"你小声点。"思然说,"不要在我面前议论你爸妈,叫他们听到了,还以为咱们合伙的,还以为是我教唆你,你妈最近一直对我有意见,有时候暗暗地拿眼光刺我,太吓人了。"

"我妈就是那种典型的市侩小市民。"士杰的头靠着思然的肩膀说,"我这书出了,要吓他们一跳,我要给他们一点颜色看看。我出了专著,就可以参加高校的自招,我分数不高,照样可以上名校。"

"你真的确定可以出版吗?"思然扭开身子,"我听说知名作家出版著作都难呢,何况你这样没有一点名气的高中生。"

士杰把身子朝思然逼过来,胳膊架在思然的肩膀上说:"姐们,你胆子太小,眼界太低,现在只要你写得好,出版社都愿意给你出。我研究宋史,出版了也有很大的史学价值。"

"要是能出版最好了。"思然摆着头,士杰呼出的气息挠着她耳朵,脖颈痒酥酥的,她的身子几乎软了,"你离我远点,不要趴在我背上。"

"你俩在干啥?"门突然开了,穿着睡衣的橘子在门口叫。

士杰慌乱地站起来:"思然姐给我讲题呢。"

"讲题能讲到人家身上去。"

橘子气急败坏地,她看着思然的裙子卷到了大腿上,思然的脸火红红的,呼吸急促促的,目光都迷离了。

"你们到底干啥了?"橘子的目光盯着思然。

"没干啥,"思然说,"我给他讲题,他调皮,叫我给他挠痒痒。"

"那他趴在你背上干啥，你的脸为啥红扑扑的，你的头发为啥乱糟糟的？"橘子一只手叉腰，一只手指着思然。

"我们真的没干啥。"思然整理着裙子说。

橘子气急败坏地说："我家士杰不可能娶你当老婆，娶一个保姆当老婆还不叫人笑话死了，我家士杰是要考大学的人，我的士杰将来是当大领导大干部的国家栋梁，你趁早死了这个念头，你想都不要想。

"士杰要找一个门当户对的，父母双方都要有体面的工作的，起码是上流阶层的，女孩要上过大学的，民办大学都不行。你趁早死了这个心。我早想说了，怕伤你自尊，一直强忍着没说。想不到你勾引他，你比他大啊。他还是一个孩子，你咋都能下得了手。不要以为搞了就能把士杰拴住，门都没有。"

思然哭着，她捂着脸钻进了自己的黑屋子。

# 第五章

## 一

思然推开门，阳光很猛地扑进来，喜鹊的叫声霎时间填满了耳朵，整个人像踩着云朵，似乎要飞翔的模样。

王大路看了她一眼，又看了她一眼，便躬身去地里了。草疯长啊，原先种的玉米倒是不见旺旺地长，倒是它长得铺天盖地，显得很急促的模样。再长它也是草，有时候连姓名都没有。柳庄人普遍把它们叫草，并没有区分它们的意思。但草和草还是有分别的。看那车前子就很智慧，只长在路边，人的脚偶尔踩上去，噗嗒噗嗒，像是踩在厚实的地毯上。半夏在地里很深沉地吸肥，将根须比赛着往地的深处扑腾，有时候就将它们请出来，洁白的根部长着一个浑圆的疙瘩，那是可以入药的。马齿苋、苍耳、狗尾巴草、蛇莓、蒲公英、牛筋草，不晓得它们来自何处，有庄稼的地方，草必茂盛，这也许是它们之间的相互需要吧。这不，突然间，也就是几年的工夫，地大片大片地荒了，先是平地，接着山地坡地，最后是整个沟洼整面斜坡，不种了不种了，思然似乎听到了王大路的哀叹，似乎看到了小麦玉米大豆高粱的逃亡。玉米秆麦秸秆的身体垒在墙角，垒在柴垛，慢慢就枯了腐了败了，牛羊也不吃了，不是牛羊不吃了，而是，没有人再养牛放羊了，秸秆的价值突然间连荒草也不如。思然似乎看见它们的叹息和怨言结伴着在田野游荡。她突然发现世界陌生极了。寂寞而荒凉，这哪里像她曾经生活过二十年的村庄啊。她听见了王大路如爆竹般沉重的干咳，像在敲打她多愁的头颅，像要击溃她忧郁的青春。她觉着头发及身体的疼，王大路的目光咋就带着尖锐的刺，朝她扔过一地的不解，心不在焉地拔天麻地里的草。

　　思然看见水莲瞥了王大路一眼，那复杂而暧昧的目光让她读不懂水莲的意思。水莲双手搓着脸，似乎脸上结了厚厚的痂，似乎要搓下一张倦怠的脸皮。从韩城回来的水莲从帆布包里取出几袋花椒。"你闻闻，"她说，"香得很。"清香的辛辣的刺激的气味呼啦啦地朝思然的鼻子眼睛袭击。她不由得迸发出一个个狂放的喷嚏。

　　"那里每家有几十亩几百亩花椒，我们早上天不亮就出去摘，午饭吃馒头喝开水，晚上主家拿秤称，按斤两算钱。"思然并没有问，水莲就说了。"有人摘得多，一个月挣三千多块钱，我手慢，挣得比人家少。"水莲从帆布袋里还源源不断地往出掏着。除了花椒还是花椒，还有花椒叶。"我学会了花椒叶烙馍，可香哩。大锅盔，五厘米厚，好家伙，那要多好的牙口，要钢牙铁齿才能咬开那硬如石头的锅盔吧。人家关中人锅盔就是比我们陕南人做得好，五块钱一个，耐饿，还坏不了耐放。"水莲说着就咬了一口，锅盔上留了一排带血的牙印。"你啃一口，香得很。"水莲将露着牙印的锅盔朝思然伸过来。思然后退了一步。她看着豁口布着血印的锅盔跟跄着后退。"看把你金贵的，"水莲带着爱意地怨了一句。她的牙龈流出了血，思然想提醒，想想就算了。水莲又把锅盔递给王大路。"我牙不好，掰一点尝尝，"王大路掰一小牙塞进嘴。那满布着短须的嘴唇翕动着，末了吐一句，"好吃，比你做的好吃多了。"水莲笑着又掏出一袋子麻花，一捆袜子。"便宜，五块钱十双，"她炫耀着，"外头便宜东西多得很，一到晚上，街上就摆满了便宜东西，羽绒服七八十块钱，旅游鞋五十块钱两双，洗发水五块钱一大桶，化妆品十几块一大包，可惜实在拿不动，不然我都买回来。"水莲的面前豁然就聚了一大堆，浑然一个外来物品的展销。

"你咋回来了？"水莲似乎想起来，突然问。

"我都回来两星期了。"思然看着地上堆积的奇形怪状的物品说。

"为啥回来了，回来主家不扣你的工钱吧？"水莲咕咚咕咚地喝着水说。

"我有假，扣啥扣？"她没有说自己辞职，她觉得给他们说不清。

"那个人和咱们拐弯抹角还有亲戚关系。王一盘的舅舅和你舅舅是同学，王一盘的表姑给你外婆叫姨哩，你没和他们提说过？"水莲头发上还藏了一片花椒叶，也许到家了，叶子在她的抓挠下，极不情愿地落了地。

"扯亲戚有啥用？我给他们家服务，他们给我发工资，天经地义的。"思然最反感攀扯亲戚了，扯来扯去的，像个毛线团扯半天，才扯出远得不能再远的亲戚，硬要和人家攀上关系，就不怕人家耻笑，五百年前都是一家人，猿猴还是人类的先祖，攀扯亲戚关系有用吗，呸。

"有亲戚关系和没亲戚关系到底不一样！"水莲脱了鞋，揉着肿起的脚面说，"我们出门找活，都是靠老乡亲戚介绍的，没这点关系，谁都不带你。我到韩城摘花椒，到白水给人摘苹果，去新疆给人摘棉花，到建筑工地干小活，都靠七拉八扯的亲戚介绍，你还小，不懂。"

思然没有吭声，看着水莲将两只鞋都脱了，袜子也脱了，手指在脚上刺啦刺啦地挠着，脚面上一道道殷红的沟痕。

"你看你把自己挠成啥了？"王大路看着她红艳艳的脚面说。

"我痒啊。痒死了，恨不得把脚剁掉痛快。"水莲的手指依然在脚上挠着，"怪哉，每回出去身上就痒，像是全身长了虱子跳蚤，可一回到柳庄，身上就不痒了。"

"水土不服吧。"王大路嘟囔了一句。

"今年天麻价钱不知咋样？我们花了三万块钱的本，菌棒、菌种、人工，到时候还不晓得咋样。去年行情多好，从地里挖出来还沾着泥巴，一斤三十块，今年不会低于这个价吧。"水莲望着在天麻地里拔草的王大路说。

思然没有吭声。

"天麻的事,我咋晓得?"思然看着地上的人影闪闪烁烁的,寻思间,就看见一个人在门口嚷,"我都不认得了?还敢咬我,小心我吃了你。"

就看见刘吉祥来了。

"听说你回老家了,也不来镇上找我。"刘吉祥拍打着身上的灰尘对思然说,"事情有眉目了,有个记者愿意参与,可能很快就来调查。"

"你要让你爸的态度积极些,他一点也不支持配合,我来了几回,他看我跟看叫花子一样。我要他在矿上的工卡、工资单、劳动合同,他啥都没有,这能打成官司吗?"刘吉祥喝着水,噗噗地吹着水面上漂浮的茶叶末。

"茶叶不好,你将就些。我们不喝茶。我习惯喝凉水喝浆水。凉水解渴,一头扎河里,咕嘟嘟能喝个大饱。"水莲端个椅子让刘吉祥坐着说,"现在河里的水喝不成了,脏兮兮的,原先白亮亮的泉水冬天冒热气,现在在桶里沉淀好半天还是黄乎乎的,咋了啊,水咋都变坏了变得不让人喝了。"

"准备拉自来水。"有人接腔了。原来查四会已在门口站了很长时间。他望着天麻地里拔草的王大路说:"今年天干,没有雨水,估计天麻也不好好长。"

"我每天早晚给它们浇水。"王大路站起身,捶打着腰说,"多浇水总不会有事吧,这天旱的,草却长得好,一天比一天好,像是阳光里头有肥料。"

"你小心把天麻浇死了,"查四会说,"天麻毕竟不是稻谷,水多了会泡死的。你歇会儿,我跟你说个事。"

"说吧。"王大路抓了一把草,顺手揪了一片鲜嫩的草叶放进嘴,很快他的唇边渗出了青草的汁液。

"你像牛,还吃草,看把你吃得香的。"查四会舞着手,似乎嫌弃身旁枣树上麻雀的聒噪。

"你要吃给你一把,可香了。"王大路将手里的草朝查四会扬了扬。

"畜生才吃草呢。"查四会皱了皱眉,"崔等来盖楼房你知道吗?我给他找小工,一天五十,管吃管喝,还给一包烟。"

"盖啥房子?"王大路索性坐在一个土丘上说,"他城里房子多得没人住,咋还要盖房子,气死人啊?"

"你穷人还跟人家老板怄气。不盖房子留那么多钱吃啊,吃进去又变不成钱。崔等来准备把祖宅拆掉建庄园,说要建得像公园,有山有水,亭台楼阁,规模大得很。"查四会两瓣嘴唇吧唧吧唧地,像是艺人两块不停敲打的竹板。瞧,他嘴角积累了一群白沫,先是左边,接着是右边,稀里哗啦的甚是不雅。

"那是显摆呢,钱多得烧包,在农村盖个庄园有屁意思。"刘吉祥端着一次性纸杯走到枣树下说,"崔老板要是钱多得花不完,不如做些公益事情,建设一个村民文化活动中心或者修修路或者抓抓产业,看看咱们的路还叫路吗,一下雨,两脚泥,走都没法子走。"

"人家崔老板的钱是大风刮来的吗?"查四会说,"崔老板是我们村第一个上秦岭金矿背矿的人,第一个把地租给别人种的人,第一个到处推销洗发水的人。虽然他那洗发水像是洗衣粉合成的。他还是第一个在西安做总代理卖瓷砖的人,大明宫陶瓷一条街,那些大大小小所谓的老板,前后三四代人,都是崔老板从柳庄带去的,都是崔老板的徒子徒孙。崔老板还是第一个在陕北承包煤矿的人。那时煤炭不值钱，四五十万一个煤窑，崔老板贷款买了三个，后来煤炭价格高得离谱，他那三个煤窑值几千万。他的煤矿每天都在造钱，钱哗啦啦地往他家流着，跟长流水一样。"

查四会咋这么能说呢，一长串一长串的话像源源不断的河水，从他的嘴里轰隆隆地流出来。他都咽了几次唾沫了，听得见咕咚咕咚的声响。人家崔等来当大老板了成了首屈一指的富豪了而不是你查四会啊，你激动个屁哦你兴奋个啥子嗳，好像讲着别人的事迹自己也能跟着过瘾挣大钱似的。

果然，查四会喝了一口茶水说："他可怜的时候你们没见过。有时候债主跟着屁股后撵他。有天晚上他躲在我家，债主跟着就来了，他没办法，藏到了我家的猪圈里，猪不认得他，还以为他是猪呢，拿着大嘴又是拱又是亲，最后往他身上了拉一泡屎撒了一泡尿，咋了，他还不照样忍着，不忍咋了，债主急疯了，三四个人，每人手里拿着镰刀斧头，似乎他还不了账，就会把他给分解了，那个阵势，吓得我都胆战心惊的。现在那几个债主呢，朱柳三得了肺气肿每天窝在墙角晒太阳，更年五十多的人了还在建筑工地上打工，柳娃呢，抢劫一千块钱，被判刑坐了监狱。呵呵，天壤之别吧。"

"钱多有啥了不起。听说他心脏不好，做了三个支架。再说了，崔老板做的坏事也不少，听来都让人后怕。他睡觉能安生吗？"刘吉祥为了表示轻蔑，朝地上唾了一口痰，吐了嘴里的茶叶末说，"崔老板的发家史是一部血淋淋的罪恶史，他要是没钱了，啥都不是。"

王大路咳着接过话头说："我在他矿上干了五年，工资倒是从不拖欠，但就是罚款厉害，发现你井下抽烟，就扣你一天工钱，发现你不戴安全帽,就扣你两天工钱,就这样,好多人还寻情钻眼地要下井,他小舅子管招工,五千一万才录你,这些钱都进了他私人腰包。"

"都是要钱不要命。"刘吉祥看着树顶上吵吵嚷嚷的麻雀说,"看咱村从煤矿回来的,哪一个不是吭吭喀喀的,一检查,没一个肺好的,没了肺,还能好活?到了冬天简直就是要人命。不能让崔等来挣了大钱,让老乡们的身体亏了,命短了。"

"你说得轻巧。"查四会将抽到尽头的烟蒂拿手指弹到极远处。"井底下不吸粉尘可能吗?想当然呢。你在地里干活,呼吸地里的臭气灰尘,你还问你自己要赔偿吗?你还闹着不干活吗?农村人的命哪有那么金贵。有的人下煤窑咋没得尘肺病?你得了说明你的肺不好。人家崔老板又没有开着奔驰请你去,你们都是寻情钻眼地往里钻。老王,你说是不是?"

"我哪个晓得。"王大路咳了几声说,"矿上那个钱不是好挣的,只怕有命挣没命花。当地人都不下煤窑,都是我们这些远路人。"咳咳。他又是一阵抑制不住的狂咳。

"崔老板叫我给他找几个人捡石头。要河里那种又光又圆的白石头。每天给五十块钱工钱。这个活不累,一天一算,晚上就能拿到钱。"查四会望着天空飞过的一群咯咯叫的长翅膀的野鸡说,"这崔氏庄园将来是柳庄一景,可谓前无古人后无来者的,崔总干的都是大事,都是我们这些人想不到的。喂,祥子,你干吗,现在还缺几个挖沙的,一天一百,大米饭尽饱吃,啤酒随便喝,好烟放开抽。"

"干个屁。我就是穷死也不给这万恶的资本家打工。我诊所一天忙得焦头烂额的,我要治病救人。"刘吉祥的屁股离开凳子,做着要走的样子。

"你办诊所就高尚了，你不收钱？你是免费的？"查四会讽刺道，"你的药卖得比药店贵好几倍，随便挂几天针，没个几百就拿不下来。让你出个诊，还按照路程远近，收啥子出诊费，你把你当成120了？你比120还黑，你还说人家崔老板，你比崔老板黑多了。"

"我治病救人救死扶伤，岂是那个煤老板能比的？"刘吉祥说，"没有我，人们还在病痛的煎熬中挣扎。"

"呸。"查四会唾了一口说，"小伙子一张嘴会说得很，你当医生倒是可惜了，应该去说相声。你爷可是远近闻名受人尊敬的好医生，自己上山采挖药材，看病几乎不花钱，可惜你爷去年死了，诊所到了你手上，你把看病当成生意做，唉。"

"我爷是老赤脚医生，我不是。"刘吉祥说，"医生又不是神仙，也要吃饭养家糊口生儿育女。你要是生病了，我保证不收你的出诊费，药费和治疗费也给你打半价，咋样？"

"呸。我会得病吗，我得病会到你的诊所看？"查四会愤愤地，"我倒是劝你一句，好好当你的医生，不要搞啥子乱七八糟的东西，听说你要告崔老板。"

"不是我告崔老板，是咱们柳庄在煤矿的受害者委托我向崔老板讨个公道。七个尘肺病，三个死了，崔老板不该负责任吗？"刘吉祥看了一眼望着天空的思然说，"这事得有人负责任，这么有钱，救几个给他矿上卖命的人不应该？"

思然躲开刘吉祥的目光，却听得水莲说："你能从崔老板那里弄来钱最好了，崔老板这人抠得要命，你把钱要来了，我们给你拿回扣，拿提成。"

刘吉祥笑着问:"你准备给我多少回扣?"

"看你能要回来几多钱,要得多,回扣就多,七个人的赔偿,你要是都要回来了,那也是一笔不小的收入。"水莲整理着地上乱糟糟的东西说。

"你小看我了。"刘吉祥说,"我是出于道义,我能要钱吗?我要了钱拿了回扣提成,那和黑心的煤老板有啥子两样,那我学法律不是白学了?法律就是要维护公平正义,法律就是让平等的阳光照到每个人的头上。要是挣钱,我开诊所也挣钱,奔小康一点问题都没有。你说是不是?"刘吉祥把问题抛给心不在焉的思然。

"事情还没做,你道理倒是多得像牛毛一样。"思然颇不耐烦。

"思然,你要是没事做就去崔老板的工地上帮忙,我给你安排个轻松活。"查四会的目光落在思然被风吹拂的长发上。

"不去。"思然冷冷地吐出了两个字。

刘吉祥骑摩托临走时还叮嘱思然:"有空来镇上,我还有紧要事情和你商量。"

"那小子比他爷差远了。"看摩托走远,查四会嘴上叼着一支烟说,"他爷的医德多好,看病几乎不收钱,到了他手上,恨不得把病人当成摇钱树。年前给人挂针,打青霉素忘了皮试,要不是抢救及时,他小子就把乱子弄下了。"

"人倒很热心,"水莲说,"有头脑,有心计,就是感觉不踏实。"

"那人奸诈着哩。"查四会评价道,"你看那小眼睛转的,一转一个主意,一般人根本不是他对手。我觉着他对思然有点意思,我看他的目光一直盖在思然的身上。"

"思然不会跟他。"水莲断然否定了,"我们家思然根本不可能在柳庄找，西安或者洛城才是思然最后的家。"

王大路看他们聊得火热，思然已不见了踪影，便冲着树下两个人喊："做饭吧，蒸米饭。"

## 二

天空行走着丰满的大月亮，你走它也走，那寂寞如时间的宫殿里真住着嫦娥吗？那棵吴刚经年累月永远砍不断的桂花树还飘着桂花的香味吗？思然举着头，脖子仰望得酸疼。哲学家常告诫人们，既要脚踏实地，又要仰望星空，而我们普通人能从浩瀚的星空上看到啥呢？

洛城有时候连天空也看不见，更不要说看星星了，不晓得星星躲到哪去了？思然痴痴地望着在云朵里穿行的月亮自语。

"城市的天上哪来的星星，星星都跑到我们农村了。这天上的星星几十年来就没少过也没多过，你走到哪，月亮就跟到哪，好像一直在给人做伴。其实，星星老了，月亮也老了，我们都老了。"水莲见思然仰望星空，浩渺的星空像一条奔腾的大河，灿烂的闪烁着金光的大河在天幕汹涌澎湃。

"这天上的星象有些异常。你看东边那颗星没以前亮了，发的光灰蒙蒙的，以前，它多亮，亮得其他星星都没光了。西边那颗星，以前闪的节奏很快，像手表上的秒针，不停地闪，现在它好半天才闪一下，有气无力的，懒洋洋的，好像闪一下要费掉它很大力气，就跟我这肺一样，情形不对头。"王大路的手指点着天空，说得似乎有些玄妙的道理在里头，就在他对着天空胡乱指点之际，一颗星拖着一条长长的尾巴，亮闪闪地划过天幕。

"要死人了。"王大路惊叫。

"净胡扯，掉几个星星太正常，星星要是永远不落，那天上拥挤得能住下吗？就像地上的人，老人不死小孩能长起来吗？都不死不灭，人拥挤得不是脚踩脚头碰头了吗？"水莲瞪了一眼大惊小怪的王大路。

白晃晃的月光照耀着，人像浸泡在某种神秘的液体里，一如浮游的水草，不由自主地漂荡。

"思然你在城里遇见过喜欢你的人吗？"水莲摸了摸思然的头发说，"你这染的啥颜色哦，黄不黄黑不黑灰不灰的，一点也不好看。"

"我一天伺候一个老太婆，除了做饭就是洗衣服打扫卫生接娃，到哪里去见人，见得最多的是我的影子。"思然注目着群山巍峨的轮廓说。

"你可以叫你主家给你介绍，人家一直在城里生活，认得的人肯定多。"水莲摩挲着思然的头发说，"不敢再浪费时间了，女人的时间金贵得很，一不注意，你就老了，就没人打问了。趁着好年龄，找个好人家，这才是正事。为啥让你去城里打工？本意就是这个意思，倒不是让你挣钱。柳庄的女子，都想办法往城里嫁，除非本人条件不好，才找本地的。现在娶媳妇彩礼钱越来越高，前年是五万，去年涨到八万，今年上半年都涨到了十万，有人估计会涨到十五万，再过几年，说不定超过二十万。本地的男娃越来越难找对象，掏不起彩礼钱，也没有合适的女子。三十好几打光棍的多得很。有的运气好的到城里做了上门女婿。照这样发展，咱们柳庄将来会没人了，以后说不定柳庄这个村子都不存在了。"

见思然没有接话，水莲问："你就没有和咱们村上在洛城打工的人联系，晓红、彩霞、燕子、柳枝，不都是在洛城？"

"没有，我谁也不想联系。"思然噘着嘴，拿树枝在地上胡乱画着。

"多联系好。多认得一个人，就多一条路，人家有啥好信息都会给你说。我要是认得的人不多，咋能每年出去摘棉花摘花椒摘苹果干建筑？"水莲拿手指捋着思然的头发说，"认得人和不认得人就是不一样。认得人，人家就给我介绍哪里的苹果熟了，哪里的主家人好，哪里的行情好，我们出去就不会像瞎子一样乱撞。关系搞好了，那些苹果大户花椒大户到时候就会给你打电话，让你带人去他家摘苹果摘花椒，工钱全跟你一个人说。你看，这样子你不成了小包工头，你可以当中介，抽提成。但我从不拿别人的抽成。都一个村里出去的，谁还不帮助谁。如果以后带出去的人多了，我也考虑适当收点介绍费，毕竟这也是我的关系嘛，拿电视上的话讲，这叫人脉资源。"

"你就一个摘苹果的摘花椒的摘茶叶的出苦力的，还人脉资源呢，你的资源就是你的力气。"王大路朝月光里匆匆赶路的甲壳虫扔过一个石子，甲壳虫愣了愣，吱的一声从他脸前飞走了。

"你懂个屁。"水莲的脚让开地上爬行的虫子说，"你要是活络，能在煤矿上叫人欺负，能得了尘肺病？那个崔等来不管咋地还是咱们一个村的，他没发达的时候，你还给他借过五十斤小麦种子，借给他五百块钱，他不能说忘了就忘了吧。有人得了尘肺去找他，他很痛快地给几万块钱。有人在井下胳膊断了指头断了腰塌坏了脚砸坏了乃至人死了，崔老板很痛快就把钱给了。他的钱多得像天上的星星，你数都数不清，人家会在乎你那几个小钱？

可你不去要，不去求，人家崔总会把钱给你送上门来吗？呸，想得美。你又不是过年的慰问对象，你这样傻坐着傻等着，钱会砸在你头上？"

"你懂个屁。"王大路动了动，狠劲地放了一个响屁说，"你光知道那些人把钱拿到手了，你不晓得是咋拿到手上的。有人跪在公司门口黑天白夜地哭，一家人哭，白了头发的娘哭，还没长牙的娃哭，几天几夜地哭；身体残疾了的，要做各种鉴定，要跑好多部门，麻烦得要死，最后拿到手的还不晓得有几个钱；有的村上镇上县上市上省上中央不停上访，把家底花空了也没有访出个结果，最后是越上访家里越穷。咱能耗得起那个神吗？人还是要有点骨气的。煤窑就是地下的阎王殿，你没下过，给你讲你可能不相信，那个怕呀，你想象不到。嘴里是煤，身上是煤，鼻孔里头有煤，尿的尿水里都有煤，你说说，那是人干的活吗？"

"不要说得那么可怕，人家年生带着几个人去了崔等来煤矿，一个月开七八千块钱，现在你到哪里一个月挣七八千？"水莲朝白晃晃的天空叹了一口气说，"我没本事，只能挣个小钱，摘花椒把手摘得不像个人手了，整天待在野地里，像个野人，有时候还不如野人。我摘着摘着，望着满坡的花椒树，经常没来由地想哭，可再哭也没有用，你还得摘，你只有这点本事，别的你又干不了。"

"只怕年生他们有命挣没命花。"王大路没好气地说。

默了一会，虫子的叫声停息了，似乎它们偷听了一阵，觉得没甚意思，便闭了嘴。

水莲道："思然你都回来几个星期了，主家能给你放这长时间的假？"

"不想去了，不想再伺候人。"但思然没有说，她撒了谎，"我一年都没有休过假，别的家政一月起码休息四天，你算算，我该休息多少天，他们凭啥不给我假？"

"那一家人咋样？"水莲问。

"还能咋样。"思然眼前霎时闪过一幕幕图像，有时清晰，有时模糊，有时却白茫茫一片。"咋说呢。最近橘子张罗着要买房，那么好的房子还嫌不豪华。同事问起住所，橘子总是顾左右而言他。偶尔别人驾车送她回家，她总在离家较近的高档小区下车，有时在同事目光的关怀下，她忐忑地走进别人的小区，直到确认同事们走远了，才做贼似的慌慌张张地逃出来。极要面子的橘子目光像两盏灯，就怕你闲着，似乎你闲着，她付你工资就亏了。那眼睛似乎就长在你脊背上，让你不得安宁。你不知道她提防啥子，似乎你是卧底的间谍，是打入他们家庭内部的嫌疑分子。说起来，她也是柳庄人，也在柳庄中学上过学，只不过她考上了，自己没考上而已。她靠身体诱惑了王一盘。王一盘不娶她不行。不然，她告王一盘强奸。如果她真的告了，王一盘不就是身败名裂被开除公职了嘛。橘子还是女子的时候就非常有心计。这是王一盘说的。王一盘闲了，喜欢给我说心里话。讲着讲着，就讲了自己的隐私，把人听得很不好意思。王一盘母亲的脑子时好时坏的，她也爱讲过去的事情，一讲就没个时间，能讲得没日没夜。有时候也是重复着讲，讲着讲着就前后矛盾张冠李戴了。她讨厌橘子。说橘子时时刻刻防范着她，好像她会把她家的东西偷走似的。橘子暗中看她的眼光，像根毒刺，常拿白眼珠看她，厌恶地一剜，像钩子，人真受不了。张翠香和橘子都在王一盘面前说对方的坏话，都不顾忌自己的身份。坏女人，麻糊精，烂良心，狼心狗肺，张翠香拿这些词语形容橘子。他们有一个儿子上高中，一对一的课外辅导，一个课时三百块。橘子叹息他两个的工资都给士杰补课了，都贡献给各类补习机构了。就这样，士杰还没有冲到全年级前一百名，而班级排名也常常在二十左右。但士杰的历史成绩太厉害。他说他已经写了一本研究宋代人生活的史学专著，一个大学教授看了，认为士杰达到了历史学硕士的水准。不知道那个教授是不是骗人的，士杰真有这么杰出吗？但士杰真的和常人不一样。我有时候去辅导班接他，他不想回家，我们就在街道上漫无目的地走着。有时候他会长叹着说他太苦闷了太孤独了太可怜了。也许研究历史的都很孤独。历史本身就是孤独的。士杰小小年纪，懂的东西太多了。士杰那段时间太可怕，有空就黏我，幸亏橘子发现了危险的苗头，把我连骂带辱地损了一番，我就趁着休假逃回来了。"

"这一家人都不是啥好东西，"水莲随后分析道，"士杰比你小好几岁，他没有咋个你吧？"

"没有，咋可能嘛，他还是一个学生。"思然见水莲想歪了，羞羞地解释。

"咋没有可能？现在的生活好了，城里的男娃一个个长得牛高马大的，都寻思着干坏事。"水莲似乎对城里的男娃很懂，做出一副忧心忡忡的模样。"他要真的欺负你了你就讲，我们不怕，我们女子也不是谁随随便便就能欺负的。"

"不会的。我比他大五岁呢。"思然的脚在地上划拉着说。

"咱们村上和你一起出去的那些女子在干啥，你们平常不联系也不串门么？"水莲的好奇心又落在柳庄其他女子身上。

"我倒是想约她们，但情况不允许。"思然说，"橘子专门交代，不要把陌生人带到家，尤其不要把同乡带到家。橘子在房里装了监控，秀芹柳枝倒是想来，我愣是不敢叫她们来。秀芹给人当了两个月的保姆，又当了几个月服务员，嫌辛苦，就到超市干促销，干了一个月，嫌工资低每天工作时间又长，就辞了职去舞厅跳舞。十块钱一张门票，早中晚跳三场，一天能挣三四百。柳枝开始还干着饭店的收银员，后来和店老板好上了，当了领班。被老板娘发现了，带人去饭店把柳枝揍了一顿。柳枝便跟着秀芹去舞厅跳舞。她们现在每天在舞厅上班，说是工资高得很清闲得很。"

"秀芹会跳舞么，我看她的身材也不咋样，个子还没你高？柳枝长得还算漂亮，就是傲得很，看人都是目光飘着的，从不正眼看人，她两个会跳舞？"

"那有啥不会的，会走路就会跳舞，也不踩音乐节奏，闭着眼就行了，狗都会，人有啥不会的。"思然说着，似乎听到舞厅暧昧的音乐声。

思然想着，没有给水莲说跳舞的事。

"这有啥嘛，摸摸又不少啥，哪有这么好的事，一会儿十块，一会儿十块，一天好几百的收入，比当服务员强多了。要是有人包场，饮料啤酒你随便喝，与那个点你的男人像情人一样聊着天，他就是摸摸你又不少个啥。你算算，一个月轻轻松松你要挣多钱？不让人摸，不跟人互动，谁给你一曲十块钱，隔着衣服呢，怕啥呢，又不是卖，怕啥呢，多好的事情。"过后秀芹这般教育她。

柳枝更是批评她太正经，太正经了不好，自己吃亏。瞧瞧，都是啥理论？才进城一年多的光景，就成了这样，算了，管好自己就行了。但秀芹再三叮嘱，不要给老家人说，老家那些人思想保守封建得很，要听说每天和男人搂着跳舞，他们不知道要嚼啥舌头？其实跳舞的女人多的是，结婚的，没结婚的，少女少妇中年妇女老太婆。有些五十多岁的老女人脸上涂着厚厚的粉，穿着短裙子，把耷拉的胸故意挤得鼓鼓的，每支曲子十块钱，竞争激烈着呢。柳枝最后也强调说，千万不要给老家人说陪人跳黑灯舞，叫他们知道了，他们不晓得咋样糟蹋我们，咱们老家那些人你是晓得的，一个个刻薄得很。

思然寻思，我能说吗，我给谁说啊，就是给妈妈也不能说。别人自有别人的活法，自己绝对不能那样做。

"你说啥，我咋听不清。"水莲看着懵懵懂懂的思然问。

"没啥，我想睡了。"思然望着天空争相闪着光亮的星辰说。

水莲张了张嘴，似乎想说啥，但最后又闭了嘴。其实，思然在心里琢磨秀芹和柳枝的话，"摸摸怕啥么，几分钟就挣十块钱，一天能挣七八百，摸摸又不少个啥，摸摸怕啥？"这话在她心里翻腾了好半天，人能那么不要脸吗，人是啥钱都可以挣得吗，要骂几句或指责几句，想想终是没说出口。

## 第六章

### 一

收拾了一天的疲累，在沙发上放下困乏的身子，思然常常想起自己曾经历过的几份工作。

在王一盘家当保姆，是自己进入洛城的第一份工作。冬天不冷夏天不热,那是许多人做梦都想过的日子。水莲如此评价。与那些坐办公室的人相比,也差不到哪里。旱涝保收的,吃得好,住得好,风吹不着,雨淋不到,该知足吧。思然不想抨击水莲目光的短浅和思维的狭隘,她如何能理解被人歧视与监督的滋味。终归是服务人的,处处被人低看一眼,那滋味是没当过保姆的人无法体会的。被怀疑被歧视甚至公然被侮辱,最终她义无反顾地选择了离开。王一盘给她打过电话,也发过若干信息,她就是不想再进那个家,不干了,保姆的事情彻底不干了。她强忍着与他一家没有发生任何联系。她倒常常想起士杰的一笑一哭,不知道那孩子现在怎样了。这个天才的少年,他会有个灿烂的前程,未来于他而言,如初升的朝阳,充满了无限可能。她的脸颊突然发烫。顽劣的士杰曾在这儿留下了滚烫的唇印,每每想起,面部像是生了火焰,火辣辣地灼热。就是这个少年天真的吻,让她彻底离开了王家。思然原先计划着,通过网络教育弥补自己没考上大学的缺憾。再有一年,她就可以拿到大学的网络教育毕业证书。届时,她的简历"学历"栏会郑重地写上"本科"字样,她的人生也许会掀开新的篇章。谁知士杰这个纯洁的吻将她的人生规划彻底打乱。她也许当作士杰的玩闹,但橘子却认为这蕴含着她恶毒的阴谋。尤其当橘子撞见士杰的嘴唇贴在她的脸上时,橘子内心的狂澜不可遏制地喷发了。羞辱谩骂乃至歇斯底里,橘子彻底撕破了脸面,她没有辩解,像一只狗被人赶出了家门。

餐馆服务员干过半年,她实在忍受不了那种被人呼来唤去的滋味,觉着像是卖给了餐馆。"服务员,服务员"地被人叫着,那段时间她感到自己没有了名字,名字似乎丢失了。下巴留着一撮胡子的老板装扮得像个文艺青年,说是胡子却整齐地梳着,像是凭空长了一截尾巴。那"小尾巴"称思然为小丸子。店里没客人时，他总是喊："小丸子，给我买盒烟，小丸子，给我买个打火机。""老板是不是对你有意思，"来自长安的一位店员半是嘲讽半是嫉妒地说，"老板有三套房，这都是他开面馆挣下的。"思然敲了敲她的胖手说："谁稀罕，五大三粗的，像个屠夫。"谁知这屠夫很快就有了行动。那日临下班，思然清扫了地面，将桌椅摆放整齐，往每张桌上的碟里放了大蒜，后厨面案师傅正欲放下卷闸门，"小尾巴"喷着一嘴酒气进来了。他摆手让师傅先走，说自己要把当天的账务盘一盘。他吩咐思然稍等，说有顾客投诉思然开不得玩笑，有的顾客要面汤，吆喝五六遍，思然都没反应，说思然给人端面，笑都不舍得笑，脸严肃得像是开会，叫人的食欲猛地就减了一大截。思然给了一句："有些人无聊，吃面就好好吃面，还拉扯着要和人说话，没话找话地说话，眼睛把你盯得死死的，面都塞到鼻孔里了，这种人谁舍得给他笑？""笑一笑你又不少啥，""小尾巴"把脸整理得严肃了，手指头装模作样地在计算器上乱压。

思然走到门口，"小尾巴"突然从背后搂住她，两条胳膊把她身子绑紧了，像是藤蔓凶狠地缚住她，那一张毛茸茸的脸贴过来。

"真的，我喜欢你，我给你涨工资，每个月你比别人多拿三百块，你不用每天早上七点半来上班，你不用择菜不用洗碗不用打扫店面卫生不用给顾客端饭，你收银，我不亲自收银了，我当服务员，我亲自给每个顾客服务，我肯定比你服务得好。你还不用租房子了。我有一套现成的装修好的房子闲着，我不出租了，让你免费住。"说着一只手撕扯思然的衣物，一只胳膊圈着思然的脖子。思然喘不过气，那交织在脖颈上的胳膊像一条铁索，她稍一动，那铁索便要命地勒着她细长的脖颈，她不动，那铁锁似乎是如意了，便温柔地贴着她的肌肤。"你先放开我，"思然喘着说，"你嘴里的烟味太大，满嘴的大蒜味，你先刷个牙，吃一片口香糖。"

"小尾巴"的手松开了，趁着他往嘴里塞口香糖的刹那，思然抓起桌上的啤酒瓶狠劲朝那个中央荒芜的没有毛发的头顶砸下去。思然至今想来都觉后怕。万一把那个家伙给砸死了咋办，万一他找到了自己咋办？思然在惶惶中度过了几天。也许"小尾巴"觉得理亏，事情便这样过去了。思然在房里闷头睡了几天，其间竟发了高烧，胡乱吃了些退烧药，昏昏沉沉睡了几天，身子就又恢复了力气。

"你这个人太认真，"来餐馆吃面恢复了联系的初中同学杜晓晓听到就责怪她，"这种事太多了，你根本不能太认真。我原来在一个大饭店当领班，老板和几个服务员关系暧昧，有的服务员专往老板身上贴。"

喝着啤酒的杜晓晓开导自认为受了侮辱的思然。

"好好想想你就醒悟了，"抽着烟的杜晓晓说，"你陪男朋友睡觉是白睡，你啥好处都得不到，说不定最后他还把你给蹬了，但你和另外的人睡就不一样了，他得付出，比如你原先的老板，他要给你报酬，而且还必须是大大的报酬你才从他，你不愿意，愿意的女孩像蚂蚁一样多，现在的男人只要舍得出钱，啥样的女娃找不到，十几岁的到几十岁的，随人家挑。"

"你脸皮咋变得这么厚，"思然喝着面汤说，"人各有志，不管别人如何，我绝不放弃自己的原则。"

杜晓晓似乎喝醉了，她拍打着桌子说："你被生活打得七零八碎的时候，就不会这么幼稚了。"

思然买单的时候，杜晓晓还念叨着说："AA制，各掏各的，谁也不欠谁。"

思然有些不悦，说："这点饭钱我还能付得起。"

思然就是在《闺房》杂志当编辑的时候见到了张海山。那时距他们初次见面已经过去了八个年头。而这回的见面着实尴尬，张海山竟是去查封她们杂志的。

## 二

去《闺房》杂志当编辑还得亏杜晓晓的介绍。

"那个李一搏和我们是一个村的。"晓晓说，"他做了十几年杂志，钱挣疯了。人家厉害，有钱就买房子，从不把钱存银行里。李一搏当初从柳庄出来闯荡的时候可穷了，穷得要命。住过火车站的候车大厅，睡过公园的长条椅。他在洛河大桥的桥洞里住了几个月，有回夜里洛河涨水，他差点让水卷走了。饿的时候他在垃圾桶里和狗抢吃的。为了抢扔到垃圾桶的肉夹馍，他的脑袋被流浪汉砸了一啤酒瓶。他额头那个月牙形的伤疤就是和流浪汉抢夺半拉肉夹馍留下的光辉业绩。他开会最爱讲这个典故。似乎很励志，好像很感人。你学不会给人当孙子，你就得永远当孙子。听听，够精辟的吧。"

"我没当过编辑，"思然颇为忐忑，"我没学历，人家怕不会用我吧？"

"绝对没问题。"杜晓晓说，"我在《闺房》杂志跑业务，偶尔也帮忙编辑稿件。你语文那么好，干个编辑绰绰有余。我介绍的，他敢不要？"

"那你为啥不干了？杂志社的工作多好，总比你现在卖房子强。"思然说出了自己的疑惑。

"我喜欢有挑战的工作，不喜欢在一个地方四平八稳地干好几年。再说卖房子的提成高，卖一套房子，我能挣三四千，到年底了还有分红奖励，比在编辑部刺激多了。"杜晓晓点了一根细长的烟，朝思然脸上吐出一口带香味的烟雾。

"我和你相反，我喜欢安定一点的工作，尤其喜欢坐在办公室里，面对着电脑，旁边放着一杯冒着香气的咖啡，那种感觉多好。"思然赶着眼前游荡的青烟。

晓晓扔掉抽了半截的香烟说："你还小资得很，你去当编辑，咖啡可以每天喝，把你喝得失眠也没人管。不过，你要提防一个人。"

"谁啊？"思然漫不经心地问。

"苏妲己。"晓晓眼里突然迸射出一道凶光。

"苏妲己？"思然惊讶地问。

"对，就是那个迷住了商纣王的狐狸精。"晓晓看着思然吃惊的表情道，"那个女人比妲己还狠毒，你一定要处处小心，时时提防。"

见勾起了思然的好奇心，晓晓恨恨地说："那个女人叫苏笑笑，是李一搏的老婆，兼着公司的出纳，每天在玻璃门后监督着隔断里办公的男男女女。谁迟到了，谁早早溜号了，谁趴在桌上睡觉，谁交头接耳，谁打电话超过三分钟，谁上厕所迟迟不进办公室，谁把编辑部的稿纸拿回了家，谁上班吃东西，谁离开办公室不关电灯，谁上班玩游戏，那女人就是一个监控探头，她啥事都给你记着，其实，更可怕的还不是这些。"

"那是啥？"思然说，"这些鸡毛蒜皮的事情都监控，都无处不在地监督着，还有比这更可怕的？"

"千万不要和李胜利讲话。"晓晓往唇上涂着口红。

"李胜利是谁？"思然看着晓晓愈来愈红艳的双唇问。

晓晓抿了抿嘴唇说："李胜利就是李一搏，李胜利是他的原名，他农村爸妈给取的名字，他嫌太土了。叫胜利的成千上万，太叫人瞧不起了。他便改名李一搏，人生在此一搏，多么宏伟，叫起来也朗朗上口。他的老婆苏笑笑原名叫苏雅娜。她也嫌爸妈给取的名字太土了太没文化了，夫妻双双都把名给改了。可惜再改，本性改不掉，身份证上的名字改不了，你出生在哪，你血脉里永远流着那块土地上的东西。"

"这夫妻俩有意思，很有特点。"思然琢磨着两人的名字说。

"不过，两人改了名字后公司的生意越做越好。"杜晓晓说，"苏雅娜总觉得李胜利是个宝，似乎公司里的女人都想投进她老公的怀抱。屁，不就是挣了几个钱。要不是有几个钱，她老公扔在地上都没人看。"杜晓晓称呼二人的原名，似乎这样才能达到羞辱的意味。

"你是不是苏妲己长期监视的对象？"思然看着满脸愤懑的杜晓晓问。

"我永远不原谅这个女人。"晓晓唾出了一口肮脏的唾沫。

"说来话长。"晓晓又点上一根烟，深深吸了一口，嘴里喷出一股袅袅的烟雾，"我和李胜利在柳庄的时候还订过婚，当时的彩礼钱是三万块，不像现在都涨到了十五万。就这三万块李胜利都付不起。付不起彩礼钱我爸就不答应，哪有白给你一个女子做媳妇的？我养女子也是付出了成本的。我爸这样想也是对的。我还有一个弟弟。弟弟说媳妇也得三万块。没有三万块，谁愿意白白把女子给你做媳妇？世上的事情就是这样。我希望我爸少要一点，但我爸倔得很，少一个子儿都不行。我女子这么好看，又不是少胳膊短腿的，凭啥要少呢？凭啥呢吗？我给你少了，我儿说媳妇人家给少吗？不给啊。这就对了。我怎么能给你少？我给你便宜了人家还以为我女子有问题。我爸就这样自问自答，把自己给说得顽固得铁板一块没有丝毫商量的余地。其实我爸那个时候根本看不起李胜利。十几年前的李胜利长得像一只发育不良的瘦猴，不到一米五的个子，两个大门牙龇到嘴唇外，一头稀稀拉拉的黄毛，整个人似乎还没有长开就衰老了。这样的人我爸从心里不喜欢，甚至还有些厌恶。李胜利登了几次门，见我爸的脸板得比岩石还难看，便知难而退了。谁知道李胜利在洛城跟人卖瓷砖的时候认识了《洛城日报》的张建设。在张建设的指点下，他给《洛城日报》拉广告，弄了三四年，那小子摸着了名堂，自己办了个文化公司，开始跟人学着做杂志弄广告。有天他嚣张地给我打电话说自己当了老板，邀请我去他办公室喝茶。半信半疑地，我去了润发大厦。八楼一个大房子里隔着七八个隔断，每个隔断后坐着一个人。他办公室装修得很阔，背后一个大书架，墙上挂着世界地图。他头发打着啫喱水，梳着一个冲天的发型，他脖子上系了一条红色带条纹的领带，手里抓了一根红色的铅笔。他拿铅笔指着面前的人语调严厉，几乎是要抽那人的气势。这时我确信这个小个子的男人已不是过去的李胜利了。果然，他庄重地改了名，似乎推翻了一个旧社会建成了一个新社会，他开始叫李一搏了。"

"我师范毕业干了三年餐饮，也当了两年幼儿教师，还卖过几年服装，人真的累了。他说他缺一个助理，我便去了。那一回李胜利陪客户喝酒，也许喝高了，他回公司见我还在电脑上玩游戏，便说自己头晕，叫我给他按按脑袋。我推辞说不会。其实我会的。我学过按摩，在足浴馆干过三年足浴技师。李一搏把我压在桌子上，嘴巴就压住了我的嘴。他力气大得像头牛，他把我的身体钉在桌子上。我的身子稀薄得像一个气球，似乎随时会破裂乃至爆炸。"

"你爸不愿意太可惜了，现在估计他后悔死了。他在最后关头还没有忘记自己当年所受的羞辱。可惜了，那个老头太没有远见，莫说三万，现在三十万也是个碎碎的事。那老汉估计一辈子也没见过三十万是多少钱。"

"思然，你说，这样的人是个好人吗？"

"李胜利当然不是个好人。感觉你这些年变化太大了。当年你可是男生看一眼都脸红的小女生。你现在咋说这些流氓话一点也不脸红。"思然望着被烟雾缠绕的晓晓说。

"我也不怕你笑话，既然讲开了，索性给你把这个故事讲完。"晓晓陷入了对往事的追忆。

"那段时间我们跟疯了一样，尤其那个李一搏，似乎到了世界末日，不尽欢似乎对不起这个薄情的世界。他是在为往昔的屈辱寻求安慰吗？我时常望着他发胖的脸想。我怀孕了。当我把这个消息告诉他的时候，他极平静地说，打掉，就像他给编辑说退稿一样冷酷，就像他拿着红笔毫不犹豫地删去一整段文字一样邪恶。我想生下来，我说了自己的想法。生下来我也不会认这个孩子，我更不可能和你结婚。他太冷静了，冷静得像是闪烁着白光的电脑。你以为我想和你结婚？我冷冷地说。随你便。他扔给我一个纸袋子。我摸着袋子里三沓子人民币说，多少钱？三万。他盯着我的眼睛。你个渣滓，我拿着袋子说，我陪你一年多，才给这点钱，是不是太少了。他坏笑着说，这是当年的彩礼钱，付过了彩礼钱，就相当于你是我的人了，想睡就睡，想咋睡就咋睡，不用再另付钱。我便愤愤离开了李一搏那个以假刊号做杂志的文化公司。"

"李一搏做杂志还是有一套的。他在二渠道一发就是三十多万份，很挣钱的。"晓晓从回忆里现身，恢复了冷静。

"你们都闹僵了，他会用我吗？"思然挠了挠头发。

"我们后来关系又恢复了，有时候还在一起聚聚，毕竟我是他的初恋，他永远忘不了我。"晓晓失神地望着窗外的人群说。

## 三

"你的欣赏水平很高，稿件编辑得也很出色。"看着思然交上来的稿件，李一搏啧啧发出了赞叹。

"有些人当了三四年编辑，一点都找不到感觉，而你才几个月，就像是入了几年行的老编辑。"

李一搏喜欢抽着烟说话。一边说，一边从齐整的被烟雾熏得发黄的牙里吐出丝丝缕缕的青烟。

"我们走市场的刊物，必须要考虑读者的需求，读者不买账，你编得再好也不顶屁用，只要读者喜欢，我们就无限地满足读者的需要。"

李一搏在每月的定稿会上说："我们倡导为读者提供健康的精神按摩。何为精神按摩？就是读者哪里痒我们就给他挠哪里。读者哪里需要舒服，我们就让他哪里舒服。这个月二渠道的报数比上个月掉了五千。五千是个啥概念你们晓得吗？意味着好几万的净利润没有了。把这几万块发给你们，你们不喜欢吗？这个月每个编辑的编稿费下降百分之五十，原先每千字三十块，这个月每千字十五块，如果下个月杂志的报数上去了，我再给你们涨上来。"

他将茶杯重重蹾在桌子上强调道、"阳春白雪曲高和寡，那不是我们追求的，我们的口号是为读者提供精神安慰，我们就是要在情感上搞事。每篇文章都要与情感挂钩。现在人的情感空虚到了极点。我们就是让他们从我们的情感文章里得到解脱，得到安慰，得到排解，得到发泄，得到宣泄，得到放松，得到释放，得到最大限度的解放，懂了吗？看文凭你们一个个牛逼的不行，我当年可是对这些名校佩服得五体投地的。我当年没考上大学差点没被我爸捶死，没被村上人的唾沫淹死，没被人的目光砸死。咋了，咋了嘛，我现在不是好好地活着，甚至活得并不比某些人差。想着你们这些牛逼大学毕业的牛逼娃给我打工，我的心就跳得啊激动得不行了，这就叫尊重人才尊重知识尊重文化。

"我没上过大学中文系，我没学过编辑出版学也没学过新闻传播学，但我办杂志在行内是数一数二的，国家没拨过一分钱，我还每年给国家缴纳各种税款几百万，我还吸收十几个人就业，我真是为国家做了一个公民应该做的最大的贡献。

"悟性很重要。悟虽然是一个字，但你要悟出世界的奥秘，悟出行业的秘诀，那就太不容易了，那不是你上了几年大学能解决的。你们要懂得世界的道理，不碰个头破血流怕是不行的。这个杂志目前发了二十多万。我的目标是发四十万五十万乃至百万，力争成为这个领域的老大，成为中国情感类杂志的第一畅销品牌。

"封面每期必须用美女照片，该露的就要露，但不能全露，全露就是色情，适当露一点就是艺术，在露与不露之间，讲的就是艺术的平衡能力、政策的把握判断能力。封面标题一定要火爆刺激吸眼球，让人一看就有掏钱购买的欲望。该打擦边球的一定要打，打擦边球既是艺术也是技术，这也考验你的综合能力，不能死板板的。死板板的，鬼掏钱买你的杂志？你们都是有文化的人，一定要在文章标题上苦心孤诣下死功夫，千万不要被文章的内容给迷惑了。文章的内容可以平淡，但是文章的题目一定要火爆。《水浒传》你不一定爱看，但改为《十个女人和一百零八个男人不得不说的故事》，你还不爱看吗？诸如此类，你们一定要把料放足。如此，我们才能在二渠道市场上披荆斩棘无往而不胜。"

李一搏一口气喝光了玻璃杯里的水，嘴里嚼着几片泡得稀烂的茶叶，拿锐利的目光巡视着静默的人群说："如果到了年底或到了明年初，杂志的发行量能翻个番，我就给大家每人发个大红包，将来上市你们每个人都有股份，国家现在倡导做大做强文化产业，咱们做的就是文化产业朝阳产业，公司上市了，你们在座的都是公司的元老，每个人都是公司的股东，你们每个人身价会过亿，想想看，那该是何等动人心魄啊。

"同志们，我亲爱的同志们，我去你们每个人住的地方调研过，说实话，我很内疚很自责很对不起大家。都改革开放四十多年了，我们这些从事文化产业的知识分子，所谓的人类灵魂的工程师，有的人一天靠三个馒头半包榨菜三碗白开水解决肚子问题。有的人一天啊吃一顿饭就是一大碗酱油醋调的面条。有的人住在城中村，住在农民自己加盖的顶楼，顶楼房租便宜啊，但是顶楼的不安全不稳定的因素也很多。上厕所不方便,你得下到一楼有时候还得排队等候。顶楼的房子冬天冷得要命夏天热得要死。我在农民的房子住过,我的体验不比大家贫瘠。我住了五年呢。夏天往楼板上浇水,把热气蒸发掉,夜间十二点后才可勉强入睡。男人穿个裤衩子,女人穿个三点式,楼板上躺满了可怜的到城市打拼的男女,谁还顾得了羞耻。只要能活下去,热也好冷也好活着就好。这就是民房租客真实生活的写照。那过的是猪一样的生活。猪不是经常滚在烂泥塘里嘛,吃饱了嘴里还哼哼唧唧地叫爽呢。呵呵,扯得有些远了。我看着咱们同志还住在城中村就很自责。想想看,城中村到公司上班的地方多远。公交车坐一个多小时,若是骑自行车,得骑一个半小时,这多么不易。以后城中村越来越少了,最后城市的城中村会彻底消失,那么,我亲爱的同志,你们将来在哪里立足呢?城中村的混乱你们是晓得的。才进城的那几年,谁没有在城中村住过啊?闪着红光的发廊洗脚屋,冒着黑烟的饭馆餐馆,遍布假冒伪劣的商店,真的是另外一个世界。其实,我现在还经常去城中村转转。我觉得那里最有人间的烟火味了。说实话,如果你一直住在城中村,那你注定是个失败者。同志们,任重而道远,为了大家都过上幸福而美好的日子,让我们共同奋斗。"

李一搏右手握成拳头,高高地举了起来。

思然竭力忍住笑,她觉得是不是该跟着喊个口号表个决心,但并没人发出声,倒是有几个忙碌地记着笔记。思然的目光看过去,见那个人笔记本上写满了脏话。而另一个人的笔记本上则写道,伪君子,男盗女娼;墙上芦苇头重脚轻根基浅,山中竹笋嘴尖皮厚腹中空;山中无老虎,猴子称大王;可笑,一个办假冒伪劣杂志的，也敢说自己从事文化事业。

思然不敢再看，她怕自己念出声来。

"思然很有悟性，才来几个月，就悟出了杂志的内容精髓，"李一搏最后总结道："这就是人才，这就是人才与蠢材的区别。"

就是在那次的例行总结会上，思然被李一搏聘为《闺房》杂志编辑部首席编辑，享受部门中层待遇。

"你牛啊，才来半年就首席了，我们可是跟着李总出生入死干了近十年的难兄难弟。"编辑部主任李美丽对镜子描着眉说。

"我可没想着要当这个首席，"思然说，"李总事先没跟我通气，他要是征求我的意见，我还不一定要当呢。"

"假清高，我最讨厌假清高的。"李美丽对着镜子努努嘴道，"好多人梦寐以求地想当部门主任，当了部门中层就不一样了，逢年过节发的红包比普通员工多，每个月还有不同名目的津贴，如操心费、劳务费、辛苦费、忠诚费、汇报费、精神费，虽然这些项目合计也就不到二百块钱，但积累起来就相当可观。有的人为了当部门中层，给李一搏送老家的土豆、玉米、绿豆、腊肉、红枣、木耳、香瓜，有的负责李一搏大女儿上初中的接送，有的负责李一搏小女儿上小学的接送。王波服侍李一搏住院的岳父，李一搏岳父便秘，他不惜拿手指头往出掏，那个月他的忠诚费首次超过了我，当公示贴出来的时候，那个家伙哭得昏天黑地的，谁都不知道他因何哭。你倒好，啥都没做，就轻而易举地当了首席编辑，搞不好你以后会越过我，成为副主编乃至执行主编。"

"我可没想那么多。"思然说，"你要是觉得不舒服，我给李总说可以不当这个所谓的首席编辑，当一个普通编辑就好。"

"哟，你还威胁我。"李美丽已化好了妆，嘴唇红艳艳的，"我知道你是杜晓晓介绍的,李一搏那个人念旧,杜晓晓把他整得那么惨,他还念着她的情,爱屋及乌,李一搏当然高看你一眼。不过你身上真有杜晓晓的影子,你走路扭屁股的样子太像杜晓晓,呵呵,我明白了。"

"你明白啥?"思然忍着怒气问。

"不说了,看你,开个玩笑都受不了,这点还真不如杜晓晓。杜晓晓可是啥玩笑都敢开,荤段子比男人讲得好。你说她风骚,她说女人不风骚男人不爱。你说她性感,她说女人不性感就是一堆肉。你听听,这个女人不得了吧。"李美丽走过思然身边猛地揪了一把思然的胳膊。思然疼得叫了一声。李美丽却若无其事地说,"李一搏约我陪客人吃饭,喜来登大酒店,四星级,吃完饭还要唱歌,我最讨厌一群五音不全的人在一起唱歌了。"

李美丽身上的香水味扑过来,思然被刺激得一连打了几个喷嚏。

## 四

第五期《闺房》杂志定稿了,思然发现她交的稿件李美丽只选了一篇,还被改得面目全非。

"这个情节写得过于粗糙,他们情感发展的过程应该好好铺垫。读者最爱看的地方你删掉了,而这正是文章的卖点,应该让作者在这些方面好好加工,把细节写得再丰满些逼真些。"李美丽对站在她面前的思然说。

"我们又不是搞地摊杂志,这样写,不是教唆人犯罪吗?"思然望着被李美丽删改得不成样子的稿件说。

李美丽轻蔑地说:"不要瞧不起地摊杂志,李总就是从做地摊杂志发家的,我们不能忘了来路,要多向地摊杂志借鉴学习。"

"我学不到,"思然说,"这种庸俗的构思和狗血的情节叫我咋好意思给作者讲?"

"还清高得很,"李美丽屁股离开椅子,绕思然走了一圈说,"你当保姆的时候咋不清高?你没结婚,可你比结过婚的妇女还厉害。"

"你血口喷人,"思然愤怒了,"我是当过保姆,当保姆就低人一等吗?你编地摊杂志时间长了,任何事情都往庸俗不堪的情节上套,太可怕了。"

李美丽鄙夷地冷笑道:"不按我说的改,你这期一篇稿子都发不了,连续三期发不了稿子,你就该走人了。"

路过门口的李一搏听到了两人的争执,他推门进了办公室:"两个女人这么大声吵,整个大楼都听到了,不嫌丢人吗?"他指着李美丽说,"你是老人了,又是副主编,我多次强调,对新同志要带一带,多包容,谁不是从新同志一步步成长起来的。"

"王思然交了十几篇稿子,只有一篇勉强可用,我叫她修改,她不改,还说我们办的是地摊刊物垃圾刊物。"李美丽气呼呼地点了一根烟,一屁股坐在椅子上,一只脚架着桌沿。

"你看你现在成了啥样子。"李一搏后退一步,似乎躲避着李美丽嘴里飘出的烟雾,"女人要有女人的样子,不说三从四德了,起码应该温顺贤良吧,我现在还不敢说你了,全单位就你敢和我顶,显得你能成,你不顶嘴没人知道你是社里的老人?"

"我顶嘴顶得不对?"李美丽盯着李一搏脑壳上盘旋着的几根

长发说,"你办了十几种杂志,《财富天下》《少儿爱科学》《发财指南》《财富百事通》《彩票秘籍》《说法》《女人情》《爱情婚恋》,哪一种杂志不是我做的定位,我搞的策划,杂志发到几万几十万份,你咋不说我不该顶你呢?你几十万几百万地收钱的时候,咋不说我不该顶你呢?你从一套房到十几套房子地买,咋不说我不该顶你呢?你大把大把地挣票子的时候咋不说我顶你?"

"你还不得了了,我还不敢说你了。"李一搏的手无奈地在脑壳上摩挲着,那几缕纤柔的头发直挺挺地滚下来,无措地在额前浮动。

"我图个啥?我跟了你几十年,你当大老板我就是一个打工仔,我图个啥?"李美丽突然哭着从椅子上站起来,拳头在李一搏的背上咚咚地敲。

思然见状,觉着身上像爬了无数的虫子,尴尬地出了办公室。

那几日,思然尽力躲着李美丽,见了李一搏也委实难堪,每回都低着头,急急地避开。好不容易约上了杜晓晓,二人在饭馆落座,点了凉皮肉夹馍稀饭,各要了一瓶冰镇汽水,急急地喝了几口,热气被透心的凉镇压下去后,思然说:"这编辑部都是怪人,老板怪,编辑怪,发行人员怪,跑广告的怪,似乎是一群怪物的集合,我倒显得格格不入。"

杜晓晓道:"见多了也就不怪了,洛城这种地下杂志多了去了,有几十家,做得最好的就是李一搏。他比一些公开发行的有刊号的杂志都做得好,别人不敢做的内容他都敢做,资本就越滚越大。那个李美丽,也的确是做杂志的行家,任何杂志只要她上手,没有不火的。她天性对市场敏感,知道读者需要啥,只有她在李一搏面前有耍横的资本,连李一搏的老婆苏妲己都让着她。她要是不干了，李一搏的杂志绝对玩完。"

思然搅拌着凉皮说："我看了几年杂志的合订本，越看越害怕，杂志所有内容都拿身体和欲望说事，这样早晚会出大事的。"

"看你操心的，李一搏给你发多少工资，值得你为他操心。要抓也是抓他李一搏，跟你一毛钱的关系都没有。"杜晓晓边吃凉皮边说，"他这几年学乖了，好歹还挂着别人的刊号，每年给人家掏租赁费。我在的时候，他根本没刊号，有时候就假冒别人的刊号，反正都是在小城市小县城乃至乡镇发，没人查也没人管，活该他挣钱。我要是有本钱，我也办这样一本杂志，轻车熟路的，我不比李美丽和李一搏的水平差。"

"得了吧，"思然挑了一筷子凉皮说，"那种缺德的事情咱们还是不做的好，早晚会出事，不信你看着。"

杜晓晓鼻子哼了一声说："关键是咱没本钱，如果有本钱，我做不了才怪。"

两人说了一阵儿，起风了，饭馆里稍稍有了点凉意。

思然说："李美丽和李一搏的关系琢磨不透，叫人看着浑身起鸡皮疙瘩。"

"你才知道哦，"杜晓晓拿餐巾纸擦着嘴唇上的红油说，"两人的暧昧不是一天两天了。要不是李美丽太能干，李一搏那个爱吃醋的老婆早把她给开了。李一搏答应给李美丽股份，给年薪，可直到我离开李一搏都没兑现，估计这也是李美丽对李一搏发飙的原因吧。"

看着其他低头猛吃的食客，晓晓又补充道："你就挣你的钱，不管那么多，等攒点钱站稳了脚，重找个工作。我就是看那对狗男女不顺眼才离开的。"

"那两人的关系确实不伦不类,"思然咬了口肉夹馍,居然发现了一条虫子,顿时恶心得要吐,晓晓忙拉着她的手,两人逃也似的奔出了饭馆。思然抱着路边的树把吃进去的全吐了,一只流浪狗犹豫一阵,狼吞虎咽吃起来。它边吃边看思然,有时候也拿目光看不远处往嘴上涂着口红的杜晓晓。

"滚。"思然猛地爆出了一声喊。

## 五

"轻轻的我走了,正如我轻轻的来;我轻轻的招手,作别西天的云彩……悄悄的我走了,正如我悄悄的来;我挥一挥衣袖,不带走一片云彩。"

李一搏平日喜欢吟诵些诗词,随景应情,想到哪便是哪,随性来几句,张冠李戴的事经常发生,不同的诗句串烧在一起,倒还有了不同的滋味。他颇喜欢徐志摩的《再别康桥》,学校文艺晚会这是他的拿手节目,普通话虽不标准,也要慷慨激昂一番的。十六岁时就把《再别康桥》倒背如流,二十多年过去了,如今只记得个一鳞半爪的。有时不由得感慨岁月的冷酷,正应验那句岁月是把杀猪刀之说。杀猪刀难道仅仅是杀了猪吗?其实,更多的时候,杀的是人的青春,杀的是人的心灵和渐趋老境的肉体。十六岁第一次读到徐志摩的诗,那真是喜欢得不得了。好在哪里呢,那诗里究竟咋样个好法?十六岁的他自是不懂。及至看了徐志摩的照片,真个是玉树临风疑为天人。徐志摩的《爱眉小札》竟引发了他的情思。他也想找个陆小曼般的妙人儿,打眼望去,一班的女生，他竟没来由地喜欢上了杜晓晓。他给晓晓写了一封封情书。当然都是抄写模仿他的偶像志摩先生的。这样的情种能考上高中或是中专那几乎是不可能。李一搏初中毕业在家晃荡了几年，下了三年煤窑，在建筑工地干过小工，去洛城街道摆过地摊，被城管撵得东奔西跑的日子让他遗憾荒芜了求学岁月。二十岁的时日，他妈托媒人去晓晓家提亲。晓晓爸见不得他那个浪荡样，工人不像工人，农民不像农民，整个儿四不像嘛，就他李胜利那个落魄的倒霉样，他还瞧不起农民兄弟。三万，晓晓爸伸出三根粗糙得像树枝一样的手指头。现在行情才两万五，你咋多要五千？媒人见这老农突然涨价，很是不解。我晓晓要才干有才干，要模样有模样，要是嫁到城里头，远远不止这个数。晓晓爸似乎在谈论关于一件抢手商品的买卖。其实这只是事情的另一面。真实的缘由是晓晓的弟弟至今未婚。他爸太想给儿子把婚事办了，但两万五千块的彩礼钱他拿不出，盖房子的钱他拿不出，还好，有个晓晓呢，他就不像没女儿的人那样慌张了。婚事自然没谈成。媒人收了李胜利一双女式皮鞋自是添油加醋一番，李胜利便将很深的怨愤记给了晓晓爸。等老子发大财后让你后悔死。李胜利最后一次徘徊在晓晓家的房屋前发下了豪壮的誓言。成为有钱人，李一搏奋斗了二十多年。当他得意地吟诵着"天生我材必有用""我辈岂是蓬蒿人"时，就看到一张讨厌的借条被李美丽优雅地拍在他的老板桌上。

"借这么多钱干啥？"李一搏强忍着心里的不快。

"我爸得了重病，必须这个数才能救命。"李美丽说得理直气壮。似乎她不是来借钱的，而这个钱本来就是她的。

"你爸得了啥病？"李一搏翻来覆去地看着那张纸条，似乎那上面写着李美丽爸爸的病因。

"反正是不好的病。两万也不多。我很快就还。"李美丽不耐烦地吐出一口气。

李一搏将李美丽的脸盯了很久，将李美丽的眼睛盯了很久，末了，他接过李美丽递来的笔，在借条上签下了只有他能认得的字。

一月后，李美丽又将一张借条摆在李一搏的桌面上。

"这回两万是干啥用？你爸又得啥病了？"李一搏将签字笔在桌上捣出嘟嘟的声响。

"死了，花了五十多万，医院就是个无底洞，明明治不好，还要给你治，除非你自己咽气。"李美丽从李一搏烟盒里抽出一根烟，青色的烟雾从红色的嘴唇里挤出来。"我哥彻底不管，我爸临死都没看见他一眼，我一个人负担了所有费用，借了别人好多外债。我是他女儿，我又不可能眼睁睁地看着他在家里等死。"李美丽突然哭了，鼻涕泪水一股脑儿流出来。

"要是医院实行安乐死，就能节约大一笔医药费，也给家庭减轻了经济负担。"李一搏拿手赶着眼前徘徊纠缠的烟雾。

"你到底是个商人，不管啥都从经济角度出发。"李美丽抽了一张面巾纸擦了泪水，眼里射出嘲讽和怨恨的光。

"这两万干啥用？数目太大，公司的账不好走。你上次借的钱还没还呢。"李一搏似乎为难了，避开李美丽咄咄逼人的目光。

"娃高中没考上，我想让她上私立学校，一笔得交五万。"李美丽说起了自己的女儿。

"又不是你一个人的娃，凭啥让你一个人管，要她爸干啥？"李一搏显得极生气，一张嘴就骂出了粗话。

"她爸要是管娃我还这作难吗？她爸要是有你这有钱我还用低

声下气地求你？"李美丽说，"那个死人光知道当司机给人开车，别的啥也不会。"

"你们不是离婚了吗，我咋听说你老公还经常去找你？"李一搏一脸的坏笑。

"他是去看他娃，你以为他来干啥，我总不能不让他看娃吧，娃需要他爸爸。"李美丽看着李总脸上不怀好意的笑，眼里散出鄙夷的光。

## 六

思然没有想到她和张海山会是以这种方式重逢的。

她发现坐在会议室的这个人直勾勾地盯着她。张海山，思然差点叫起来。

思然将杂志放在那人的面前。

"给领导沏茶。"李一搏似乎没发觉思然的惊慌。

当那人欲接思然手里的杯子时，思然手一抖，滚烫的茶泼在那人的手上，几片尚未绽开的茶叶像受伤的蝴蝶趴在掌心。

"咋搞的，不长眼。"李一搏呵斥着，忙拿抽纸给那人擦拭。"对不起张科长，回头给你赔一身衣服。"

那人挡开李一搏殷勤的手："制服你能赔？"

"你也不能一年四季穿制服吧？"李一搏赔着笑脸，"有些场合还是穿便服舒服，皇帝也只有上朝时才穿龙袍，平常穿那玩意不累吗？"

"累不累你去问皇帝。"那人不理会李一搏的幽默，翻着桌上的杂志说,"把你的期刊出版许可证和法人登记证拿来,有关能证明你们是合法经营的资料全拿出来。"

"小王,"那人对旁边记录拍照的人说,"这些杂志带回局里,把他们提供的资料全带上。"

李一搏解释道:"我们都有合法手续,违法的事情我们从来不干。"

那人指着封面露着女人胸和大腿的杂志对李一搏说:"你有娃没?"

"有啊。"李一搏觉得莫名其妙地说道,"我这个年龄了还能没娃,不光有娃,还有两个,一儿一女。你放心,我这两个娃都是办了合法的手续后才生的,证件我都有,有关部门不批准,我们咋敢生。"

"有娃就好,"那人把手里的杂志翻得哗啦啦响,"你把杂志带回家给娃看吗?"

李一搏道:"他未成年,哪敢看这种东西?这是给打工的民工看的,你懂的,民工最需要这个。"

那人将杂志扔到桌上说:"既然你娃都不敢看,你敢保证别的娃不在报刊亭买的看吗?"

"我还真没想得那么多。"李一搏挠着头发说,"那我以后在杂志封面打上这样一句话,不得向未成年人出售,这可以了吧。"

那人看着李一搏肥胖的脸上爬着的几条皱纹说:"你还真幽默。"

李一搏装着没听懂,笑着道:"中午一起吃个便饭吧。思然,你打电话报我大名在保罗酒店订个包间。就订那个能看到洛城全景的十五楼的'大中华'。澳洲龙虾、中华鲟、佛跳墙一定要点,我预存的二十年茅台这次该喝了。"

"不用,"那人打断了李一搏的话,"你先好好自查,我们还会再来的。"

那人走到门口,忍不住盯着思然说:"思然,你不认识我了?"

思然说:"我不认识你。"

那人道:"我不相信,我找你,一直没找到。"

思然说:"你认错人了。"

那人道:"咋会呢,我是张海山。"

思然强忍着,转身进了旁边的卫生间。

那人呆愣着,李一搏补充道:"张科长,她叫王思然,你们认识?"

张海山似乎没有听见李一搏近乎讨好的话,自个儿陷入了一阵迷茫,他对着自己说:"思然,我找得你好苦。"


## 七

思然出了洗手间,冷不丁看见站在门边的李一搏。

"你认识市局来检查的张海山,你咋不早说?害得我一晚上没睡好觉。"李一搏习惯性地抖着腿说。

"不认识。"思然冷冷地。

"不可能,我觉得你们关系不一般。"李一搏盯着思然的脸,兴奋地说,"认识了问题就好办了。"

"你约一下张海山。"坐在老板桌后的李一搏打电话将思然叫到办公室,"看他哪天有空,一块儿吃个饭,就在保罗大酒店,我是那个店的金卡会员，他们粤菜做得地道，吃完饭还能游泳打牌唱歌。"

"我不认识。"思然躲开李一搏的目光，"我一个打工的，咋能认识市局的领导，你太高看我了。"

"你们绝对认识，我觉得你们的关系不一般。"李一搏的目光伸向窗外，"虽然你的学历不高，但你再锻炼锻炼，将来定会超过我招的那些所谓的名牌大学毕业生。我就没上过正儿八经的大学，但我做杂志在业内是一流。你看咱单位那些编辑校对都是名校毕业的，咋了，我还不照样把他们管理得服服帖帖的。"

李一搏指着沙发说："坐吧，我们谈谈心。"

他给思然泡了一杯茶说："李美丽年龄大了，也开始耍老资格，动不动就和我对着干。这几期杂志的发行量明显下降，我怀疑她在背后捣乱。"

李一搏见思然的注意力集中了，咽了口唾沫道："公司将来走集团化路子，要上市，要发行股票。咱们目前办了三种刊物，有面向城市打工群体的，有面向少儿群体的，有面向校园群体的，都发行得很好。你再锻炼一段时间，就安排你当少儿杂志的主编，给你拿年薪。你毕竟是晓晓介绍的，我有时候还把你当作晓晓了呢。"

"喝茶。"李一搏的嗓音柔软了些，"到城市打拼都不容易，我们从农村出来的目的就是要占领城市，城市将来一定属于我们。我已在北京找到了关系，刊号很快就能批下来。思然，我们公司的前景不可估量。"

思然突然对李一搏充满了同情。这个五十还不到的男人头发过早地枯萎乃至凋零了，她拒绝了李一搏送她的进口迪奥口红，满腹心事地离开那间飘荡着烟雾的办公室。

## 八

接到张海山的电话，思然考虑再三，还是去了真理巷的文秀茶庄。

"这几年你一直在洛城为啥不联系我？"

"联系你干啥？"思然望着茶壶里沉浮的茶叶说，"让你看我笑话，看我咋样当仆人伺候一个有时清醒有时糊涂的老太婆，看我被那一家人讥笑嘲讽甚至是大骂？"

"我是想向你道歉的。"

张海山嗓子沙哑地说："那一年冬天下着大雪，老觉得有个疙瘩堵在心里，每日每夜硌硬着难受。我开着车去柳庄找你，我斗胆把我的忏悔信和给你买的东西交到你妈手上，你妈将我好一顿臭骂，你爸则闷头抽着烟，半天不吭一声。被你妈骂了一顿我的心里好受多了，感觉整个人轻松些。我在你床上坐了半天，趁你妈离开的时候，我在你床上躺了一会。真的，我似乎抱着你，我似乎闻到了你的气息。我悄悄拿走了你相框上的照片。你扎着羊角辫，眼睛望着天空，那样子太好看了。你爸送我到路上，他说，你要是爱思然的话，就不要害她，就不要再找她了，你们两个不是一个世界的人。我抽泣着，在漫天的风雪中，开着车一路走一路哭泣。雪大片大片地在车窗外飘洒，窗玻璃被雪花和不知名的颗粒击打得簌簌作响。我把你的照片放在挡风玻璃的显眼处，走一路看一路，寂寞了就和你说话，真的，那一路上是我最幸福的日子。车过秦岭，白茫茫一片，几乎看不到路，我凭感觉开着，车子差点坠下了高崖。思然,你想不到,那个时候我一点也不害怕,觉得这样最好,永远地解脱了。"

"你说得好感人,把你自己都感动了吧。你还以为我是当年那个傻傻的不谙世事的姑娘吗?我会被你童话般的故事感动得跪到你的脚下吗?"

思然望着张海山,嘴里说着激愤的话,眼睛不由得湿润了。

"我们小时候在一起玩耍的情景你还记得吗?"

张海山不理会思然的情绪,继续说道:"我常想起每年暑假和我爸爸回老家的情景。我俩经常在河里抓鱼抓青蛙抓蝌蚪,你调皮得像个男孩。有回我学着你的样子把手伸到石头底下摸鱼,摸着一条光溜溜的尾巴,我抓住尾巴用力往外拽,你兴奋地喊,使劲,准是一条大鱼。我便猛力一扯,竟把一条蛇扯出了洞,吓得我一屁股坐在水里。"

"你坐在水里不敢起来,还是我把你从水里拖出来,你竟然吓出了病,在床上睡了好几天。"思然清晰地记得十几年前摸鱼儿的事,恍惚间似乎就发生在眼前。

"我现在看见扭曲的弯弯绕绕的东西都害怕,"张海山给思然的杯里续上茶水说,"童年的阴影真的可以影响人的一生。"

"我们杂志的问题严重吗?"思然不经意地问。

"有人举报你们杂志没刊号,还举报你们杂志刊登的内容都是不健康的甚至是有害的。"张海山说。

"估计是有人眼红我们杂志发行量大,故意用这种手段黑我们吧。"思然给张海山的杯里续上了茶水。

"如果举报属实,情况就很严重。非法出版如果牟利巨大,就触犯了刑法,搞不好会被判刑的。"张海山看着思然的眼睛说。

"有那么严重吗？李一搏信誓旦旦地说杂志刊号没问题，他严格遵守政策规定，违法乱纪的事情绝对不会做。"思然望着窗外的行人说。

"我们每年都接到有关李一搏公司的举报，不过最近比较集中罢了。我们会认真调查，严格依法依规办事。"张海山说得颇为坚决。

"毕竟你在那里上班，我会慎重的。"张海山试图抓住思然的手，但思然略一犹豫，手瞬间抽了回去。

"如果李一搏真的违法乱纪，你该怎么办就怎么办，我只是一个打工的而已。"思然提醒说。

"你给李一搏带个话，叫他注意些。"张海山最后说。

## 第七章

### 一

思然还是从李一搏口中听到了士杰跳楼的消息。

"这个孩子出了一本历史学专著，东南大学历史系要破格录取，想不到他却跳楼了。"李一搏在周一的选题策划会上开篇就宣布了这条爆炸性新闻。"太让人悲痛，"李一搏擦着潮湿的眼睛说，"马上就要高考，他却死在了高考的前夜。父母从幼儿园小学初中到高中养大这样一个孩子容易吗？他却不管不顾地从楼上纵身一跃。这么优秀的孩子，国家未来的栋梁，就这样烟消云散了。"

"家长群这个消息传疯了。"李一搏拍着桌子叹息道,"现在娃太脆弱了,轻不得重不得,中国的家长真的太难了。"

思然被这个爆炸性消息炸得魂飞魄散,她难以相信这是真的。

"士杰,你不是立下誓言,要当一个研究历史的学者吗?你不是说要探求历史发展的规律,寻找隐藏在历史中的秘密吗?你为啥没坚守自己的诺言,轻率地去了另一个世界?"

思然望着窗外,似乎看见一个穿白衫的少年站在高耸的楼顶,他迎风走着,一群鸟在他身边发出高亢的鸣叫,他迎着漫天飞舞的羽毛,嘴里哦哦地高喊着,他的目光洒向地面蚂蚁般蠕动的人群,车辆霸占了街道,红绿灯交替闪烁,士杰冷笑着张开双臂,天空传来一声长唳,他朝着金晃晃的太阳飞去了。

思然揉了揉眼,会议室空荡荡的,她看见自己的泪水在桌面上流成了一条河。

报纸上并没有报道士杰跳楼的消息。洛城媒体依然呈现着一派祥和的氛围。思然从一版看到四版,丝毫没有发现有关士杰跳楼的新闻。倒是张建设的名字时时跳出来。他忽而报道环保事业取得了巨大成就,忽而报道洛城教育成就创历史新高。

"姐姐,这也许是我最后一次见你,我要到很远很远的地方去。"思然恍惚想起了昨夜的梦。

士杰一身素洁的衣着,思然看不清他的面目,觉得他像是从遥远的雪地里来。"你要去哪里?"思然伸手去抚他的面孔,竟是一手的雪花。

"那或许是一个没有人烟的地方,也许在高山之巅,也许在雪域高原,我要去了,我等得太久了,我一直在等你,也不见你来找我。"

士杰像一个雪人在风里踟蹰着，漫天雪花发出尖厉的啸叫。"我该走了，"士杰说，"那边已在催我，我有我的使命。"

"你到底要去哪？"思然朝那个飘动的身影走着，"不是还没高考吗，我还等着看你的大历史故事呢。"

"怕是没机会了，"士杰的身子猛地凝固成一座冷峻的雪峰，颀长的手臂像藤蔓一样缠绕着思然。他苍白的唇叩印在思然的额上，思然只觉得刺骨的冰寒。"我该走了，能见你这一面，吾心安矣，我走就了无牵挂了。""你傻啊，"思然抓着士杰的手指，身子被带着跟跟跄跄的，"你要去哪里？即使去再远的地方，你早晚都要回来。""不了，"士杰挣脱了思然的手，"我妈妈伤害了你，你不要和她一般见识，我替她向你道歉。"士杰这句话似乎拼尽了力气，风雪搅拌着，他的身子慢慢散开，似乎随时要化成风雪而去。"我不会生她的气。你妈妈说得对，我不能影响你。"思然追赶着那被风雪席卷的人。"我妈妈也可怜，她后面会受到惩罚的。我奶奶她想你都想疯了。我爸那个人我最看不起他，那么有理想有情怀的人最后把自己堕落成了一个庸人。"士杰像是在说一段预言，最终挣脱思然的手，身子融入了狂啸的雪花，转瞬天地间白茫茫的。

"士杰原来是来和我告别的。"思然揉揉湿润的眼眸，后悔没有早点去看望这个可怜的孩子。

## 二

王一盘瞬间似乎苍老了许多。

"你来迟了，"王一盘对思然说，"士杰自你离开后就失魂落魄的，似乎你把他的魂魄带走了，晚上不睡觉，白天也不想去学校，即使勉强去了也是心不在焉的，娃整个儿精神出了问题。"

"你们当时应该带他去看心理医生。越是优秀的孩子精神越容易出问题，尤其这种性格非常内向的孩子，他的精神世界就是一片荒漠一片深渊，一旦出问题就是不可逆转。"陪同思然来吊唁的杜晓晓说。

王一盘的目光久久徘徊在晓晓身上，也许他自己都觉得有些唐突，便说："心理医生也看了不少，市内几所医院的精神科都去过，啥成效都没有。士杰说不是他精神出了问题，而是世界出了问题。他和医生辩论精神问题，探讨历史问题。大夫说士杰一点问题都没有，有问题的是家长固化的思维。我有次气愤地和一个医生吵起来，差点就要扇医生耳光。

"你明明觉得娃的精神有问题，医生却一而再再而三地说娃没有问题，你说气人不气人？"王一盘为自己情绪失控而辩解。

杜晓晓那日穿着一身黑裙，整个人像是一朵肃穆而灿烂的黑玫瑰。"我业余跟人学习心理学，现代人大多有心理疾病，医生这样说一点也不奇怪。"

"你说得对。"

王一盘赞许的目光不经意间驻足在晓晓柔滑的长发上："我怕我也患了心理疾病，请你抽空给我疏导疏导。"王一盘极恳切，似乎晓晓是资深的心理医生。

思然给士杰灵位前燃了三炷香，她望着遗像里士杰苍白的脸说："士杰，姐姐来迟了。"

橘子披散着头发呆坐在沙发上，她似乎突然认出了思然，她指思然骂道："你还有脸来，都是你害死了士杰，不晓得你给士杰下了啥迷药,你离开后,士杰每日里神魂颠倒的,士杰的奶奶说你做的饭香,说你伺候得好,你走了,她也经常不吃不喝,你给这一老一少都下了啥毒药?"

思然眼里已噙满了泪,她对着士杰的遗像在心里默念:"姐对不起你,这个世间太污浊,你去了另一个更洁净的世界,你要是孤独了就到姐的梦里来,姐永远倾听你的诉说。"

士杰似乎听懂了思然的话,嘴角竟露出了笑。

"你们莫计较。"王一盘送思然和晓晓到了楼下,他们走到水池边,王一盘看着喷溅的水花说,"橘子一天到晚神叨叨的,幸亏我把我妈暂时送到了我妹家,士杰的事没敢让她知道。"

"你们真的不知道士杰得了啥病吗?"晓晓问。

"医生说他有轻微的抑郁症,但他坚持说他没有,他把治疗抑郁症的药全从窗户扔出去。"王一盘叹息道,"唉,这个短命的孩子,我们在他身上费了多大力气,折算成人民币怕有几百万。从幼儿园小学初中到高中,都是尽最大努力让他上最好的学校。从幼儿园开始上各种辅导班补习班,书法、绘画、跆拳道、围棋、游泳、写作、乒乓球、英语,花了那么多钱,想不到这一切都打了水漂。唉,按迷信观点讲,我前世欠了他的,他今生来索取,索取够了,他便走了。"

"你这人还迷信得很。"晓晓指责他说,"你这样解释也太对不起这个天才少年了。"

"只有这样解释,我的心里才会好受些,我才能过了自己这一关。"王一盘看着晓晓可怜巴巴地解释。

"橘子硬说是我害死了士杰。其实,真正害死士杰的就是她自己。"王一盘哽咽着道,"士杰只要考试名次稍有点下降,她就罚跪罚站甚至抽耳光，从幼儿园小学初中到高中，士杰都是被她妈妈强迫着去上各种辅导班补习班。士杰不是在学校就是在辅导班或者是在去辅导班的路上。士杰没有愉快地度过任何一个假期，几乎每日每月每年都是学习考试考试学习，好好的孩子生生被她的亲娘给害死了。"

"也不能全怪她。"思然难过地说，"哪个父母不希望自己的孩子成为人中之龙？"

王一盘看着纷纷扬扬跳跃的水花说："她妈也可怜，牺牲了自己的时间，最终把我们的孩子给毁了。"

出了小区的大门，晓晓说："这个人好奇怪，把责任全推给孩子的妈妈，这也太不公平了吧。他还一直盯着我看，看得人身上打冷战。"

思然说："他们一家人都有毛病。"

"他还要了我的手机号，说是想向我咨询心理问题。"杜晓晓说，"这个人怪有意思的，问我旅游去哪里好，是去三亚、鼓浪屿、西沙群岛、武夷山、五指山呢，还是去丽江、西双版纳、大理、香格里拉、梅里雪山、抚仙湖，或者去看法国的埃菲尔铁塔、巴黎圣母院、凡尔赛宫、凯旋门、塞纳河、卢浮宫、香榭丽舍，他还说他想找个人陪他出去散散心，所有费用他负担，你说这个人怪不怪？"

"他是想让你陪他去？"思然警觉地问。

"哼。即使他想让我去，我也不会去的。算啥呢，伴游陪游还要按天计费。你跟他熟，你去再合适不过了。我对他一点也不了解，还在他儿子的忌日里，就安排旅游的事，这个人太不可思议了。"杜晓晓挽着思然的胳膊，像一只兴奋的麻雀叽叽喳喳。

## 三

出了糊涂记饭馆,夜市上的人稠了许多,路灯洒着昏黄的光,怕热的人赤着上身,倒是几只流浪狗吊着舌头,莫名其妙地盯着路人。

"你回去吧,"思然说。

"我再送送你,"张海山望着灯光里游荡的烟雾说,"到了夜市,才知道人间的烟火味多么美好。"

思然讥讽道:"你们这些人吃饱了喝足了当然会欣赏劳动人民是如何流泪流汗的,把劳动的号子当作美妙的音乐,你问问这些高温下烤肉的卖艺的卖馄饨的卖米线的卖臭豆腐的,他们觉得美好吗?"

"你老爱抬杠,"张海山颇有兴致地看着街边各式各样的摊贩说,"年轻的时候,三五个好友常聚集在夜市上,喝啤酒吃烤肉吹大牛,有时候还集体吼几首歌,嗓子都喊破喊炸了,惹得楼上住户伸出头骂我们,有时我们趁着酒兴和高楼上对骂,现在想想,简直不可思议。"

此起彼伏的吆喝声缠绕着前行的脚步。烤肉的烟雾弥漫着街市,猜拳行令声嚣张凶悍,嘴里衔着鸡爪的狗穿行在人缝间,有人在暗影里冲着墙壁哗哗地尿。

张海山的鼻子咻咻地闻着空气里飘荡的味儿说:"那就是青春的滋味,无知无畏的,啥都不怕。"

"你没有老,看着还很帅嘛。"思然的话语似乎隐含着暗暗的嘲讽。

"人生过了大半，恍惚间奔四了，还是一事无成碌碌无为。"张海山在烤肉折腾出的烟雾里感慨道，"多少年都没有在夜市上畅饮了，咱们再年轻一回吧。"

思然见他难得的高兴，便允了。海山要了五十串烤肉二十串烤筋，还点了麻辣小龙虾、烤茄子、烤饼、烤鱼、油炸花生米、浆水菜，啤酒当然少不了，六瓶已打开口，瓶嘴咕嘟嘟冒着白沫。

两人喝着，不知不觉间四瓶酒空了。海山的脸肿胀而发红，他的话也语无伦次，一时间聊得天南地北海阔天空。他将剥了壳的龙虾肉放到思然的碟子里，将烤肉串不停地递到思然手上，将手里的杯子和思然的杯子碰得当当响。

"你说怪了，小龙虾在国外被视为入侵物种，各国水产对其有严格的限制，养殖小龙虾的地方其他的虾子都很难生存，小龙虾的掠食能力和入侵能力会让其他虾的种群灭绝，但在咱们中国却成了一道美食，成为重要的经济支撑。"

"人喝了点酒才能放下伪装。你不知道，在单位人憋得多难受。要准备几张面孔，两张面孔肯定是不够的，起码得四五张吧。混得越好的面孔越多，就像川剧的变脸，越是大师级的人物，脸变得越好。跟同事是一副嘴脸，跟部门领导是一副嘴脸，跟上级是一副嘴脸，跟女人是一副嘴脸，跟竞争者又是一副嘴脸，每个场合都不同，哪一张脸合适才把哪一张脸拿出来。

"当然了，并不是你准备的脸多，你就可以高枕无忧，这中间的因素多了，你的人脉资源，你的背景，你的靠山，你的天线，你维持的关系，就像战争，兵法是死的，战场是活的，运用之妙存乎一心也。"

思然插话道："你现在和我说话喝酒，用的是哪一副面孔，又有几句是真的,几句是假的,几句是半真半假的?"

"全是真的,全是真的,不信你可以掏出我的心来看。"张海山面红耳赤地辩解。

夜市上的人越来越稀,天空翻涌着火红的云朵,大片大片的黑云瞬间遮蔽了天空,头顶显出了暗红和沉重。

"该走了。"思然提醒道。

"真想着这样坐下去,一直坐到天荒地老。"张海山喝尽了杯中的啤酒,舔着嘴唇上的泡沫说,"许久没有这么畅快淋漓了,感觉又回到了青春时代。"

"你能这么一直坐下去?"思然讥讽道,"你舍得你温馨的小家,你舍得你不断上升的仕途?你是饱汉子不知饿汉饥。"

张海山尴尬地笑笑,喊老板买了单,人走起路来便摇摇晃晃的:"我今晚说的都是真话,纯金的真话,你还不信吗?"

"那你以前说的都是假话或者半真半假的话。"思然扶了他一把。

"也许是吧。"张海山停下脚步看着思然说,"我给你发誓,从此后,我在你面前说真话,当真人,一句假话都不说。"

"你不用给我发誓。你没有义务对我说真话。咱们只是在一起喝了一次啤酒吃了一次烤肉而已。"思然走得更快了。

"我马上到家了,"两人走过了几条小街,思然在一栋楼前站住身子说,"你打个车回吧。"

"我能去你家看看吗?"张海山喷着酒气,身子踉跄着抱住了一棵梧桐树。

"严格意义上讲,那不是我的家,只是我暂时租住的地方。"思然望着抱着树的张海山。

"我就想去看看，只看一眼。"张海山几乎是乞求了。

思然叹息一声，又迈开步。拐进一条幽深的巷子，间或要逃过睡在路畔的流浪汉或狗，三三两两的垃圾箱歪倒着身子，小便的人自是不管不顾，任那尿水哗哗地奔流。张海山接连跳着脚，或者骂几声，思然知道他或许踩上了人或是宠物遗下的粪便。

终是进了破旧的小区。昏暗的灯光照耀着乱糟糟拥挤在空地上的自行车摩托车三轮车。大树的枝干遮蔽了楼房，几只猫撕咬着奔袭在枝丫间，被惊扰的鸟煞是不悦，嘎嘎地抗议着。楼道极为静谧，听见一轻一重的脚步声。思然拍了几次手，灯都没有响应，她尴尬地说："楼道的灯从来就没好过，有些人不知道为啥老和一盏可怜的灯泡有仇。"张海山打开手机上的电筒，楼道顿时显出一团白亮亮的光，两个人的影子时而交织一起，时而又迅速地分开。

进了五楼东头的房间，张海山打量着房内简陋的陈设说："住这里好，安静，交通也便利。"

思然不满地瞥他一眼说："你在这里住上一段时间就不会说好了。动不动就停电停水，下大雨了你就没法进出，水有时候深得齐膝盖，人都能在里头游泳。"

"各有利弊，"张海山拉过椅子坐下说，"这里物价肯定便宜，不出村子啥都买齐全了。"

思然给他泡了一杯绿茶，开了电风扇说："条件太差，本不想叫你来看笑话。全楼就一楼有个厕所，房东要是不高兴就锁了，有时候得到村口的公厕，上一次一块钱。有的租客嫌麻烦也怕花钱，就装在塑料袋里往窗外的垃圾场里扔。冬天还好，夏天蚊子繁得能把你吃掉。"

"条件会越来越好的。"张海山望着桌子和书架上堆积的书说，

"你爱看书的习惯没有丢,我一年连一本书都没完整地看过,感觉人真的快废了。"

"我起点低不学不行。明年下半年我就可以拿到网络教育学院的大学文凭了。"思然眼里闪出一道亮光。

"人就是要永远追求。"张海山鼓励她说,"你有啥困难了就给我说,不要一个人扛着。"

思然说:"我年轻轻的,有啥困难扛不住呢?我要扼住命运的咽喉。"

"我对不起你,思然。"张海山突然站起身抓住思然的手,"我一直想对你说这句话,但一直没有机会,这句话不亲口说出来,我就一直寝食难安。"

思然掰开张海山发烫的手说:"你把一个人推进了深渊,那个人要不是生命力顽强,早都窒息而亡了。"

"你还是不肯原谅我。"张海山又抓住思然的手,"那一年要不是我冲动,你肯定考上了大学,现在一定有了一份有尊严的工作。"

"不说这个了。"思然摆脱了他的手说,"讲讲你的情况吧,比如你的家庭,你的妻子,你愿意说的一切。"

"那女人的控制欲太强了。"张海山揉了揉潮湿的眼睛,开始了低沉的讲述。

四

"说起来话就长了。我公务员考试笔试成绩排在第三名。当年却只招录一个人,面试就是最关键的环节了。我觉得无望。凭面试分数我不可能挤掉排在前面的两个人。虽然三个人的分数差别不大，但我已在心中做了最坏的打算。这次要是录不上，就再也不考了，咱不当当代的范进。外县考过，别的省考过。这次是我公务员考试中成绩最好的一次。前两次在笔试环节就失败了。我估量了自己。排在我前面的人除非他们面试出现了重大的失误，否则我是没有机会的。录不上就去保险公司做保险业务员。我上大学时就推销过寿险和车险，只要做得好，佣金还是很可观的。要么去文化公司搞策划，创意方面我还是有拿得出手的招儿的。或者去4S店卖车，有人卖车一年挣个几十万呢。但你知道我爸是个老顽固，我妈更是坚决地认为，这个世界上最好的职业就是当公务员，就是在政府部门混个一官半职，不管找啥工作，一定不能离开体制内单位。他们这种老脑筋不是一时三刻就能改变的。他们列举种种现象，让你觉得他们的道理是颠扑不破的真理。关键时候我爸出动了，他找到了在同乡聚会上认识的王一盘。具体不知如何操作的，我就打败了前两个竞争者，顺利地入职了。那个笔试考了第一的女生认定其中有不可告人的内幕。上访，举报，折腾了两三年，最终那女孩和她父亲在上访的途中发生了车祸，一个残疾了，一个当场毙命。这件闹得沸沸扬扬的事件就这般尘埃落定。虽我不认为是我抢了她的职位，但她笔试成绩第一反而落选，让我心里总是慌慌的。我爸常安慰我，我是凭着自己面试的优异发挥而被录取的。那个笔试第一的女生，虽然成绩好，但身高不到一米五，身上有一股子浓重的狐臭味，这样的人能当公务员吗，这不是给公务员队伍抹黑。后来联合调查组查阅了当年的录取档案，排除了谋杀和暗箱操作的可能，最终给这个闹得满城风雨的举报案及车祸做了令人信服的结论。

"该找对象了。我大学谈过一个,可怜连接吻都没有过,拉拉手也要看她的心情。如果你有进一步的想法,她就骂你流氓,甚至跟你翻脸一连几天不理睬你。我被她的纯洁所吸引,觉着这就是好的,这就是所谓的纯真的爱情。

"后来我才知道我谈的那个恋人在高中下晚自习回家的路上被一醉汉强暴。从此她心里落下阴影,阴影越养越恐惧,最后把她给吞噬了。她后来去一个偏远乡镇当老师,至今还单着,说是要当个独身主义者。

"你听听,我遇到匪夷所思之事太多了。后来谈对象都是奔着结婚去的,不谈啥子情感和爱情。有一个高中老师,比我大三岁,女大三抱金砖嘛。在咖啡馆等了她好半天,我以为她不来了,孰料在我准备离开时,她才拿着一本《闺房》杂志不紧不慢地走来。我给她点了一杯咖啡。她像是侦探,盯着我的脸看了好久。你眼圈发黑,是不是夜生活太频繁了?我想不到她会问出这一句。我经常熬夜,但都是追剧或看书,和男女之间的夜生活无关。我故作幽默地回答。不要不好意思,这点事和吃饭一样,太正常不过了,没有啥不好意思的。她到底是生物老师,有穷追不舍的癖好,她开始研究我的牙齿。你的牙太黄太黑,一股口臭,要少抽点烟,现在文明的人谁还抽烟。末了,她问我一天刷几次牙。当听我说只在早上刷一次时,她惊讶地叫起来,太不可思议了,现在还有这么不讲卫生的人,我一天早中晚各刷一次,就这样还觉得嘴里不干净。我装模作样地点点头,一口气喝光了杯里黑乎乎的咖啡。不放糖的咖啡确实苦得深刻,有一股烧焦的烟糊味。咖啡哪能这样喝?你这是长途车司机的喝法,端着大杯子一咕噜一大口,糟蹋咖啡了。她到底是当老师的,不停地纠正着我身上的错误。你一个月薪酬多少？她问到了实质性的问题。我还没有正式工作呢。我吐出一口浑浊的气体。每个月的收入交我打理，不仅仅是工资，所有的收入都要纳入预算管理，不允许有账外资金。她说得慷慨激昂的。你大学的专业是会计还是师范？我忍不住问。学的是商科，最后当了老师。她颇自豪地舔了舔红艳艳的嘴唇。孩子教育我管，要是让你管，最后管成你这个样子不是贻误下一代嘛，你给咱们好好挣钱就行了。她接了一个电话，眉飞色舞地说起了旅游的事。美国一点也不好玩，埃及一点也不好玩，东京也好不到哪里去，金字塔更是徒有虚名，唉，没啥可以玩的……看她在电话里说得没完没了，我便借口上厕所，买了单，从侧门溜了。

"还有一个相亲的更可笑，见了我就说自己不想生孩子，生孩子多麻烦，她尤其怕那个临产时候的疼。你想想，那么大的孩子从那么小的洞洞里生出来，还不把人的命给要了，有人生孩子疼得受不了跳楼了。你们男人自私地为了自己一时的快活，竟让女人受那么大的罪，让女人生娃娃真是惨无人道。她齉着鼻用蹩脚的普通话说。你实在想要娃，咱们就找人代孕，这样我们照样可以有后代，何乐而不为呢？我被这个女人吓坏了。我问她，咱们生的孩子给那个代孕女人叫妈还是给你叫妈？当然给我叫妈了。我这个无知的问题引发了她无边的愤怒。她便围绕生孩子的话题展开了犀利而深入的阐述。她咒骂男人自私，应该让男人挨那一刀子。指责上帝不公，为何要女人生而不让男人生。她怨恨女人自己不雄起，指望男人拯救，那才是痴心妄想。末了，她宣示，我们结婚了还要保持各自的独立，咱们不得干涉对方的自由。你听听，这女人够现代的吧。那次约会持续了三个小时。我一直想离开，但都被她滔滔不绝惊世骇俗的话给拴住了。趁她去洗手间，我狼狈地从咖啡馆气喘吁吁地逃之夭夭了。

"另一个更稀奇。口寡,话珍稀得像是大人物,金贵得一句顶一万句。她关心我一个月挣多少钱,每个月能攒多少钱,在外面有没有狐朋狗友,房子有几套,车子是啥牌子。政府部门的小职员,除过职工灶上吃饭便宜外,还有啥看得见摸得着的好处,啥时候能提拔,现在是小干事,啥时候熬到科长处长局长乃至厅长,有没有人给送钱或者送啥子购物卡之类的。结婚后她爸妈要和我们住一起,她是独女啊,住一起是必须的,孩子要跟她姓,不能叫老李家在他爸手上断了香火。至于房子嘛,房产证必须写上她的名字,万一将来离婚了,她也可以获得经济补偿,不能叫一个男人白白占了便宜,最后被男方给扫地出门。这样例子太多,一定要防患于未然。你听听,现在的女人变得这么市侩庸俗且势利。后来再有人给我介绍对象,我都一概回绝,我真的怕了。这个时候,王浅予出现了。

"那也是个成了精怪的人儿。

"我爸为了表示感谢,请她爸吃饭,两人喝着酒谈起儿女的婚事,谈着谈着就把我们撮合到了一起。

"你这娃看着清清爽爽的,王浅予她爸说,当年我是面试组的组长,为了你,把另外一个考生给挤了,人家告了几年,把我弄得很被动。要不是发生了车祸,那父女俩还会一直告下去,折腾时间长了,事情说不定会翻吧。她爸逼着我一连喝了三大杯茅台。她爸就像个江湖老大,肥胖的身子壅在椅子上,每句话都带着一股不容置疑的权威。海山一辈子都不会忘记你的,我爸给他敬酒。能记几年就不错了,还敢一辈子。现在人情短得很,你给帮过的忙,事后就忘得一干二净,记上一年半载的算是有良心的了,谁还指望一辈子，老张你说是不是？王浅予她爸连连拍打着我爸宽阔的肩膀。

"我那女子回国在银行上班两个年头了，一时间还不适应国内环境，张口就是英语，搞得人很难沟通。她初中就出国了，高中和大学都是在美国上的，说英语比说汉语流利。对象也介绍了几个，有领导干部子弟，有企业家老板巨头，有上市公司高管少帅，但她一概看不上眼。海山这孩子不错，我看着就喜欢。

"她爸和我爸频频碰杯，拿微醺的目光时时瞄我。

"听说浅予没和你在一起生活？"我爸话里藏话地问。

"都是她妈惯的。"王浅予她爸愤懑地说，"浅予上初一的时候我和她妈离了婚，她给我从不叫爸，都是喊我老王。但她要钱从来不含糊。在国外留学的费用都是我掏的。婚姻的事她妈指望不上，必须得我操心。

"让两个孩子见见，说不定还成了呢。"我爸讨好地说。

"见见。"王浅予她爸说着，让我爸和我欣赏他手机上女儿的照片。高耸的胸，颀长的脖颈，飘逸的长发，睥睨的目光，被丝袜包裹的鹭鸶一般的长腿。

"漂亮。"我爸发自内心地赞叹。

"很漂亮。"我本想说太性感了，但觉得不妥，便改口道，"真的是太好看了。"

他爸收回手机说："抽空你们见见。"

"我内心隐隐涌现一股难言的惆怅，她爸给我们翻看他女儿性感而妖娆的照片，他内心是何种情绪呢？女儿将自己过分性感的照片发给她老爸，她有没有觉得尴尬？莫非我在国内生活得久了，不能与国际接轨，观念和思想远远落后于时代。

"我们便见见。

"倒也无啥稀奇。并不是每一句话里都要夹杂几句英语。只是妆化得过于浓郁,看不清真实的面容。见了几面我们便决定结婚,完成了最后的仪式。"

## 五

"故事够通俗的吧?"

张海山的酒醒了许多,仍觉得整个身子飘乎乎的。

"估计你没讲的才是最惊心动魄的。"思然看着窗外移动的光影说,"你赶紧回家吧,小心你那个留洋的老婆让你跪搓衣板。"

"她才懒得管我呢,我几天不回家她都不管,我不回去她还觉得自由惬意。"张海山一口气喝光了杯里的水。

"你赶紧回吧,我就这一间房子,没地方留你。"思然说。

"你看我醉成这样能回去吗?我连回家的路都记不得了。"张海山说,"让我在地板上躺一会,头脑清醒了我就回家。"说着他就把身子往地板上躺。

"你真是喝多了。"思然拉住他说,"那你躺床上吧。"

"睡地板凉快,"张海山的身子摇摆着,像一株被大风摇晃的树。

思然在地上铺了凉席,张海山身子蜷缩着,头和脚几乎要缩到一处。风从窗外吹来,屋内凉爽了许多。思然书也看得困倦了,扭头看那海山脸上滚动着汗珠,湿透的短袖衬衫几乎贴到了身上。思然合上书,让电风扇朝着这个大汗淋漓的人吹。她蹲下身,注视着这个面露愁容的男人，多年前那不堪的一幕又涌上来，思然竭力不去想，却难抵那一幅接一幅的画面。不是你，我绝对考上大学了，也许已在一个体面的单位上班，不像现在如一只丧家之犬，惶惶不可终日。又想到许多大学生毕业了照样没工作，一个招聘名额往往几十几百人争抢，那个名牌大学毕业的还不是照样在街头卖猪肉吗，如此思量，思然愤懑的情绪稍稍得到了点安妥。这只是阿Q的自我安慰罢了，幸亏鲁迅先生发现了人身上存在的这个Q哥，不然，人真的活不成了。思然听着海山生发的鼾声，头脑里翻江倒海的，困意袭来，便和衣躺上了床。

白茫茫的雪，她一个人走在无边无际的雪地里，恍惚间看见父亲在那棵树下站着。她叫了几声，父亲不应，她再叫，父亲却化为一团雪融入野地。呆立的瞬间，刘吉祥摇晃着身子走过来。他瞥了一眼思然说，诉状已递上去了，法院绝对会判崔等来输，崔等来输了就要赔偿，你爸和那几个患尘肺病的人有救了。思然想不到刘吉祥这么乐观，她没有张口，刘吉祥便饿狼般地向一个人扑去。你敢抢我的女人，刘吉祥一个沉重的雪球砸在那人的脸上。飞溅的雪花中，思然听见了张海山的惊叫。两人不听思然的劝阻，炫耀似的，打斗更激烈了。忽而张海山掐住了刘吉祥的脖子。忽而刘吉祥的拳头雨点般砸在张海山的脸上。两人嘴里发着声，听不清语调。思然一只手抓住刘吉祥的胳膊，一只手抓着张海山的手，忽地发生了雪崩，思然惊叫着，听到高空有人说，发生雪崩时，没有一片雪花是无辜的，她没来得及喊出声，三个人就被迅疾的大雪给掩埋了。

"你做噩梦了？"

惊醒后的思然看见张海山笑眯眯地盯着自己。

## 第八章

### 一

刘吉祥说来就来。

"这诊所没法子开了,"他额外要了一瓶啤酒,咕嘟嘟喝了一阵儿,他剥了几瓣大蒜,看着往嘴里扒拉面条的人说,"给一个人没做青霉素皮试,我当时问他过敏不,他说不过敏不用皮试他怕疼,但过敏了他又向我索要高额赔偿,我不同意赔偿金额,他就联合几个人不停闹事上访,折腾得诊所没法子开了。"

思然看他粗鲁地往嘴里塞着面条说:"吃慢些,小心噎着。"

刘吉祥果真被几根粗壮面条堵住了咽喉,这些面条卡在那个位置分外尴尬,咽不下去也又吐不出来,嘴外的几根颤悠悠地摆动着。还好,经过艰苦卓绝的努力,刘吉祥终是把那几根图谋不轨的家伙给咽到了肚里。他噎得拍着胸,嘴里发出难听的嗝声,思然把盛着面汤的碗朝他跟前推了推,他的手趁势触着了思然手指,思然瞪了他一眼,刘吉祥两个指头夹着将碗送到嘴边,呼噜噜,一大碗滚烫的面汤下了肚。

"舒服。"刘吉祥揉了揉肚子,打了几个嗝。

"你认得记者吧?"刘吉祥扯了卫生纸擦着嘴唇上的辣子说。

"不认得。"思然望着面馆外将笛子吹得凄凄惨惨的卖艺人。

"要是认得的话,介绍介绍,你爸他们得尘肺病的人打官司有舆论支持效率也会高一些。"刘吉祥不依不饶,说得极诚恳。

"你还真是出息了，都懂得利用舆论了。"思然听着哀伤的笛声说。

"你认识出版社的人吗？"刘吉祥不甘心，又抛出了一个问题。

思然无语地望着门外吹笛的老者。

"我这几年下煤窑跑运输贩天麻开诊所，抽空就写诗，写了一千多首，就想找个出版社给出了。"刘吉祥从包里掏出厚厚一摞稿件。

思然翻着，稿件很凌乱，有打印稿，有手写稿，有的写在方格稿纸上，有的写在烟盒上，有的写在报纸上，有写在卫生纸上，灵感来了，他把诗写在身体上也是有可能的。

"写得还不错吧？"刘吉祥见思然看得专注，忍不住有些得意。

"嗯，写得好。"思然不忍打击，做了适当的夸奖。

"我是运气不好，运气好的话，我就是当代的大诗人李白。"刘吉祥自夸起来甚是可爱。

"你的诗虽然是大白话，但读着还有些意思。"思然翻看着说。

"诗其实就是大白话。不过分成一行行，就是诗，就有诗的味道。"刘吉祥还举了许多例子，证明自己写的并不差，只是自己没名气，无人懂得欣赏而已。

"我想办法在《闺房》上给你发几首。"思然不忍心打击他，如此安慰。

"那太好了。发稿费了我请你吃饭，吃大餐。"刘吉祥兴奋地搓着手。

"发了再说吧。"思然知道《闺房》是不发诗歌的。大多数看这种杂志的人，是在里面寻找能引起感官刺激的字句，发诗歌相当于将一只鸡攮进游泳的鸭群里，要多煞风景就有多煞风景。

"你一定要给我发。发得越多越好。等我成了著名诗人，打官司就能赢，名人嘛，一举一动都受人们关注。"激动了一阵，刘吉祥阐发了自己的理想。

"你成名了，我就成了名人的朋友。人家说起著名诗人刘吉祥，我会自豪地说我们一个村，他还没有出名的时候，放过牛，还被牛的犄角顶烂了脸，还被他爸用棍子打烂了屁股，还被她妈扯烂了嘴。"思然说得煞有其事。

"名人轶事，名人轶事。"刘吉祥似乎成了名人，身子在椅子上也坐得正了，目光不再到处观望，一副踌躇满志的样子。

摆脱不了刘吉祥，思然只得将他带到自己租住的房间。"太简陋了，"刘吉祥看着屋内的陈设慨叹道，"我还以为你在洛城干了这么多年，应该出息了，想不到还是这么艰难。"

"你以为我是干啥的，一步步走过来太不容易。"思然给他泡了一杯茶。

刘吉祥将自己的帆布包扔在墙角，一屁股坐在床沿上说："你房间收拾得倒是蛮干净，还有一阵阵的香气。"

思然望着他皮鞋上的泥土没有说甚。

"你该租个单元房，你一个单身女子租个民房太不安全。城中村的流氓多得很，城里的农民比我们农村的农民还可怕，一个个都是寄生虫，就靠收房租过日子。"刘吉祥翻着思然枕头上的书发牢骚。

"你这个人啥都看不惯。别人出名你难受，别人发财你难受，别人当官你难受，别人住豪宅开豪车你难受，没有你不难受的。你不想想，我们为啥就不如别人。"思然开导说。

"反正看不惯的我就说，这是我的权利。"刘吉祥屁股离开椅子走到了窗边,他望着周围气势逼人的楼房说,"我以后也要买房,买个大房子,我挣大钱了,就给你买房子,咱们不能一直住在出租屋。"

思然笑笑,无语。

刘吉祥临走时留下自己的诗稿,还悄悄给思然枕头下藏了五百块钱。他怕思然不接受,走后才发短信告诉思然。"我们定会生活得越来越好,挣到大钱后,一定给你买个大房子,可以看见山看见河看到远方的雾。闲暇时坐在窗前,看那一地的繁华和云烟,真的,一切会好的。"

思然看着手机上的短信,心里怦然一动,觉得刘吉祥又在写诗了。

## 二

刘吉祥隔几天就打一次电话,有时候一天要打几次电话。每回都询问诗歌发表的事。思然本想着应付,想不到那人却当了真。看着搪塞不过,思然只好选了几首,硬着头皮去找李一搏。

"诗也不是不可以发,但不能太阳春白雪了,每个页码的边角处就可以适当发一点。"李一搏看着那几首被思然打印出来的诗念道:

到处都是路,
鸟飞在空中需要路吗?
荒山、沙漠、远海、孤坟,

除了风,什么都不要,
我身体里也有一个天空,
一个穷人,两手空空地攥着自由,
他是何等的幸福。

"他写了一千多首诗,"思然介绍说,"他下煤窑挖过煤,开诊所当过医生,他自学法律给人义务打官司,这是个民间奇人。"

"还真是有点奇,"李一搏说,"诗发在我们这里显得不伦不类的,我推荐给《洛城日报》的张建设吧,这对他来说是个碎碎的事。"

"那我就代表他谢谢你。"思然说。

"你拿啥谢我?"李一搏睥睨着思然白皙的脖颈说,"你们啥关系,他是你男朋友?"

"不是的,"思然正色道,"我们同一个村,我们村几个人在煤矿染上了尘肺病和其他病,煤矿一直没给解决,他就当了领头人,找煤老板,找有关部门,找记者,找法院,这几年他一直在忙着这个事,业余写写诗。"

"那还真是个好人呢,"李一搏好奇地说,"现如今这样的人不多了,有机会让我见见他。"

"这个人很清高,骨子里有一股狂傲之气。"思然思索着说。

"我从前也是这样的人,谁的过去不是一部苦难的历史。只有经历苦难,才可能走向辉煌。你约上市局的张科长,"李一搏盯着思然说,"他们调查后就没下文了,我估计是看了你的面子,那个张科长很看重你,我们不能无动于衷,该表示的还要表示,这是基本的礼节。"

"人家忙得很，不好约。"思然避开李一搏探寻的目光。

"不好约也得约，"李一搏拉开抽屉取出两条中华烟说，"这烟你见了张科长先给他，吃吃饭也便于汇报汇报工作嘛。我准备提你当副主编。"

"我当不了。"思然推辞。

"我让你当，你就能当得了。"李一搏一副居高临下的态势。"咱们的工作得靠人家罩着，没有人家的照顾，咱们分分钟就完蛋。"

思然不语。

"你那个奇人的诗我给你负责推荐发表，但这个月必须把张海山约到饭桌上，这是硬任务，必须完成。"李一搏拿出了老板的派头。

"要是不好发就算了。"思然不想把给刘吉祥发表诗歌与约张海山吃饭联系在一起。她隐隐觉得这两件不相干的事联系在一起会生出某种道不出的麻烦。

"你不要以为发表个诗歌很容易，其实，也非常不容易。你算算，副刊一周一期，想在上面发表作品的人多了去，排队都要把你排到猴年马月，排着排着就排得没影儿了。"李一搏抖着桌上的报纸说，"发一则几百字的书讯，都要给人家几百块钱的红包，不给人家一个大红包，人家凭啥发你的诗，你还以为他真的是李白再世啊。"

思然想不到发表作品还有这么多的道道，如果真是这样，那多可怕，一瞬间，发表的神秘感在思然心中被无情地打碎了。

"要是太麻烦就不要发了，"思然说，"我也是瞎问问。"

"发还是能发的。诗这个玩意儿最没有标准了，会敲回车键就会写诗。刘吉祥诗写得还是不赖的。你看那么多所谓的著名诗人，屎呀尿呀都可以写到诗里头。"李一搏在手机上搜了一首屎尿体诗，他随口念道："天空下起了雨，就像一个前列腺有毛病的人，淅淅沥沥尿不完。"

"别读了，恶心死了。"思然觉着似乎有人脱了裤子，当着她面洋洋洒洒地尿起来。

"有啥恶心的，人家这些诗可是公开发表在著名的刊物上，我读读就脏了恶心了。"李一搏不屑地抨击思然狭隘的观念。

"只有那些男诗人才写这种恶心人的诗，"思然说，"男人真是一个龌龊的物种。"

"呵呵，"李一搏掸了掸烟灰道，"女诗人写起屎尿来，比男诗人还要龌龊几万倍，要我给你再念几首吗？"

"别，"思然说，"让诗歌在我心目中保留点美好的印象吧。"

议论了一阵诗歌，李一搏说："诗的发表包在我身上，发表费都不用你掏，你抓紧给我约好饭局就是了。听说马上要搞扫黄打非专项行动，咱们得早早准备。"

"你不是说你是正规出版吗，你心慌啥？"思然看他将刘吉祥的诗稿塞进了一堆稿件里。

"当然是正规出版，违法之事我从来不做，但小心谨慎还是好。"李一搏抽着烟吐出一口青色的烟雾说，"我看那个张海山对你有意思，眉眉眼眼都是情，你们两个谈最合适了，你可要抓住机会。"

"不要乱讲，我这一生独身，永不结婚。"思然板起了面孔。

约了几次，张海山不是出差就是去柳庄做调研。他在电话里说："吃饭就不必了，咱们之间谈事还用吃饭吗？"

"不是我要请你吃,我才请不起你,是李一搏想请你吃饭。"思然握着话筒,似乎闻到了张海山身上火辣辣的烟草味。

"那个人的饭就更不能吃,"电话那端的张海山似乎变得严肃了,他的语调带着责备,"李一搏那个人很危险,你最好离他远点。"

"我在人家手下打工,我能离得远吗,远又能远到哪里去?再说他一个做杂志的,能有多危险,又不是搞啥非法勾当。"思然颇为不悦,吃个饭有这么复杂和危险吗,还不是找借口罢了。想想还请李一搏给刘吉祥发表诗歌,自己连请人吃个饭都请不到,这张海山和自己的距离不知道隔着秦岭的几道沟峪。罢了,给刘吉祥说说,发不了就发不了,承认自己渺小和无能也不是啥丢人的事,自己本就是无能的小人物。

听着话筒里呼啦啦的风声,思然不知道张海山身在何地,却听张海山软着声音道:"我们局包扶柳庄,我们给村小学建了个电脑室,将来那里的孩子也和城里的孩子一样,可以通过电脑学习上课,还可以和在外地打工的父母视频,就跟面对面一样的。几十年过去了,柳庄变化虽然大,但是和城市比,进步还是太慢,许多人固守着陈旧的思维,封建的东西还很有市场,任务艰巨啊。"

思然听着张海山絮絮叨叨像个饶舌的话痨,自己的心思他却一点也体会不到。思然自责一番,对着话筒,似乎面对着张海山说:"你在城里过着优越的贵族般的生活,到柳庄走马观花地调研,你能看到啥真相?你总是带着一种高高在上的优越感,你那口气多像上帝的恩赐。你错了,柳庄人民不需要你们的恩赐。你以为柳庄人稀罕你指指点点吗?把自己不想穿的衣服、淘汰的电脑、破旧的玩具送到农村,就显得你们很高贵很有同情心很有情怀,太可笑了。那些破玩意柳庄人根本不需要。他们需要啥你们这些养尊处优的大老爷永远不明白永远不懂。"

思然一口气说完，觉得把一盆脏水倒掉了。

想不到周五张海山突然发来了信息，晚上有空，可以约李一搏。

思然看了，心怦怦地跳，觉着张海山还不是那种无情无义之人，倒有点后悔那天电话里对海山态度过于恶劣了。

李一搏果真下足了功夫。那包间宽敞得可抵一个大客厅，毛茸茸的地毯踩上去竟毫无声息。

"张处能给面子实在是我的荣幸。"李一搏端起酒杯说，"认识了就是一生的朋友，以后还望多多关照。"

坐在主位上的张海山微微颔首："要不是思然不停催促，我还真来不了，调研、检查、汇报、开会，忙的人连上卫生间都是小跑。"

李一搏站起身，一仰脖将杯子几乎塞到了嘴里："我先干为敬，感谢张处百忙之中赏光，时间久了不见，非常想念处长。其实思然也想见处长。"

思然看了他一眼道："我想他做啥，人家有妻室的人，我敢随便乱想。要不是你三番五次地催我，我才不会三番五次地约人家张科长。"

张海山将酒杯在唇前沾了沾，算是意思到了。他示意李一搏坐下，拿了腔调说："李总你不要乱讲，我纠正一下。其一，我不是处长只是一个科级干部。职位不能乱叫。虽然有人喜欢别人把他的职位往高里喊，似乎喊着喊着就是了。但我不喜欢这样。其二，你我都是已婚人士，不可对女士胡言乱语。我和思然小学在一起上过学，关系纯洁得很，不是你想的那个样子。要不是你三番五次地威逼她，我才不来吃饭。毕竟思然给你打工，万一你不高兴，我同学的日子就不好过了。"

"开玩笑，开玩笑，张处不要在意。"

站起身的李一搏一手拿着分酒器，一手抓着酒杯说："我自罚三杯。"他一口气连干了三个满杯。

"思然，你要说不同意，我再罚三杯。"李一搏盯着思然绯红的脸。

"二十年的茅台也不是这么糟蹋的。"张海山双手往下按着，示意他坐下说，"意思到了就行了，作为领导和老总，以后说话还是要注意的。"

李一搏给张海山碟里夹了一片鱼道："要是再说错一句话，我把这瓶酒全喝掉，连瓶子也不剩。"

"开玩笑，开玩笑，"他给张海山杯里斟满酒说，"干。"

杯子碰在一起，发出清脆的回响。

"李总，"张海山将杯子搁在桌上道，"我是科长，你老叫我处长很不妥，幸亏没外人，要是叫局里知道，说我没有原则违反准则，这就犯了严重的错误。"

"你早晚会是处长局长的。"李一搏油腻的脸上浮现出谄笑，"你当局长厅长还不是早晚的事，兄弟提前祝福你，预祝你，步步高升鹏程万里，步步高升前程似锦，步步高升好运连连，步步高升快马加鞭，步步高升扶摇直上。"

张海山将杯子和他杯子边沿碰了碰，饮了酒说："李总酒量好，口才也好，一看就是个做大事的人。"

他不待李一搏回答，便迅速转移了话题："我上周去柳庄调研，那应该是省内生态环境最好的地方，氧气能把你吸醉，阳光纯净得让你睁不开眼，天蓝得像大海，但相对还很贫困，人畜饮水靠着一条河，一旦下了大暴雨或者是干旱，人和牲畜就都困难了。有的家庭收入就靠卖土豆、玉米和小麦，你算算，能收多少钱？一年的收入还不够我们几瓶酒钱。我们吃的一个菜够他们有的家庭一年的零花钱和油盐钱。从柳庄回到洛城，感觉像是换了一个天地，像是置身两个世界。"

酒桌上的气氛一时间有些沉闷。服务员往上端着菜，并不停地报着菜名，烧烤银鳕鱼、慈恩佛堂烩素斋、清蒸老虎斑鱼、杂粮烩辽参、干烧黄河鲤、长安葫芦鸡。望着桌上那些叫不出名的菜肴，思然记起自己刚才浏览菜单，发现这些菜标价不菲，似乎不贵不足以显示它五星级酒店餐厅的地位。

张海山到底见过世面，主动和李一搏碰了一杯说："不要太浪费了，想想柳庄那些贫困人家，我们这么吃就是在犯罪。"

李一搏给张海山递过一根烟，显出极诚恳的样子说："张处的爱民情怀让人感动，要是公务人员都像您这样，吃个便饭都把老百姓的冷暖牵挂心头，那社会就和谐文明安宁多了，我们超越发达国家算个啥，说不定早超了。"

张海山将烟衔上嘴，李一搏给他点了火，张海山深吸一口悠悠地吐着烟雾说："看着还有那么多人在贫困线上挣扎，我的心就隐隐作痛。柳庄崔等来在洛城都是数一数二的富豪，名下有四家煤矿，两座加油站，三家酒店，传说洛城东大街一条街的商铺都是他的。这样的人，致富了不知道反哺家乡，却想着在柳庄建设庄园建设墓园。农民就是农民，哪怕他的财富多得能填满秦岭的沟峪，但骨子里还是目光短浅的农夫。"

酒喝得微醺的李一搏接过话头说起了崔等来。

"我在《洛城日报》做业务的时候，还和一个老记者去拉过他的广告，前后去了四五趟，电话打了几十次，短信发了上百条，最后他将两万块摔在我们老记者的面前。

"稿子不用发了，你们记者还不是打着采访的名义要钱吗，这几年的记者都是这个老样子。"他指着那一沓子钱说，"拿走吧，不要再频繁地打电话发信息骚扰我了，再这样我就报警。"

"按我的脾气早就拂袖而去，咱穷是穷，也不能叫你富豪拿两万块把咱砸死。不料我们老记者把钱收了，还解释说，钱我们回去交给报社，发票给你邮寄，稿子还得采访，你是市政协委员，采访你是上面安排的政治任务。"

"老记者很有头脑，人家啥难缠人没见过。在他的循循善诱之下，崔等来把自己创业的故事全给倒了出来。早年卖豆腐，贩卖木材，打猎，贩猪贩羊，卖瓷砖，秦岭山背矿，下井挖煤差点死在了煤窑，贷款贩煤，把洛城的煤运到发电厂，把电厂的煤灰卖给高速公路。这家伙脑瓜子就是灵光，每一步都踏上了国家政策的鼓点。在煤炭市场普遍不景气的时候贷款低价买了几座煤窑。没料到，没过几年，呼呼呼，煤炭价格没命地往上长，这家伙真的就发大财了。

"老记者和我听着他的吹嘘，心里真不是滋味，羡慕嫉妒各种滋味都有。这个富豪一边说一边扒着鼻孔里伸出来的鼻毛。他掏着鼻孔，还把掏出的脏东西放在鼻前深情地嗅着。唉，即使发了大财，农民这个皮他是脱不掉了。不然，他也不会愚蠢地在柳庄投巨资修建墓园和庄园。"

"老记者和我搞完采访，跟他合了影，他的那个助理把写好的稿子给了我们。妈呀，写得太好了，我和老记者绝对是写不出的。一问，恍然大悟，那个腼腆的助理是北大的文学博士，无怪乎文采斐然金句迭出。他的几个助理都是北大清华的博士，崔等来自豪而骄傲地说，他小学没毕业，自己的名字都不会写，但他用的人都是名牌大学毕业生，这就叫用我的柴烧你的才，还不把你烧成灰。

"我们听得肺都气炸了。这是光天化日之下赤裸裸地侮辱读书人侮辱知识分子。老记者把钱给报社交了没交我不清楚，但我判断他十有八九自个儿独吞了。后来我根据道听途说的事情编造了几封举报信，反映崔等来环境污染过度开采侵占国家资源，举报他目无法纪大肆行贿腐蚀国家工作人员，反映他放高利贷致使众多家庭陷入泥淖，说他漠视职工生命安全，职工权益经常被侵犯，等等。他将我送给他的举报信塞进保险柜，骂骂咧咧地取出五捆现金扔到我面前。弄了五万后我再没敢去了，生怕这家伙万一翻脸就麻烦了。"

李一搏喝着酒似乎进入了癫狂状态，他把自己的丑事显摆起来没完没了。

似乎听得很认真，张海山不时点着头："你也是个厉害角色，你俩是一个吃一个。"

"我和人家比就是个小儿科，"李一搏趁着酒兴说，"我离开报社后自己办了个公司，找崔老板弄了一笔启动资金，算是最终洗手上岸了。"

"咋弄的？"张海山显得极好奇。

"我说自己的公司正在融资，属于国家重点扶持的文化项目，请他投资入股，将来公司在香港上市了，可是几十倍几百倍的回报。"李一搏露出满脸的坏笑。

"你编的这个理由估计你自己都不信,十有八九又是敲来的吧。"张海山看着李一搏殷勤地给自己夹着菜说。

"真人面前不说假话,"李一搏止住笑,"至今想来都觉得荒诞,感觉极不真实。"

"内线爆料他煤矿瓦斯爆炸死了三个人,但他捂着盖子没上报。在毫无证据的情况下,我联系了他。他很慌。我就说了办公司入股的事。他很慷慨,说支持文化事业,给我了十万。他让我不要报道,也不要给任何人透漏信息。我当然慷慨地答应。收了钱我就包车离开了。我把线索发给几个熟悉的朋友。业内有条不成文的规矩,谁根据线索弄来了钱,都要给线索提供者一定的信息费。前前后后有七八个人以记者的名义敲了崔等来。后来有两个真记者栽进了崔等来设计的陷阱。估计他也是被那群贪得无厌的人给逼的。他让人把双方讨价还价的话全程录了音,记者提着钱还没走出茶馆的门,就被守在外面的警察给逮了。那两个人后来被判了五年。崔等来够毒辣的吧,此后再也没人敢去找他的麻烦。"

"你这家伙也够贪婪的,前前后后弄了崔等来几十万。"张海山喝了一口茶说,"难怪人家说防火防盗防记者。你是运气好,早早溜了。要是被人举报到我们这里,你将被吊销记者证,严重的会交给司法机关处理。"

"我就没记者证。"李一搏大笑着,"我没证,你们吊销个啥呀。我跟着那个老记者,人家是我师傅,我有线索了,人家和我一起去,人家拿大头,我就拿个小头,人家吃肉,我跟着喝一点汤而已。"

"那个记者叫啥名字?"张海山夹了一粒花生米放嘴里嚼着。

"那人真是把记者当成精了,啥事情都能干,啥事情都敢揽。给人搭天线、包工程、安排工作、打官司、公检法捞人。甚至一手拿着举报信,一手去收钱,那太司空见惯了。最可笑的是,办事双方都把他当恩人,都对他感恩戴德。厉害吧,太厉害了。我一辈子都学不会师傅的精髓。"李一搏说起那人,眼里溢出羡慕的光。

"你师傅叫啥名字?"张海山的脸被酒精烧得一片火红。

"张建设。"李一搏含着酒气慢悠悠地吐出这三个字。

张海山不相信自己的耳朵,他又问了一次,得到确定的回答后,将杯里的酒一饮而尽。

李一搏看着张海山的表情,以为这个人把他镇住了,便炫耀道:"我师傅可是新闻界的名人,上至市上省上领导下至三教九流,没有他不认识的没有他摆不平的。师傅的本事是天生的,我蠢笨,跟了师傅五六年连一点皮毛都没有学会。"

"李总谦虚了,"张海山望着碟子里的鱼肉说,"你是青出于蓝而胜于蓝,你师傅哪能比得上你。"

"看在哪方面比了。有些方面张建设是比不过我的。比如办杂志他就不如我。这个人太贪,贪到骨髓里了。吃肉不吐骨头,有时候你跟着连喝汤机会都没有。我陪他去基层采访,对方按人头送的土特产他全拿走,还美其名曰要上交单位。其实他把我的那一份送给了他领导,我咋能不知道呢,我只不过装傻罢了。他儿子结婚,他提前三个月就给我发信息。临近的时候,每天发短信提醒,生怕你忘了。我包了五千元红包,够意思吧。"李一搏没有注意张海山愈加阴沉的脸。

"别说了。"思然打断李一搏刹不住的话头,"李总你醉了吧,一喝醉你就管不住自己。"

"思然你这一点很不好，出来吃个饭还管束老板。"李一搏对张海山举着酒杯说，"喝。"见张海山没有搭理，便自个儿一口干了道，"别学我老婆苏笑笑。我喝酒她管，说我肝脏不好脂肪肝。我吃甜食她管，说我血压高血糖高。我吃烟她管，说我气管炎烟草把我肺熏坏了。我爱吃面爱吃肥肉她管，说我血液黏稠体重严重超标。我审稿子她管，说我不专业外行装内行。瞧瞧。你们女人一点也摆不准自己的位置。不要男人对你宠一点，就不懂规矩了就想骑在男人的头上。任何时候，老板永远都是老板，你不可能和他平起平坐。李美丽不停向我借钱，都借了二十万了。要不是看在她和我一起创业的面上，我早把这个女人给开了。"

李一搏似乎彻底醉了。他忘了身边还坐着闷头吃烟的张海山，他将对苏笑笑李美丽的愤懑借着酒劲一股脑地喷出来。

思然几次想提醒李一搏，可这个人已经大醉了，她怕过多的劝解只会引发其更疯狂的反攻。要是讲张建设就是张海山的爸爸，他还能坦然面对这个掌握着他公司生杀大权的领导吗？为了避免双方尴尬，还是装糊涂不说为好。

"喝，"李一搏给张海山杯里倒满酒说，"张局，你不知道，做人有多难。你不成功别人会讥笑你看不起你，你成功了别人会千方百计地整你黑你。还是你们当官好，坐在办公室里优哉游哉的，美死了。"

"你不要装可怜。"张海山努力控制着自己的情绪，"你出版的杂志敢拿回家叫你的孩子看吗？不是男人出轨就是女人给老公戴绿帽子，不是老总看上了女下属就是女上司骚扰男职工，除了这些，是不是就没有内容可刊登了？"

李一搏做出虔诚的样子说:"张局批评的是,我们一定认真贯彻领会张局的讲话精神,在以后的编辑出版工作中认真加以改进和提高,力争为人民大众提供物美价廉的精神大餐。"

张海山看了看手机,回了几个信息后说:"今天就到这里吧,我明早还有会。"

恰在这时,思然的手机响了,她看是刘吉祥,便挂掉了,不料这个人不依不饶的,顽强勇敢地把电话频频拨过来。

张海山说:"你接吧,看来是紧要电话。"

思然犹豫间便接了。

"你在哪?我有紧要事情,你咋老是不接电话呢?"刘吉祥的声音很响亮地从话筒里跳出来,炸得耳朵呜呜地响。

"刘吉祥,你不要老打电话,不要老催发表的事情,你再催,我就不管了。"思然不耐烦地说。

桌上的人都专注地听着,思然索性把话挑明,不要叫人误会了,她不待刘吉祥申辩,便挂断了电话。

"那个诗人够心急的,叫这个奇人来一起喝酒吧。"李一搏想看思然在这两个男人之间如何平衡,他也想观察思然和张海山到底走到了哪一步。

"他想发表想疯了,不要理睬他。"思然垂着脸说。

张海山的表情复杂了,他说:"叫来喝酒吧,我还想认识认识这个奇人。"

刘吉祥似乎摸着了两个男人的心思,电话又厚颜无耻地打过来,思然便说了饭店和包间的名字。

几十分钟后,刘吉祥被服务员带进了包间,他极老练地和两个男人一一握手,顺势就坐在李一搏的身边。他自称来得迟了,提着分酒器给酒杯里哗哗倒着酒，罚自个儿连喝了三杯。"这茅台不愧是国酒，好喝。"不待其他人搭腔，他端着酒杯分别敬了张海山、敬了李一搏。思然不喝白酒，他自作主张地吆喝服务员来一壶鲜榨芒果汁。"思然，喝，"他一仰脖咕咚一声杯子便见了底。

"你倒一点也不客气。"思然嘲讽。

"你的朋友就是我的朋友，"刘吉祥装作没有理解思然的讥笑，嘴里乐呵呵地说，"认识二位领导，我真是三生有幸。"

"你的诗写得不错，"李一搏终于插进了话题，"起码我能读得懂，虽然里头屎尿之类的脏东西有点多。"

"那是原生态嘛。其他事别人可以代替，这两件事只能自己亲自来。"刘吉祥说得很幽默。

"诗人说话就是不同凡响。"李一搏把自己的分酒器放在他面前说，"诗人都是能喝的人，李白不喝酒一句诗也写不出，你把这一壶酒喝了，发表的事包在我身上。"

"当真？"刘吉祥看着面前满满一壶酒说。

"喝，哪来那么多的废话。"李一搏的手指着刘吉祥的脸。

他话音刚落，那壶里的酒突然消失了。

"好。"李一搏拍着手，从牙缝里挤出一个荡着酒气的赞美。

"你现在在干啥？"李一搏拿牙签剔着牙齿。

"业余写诗，主业上访打官司，我们柳庄一群尘肺病病人委托我为他们讨还公道。"刘吉祥的脸被酒精烧得通红。

"你还行侠仗义呢。我们柳庄的大英雄。"李一搏喝了一口茶。

"不平之事总得有人管。那些人可怜得很，呼吸不畅，吸不上氧气，简直是生不如死。"刘吉祥把盘子里的鱼转到自己跟前，筷子翻着那一条肥胖的鱼说，"这鱼得趁热吃，凉了就不好吃了。"说着，那鱼肉就被他夹着送到嘴里，转眼间，盘子里剩了一条鱼骨。

"你吃鱼水平一流，比猫还专业。"李一搏看着那白花花的鱼骨说，"这鱼好，没有刺。"刘吉祥吧唧着嘴巴。

趁着张海山与李一搏私语，刘吉祥向那盘几乎没动筷子的基围虾发起了总攻。他手抓着虾一只只往嘴里扔着，似乎他是兽，虾的身体源源不断地进了他口腔。"连皮吃好，虾皮还能补钙。"刘吉祥评论道。他将半只葫芦鸡吃完后，喝了一碗汤。

"一粥一饭，当思来之不易；半丝半缕，恒念物力维艰。"他吟了一句诗。

"还想吃啥？"李一搏将菜单递给他说，"随便点，没吃过的都可以点着吃。"

思然急忙阻挡道："桌上还剩这么多，再点就是浪费。"

刘吉祥关键时候领会了思然的意思，他缩回手说："我是怕不吃浪费了，其实我是吃过饭的。在街边的小摊上吃了一大碗炒面，还专门加了两个蛋。"

"我很羡慕你能吃。"张海山盯着刘吉祥说。

"张处长你可能不记得我了，但我对你的印象很深。你小时候放暑假经常回柳庄，我们还在同一条河里游过泳。有次在鱼灵水库游泳你身体抽筋差点出事了，还是我把你救上来的。"刘吉祥给张海山酒杯里添满酒说。

"有这事吗？我咋一点也记不得了。"张海山颇为尴尬，二十多年前事情，他真的记不起了。

"你当然记不得，但我一直没忘记。"刘吉祥说，"你现在游泳技术提高了吗？"

"忙的根本没时间，"张海山说，"办了游泳卡，只游了一次，就再也没去过。"

"游泳馆里游泳有啥意思。我觉得在河里在水库里游泳好,跟鱼一样自由自在的,扑通跳进去,想咋游就咋游,美死了。"刘吉祥从李一搏烟盒里抽出一根烟,端详着烟上的商标说,"软中华其实没有三块五毛钱的沙河烟好抽。啥时候我给你两个一人送一条,你们抽抽就知道了,没有名气的并不是不好的。"

"你这话说得有些哲学的意思。"李一搏表扬他。

"我骨子里毕竟是个诗人,"刘吉祥说,"李总你那里需要人吗?我当编辑一点问题都没有。"

思然想不到刘吉祥会这样,真是见缝插针的货,便说:"你现在不是在送外卖吗?"

"我一个诗人、律师、医生,不可能一直干外卖。"刘吉祥有些大言不惭。

"眼下发行倒是缺人。你愿意来可以先跑跑发行,根据你做的发行量拿提成。有人搞发行一年挣得比我还多。"李一搏夸张地拍着刘吉祥的肩。

"我倒不是为了钱,就是想干个和文字沾边的活。要是为了钱,当律师当医生比当编辑来钱快多了。"刘吉祥为自己辩解。

"你先干发行,等编辑岗位空缺了你就可以上岗。"李一搏看着刘吉祥脸上蒸腾着热气。

"也好吧。"刘吉祥极不情愿地应了。

"张局,你在我们柳庄包扶贫困户,我公司可以出点钱献献爱心。你再去柳庄的话,我带上米面油等慰问品跟你一块去。"李一搏突然起了爱心,说起了捐助之事。

"到时候再看吧。"张海山揉着太阳穴。

出了酒店，李一搏安排司机送张海山，被张海山拒绝了。李一搏便从汽车后备箱里取出一个纸袋子塞到张海山手上说："我们公司印制的画册，请张局指点。"

张海山拿手捏了捏，拒绝道："我要回办公室加班写材料，提着这个不方便。"

"就是一本画册，"李一搏说，"要请你指点呢。"

见推辞不掉，张海山将纸袋递给身旁的刘吉祥说："送给诗人，诗人是大文化人。"

刘吉祥抓在手上道："我一定好好看，我最喜欢看书。"

李一搏招着手，看着张海山和思然坐上出租车，车子驶出极远了，他从刘吉祥手里夺过纸袋子，一缕缕灯光打在他脸上，他的脸狰狞得像块斑斓的画布。

## 三

刘吉祥向法院提起诉讼的同时，将实名举报崔等来的信件复印了发给相关部门。他把这当成了投稿，说不定真被某个领导读到了，慧眼识才的领导被他的文采所惊艳，立即做了批示，领导层层批下来，崔等来再牛逼，也是怕领导的，这样王大路等人的赔偿不就解决了吗？他忐忑地将信发出后，就惶惶不安地等着，他的手机二十小四小时开机，生怕重要来电被遗漏。

"喂，刘吉祥吗？我是马书记的秘书，你的信件领导批示了。"他在梦里都渴盼接到这样的电话。他给市委书记马建国发了特快专递。他揣测这样的信件书记会亲自拆阅的。他没在政府机关待过,无法确定那些身居高位的领导是不是真的亲自拆阅基层群众的来信,是不是真的如新闻报道那样会亲自给群众回信。有机会问问李一搏或张海山,这两位应该懂,毕竟他们居于社会的上游。虽没接到领导或有关部门的电话,但其他骚扰电话可没少接。卖房子、无息贷款、信用卡套现、高校学历代办、健康心理咨询、新型致富培训、免费茶具邮寄、上门按摩保健、市内免费旅游、南山墓地优惠、佳丽商务陪伴。他想不到洛城还有这么多隐秘的行业,他以为这都是举报信产生的连锁效应。即使接了诈骗电话,他都耐心地听对方讲,不像有些人粗暴地挂断,尤其碰到温柔甜蜜的女声,他更显得彬彬有礼,直到对方精疲力竭地挂了电话,他还不忘对着手机颇有风度地说拜拜。有女营销女骗子见他不上钩,愤愤骂几句脏话,他依然颇为友好地说拜拜。

这天他接到的电话就不寻常了。

对方"喂"了一声在确认他的身份后,颇为严厉地说道:"你到我们这来一趟,找你核实核实有关情况。"

他心里狂喜,觉着自己的举报信终于感动了有关方面,东方不亮西方亮,这句话太正确了,"谢谢,谢谢啊,"他差点喊出了十几个谢谢。"你们在哪呢,你们是哪个部门的,我怎么找你们?"他小心翼翼地,字斟句酌地,生怕自己哪句话不谨慎得罪了对方。

"你来清河大厦1002办公室,"对方说,"不得迟到,你一个人来。"

他嘴里一连声地应着,再也不敢多问对方。

找了几件上衣,唯有这件黑色的T恤还可穿。其他两件,一件红色的,一件白色的,要么领子磨得卷起了边,要么胳肢窝处开了线,这样的装束叫人怀疑自己落魄到了底层。那怎么行呢。

自己曾当过救死扶伤的医生，匡扶正义的法律工作者，业余一直以高雅的诗人自居，哪一个职业说出去，都曾经是豪情万丈光彩夺目。他庄重地洗了头，打了啫喱水，梳了一个理想的发型，刮了下巴不懂规矩野蛮生长的胡须，给污脏的皮鞋打了黑色的鞋油，拿毛巾蘸水擦了裤子上几处可疑的污渍，看了一眼屋里胡乱堆积的报刊书籍，看了一眼窗台那盆绿油油蓬勃旺盛的仙人掌，砰地锁上了房门。

　　清河大厦在阳光的照射下如一个璀璨的发光体，他拿手掌遮住那些耀武扬威刺眼的光，大堂墙壁上挂满了公司的铭牌，但没有发现有关政府部门的名称，那叫我去的1002是个啥单位呢？这大楼他送外卖的时候来过，送水的时候来过，现如今他闭着眼能把洛城的大街小巷走个遍，他几乎就是移动的活地图。哪里易堵车，哪里饭实惠，哪里消费高，哪里美女多，哪个大厦保安客气，哪个小区门卫苛刻，他都能一一道来。他常把高楼大厦比作柳庄的峭壁大崖，把高楼里的人比作洞窟里修行的鬼怪和神仙，他觉着《西游记》确实写得好，虽然魔幻了些，但它和这现实的人世间何其相似乃尔。

　　与一群衣着鲜亮的人同乘电梯，随几个人出电梯到了十楼，1002的门紧闭着，这个在拐角的房间紧挨着卫生间，不时听到哗哗的水声及皮鞋叩击地板的声响。突觉着尿急，便奔进去，差点与一身香水味激荡的女士撞个满怀。那女人的目光钉子样朝他奔来，"对不起。"他闪身进了有着男人嘴角叼着烟斗图案的卫生间。虽急，却尿不出，"贴近文明，靠近方便。"他念着便池上方的文字用了很大力，只挤出一个屁，差点将秽物挤出。他便提臀缩肛，将那股东西憋进体内。旁边拿小便激烈敲打便池的鬈发青年冷笑着看他。再三努力挤出了几滴液体，他便慌慌地提了裤子，看着镜里慌乱的自己，深吸一口气，拿冷水洗洗脸，抚了抚凌乱的头发，故作镇定地敲开了 1002 的房门。

他刚坐下，桌前端坐的黑脸汉子便拿笔开始问话。

"你叫刘吉祥？"

"是的。"

"籍贯及出生年月日？"

"洛城柳庄人，生于 1975 年 6 月 6 日，毕业于原洛城卫校现洛城医学院，护理学专业与中医学专业双修，系统掌握了中医学基本理论知识和技能，具有较强临床思维能力和临床实践能力，在中医理疗、中医按摩、针灸等方面有一定的造诣。"

"还没有问呢，你就抢答，太急了吧。你目前在干啥？"

"送外卖。"他答道，突然觉着这个职业不够高端，便及时补充道，"暂时的，干了一年，算是体验生活。我的职业是医生，救死扶伤是我的行医宗旨。经我手治疗得救的人有几卡车，我给无数人解除了病痛。在我不算短的行医生涯里，做了许多可歌可泣的动人的事，当一名中国好医生是我毕生的追求。"

"追求还是蛮高尚的。"推门进来的鬈发青年嘴里说着，手掠了掠头发，"你为啥不开诊所了？不是你吹嘘的医术高超，而是你犯了致命的错误。你以为你高尚么？瞎扯淡，鬼信。你开诊所挣了多少昧心的黑钱？给一个女子做人流大出血差点搞出了人命。给人打点滴不皮试差点要了人命。给猫治腿伤残忍地把猫腿砍断，给狗看病反被狗咬了一口。至于无资质自制药剂高价出售，那对你而言更是家常便饭，还有脸吹牛你是中国最美乡村医生？"

刘吉祥暗暗吃惊，这到底是个啥机构，为何对我诊所的情况掌握得这么精细，奇哉怪哉枣树上结蒜薹，这到底是个啥机构？他憋不住问道："你们是哪个部门的，你们接到我的举报信了吗？"

脸上生了几个大黑痣的黑脸汉子揉了揉嘴巴，似乎嘴上沾了不洁的东西："这是你该问的吗？只有我们问你，哪轮到你来问我们？一点也不懂规矩，难怪混得干外卖。"

刘吉祥见两人脑袋碰在一起，心中慌慌的，索性闭了嘴，看他们到底搞啥名堂。

"你的举报信我们都收到了，组织让我们对你提供的情况做进一步的调查了解。你举报王大路等人在崔等来的煤矿染上了尘肺病，你有证据吗？"那个和他一起上厕所的鬈发青年颇为友好，努力将偏离的话题扯入了正常的轨道。

"当然有证据了，你们听听我的呼吸就明白。原先我的肺厉害得像台进口发电机，自从我在崔等来煤矿干了两年后，肺里像塞了尘土和棉花，正常呼吸都困难。我原来上十几层楼一口气不喘，现在上个二楼都喘，走个路都喘，撒尿用个力气都喘。我还年轻还能维持，那些年龄大的就可怜了，冬天感冒了，真的是生不如死，恨不得把肺掏出来。"刘吉祥说起崔等来的煤矿，觉得自己要是英雄董存瑞就好了，弄个炸药包把他的矿井给炸了，砰的巨响中他似乎看到烟尘翻涌，那几座如印钞机的煤矿瞬间在地球上消失了。活该，他听见自己发出幸灾乐祸的喊声。

"你不是当医生咋又去了煤矿？"

"我卫校毕业了暂时没找到合适工作。听说煤矿工资高，我就托人下了井。确实挣了两年高工资，一月开五六千。有回发生瓦斯爆炸，我在井下待了两天才被人救上来。侥幸捡回一条命，我就老老实实回柳庄在我爷诊所里当了一名医生。"

"你还算命大。你有在煤矿得尘肺的证据吗？"

"我这个大活人不是证据吗？你听我喘得像是拉车上坡的老牛，像是钻进了风箱的老鼠，那个难受劲你们是无法想象的。我们几个都在医院拍了胸片，这就是证据。"

"听说你曾经想炸崔总的煤矿，都谋划好了，因为有人向崔总报告，你才没有来得及实施。要不是崔总念及你和他同一个村的，警察早把你给抓了。一号井下五十盏照明灯都是你给打烂的，你把矿上的手套电线电缆安全帽矿灯偷偷藏在床底下，煤实在不好偷，偷来也没地方藏，要是能偷，你不知道把煤偷了多少？"

"我没有。不要栽赃陷害。"刘吉祥奋力狡辩着，竭力将脑袋昂得高高的。

"凭这些，崔总可以让人把你抓起来。只是崔总宽宏大量不跟你一般见识，但你不能一而再再而三地犯错乃至走上不停地告崔总的邪路。"那个黑胖的男人看着桌子上的纸，似乎纸上写着台词。

"崔总的忍耐是有限的。"鬈发，下巴尖尖的，脸上的皮肤皱到一块的青年说，"你将信发给那么多部门，造成的影响非常恶劣。崔总作为大企业家不跟你一般见识，崔总仍决定给你最后的改过自新的机会，这是最后的也是唯一一次机会，你要是再不抓住，机会就不可能再次降临到你头上。机会总是给有准备的头脑的。崔总的名言想必你听过吧。"

刘吉祥至此才知道这两个人跟崔等来是一伙的，至于是不是崔等来的人，目前还不好下结论，但有一点是肯定的，这两人不管是哪个部门的，都是偏向崔等来的。崔等来是市政协委员，媒体经常报道他给贫困地区捐款，在节日里给孤寡老人送米面油等温暖。媒体还报道崔等来每年出资支持市政协举办歌咏比赛演讲比赛乒乓球比赛。崔等来昨天陪同市委书记马建国参观新建成的煤化工产业园，崔等来那宽阔的身子和不凡的气质，差点被人当成了省领导。

"知道你错在哪里了吗？"黑胖的男人玩弄着手里的剪刀问。

"不知道。"刘吉祥虽心里乱了章法，但嘴上并不示弱，要抗争到底，直到争取最后的胜利。

"你在矿上骚扰餐厅服务员，有次你跟踪人家，要不是放羊的看见了，说不定你干成了好事。这强奸罪最低要判五年。"鬈发青年手里变魔术般地摇晃着一个内裤，一个蕾丝三点式内裤。

"这上面有你的脏东西，餐厅服务员一直保管着，最后人家感念崔总是个大慈善家，就把这个重要证据送给了崔总。"

"妈呀。"刘吉祥惊叫着，似乎白日里见了披头散发青面獠牙的鬼。他只好老老实实地交代。

"我和煤矿餐厅服务员刘蓝蓝谈过恋爱，我们认识的第三个月就发生了关系，她是自愿主动的。但万万想不到，这是她的阴谋，这是崔等来和她合伙给我挖的大坑。"

"刘蓝蓝和你一样都不是啥好东西。你把自己看得太高了，你配崔总给你挖坑吗？"胖子和鬈发像背台词一样同时喊出声。

"你配吗？"他们一个手里举着剪刀，一个手里拿着胶带，恶狠狠地瞪着刘吉祥。

"不配。"刘吉祥怕他们拿胶带封他的嘴，拿剪刀剪他的手指。

"收拾你比踩死一个虫子还简单。"胖子将剪刀深深扎进桌里，鬈发瘦子将胶带缠在自己的手腕上。

"必要的时候我们会把这些证据和材料交给有关部门，到时候会有免费的房间让你住，免费的饭让你吃。"黑脸胖子关了录音笔说。

"每页签上你的名。"鬈发递过八张已经打印好了内容的纸。

刘吉祥念着最后一页："我给有关部门投寄的有关崔总来的材料纯属诬告，纯粹是我个人道听途说凭空捏造的。我这个人精神有问题，我仇富，我敲诈崔总没有得逞，所以我像疯狗一样胡咬崔总。崔总是个大企业家，是一个为社会做出了巨大贡献的慈善家，我深深地伤害了崔总，我非常后悔，我真诚地乞求崔总的谅解，我决定不再举报，如果我出尔反尔，我愿意承担一切责任与后果。"

"签上你的名字，摁你指印。"黑胖态度和善地将一支拧开了笔帽的笔递给刘吉祥，手指点着记录纸的空白处命令道，"在这里写上以上所写的与我所说的相同，是我本人真实的意思表示。"

"这不是我说的。"刘吉祥手哆嗦着，仿佛那支笔是一条毒蛇。

"现在就是你说的了。"鬈发瘦子摸着下巴的胡子说，"男子汉要敢作敢当，连签个名都不敢，你还是男人吗？早早签了，省得麻烦。"

这两个坏蛋还会做思想工作，还懂得把道理讲到桌案上，知道凡事得步步为营循循善诱。

"这真不是我说的。"刘吉祥在椅子上摇摆着身子说，"我回去想想，想好了我再签。"

胖子折断了那支签字笔，将剪刀猛地扎进桌子："你签还是不签？"

胖子的目光向他烧来，似乎他是块顽固的木头，他愤怒的目光迫不及待地要将他焚烧。

"我签。谁说不签啊。"

刘吉祥看着鬈发瘦子手里的胶带缠住了自己的脑袋,他觉着自己的脑袋越来越小。黑胖拔起桌上的剪刀,咔嚓剪掉了他的耳郭。他看见自己的耳朵被那只坐在椅子上的猫衔在嘴里。"我签,"他身子往椅子里缩着说,"签就签吧,有啥不敢签的。"

在那两个坏蛋无私的帮助下,刘吉祥在八张笔录纸上签了二十四个自己的大名,并在每个名字上摁了肥嘟嘟的红指印。

## 四

多年后回想起那天的经历,刘吉祥依然觉得极不真实,恍若置身于怪诞的梦中。指头上鲜红的印记无法消除,他曾拿刀子刮过,指头上的皮肤几乎刮烂了,但那鲜红依然炫目,像烙上去的烙印。自被刀子刮削后,那指头上可谓风云变幻,有时现出黑色,有时呈现血红,有时竟闪出白色的斑点,有时却忽红忽绿捉摸不定。那天他被黑胖抓着手,那一刻他的身体呈现虚空的状态,似乎人家练就了吸功大法,自己身上的精气神被那只长着蓬勃毛发的手一点点吸走,眼看着自己就剩空皮囊了,那剪刀咔嚓地剪掉了他的耳。"我签我签。"他一连发出几声喊,怕那黑胖不冷静再将自己别的东西给剪了。

他注视着自己沾染了红色印泥的手指战战兢兢地在纸上不停地摁着,人家喊叫停他也无法停下来。

"这家伙吓坏了。"黑胖对鬈发瘦子说。两人抽着烟,看他惊慌失措地在笔录纸上摁着乱糟糟的指印。

"可惜摁的指印不好看，"他一边摁一边嘀咕，"但起码比阿Q摁得好，阿Q摁的指纹，椭圆不像椭圆，圆形不像圆形。"

"阿Q是谁？"

黑胖搓着手指上生长的一根长毛问。

"是那个肚皮上文着一只鳄鱼嘴的负责煤矿保安的大哥？"瘦子警惕地跟了一句。

"你们不熟，我和他熟。"刘吉祥哆哆嗦嗦地补了一句。

"别扯没用的，阿Q来了照样得签名画押。"两个人几乎异口同声地说。

刘吉祥看着他们将摁了手印的笔录纸收了。被推出门的刘吉祥看着地上一道道水印，他拿手摸了摸裤子，想不到自己竟尿了。刘吉祥去卫生间把裤子上的尿水拧了拧，撕了一绺卫生纸包了耳朵，身子摇摇晃晃地出了大楼。

那几天倒霉的事接二连三。给金地大厦十八楼送的餐迟到十分钟人家就拒收。那个染了绿头发的女孩在门口连骂了三句脏话。他解释说路上堵车了，他闯了三个红灯一个黄灯，还把一只狗给撞飞了。飞一般地赶到大厦，电梯却被一群上辅导班的孩子堵死了。等呀等的，上辅导班的孩子比蚂蚁还多，他骂道："这哪里是写字楼，这分明是超级学校。"爬楼梯的时候他被一只猫的尸体绊倒了，借着手机手电筒昏暗的光，跟随着自己忽长忽短的影子，终于爬到了绿毛面前。他不知道自己的辩解绿毛听到了没有。"神经病，"绿毛看着他脸上汹涌澎湃的汗水说，"你误了我吃饭。"绿毛说："如果送外卖的都像你这样，我们还不饿死了？"他还要辩解，门里走出一个穿着大短裤光着脚丫子的黄毛："你送迟了，足足迟了十五分钟，迟了十五分钟的鱼还能吃吗？"黄毛手里握着一个夹核桃的铁夹子。他看着那个大块头将绿毛揽进怀里。"我们抓紧直播吧，粉丝等着我们呢，滚。"黄毛腾出嘴巴和舌头骂了一句。刘吉祥仓皇地抱着餐盒，门还没来得及关，就听到屋内传出了震天响的音乐。

"狗男女。"

他对孤独地往下奔走的电梯说。

他对大街上来来往往的男女说。

他对那些趴在路上拥堵得上气不接下气的车辆说。

"你不能再干了。"主管不接他的烟，手指在手机屏幕上滑动着说，"你这一周送了三十个单，十个单被顾客投诉，八个单顾客给了差评，平台已经不给你派单了，你这样的状态也不能再干了。"

"我能。"刘吉祥缩回给主管递烟的手。你不抽我抽，一个小主管还在老子面前牛逼烘烘的，有啥可牛逼的？小学都没有毕业的货，当个主管了不起啊。这话他在心里说的，自己说给自己的，他当然没敢讲出口。

"我还能送，我的业绩处在上升期，我已经摸清了城市的路网和重点小区的分布，我送的那几个客户太挑剔了，鸡蛋里寻骨头，差一两分钟就给差评，太不厚道了，经常堵车，交警还重点查我们，送外卖的也不会飞啊。"他为自己徒劳地申辩。

"你再干会出事的。"主管毫不犹豫将他踢出了"飞鹰外卖群"。

"出屁事。"

他嘴里嘟囔着，辩解已毫无意义，过多的乞求只会让残存的尊严丧失殆尽。他跨上摩托，猛踩油门，像一个骑士风驰电掣地穿行在人流中。

## 五

"你最高烧到三十九度。"思然望着清醒过来的刘吉祥说。

他摸着敷在额头的湿毛巾道:"身上没有着火吧,要是自燃,肯定壮观。"

思然说:"我来的时候你房门敞开着,满屋子酒气。你呼吸急促,额头烫得厉害,我拿温度计给你量了体温,三十九度,难怪你嘴里尽说胡话。"

"我说啥了,没说啥脏话吧?"刘吉祥不好意思地躲开思然的目光。

"我看你桌上放着退烧的布洛芬,就给你喝了,拿毛巾蘸温水擦你的额头你的太阳穴你的胳膊,天快亮的时候你体温才降到三十七度。"思然打个哈欠,揉了揉困倦的眼睛。

"不怕,"刘吉祥说,"我抽屉里备了好多常用药,治感冒的消炎的退烧的,我毕竟当过医生,自己给自己就能看。"

"还吹呢,"思然说,"你上次把药吃错了,要不是张海山帮忙,说不定你小命都玩完了。"

"那次我没细看说明书,几种药混在一起吃,得亏你和海山,不然,我真的玩完了。"刘吉祥眼里露出一丝羞怯的光。

"还是怪我太抠了。"刘吉祥检讨自己说,"一份清蒸鳜鱼晚了十五分钟,那个绿毛顾客退单了,但饭店不退,钱还得我出。我在彩票店花几个小时研究双色球走势图和数字的规律,狠心买了一百注。晚上我盯着电视机看那几个咕噜噜翻滚的球,天呀,我一屁股坐在地上。"

"你中奖了？"思然问。

"屁，二百块钱白花了。"刘吉祥说，"一百注打了水漂，那一条鱼还可怜巴巴地躺在餐盒里。吃吧，我毫不客气地奖励自己，吃了一条平时舍不得吃的鱼。想不到温度太高，放坏的鱼在我肚里释放了大量病菌。我的肠胃坏了，我不停地上厕所，我要蹲在厕所里才行。我发现自己像一截干柴着火了，我看见自己的身子冒着烟。我赶紧给你发信息，后来我啥都不知道了。"

"救我，"思然说，"收到你这两个字，我也摸不着头脑，你的电话一直无人接，我就赶到你住处，幸亏你叫我来过，不然，我想来也找不到。"

"你真的救了我。"刘吉祥说。

"我没有救你，是你自己救了你自己。"思然躲开他的目光说。

"完了，送外卖的活干不成了，这么没技术含量的活都干不好，我太没用了。"刘吉祥沮丧地说。

"你不是还能写诗吗？"思然说，"你还可以开诊所，城中村的诊所遍地开花，你也可以开一家。"

"写诗当不了饭吃，"刘吉祥说，"诊所出事后，我看见针头就害怕，拿听诊器手抖得不行。"

思然将一张报纸放在他手边。

"我不想看报，报上尽是假话谎话，越看人越傻。"刘吉祥瞥了一眼躺在手边的报纸说。

"你的诗发表了你也不看吗？"思然装作满不在乎地说。

"天呀。"刘吉祥尖叫道。

他抓过报纸，很快就找到了自己的诗歌。虽然只有十行，他已经很满足了。"我的处女作和那些大腕同版，也是光荣得不得了的事，"他骄傲地说，"中国诗坛一件大事发生了。"

刘吉祥抓着报纸在房内来回走动。他朗诵报纸上刊登的刘吉祥的诗，声嘶力竭地朗诵了一次又一次。

疲惫的思然看他似乎陷入了迷局，便悄悄地走了。

## 第九章

### 一

在王一盘家见到杜晓晓着实让思然惊讶不已。原本是不想来的，但王一盘打了五六次电话，又不停地发信息，思然就只好妥协了。"我妈非要见你，说她这是见你最后一面。"王一盘见了思然就解释，似乎责任在他的老娘，而不是他一而再再而三地邀请。

"你可来了，"张翠香抓住思然的手说，"我在女子家待了几个月，心慌慌的，想不到回来我的孙子就没了，你要是不走，士杰也不会走的。"

"奶奶，"思然歉疚地说，"你不要这么讲，你这样讲好像是我害死士杰的。"

"有人说士杰喜欢给他代课的历史老师，那个女老师才从大学毕业，清清秀秀的。我不信。"张翠香瘪着嘴，拿手背擦着泪。

"奶奶，不要哭，哭对身体不好。得了抑郁症的人，每天脑子里想的就是死，怎么死怎么解脱，和其他人无关。"杜晓晓拿纸巾去给张翠香擦眼泪。

老太太打开她的手:"你巴望我孙子跳楼啊,你咋不跳,你跳,你跳下去我看看。"

看着跌在地上的纸巾,晓晓有些讪讪地:"奶奶,我不是那个意思。"

"你啥意思我不清楚,我还没有老年痴呆,等我老年痴呆了,你再骗我也不迟。"张翠香目光直勾勾地盯着她。

"妈,你越老越糊涂,分不清好歹。"王一盘呵斥他娘并对杜晓晓说,"她老糊涂了脑子时好时坏的,不要和她一般见识。"

"我惹你烦了,我很快就不让你烦了。"张翠香擦着眼泪说,"你和晓慧离了,现在和橘子也离了,你和这个狐狸精能好到哪里去,结局都是一样的。好娃啊,娘死了就再也不管你的事情了。娘死了,你把娘不要拉到火葬场烧,拉回去和你爸埋到一起,我还有个伴说话。把士杰也带回去,他一个人在陵园里孤零零的,还不如跟爷爷奶奶在一块。"

"妈,你今天咋了,满嘴说胡话。"王一盘不耐烦地斥责张翠香。

"我说的你能做到吗?"张翠香瞪着王一盘问。

"能做到,等你老了,我就是犯错误也把你拉回去,不会把你在火葬场火化的。"王一盘赌气地大着声色说。

"你不要和这个狐狸精在一起了,和橘子复婚吧,她没安好心,你们也不会有好结局的。"张翠香擦着眼泪,又说了自己的要求。

"妈,你真是老糊涂了。"

王一盘对因气恼而抽泣的杜晓晓说:"不理她。"二人携着手去了书房。

"这个骚狐狸精，"张翠香憎恨的目光被紧闭的房门给挡回来，"一盘早晚会叫这个狐狸精把精血吸光的。思然，你抽空去终南山请我师傅来把这个精怪给收了。"张翠香将一个古色古香的玉镯塞到思然的手心，"我师傅见了这个，就会出山的。"思然推辞着，张翠香恼了，将玉镯套在思然的手腕上说："橘子要了几回我都没给。你伺候我，比我亲娃对我还好，这是个念想，我走了，你看着这个就能想到奶奶。"她又将一个绣着牡丹花的鼓囊囊的荷包塞给思然说："你把这个拿着，回去了再看。往后想念奶奶了，你就多念叨几声，奶奶就到梦里来看你。往后逢年过节的，多给奶奶烧些钱，烧些衣裳，你喊'奶奶你捡钱啊'，不管我在哪里，我都会来的。"

思然觉着老太太今天颇为怪异，她也没有多想，说："奶奶你放心好了。"

"你给我把头发收拾收拾，给我化化妆，给我换身干净的衣裳。"张翠香说。

思然更觉诧异，她给张翠香洗了头，换了衣裳，脸上化了淡妆，头发挽了个髻，拿簪子固定了，故意开玩笑说："奶奶，你今天好漂亮。你真的会捉妖啊？"

"当然了。"说起捉妖，张翠香来了精神。"我过去可是方圆几十里有名。谁家娃丢了，谁家出了劫难，谁身体不好，谁运气差，谁家娃不会说话，谁家媳妇不会怀娃，谁家母鸡不下蛋，谁家公鸡不打鸣，我都会治。那时候来家里请我问事看病要预约，有钱了给十块八块，没钱了一分不给我还管饭。"

"你好厉害，"思然装着钦佩的样子说，"妖怪咋捉？"

张翠香将画好的一道符咒递给思然说:"你把这个贴在门口,那个狐狸精就不敢来了。"

思然望着黄表纸上怪诞的图案逗她说:"这东西狐狸精会怕吗?"

"这个符咒请的是霹雳大仙,他随身带着两把铁锤,每把铁锤八百斤,你想想,有他守在门口,狐狸精敢来么,看不一锤把她砸成肉酱。"张翠香神秘地说。

思然甚觉好笑,时久不见,老太太竟然变得有些古怪,莫非,她真的在夜间变成了另一个人?

"你是不是觉得我脑子有问题了?娃呀,我头脑清醒得很哩,我脑子比任何时候都清醒。"张翠香瘪着嘴巴说,"我现在能看到我的前世。我前世当过大将军娶了三房媳妇,我二世在江南是个秀才留个大辫子,我三世回民国生在陕西长大后当了尼姑,我四世公社变乡镇大队变村组包产到户改革开放,我五世不晓得是啥世事了,或许我会变成一棵大核桃树,反正我不想当人了。"

"奶奶,我前世是啥哩?"思然故意逗她。

"状元,"张翠香捏着思然的胳膊说,"你前世是个状元,考了第一名,皇帝想把他的闺女许给你,你偏看上了寒门女子,皇上龙颜大怒,把你的状元给抹了。"

"为啥我们前世都是男的?"思然好奇。

"当男人好。这个世界是男人的世界,只有男人才能活成人上人,你一个女的,活得太艰难。可上天很公平,让你当一回男人,也让你当一回女人。"张翠香说起这些倒是口齿伶俐,不像思维混沌的老人。

"橘子那个狐狸精不得好下场。"张翠香眯着眼,似乎在透视未来的世界，"狐狸精的下场很惨，惨得没法说，天机不可泄露。我们王家不幸，我孙儿走了，他前世是个太子，他要急着投胎转世。他不是凡人，注定了他在现世只能活到十八岁，多一天都不行，这有定数的，他到了时间必须走，早一分晚一秒都不行的，不然就不可能转世成为大人物。我晓得士杰是将来的大领导，我和他说话都小心得很，人家不是我的孙儿，不过是借了一副皮囊而已。橘子的下场不会好。我孙儿就是被她逼死的。你想想，她把过去的官人现在的大人物给逼死了，她能有得好吗？她的下场更惨，比现在这个小狐狸精杜晓晓还惨，思然你就等着看吧。我这老婆子说话可是灵得很。人老了，话多爱钱怕死没瞌睡。我不爱钱，有钱也不会花。你走后，我就很少下楼，没人帮我，我自己不敢下去，怕万一找不到路丢了。丢了就丢了，有啥。就像狗，你看狗，它们年龄大了，觉得自己没用了，就不等主家吩咐，就上了山，窝在树林死了。猫也是这样，觉得自己大限到了，就离开家离开主人，找一个安静的地方，有的在树枝上，有的在庄稼地里，它闭着眼看着被风吹得摇摇晃晃的世界，自己就走了。一盘说我老糊涂了，净是胡说。我不想自己常年瘫在床上人嫌狗不爱的，也不想每天病恹恹的，儿女囿于面情要给你治疗其实心里就盼着你早点死。我能看透前生和来世，人心当然能看得清，看得清而不说破，这就是人活了一辈子熬出来滋味。我看阴阳，给人驱凶，靠这个养活家，把一盘姊妹几个拉扯大。一盘他爸死得早，脑梗死的。一盘学习肯下死功夫，可他的智商比起士杰那可是差得远得很呐。

"橘子心太野，她当时和一盘好的时候，我就不太愿意，感觉这个女人骨子里太狐，轻浮。她硬是把一盘前头的媳妇逼得离婚了。晓慧性格太绵软，不然，她也不会赌气带着浅浅离婚的。浅浅在美国留学把钱花美了。橘子为这常和一盘吵。他们闹离婚。一盘说是假离婚。我不信，离婚哪有假的。橘子也说是假离婚，说是为了买房子，夫妻名下不能有两套房子，但是离了婚就可以。为了离婚两人还签了协议。橘子说既然是假离婚，协议上就应该给她多分些财产，反正是假的嘛。一盘那个糊涂虫真的把名下大部分财产给了橘子。我不同意。一盘说假的又不是真的，怕啥呢。橘子却不相信他们这个家庭就这么点财产。一盘够老实的，竟然把工资条带回家叫橘子看。她的工资自己一个人花。一盘的工资要支应整个家庭开支，她嫌一盘钱赚得少，房子小，车子不好。不像有的领导，每天大包小包往家里带东西，都叫人怀疑一盘是不是在单位上班。我听着就很不舒服。你是想叫一盘进监狱吗？我说，拿人手短吃人嘴软，世上没有免费的晚餐。没人送就没人送，自己混得背不要吃不上葡萄还说葡萄酸。橘子对我的话总是不以为然。我暗地里对一盘说，不要听你婆娘的，那是害你，你看电视上那么多大官被抓进去，收了一张购物卡被通报，吃一顿饭受处分吃饭的钱还要自己掏，真是咋吃的要咋样吐出来。一盘倒很懂事，说他有分寸，不要我操心。哼。我不操心能行吗。要是听我的，他会离婚吗？士杰会跳楼自杀吗？士杰就是橘子害死的。有次士杰回家看了会球赛，橘子这个疯子竟然当着我们的面拿锤子把电视机砸个稀巴烂。士杰看《红楼梦》，她说士杰是不是想当那个无能的贾宝玉，她硬是把书放在煤气灶上给烧了。士杰只要考试排名落后，她准要狠揍一顿。我都怀疑士杰是不是这个女人亲生的。我呸。这个女人害死了我孙子。

"橘子那女人厉害着呢。士杰跳楼了，她带了一帮人到学校闹，最后学校没办法赔了钱，把士杰的班主任给开除了，那个代历史课的女老师给了处分。赔几多钱，我问了几次，橘子一个字也不肯讲。

"扯到哪里了？

"哦，离婚，两个人真的去办离婚。士杰说你们离了我和奶奶咋办？橘子说你想跟谁就跟谁。士杰说，你们要是离了，我谁都不跟，我去终南山当道士过隐居生活。橘子恨铁不成钢地说，我们假离婚，多买一套房子还不是为了你，将来这一切还不都是你的，你说这样没出息的话哪像一个男人。士杰哭着说，我宁肯啥都没有，也不要你们离婚，你们离了，我就不认你们是我爸妈了。橘子说假的又不是真的。一盘说，假的又不是真的。士杰说既然是假的，不如办个假证算了，网上专门有人办，三百一个，货到付款，方便得很。橘子说假的人家一查就查出来了，叫人查出来是假的才丢人，才麻烦呢。一盘垂着头抽烟不知道在想啥子。

"两个人去了三次民政局，终于把红本本换成了绿本本。两人就分房睡，似乎有人要来检查他们的真假。两人早就分房睡了，这次光明正大的，好像有了充足的理由。我看见那个男人经常来。思然估计你也看到过。那男人说，橘子调动工作叫他给参谋哩，橘子还请他帮忙让一盘再上上。

"橘子还调动工作哩，她往哪里调？她每天回家抱怨，单位的谁谁提拔了，领导过生日谁谁送了项链，谁谁送了花篮，谁谁请吃饭，谁谁送的玉手镯，谁谁组局招呼大家送份子。某某给科室领导送苹果给单位领导送石榴。某某给领导送自己亲手做的煎饼亲手蒸的手工馍馍。某某又换科室了，某某和领导关系好的没法说，某某是市上领导的亲戚，单位的领导经常巴结某某。我听着都揪心。有时候也呛她几句。你不是也送么？一盘拿回家的东西你都送你单位领导了。本科室的领导送，主管领导送，分管的领导送。实在没啥好东西可送了，你就送老家石磨子磨的面粉，亲戚送的玉米面，老家人送的野猪肉腊肉王八土鸡蛋。橘子对我的话很反感，她抱怨，她送的那几个歪瓜裂枣，说不定前脚出去人家后面就扔了，想进步凭那点东西简直是痴心妄想哩。一盘也很反感她动不动给人送礼。单位的风气都是被你们这种人搞坏的，一盘批评，你以为自己不努力干工作，凭给领导送点小东小西，领导就会重用你，做梦哩。你能力不足哪个领导敢拿工作的事开玩笑，现在没有哪个领导会糊涂到这地步。橘子手拍着茶几喊，王一盘，你就活该在单位被人欺负，活该重活累活节假日加班加点都是你，你干了十几年还是个调研员，你还好意思损你老婆，你要当了有实权的领导，谁敢不提拔重用我。一盘见她撒泼蛮不讲理，便一连声说，怪我，怪我。他们一天到晚就这样闹，我看得烦烦的。"

"思然，听着你都觉得可笑吧。"张翠香絮絮叨叨地说着，思然眼前渐渐呈现出那夫妻俩对谈的场景。

橘子过生日那天喝醉了，她喝一口啤酒，擦几滴眼泪，喝几口啤酒，擦几滴眼泪。

"老王，"她说，"我和你结婚从没享过一天福，人到中年，还把儿子给丢了，是不是真的像你妈说的，我们前生做了亏人事，士杰就是来报复我们的？"

一盘看着给士杰留的那一份蛋糕说："你不要胡思乱想，我妈的话能当真？"

橘子擦着眼泪说："士杰，你不该这么害我和你爸，你走了，我们真的成了孤寡老人。"

王一盘擦了擦眼泪说:"士杰心太深,太自私,一点也不考虑父母的感受。"

橘子喝了四罐啤酒,她说话结结巴巴的:"从出生到现在,在士杰身上花了几百万元。幼儿园每月两千,小学择校费每年八千,每个月午托费四百,每个月校车费五百,上英语辅导班、奥数班、作文辅导班、跆拳道、钢琴课、书法班、绘画班、国学班、游泳班,这些费用一年五六万;初中择校费每年一万两千,请人办事花了两万,辅导班每年花三四万,每个月午托费八百;高中没考上重点,找人花两万,择校费每年一万五千,借读费每年两万,每周午饭费三百,一对一辅导费每学期三万,就这样,临高三了,他却跳楼了,这个狼心狗肺的东西。"

王一盘和她碰着杯说:"忘掉过去吧,祝你生日快乐。"

橘子说:"我一点也不快乐。"

王一盘抓着橘子的手说:"你跟着我受苦了。"

橘子说:"我心里难受得很。"

王一盘的眼睛也湿湿的:"我们都还年轻,再生一个吧,没有娃哪能行。"

橘子似乎被王一盘的话惊到了,她瞪着泪花花的眼,将惊奇的目光扔过来。

一年后,橘子和王一盘彻底打消了生娃的念头。

"我的肚子成了盐碱地,连杂草也不长了。"橘子拍打着自己臃肿的肚皮说。

"我的种子再也不发芽了。"一盘望着橘子宽厚的屁股,垂头丧气的。

## 二

"你说他们的日子往后还咋过?"张翠香似乎累了,闭着眼,像一床被子窝在沙发里。

没孩子也不是啥天塌下来的事。思然恍惚在听一个传奇的故事,那故事里的人物都呈现了古怪的样貌,似曾相识又极其陌生,连士杰都像一个隐隐约约的影子,忽远忽近,永远都飘忽在昏暗的野地。

"你还小,人间的许多事情你不懂。"张翠香哽咽着抓住思然的手。

这时候,卧室的门开了,杜晓晓手里拿着一个盒子走出来,"思然,你猜我给你带了啥礼物?"

思然见晓晓长发随意披散着,脸上的潮红还未褪去,脖颈处有一道鲜明的牙印,浑身散发着一股暧昧的气味。

张翠香似乎被某种气味给呛着了,一连打了几个喷嚏。

思然给她倒了杯水说:"奶奶,喝点水。"

张翠香说:"我不渴,我被一种难闻的腥味给呛着了,只要那个气味在,我就会一直咳。"

晓晓讨好地说:"奶奶,啥气味,我们咋闻不到?"

张翠香厌恶地扭过头:"自己身上的臭味自己当然闻不到。"

晓晓鼻子在身上闻了闻:"我就是喷了点香水,一盘说他喜欢闻那个香水味,他闻着那个气味情绪就好得不得了,咋能会臭嘛。"

"自家身上的臭自己能闻出来才怪了。"张翠香又是夸张地一阵长咳。

晓晓从盒子里取出一串珍珠项链说:"思然,你脖子长,戴上这个项链,就更漂亮了。"

张翠香说:"思然脖子上啥都不戴才漂亮,有的人脖子上就是挂满了链子就是把脖子挂断了也是丑人多作怪。"

思然接过珍珠项链说:"你去旅游了?"

"我们去了三亚,去了天涯海角,"晓晓说,"我们在海边的沙滩上走着,海水拍打着腿,真的是心旷神怡。我们躺在沙滩上,望着蓝得像海水一样的天空,听着海水翻滚的声音,真的是忘记了世间一切烦恼。我们上了外滩的东方明珠,登了广州的小蛮腰。黄龙洞的钟乳石有的像人有的像菩萨,真的是千姿百态。香港的香水和首饰很便宜,可惜回来不让带。飞机在天空飞,你觉着像是沿着一个椭圆形的轨道在滑行,我突然明白了地球真的是圆的。空姐就是漂亮,她们一个个身材好得不得了,每天在天上飞来飞去的,美死了。"

"掉下来摔成肉饼就更美了。"张翠香插了一句。

"我本不想去,可一盘非让我去,看他可怜巴巴的样子我只好陪他到处走走。"晓晓说,"眼界开阔了,视野和格局就不一样,乱七八糟的东西就不会影响你的情绪。思然,不要老待在一个地方,有机会多出去走走,国内国外,到处去看看。"

"你以为你是风,想去哪儿就去哪儿。"张翠香又插话,"没钱,你从这条路走到那条路试试,没钱,你从这条街走到那条街试试。"

晓晓拉着思然的手坐在沙发的另一端低声耳语:"当时我想叫

你一起去，怕你不愿意。平生我第一次去那么多好地方，第一次坐飞机在几万米高空飞，第一次戴着游泳圈在大海上漂，第一次乘电梯上了一百多层高的楼，第一次坐在黄浦江边喝咖啡，第一次乘火车穿越海底隧道，第一次看常年被大雪覆盖的雪山，你不知道那个感觉太好了太好了太好了。"

思然看着因讲述而激动得神情亢奋的晓晓说："我不爱热闹，我想静静。"

"他对我可好了。走不动了他背着我，有时候抱着我，晚上给我洗脚，甚至喂我吃饭，像热恋中的人。说实话我早就没有激情了，可他就是激情似火把我给点燃了。他给我讲士杰讲橘子讲她的老娘讲他在单位的种种不如意。他哭，我给他擦眼泪。他笑，我陪他笑。他滔滔不绝地沉浸在往事的讲述中，我就默默地做一个忠实的听众。他有时像顽皮的孩子，有时像唠叨的老太婆，有时像心细的女人，有时像知心的兄长，有时像慈悲的父亲，有时粗暴得像匹饥饿百年的狼。"杜晓晓癫狂地沉浸在对往事的追忆里。

"你该不是爱上王一盘了吧？"思然扯了扯晓晓的手。

"虽然他还没表白，但我读懂了他的心。"晓晓深情地说。

"可他比你大十二岁，隔了至少一个年代。"思然不解。

"年龄不是问题，关键是爱，只要有爱，一切障碍都不是障碍。"晓晓的目光停留在张翠香皱纹跋扈的脸上。

张翠香猛地放了一个屁，她在沙发上扭着身子说："太臭了，这么臭的屁还是第一次闻，几个月都没放屁了，老是拉不下屎，这屁一放肠胃就通畅了，哈哈哈哈哈。"

晓晓对思然摇摇头。

思然没有想到，在她和杜晓晓离开王一盘家的当晚，张翠香脑梗发作，当王一盘叫母亲起床吃早餐时，身子冰凉的张翠香已无法应答。

## 三

"那就是赤裸裸的交换。"李一搏后来说。

"她和我在一起的时候也说那是真爱，当时我信了，现在我真的不明白爱在杜晓晓那里到底是个啥。"李一搏不知从何处听到了风声，他颇为伤感地说，"晓晓已经不是从前的晓晓了，我不知道王一盘会是她的第几任男人。"

"也许晓晓真的找到了真爱。"思然想起了那天晓晓在她耳边的私语。

"我们等着看吧。"李一搏看着桌子上堆积的稿件冷冷地说。

"叫那个刘吉祥不要老去编辑部，"李一搏说，"有时间多去书摊和报刊亭推销杂志，我这里可不养闲人。"

思然替刘吉祥辩解："他每天骑自行车带着杂志去报刊亭推销，他说他要让洛城的近百家报刊亭都摆上咱们的刊物。"

"我可是看你的面子才收留他的。"李一搏一副悲天悯人的口气，"刘吉祥把单位的稿纸往回拿，一拿就是三四本，笔就更不用说了，寄赠编辑部的杂志也顺手牵羊往家里拿，他还想方设法打听二渠道发行商的联系方式，这可不好，这是咱们的机密，不要吃着碗里的看着锅里的。"

思然觉得李一搏有点小题大做，但还是忍了再给刘吉祥辩解的念头，嘴里应着道："我给他提醒提醒。"

"这个人要经常敲打。"李一搏玩着手里的笔说，"在背后调查，问我有几套房，都在啥位置，问我有几个娃，都在哪上学，问我每个月挣这么多钱，咋能花得完，问我喜欢啥样的女人，问谁在背后罩着我，问我在政府部门有啥靠山，这个家伙，他想干啥啊？"

"我给他说，叫他把嘴巴管严实。"思然望着李一搏变得愤怒的脸。

"抽空再约约张海山，最好叫他把他们局长给约出来。"李一搏换了一点温和的脸色说，"干我们这行的，和局里一定要把关系搞好，把各方面关系搞好了，我们的工作才能再接再厉不断取得新成绩。"

"你们都认识了，你还是自己约吧。"思然推辞说。

"我约了几次，人家都说忙，不是调研就是开会，一个屁科长能有多忙，不过是给我摆谱罢了。"李一搏把一盒铁观音茶叶塞到思然手上说，"你约，他肯定来。"

周日思然突然有了情绪，她趴在桌上写《思然札记》，张海山敲着门就进来了。

"你咋今天有空？"思然抬起头问。

"一直等你联系，就是等不来你的电话。"张海山将一大包东西放在茶几上。

思然给他泡了一杯茶说："你有家有室的，我咋敢老联系你，你不怕叫你夫人知道了？"

"怕啥呢，"张海山看着杯里翠绿的茶叶徐徐绽开，像看着一个少女曼妙地起舞，"我们是表兄妹，清清白白的，有啥可怕的。"

"你要给每个人介绍我们是表兄妹吗？"思然嘴角掠过一丝冷

笑，"我怕你没介绍好，你自己就被流言给吞没了。"

张海山喝着茶，目光看着书架上的书。

"这书架是我从旧货市场淘的，这好多旧书也是我从路边书摊和古旧书店淘的，有时候真的能淘到好书。那时候的书真便宜，几毛钱，几块钱，不像现在的书不标个五六十就好像自己不是书似的。"思然翻着书说。

"你爱看书下次我给你带几本。"张海山说，"我现在书看得少了，一年也没有真正读几本。现在人买书就是给孩子买各类学习辅导资料，有人调侃说现在真正看书的是学生。"

"你一般给孩子买啥辅导资料？"思然问。

"我没孩子。"张海山低声道。

"没孩子？"思然看着张海山窘迫的神色说，"哦，你们都是追求事业的人，养孩子这类俗事，你们这一类人自然是不考虑的。"

"你的嘴简直比刀子还利。"张海山叹息道，"我们想要，但是一直要不了。这几年北京、上海、西安、广州的大医院跑了个遍，就是怀不上。我妈不知道给那些寺庙许了多少愿磕了多少头，但再努力都无济于事。现在不想了，没孩子就没孩子，现在的灾害多得不得了，地震、水灾、旱灾、塌方、爆炸、污染、疾病、车祸、瘟疫，万一哪天说没了就没了，没了孩子还省得牵挂呢。"张海山故作轻松。

"你们这些拿国家工资的还这么消沉，我们小老百姓那就没法子活了。"思然想不到会触了张海山的痛处，原以为他们夫妇和有些前卫人士一样玩时髦呢。现在有些女人，简直把自己不当女人了，凭什么女人生孩子，凭什么女人要养孩子，凭啥男人图舒服享受，却把生孩子的灾难留给了女人。有的痛得跳了楼，有的抑郁了，有的把工作丢了。现在不是男女平等了吗，男人不是都想着延续香火传宗接代么，那就让男人生，男人不生，我们女人也坚决不生，我们也有不生的权利。张海山的老婆也许就是这般想的，编辑部的李美丽也经常这般感慨。

"不说这个了，一言难尽。"张海山道，"我从柳庄给你带了几个玉米棒，还带了一些剥了青皮的嫩核桃，核桃收得虽然早点，但城里人就图个新鲜。我给村民出主意，让把核桃剥了青皮拉到城里卖。现在城里嫩核桃一斤十块钱，早早卖了，好歹能增加一些收入。"

"你还算做了一点好事。"思然讥讽道，"你们机关干部下到农村，打着防晒伞涂着防晒霜，做着一副关心底层老百姓的样子，其实在内心深处还是看不起农村看不起农村人，但下去总比不下去强，不然好多人还以为馒头是在树上长的。"

张海山却邀请思然定个时间和他一起去柳庄："你土生土长的，和村民沟通起来方便，村民所思所想，你也能容易理解，你给我参谋参谋，我们包村扶贫也更有针对性。"

"两三天可以，时间长了可不行。"思然说，"我一个打工的，老板不高兴了，说开就给开了。"

"他李一搏敢开了你，我就把他的杂志社给封了。"张海山激动地说，"一直有人告他非法出版，因你在这里工作，他对你也不错，我就睁一只眼闭一只眼，让他下功夫整改。"

"你想查就查想封就封，"思然说，"不要因为我的原因，让你最后不好交代。"

"这个好说，"张海山突然抓住思然的手，"这事可大可小，全看李一搏的表现了。"

思然躲闪着，张海山说："你还一直在怪我吗？"

思然说："你现在是别人的丈夫了，不要再纠缠我。"

"孩子呢？"张海山终是憋不住了，"我一直想问你，但一直不敢问。你爸说你怀了我们的孩子，并且把孩子生了。"

"我爸说话你也敢信，"思然说，"当年你害得我大学没考上差点跳进柳庄的河里，我没告发你都怪我太有良心了，你咋敢想我会给你生一个孩子，你太自我感觉良好了。"

"我们的孩子现在在哪里？"张海山将思然的手慢慢握进掌心。

"你疯了，我会给你生孩子？该不是你们现在不能生育你才想起我了。"思然愤愤地抽出手。

张海山低沉着声说："孩子到底在哪里？我不忍心看着他孤苦伶仃的。我要让他受到良好的教育，不能像个野孩子野蛮成长。"

"你永远都把自己摆在救世主的位置，其实所有的灾难都是你一手制造的。"思然啜泣着说，"你永远都不懂我是咋走过那段阴云密布的日子，在我快要忘掉那段阴霾的时候，你又出现了，你还问我要孩子，你是人还是鬼啊？"

"不是你想的那个样子。"张海山辩解着，一只手去擦思然的泪水。门突然被踢开，一擀面杖砸在他头上。

## 四

逢了阴雨天，张海山的头就疼痛不已，像有一只张牙舞爪的兽在脑壳里奔走啃噬。刘吉祥那一擀面杖着实下了功夫，它直奔张海山的头颅，幸亏思然推了一把，不然张海山还能不能站起来都是个未知数。

"砰",张海山的脑袋发出沉闷的声响,他整个人被打倒在地。一摊血,像是一团愤怒的火焚烧着地板,头发被血染得黑红,乱糟糟地贴着头皮。

蜷缩着身子的张海山头虽是炸裂般疼痛,但他觉得一股压抑许久的幽暗的气体从大脑里逃出来,"好,好得很。"他结结巴巴地发出痛苦的呻唤。

"你还有脸叫?"刘吉祥拄着擀面杖说,"想不到你是个人面兽心的东西,我要把你送进派出所。"

"你送他去派出所干啥?"思然望着刘吉祥大义凛然的模样,"你要是把他打坏了,恐怕去派出所的人是你。"

"你咋不懂好歹,他刚不是想那个你吗?"刘吉祥不解地看了一眼思然,又瞪了一眼在地上颤抖的张海山。

"你搞错了,"思然将垂到脸前的头发掠到耳后,"不是你想的那个样子,人家根本不是那个意思。"

"我错了,我能错吗?"听到思然替张海山辩解,刘吉祥一屁股坐在椅子上,他抓过纸杯喝了几口,噗噗吐了几片茶叶说,"我在窗外听了好长时间,他不是想欺负你是想干啥哩,别以为他做的好事我不知道,我啥都知道,知道得一清二楚。"

"起来吧,"思然往起搀着张海山说,"去楼下诊所包扎包扎,小心感染了。"

张海山推开了思然:"你离我远点,刘吉祥再来一棍子我可受不了。"

刘吉祥讪讪地:"我不知道是你,我要知道是你就不这么莽撞了,我当时太急,我就怕思然被人欺负。"

张海山轻蔑的目光扫过刘吉祥惶恐的脸。

"我陪你去诊所，医药费我出。"刘吉祥去搀扶张海山。

"滚开。"

张海山愤怒的目光扫过刘吉祥的脸，他一口痰唾在刘吉祥的鞋上。

"我还会再来的，直到你告诉我为止。"张海山在门口抛下这句话，一晃一晃地下了楼。

"他敢威胁你，"刘吉祥跺着脚说，"他要是再纠缠你，我就到单位告他，我不信没人管。"

"你不懂。"思然无力地说，"你管好你自己，其他的事情你都不要管。"

"听说这个人几年前糟蹋过你，"刘吉祥盯着思然的眼睛，"不然你那么好的成绩会考不上大学？这个坏蛋把你一辈子给毁了。"

"胡说，没有的事。"思然一阵惶恐，"当年我考试那几天一直发高烧，每天都三十八九度，人烧得迷迷糊糊地没有发挥好。"

"你还不承认，"刘吉祥扔了擀面杖，"有次你爸来诊所打针说得含糊其词的，当年你妈来找我买药也说得隐隐约约的。我要帮你报仇，不能让他逍遥法外。他都是有老婆的人了还敢来纠缠你，他是成心不让你谈恋爱结婚组建家庭。"

"你疯了，"思然大叫道，"哪来这些莫须有的事，你真会编，难怪人都说你是神经病。"

刘吉祥看着失魂落魄的思然，怅然道："我不是神经病，有精神病的是张海山。"

手机突然不合时宜地叫起来，思然哽咽着将手机贴在耳边，她听着听着最后忍不住抽泣。

## 五

"你妈不见了。"

王大路电话里这一句将思然彻底击倒。

水莲八月跟人去韩城摘了两个月的花椒,然后去白水给人摘苹果,摘了一个月的苹果后,去了西安西辛庄建筑工地清理垃圾,每天清扫五层楼房,从早上七点干到晚上八点。几个工友挤在地下室,一群人像睡在烂泥塘的猪。午饭两个馒头,晚饭两个馒头,就着榨菜,喝白开水。看她蓬头垢面的,饭店老板以为是要饭的,还把剩菜挑干净了让她吃。叫花子、要饭的乞丐,这样的身份她都认了。肚子饱了就好,能省下钱就好。在工地上干了三个月,她倒下了。身上火烫火烫的,体温一直徘徊在三十八度。差点烧死了,把身上的电线烧坏了,人就完蛋了。她把人的神经比喻为电线。"要不是你,我就烧死了。"她舔着干裂的嘴唇她对查四会说,"我身上要是放一碗水都会烧干的。"身体恢复后,她不去工地了就在吉祥村的餐馆里洗碗。夜间睡店里,既解决了住宿,还给老板看了店。

其实,都怪那个查四会。王大路经常不回家,吃住都在黄村的崔氏墓地上。崔等来下了令,明年国庆节完工后,搞个像模像样的庆典,与全国人民一同庆贺。作为工地上的保管,王大路可是尽了心力。那些来做零工的,回家总爱顺个砖头铁丝钢筋啥子的。得拿点东西,不然总觉着亏了。这点东西对崔等来而言,还不是身上的一根毛,其实说不定连一根毛也算不上。人家那家当,呵呵，好家伙，传说半个洛城都是人家的，这些砖头钢筋铁丝小玩意不算个啥嘛。

崔氏墓地可是王大仙踏勘过的。柳庄人至今说起那一幕，脸上还浮现着呆愣发傻的神情。

王大仙在上马山踏勘墓地那天空中飘着蒙蒙细雨。穿行在河谷的雾霭变幻着种种形状，白茫茫的雾缠绕着山，山巅摇晃的树木显得缥缈而神秘。徒弟打着一把大红伞，长发绾到脑后束着发髻的王大仙手指点着群山说，这地方太逼仄，老祖宗窝在这里腿脚伸展不开。过去住房紧张，现在不紧张了，要住得阔绰些。你崔总将来还要住进来，城里你有地方，但这个地方是必不可少的，其他的人都给预留着，原先的设计缺乏前瞻性有点落后了。

王大仙强调后山形似老虎张开的大口，且是下山虎，你想想，下山的老虎饿坏了，看见啥吃啥，石头都吃呢，何况人？你崔家先祖每天在虎口下过日子，总是胆战心惊的，现在有条件了，你可以歼灭这头凶恶的老虎，把它的脑袋给炸了，这样山势就变成了一条蜿蜒起伏的长龙，所有的山脉向你这里朝拜，群山呼啸，势不可挡，真正的好穴，你崔家不仅彪炳当代甚至可以流芳百世。

王大仙的话是要洗耳恭听的。王大仙据说是开了天眼的人。他可以和死去的活着的，和植物动物云朵河水，他可以和自然界的、非自然界的物种对话，他甚至可以给它们发号施令。他常年隐居在洛城六十公里外的天竺山，诸多事务皆由其助理打理，常人是见不到大仙真容的。据说王大仙出行常乘着天竺山峰顶莲花状的云朵，比有关部门给他配备的奔驰小车还快，还环保。

能让大仙出山崔等来也着实长了面子。大仙的话令他茅塞顿开恍然大悟。难怪脑门发凉总觉得被人追赶，觉得时时有个阴影相随。常恍惚间听着父母黑记黑记地叫着他的乳名，似乎身边某个危险的东西会爆炸，有人拿着铐子随时会把他带走，天呀，凶象原来在这里。崔等来膝盖发软差点要给王大仙跪下。给大仙跪又不丢人，大仙是仙，是天竺山的化身。崔等来下定了决心要炸掉虎头山。他给大仙封了两万块的红包，另送了顶级的明前茶叶、四条软中华、四瓶茅台。

"待到墓园和庄园竣工，我再招呼山神雨神水神及七十二路神仙，要他们日夜值守，不得让崔氏族人被孽障魔怪欺凌。"王大仙挥着手里的鹅毛扇指点道。

崔等来又是连连感激。炸山的日子大仙定在当年的中元日。崔等来便要求加快工程进度，崔氏墓园和崔氏庄园要在同一天竣工。庄园里要建一座农业博物馆，将来农村的老物件，都可以在这里展览。崔等来把征集展品的任务交给了查四会。查四会又将登记的任务分派给了王大路。

"吃饱了撑的。"王大路暗暗讥笑。

织布机、瓦当、土坯、镰刀、犁铧、钉耙、煤油灯、火钳、火盆、铡刀、升子、斗、连枷、犁具、箩筐、墨斗、刨子……王大路望着这些旧物，觉着崔等来要么是吃饱了撑的，要么是钱多了没地花，给这些老东西建个博物馆，并且还要占五层楼，真是脑子进水了。

"你这个人实在，老实，本本分分的。"崔等来另外把看守工地的活交给了王大路。"看见偷盗的，就不要客气，该报警的报警，派出所我已经打了招呼，警察随叫随到。"

崔等来扔给他一条芙蓉王烟说："有啥怪事在本子上记着，我会随时来检查。老坟你也经常去看看，不要叫人割坟上的草，不要叫牛羊进去吃草，不要叫人或者狗在上面拉屎撒尿，工钱不会亏待你。"

王大路喘着说："崔总你放心，我别的本事没有，看家的本事还是有的，我有一条狗，它可厉害了，像个小豹子。"

"过来，给崔总打个招呼。"王大路扯着狗耳朵，狗却龇着牙，两只前脚撑着地，嘴里呜里呜啦地。"这可是大老板，我们以后的生活还靠崔总赏赐，"王大路扯着狗耳朵骂道，"没出息的东西，看到大人物就害怕，崔总你不要和它一般见识，它没见过啥子大世面，但你叫它咬谁它就咬谁，你叫它吓唬谁它就吓唬谁，聪明着呢。"

崔等来鄙夷地说："我在洛城养了十几只藏獒，它要是见了，能把它吓死。"

"藏獒是啥东西？"王大路呼哧呼哧地喘着，"我这个王一虎看家护院很讲究责任，你尽管放心。说起来，我们还有亲戚关系，我妈的嫂子和你妈的娘家在一个村子，我妈的嫂子管你妈的奶叫婶子，你说说，我们是不是还扯着亲戚。"

"啥乱七八糟的东西。"崔等来皱着眉说，"柳庄人都说是我的亲戚，黄村人更说是我的亲戚，我要是个要饭的叫花子，你们会说和我是亲戚么？我很照顾乡亲们的，我的煤矿我的公司优先录用柳庄人黄村人，工资也比其他地方来的人给得高，可总有人背后给我放冷箭，想把我搞臭搞黑。人太坏了，见不得别人比他好。刘吉祥还来找过你没有？"

"来过几次，我按照你说的，把他给骂走了。我说崔总心善呢，我们柳庄人在矿上出了事，总是能得到很好的照顾，该去医院的去医院，该看病的看病，该截肢的截肢，崔总一点也不怕花钱。崔总的钱来得也不容易，我们要体谅人家，不能老是去寻事。在煤窑上干的哪个肺能好，得个尘肺病有啥子了不起的，你动员人签名，签名有屁用，摁血手印子都没用，崔总把啥子事情摆不平，煤矿上死人的事情崔总都能摆平，几个得了尘肺病的算个啥事。"

"刘吉祥骂我软骨头贱骨头，活该得尘肺病，刘吉祥还想叫我出点钱，大家伙凑钱让他去上访去告状，呸，鬼信他的话，我上次给他钱都后悔了，他就是打这个旗号骗人钱。"王大路见崔等来很有兴趣，便喘着说得自己都兴奋起来。

"做得好，"崔等来拍打着王大路佝偻的脊背说，"刘吉祥毕业没找到工作，他爷托人给我说他要下煤窑挣大钱，想不到他干了几年就不干了，嫌地下黑地下苦，他要到地面上工作，他还想坐办公室当个管理人员，我没答应，他就要挟我，拿尘肺病说事，拿污染说事，拿安全说事，到处造谣上访，咬着我不放，造成的影响极其恶劣。"

"这个人太坏了，吃谁的饭砸谁的锅。下次见到他，我一定火速给你报告。"王大路讨好地说。

"你直接给派出所李所长打电话。"崔等来破天荒地给王大路发了一根烟，"他这个人到处犯事，在洛城也犯了不少事，他要是再回来，你不要惊动他，悄悄给李所长报警，李所长把他抓了，还要给你赏金，最少五百块。"

王大路连连点头。

"有啥风吹草动的就报告，"崔等来说，"看好工地，守好我崔家的老坟，万万不可麻痹大意。"

得到了王大路的保证，崔等来拍拍他无法挺直的脊背说："知道为啥我把这么重要的事情交给你吗？除了你忠实可靠外，更重要的是我们是亲戚，论亲戚，你还要给我叫表哥呢。"

王大路点着头，喘得更厉害了。崔等来从袋里掏出一沓钱，拿手指捻了捻，搓出了五张，红艳艳地展开说："先拿着，干得好，除了工资还有额外的奖励。"

王大路看着崔等来将那一沓钱塞回了口袋，咽了一大口唾沫，接了那五张人民币说："表哥，你放心好了，我和一虎保证把咱们崔家的墓园守好，人在墓园在，狗在墓园在。"

"一虎，过来谢谢表哥。"王大路扯过王一虎的耳朵说。

王一虎叫了一声，前面突然奔过一只肥胖的黑狗，王一虎挣脱了王大路的手，冲那只身材妖娆的黑狗奔去，崔等来朝王一虎踢去一颗石子说："这个狗流氓。"

"老王不流氓，狗却流氓得很。"一个人在身后怪声怪气地。"流氓是动物的本性，人和狗谁也别笑话谁。"崔等来看着那个人说，"四会，我建的庄园可是咱们柳庄有史以来最现代化的建筑，庄园里要建农业博物馆、建疗养院，你一定要给我操个心。有人偷工地上的水泥，有人偷木板钢筋，有人破坏电缆，有人污染水源，有人把大石头堵在路上，有人在坡上放火。柳庄人越来越坏，黄村人也好不到哪去。他们在我们这里打工挣钱，还狼心狗肺地背后捣乱，你这个村上领导不要马虎，一定要提高政治站位，对坏人坏事绝对不能手软。"

"柳庄的主流还是好的，"查四会翻看着手里的软皮笔记本说，"崔总，你要给村上投点资，路该修了，水现在也没法吃，要搞自来水，电老不稳，线路老化还经常出故障，桥也得修了，一涨水，就没法过到河对岸，你大老板，投点资，把村子建设好了，你脸上也好看。要不，你建设一个柳庄新居，盖成连片的高楼大厦，村上人都住到楼房里，都到你的公司上班，那样我们村就提前进入现代化了。陕北好几个大老板都是这么干的。"

"我给村上也没少投钱吧，前前后后投了几百万。那条水泥路不是我投的钱吗，各家门前的桥不是我修的吗，柳庄小学的学生宿舍楼不是我捐资的吗？崔氏庄园、崔氏墓园总投资额绝对过了千万，这可以大大提升村容村貌。"崔等来教训道，"你们村干部要开动脑筋，不要光盘算着叫企业家给你们出钱，你们自己没思路不谋发展，就是给你们钱也没用。"

"崔总对咱们村好着呢，每年给村上的孤寡老人送米面油，还给我送鸡蛋，水莲给你做荷包蛋，谁晓得一打一个坏的一打一个坏的，最后把那十几个鸡蛋都打了，都是坏蛋，有的蛋里都长出了小鸡。"王大路看着自己家的狗围着黑狗转，时不时闻闻黑狗的屁股，样子极卑贱。

"你还不如你家一虎，"查四会批评道，"看你喘得，跟拉风箱一样，不在工地上待着，还到处乱跑。"

"你这个村干部当得好，"崔等来猛地大笑着，"听说你很照顾老王，经常往老王家跑，老王家的地都是你种的，你种地很勤快嘛，自家的地都舍不得种硬种了人家老王的地。老王人忠厚，但你总不能像王一虎那样太随便了吧。"

"你这话啥意思嘛。"查四会将本子卷着塞进了裤袋，身子尴尬地靠着一棵有碗口大疤的核桃树。

"我啥意思你不清楚？"崔等来嘎嘎大笑着说，"秦岭桐峪金矿的何老板向我打听你，你们几个是不是拿了人家几公斤金子，还把人家碾矿石的碾子给掀下了山崖。"

"这和我没关系，"查四会脸色发白，"你不要听那些人胡说，我就没去过桐峪金矿。"

"你好自为之吧。我给何老板打包票,那事和你没关系,你好歹还是个干部呢。"崔等来说着,他的奔驰驶来了,司机开了门,崔等来摆着身子上了车。

九月那个闷热的午后,回家取换洗衣物的王大路在临近家门口时嗅到了那种久违的暧昧的气息,他的脑海里哐当一声响起崔等来敲打查四会的话。虽断断续续听到查四会与水莲的传闻,但他不信,人无聊就爱说男人和女人事。他身子靠着墙壁,手给嘴塞了一根烟,没有点火,一虎咬住了他裤腿。他摸了摸嘴上的烟,发现自己竟然把烟吃进了嘴。烟末像一团炸药在口腔里聚集着,似乎在等待他发出爆炸的命令。他忍着,觉着肠胃里的东西要喷出来,他闭着眼平生第一次把烟丝生生嚼进了肚。他擦了擦嘴上的末子,目光朝一虎扑去,那个时候一虎正盯着他似乎在等待他的号召。

一虎便啸叫着扑进了屋。

他似乎耗尽了力气,身子靠着墙壁,人像一团泥软在地上。

被一虎咬了脚丫子的查四会在午后显得仓皇而狼狈。喘着气的王大路拄着水莲从华山给他买的拐,一步一摇地走上了通往黄村的道路。走在前边的一虎不时回头看着王大路摇摆不定的身子。那一段不长的路,似乎走了他大半生。他站在崔氏墓园的工棚边,看着白亮亮的天空划过一颗耀眼的流星。

那天夜幕,查四会跛着腿走进镇医院。

据他向医生描述,野猪向他发起了凶猛的进攻,带头那个家伙跟疯了样,一口咬住了他手上的枪,猪嘴嘎巴嘎巴地把枪吃得稀巴烂。这把自制的土枪打出漫天飞舞的子弹,四只野猪崽子被流弹所击中,它们在地上翻滚着,嘴里粗鲁地疯狂地哭骂着。活该,你们糟蹋庄稼时候咋不哭呢?你们把地里的土豆翻出来咋不哭呢？你们把成熟的玉米践踏得不成样子咋不哭呢？你们把王大路的天麻猪苓从土里刨出来咋不哭呢？活该，子弹还是让你们吃得少了。你们要是经常吃子弹就不会这样嚣张的。老野猪咬住了他裤腿，幸亏他身上挂了一把刀，他挥刀削去，野猪惨叫着带着没有受伤的崽子逃之夭夭。你是为民除害的大英雄，医生赞他。野猪再不收拾，会成精吃人，医生给他包扎着伤口夸他。

幸亏一虎没下死口，他暗暗慨叹着，只有他明白，那群野猪是他脑海和嘴巴里的虚构之物，虽说山林的野猪成了气候，而今没有某些部门的批准，打野猪都是违法的，得亏一虎不会说话，一虎要是会说话，这个谎言无论如何是骗不过的，他能说是叫王一虎咬的吗，那王一虎为何会对他下嘴呢？

一个月后从工地回家的王大路惊慌地发现水莲失踪了。邻居说某天凌晨见水莲提着旅行箱登上了发往洛城的班车。

"我又没有怪你，你还赌啥子气？"王大路望着空荡荡的房屋赶紧给离家出走的水莲打电话。

## 六

且说那天中午停了电，水莲便在村巷闲转，看那一家挨着一家的腌臜饭馆，看那卖各式物品的小店，修鞋的掏耳的补衣服的镶牙的，嘈嘈杂杂的声色里，突然听到一个熟悉的叫喊，她不能确定那是叫自己的，也许是同名吧，她犹豫着张望着，任人群水流般将自己裹挟到巷口，那熟悉的声音又响起了，她回过头，看见查四会大喊着向自己奔来。

"我怕你想不开,一直在寻你。"

"我有啥想不开的,自己做的,也不怨怪谁。"她尽力避开那人的目光。

"怪我,让你受苦了。"

"我自己的事,跟谁都没关系。你不要跟着我。咱们之间早该结束了。"她听见自己的话语带着怨愤和反抗,杂沓的脚步声里夹杂着此起彼伏的叫卖声。

"这城中村复杂得很,不安全,经常发生事故,你还是不要在这里住了。"

"我不惹人,谁还惹我。要钱没钱,我就是一个可怜的打工妇女。"她嘴上硬着,心里还是隐隐的恐惧。她眼见两人在饭馆吃饭,几句话就干上了,你砸我一凳子,我砸你一酒瓶,后来两个人浑身是伤地趴在了地上。

"银川有个熟人打电话,那边单位招人,每个月工资能开到四五千,不需要啥技术,跟着学就会,咱们村上好多人在那里。"

"我没去过银川。"她实在走不动了,一屁股坐在街边的长椅上。

"不远,四五个小时的火车就到了。那里有好多游玩的地方,西夏王陵、影视城、月牙湖,下班了还可以去沙漠骑骆驼。公司管吃管住,只要人去就行了,行李都不用带。"

"我没啥技术,人家公司要我干啥?"她望着耸立的高楼说,"出来一个多月了,不知道思然他爸咋样。他身体不好,一个人吃饭都是个问题。"

"不要操心他。只要把钱挣到手,啥都不怕。"

"我对不起思然他爸。"她声音哽咽,"其实他早就晓得了,但他一直没吭声,也从不在我面前说。那天要不是一虎,我都不晓得咋收场。我真不要脸,咋变得这么贱。"

她骂着自己,几只行色匆匆的蚂蚁被她的脚给碾死了。

"其实我们都没有错。"

"反正我错了。"她看着天空飞过的一群鸽子说,"你不是住院了吗,不会留啥后遗症吧?"

"幸亏你止住了一虎。不然那家伙能一口把我的脚脖子咬断。你看我现在脚上还留着它的牙印。"

"一虎是给思然他爸报仇呢。"她看着他脚踝上的疤痕说,"你打狂犬疫苗没?"

"防疫站没药了。我从小玩狗长大的,不怕狗咬。"

"你还是当心点,小心得了狂犬病。"

"我把北山盘踞的那一窝野猪给灭了。那一家子七八个,糟蹋起庄稼来一个比一个厉害。我带着几只狗在北山跟了七八天,总算是把它的老窝给端了。"他信口就将自己塑造成了英雄。

"野猪现在是保护动物,你不怕人家来抓你。"

"没人反映上头就不管。村上打了好几次报告,上头就是迟迟不批,他们不批,咱们就自己打,打死的野猪还能吃肉,吃不完的还能卖。"他突然变得义愤填膺。

"黄村一个人在他的天麻地边装电网电死了十几头野猪,结果人被抓了电网也被拆了。"

"我知道这事。那个人投资五六万栽培的天麻被野猪给糟蹋个精光,他种的几百株山茱萸树叫野猪给连根刨了,十几亩中草药野猪拿嘴巴都给消灭了。他干啥野猪就糟蹋啥。反映了多次没效果,他就装了个电网,每天晚上都能发现电死的野猪。他悄悄把死野猪埋在土里，想不到有人把野猪挖出来在镇上卖，结果叫人给抓了。"

"野猪像是成了精，一直和人作对。眼看着野猪越来越多，人越来越少。"

"野猪再成精也不是人的对手。"

查四会接了一个电话后兴奋地对水莲说："银川那边不停地催，再去晚了，好岗位就没了，我们赶紧去，车票钱他们给报销。咱们一到站，他们就派车来接。"


## 七

后来，面对着历尽艰难前来营救自己的思然和刘吉祥，水莲回忆起银川的噩梦，仍觉得悲愤难当羞愧不已。

"他们对我们确实太好了。比亲人对我们还要好。一踏上银川火车站广场，我们就被迎上一辆面包车。七转八转，在我被转得头晕眼花快要呕吐的时候，车子停了一栋破旧的楼前。五层高的楼房被爬山虎给盖住了，绿茸茸的，风一吹，那栋楼房就跟着晃动。那被爬山虎盖着的墙上会不会有壁虎、蛇和土蜂啊，心里七上八下地想着，人就被带进了五楼一个单元房。屋子里男男女女竟然有十几个人。他们对我们非常热情，比柳庄人对我们热情多了。刚好赶上吃午饭，一大锅煮得黏糊糊的面条，没一点绿菜，我吃了一口，差点就吐了，盐重得几乎能把人给齁死。查四会吸溜吸溜地往嘴里扒拉着，好像几辈子没吃过这么黏糊的这么有意思的面。我往面里掺了些开水，勉强吃了半碗。有个鼻音很重的陕北妇女责怪查四会打了那么多电话咋现在才来。她顺手拔了他头上几根白毛说，几月不见，都有白发了。查四会嬉皮笑脸地说，刘蓝蓝，你像个催命鬼，一天打十几次电话，得是想我想得受不了了。那个叫刘蓝蓝的女人瞥了我几眼，齉着鼻子说，鬼才想你。屋子里的人肆无忌惮地笑着。乱糟糟的目光像针一样朝我身上扎。我用力瞪着查四会，他故意装着看不见。吃完饭，专门有人洗碗。剩下的人都坐在垫子上，一边六个，像一群幼儿园的小朋友。大家轮流讲故事。都是说发财的事。天快黑的时候，来了一个头发梳得油光光的，穿着衬衫脖子上系着红色领带的人。大家叫他万总。万总说他起初和大家一样都是没钱穷得叮当响的穷人。被好心人带到这个行业不到一年，就买房买车，子女都送到美国哈佛耶鲁上大学。万总挥着手说，你只要想着每天发大财，就一定能发大财。嘴里念叨着钱钱钱，你想钱，钱才想你。你不想钱，钱咋能想你？这是国家大力支持的行业。我们是为国家做事。这也是个高度保密的行业，不要给不相关的人讲我们的事。外行人根本不懂。刘蓝蓝在电视机上放着万总被各级领导接见的照片，万总在国内外旅游的照片，万总在耶鲁大学演讲的照片。人都狂热地喊着口号拍着手。每天被带着去上课。一会儿在这个小区，一会儿在那个小区，偷偷摸摸的。上课无非是讲怎样发大财，怎样挣大钱。讲自己的经历，都是成功了的发财的例子，似乎发财是非常容易的事。导师一个个大热天扎着领带，给大家讲咋联系人咋邀请人，一套一套的话术。投资三千八百块，你就是老板，每个月每天都有分红，然后你再发展人，只要你介绍的人加入了，你就有钱赚，这就是万总那些人发大财的缘故。查四会打电话从柳庄叫来了五个人。他姐、他外甥、他同学、他网友。我这条线上有五个人，他们每买一份产品我就挣一百多块钱，每天都有进项。查四会给我在纸上画了一张图，线条密密麻麻的，比蜘蛛网还复杂。我说太复杂了，我就没好好学过数学。查四会说不会数学没关系，会数钱就可以。你看那几个讲课的，有好多还不如你和我，但人家都挣大钱了，这是国家给咱老百姓最后一轮挣钱的机会，错过了就不会再有了。查四会拿出一个本子，上面写满了人名字，有我认得的，也有我不认得的。同学、朋友、老师、亲戚，都可以打电话，给他们发财的出路，给他们一个工作的机会，他们感谢你还来不及，谁会骂你，谁会说你是骗子。我觉得查四会讲得好像有道理。这个房里的人，有的说自己是大学生研究生学历，有的说自己曾当过处长局长，有的说自己是公司的老总，有的称自己开了好几辆奔驰。人家这些高智商的成功的人士都加入了，我也就没啥犹豫的了。

"估计我口才不好，打了好多电话，人家都不相信。刚好王大路给我打电话。我就说我在银川的公司工作，一月能挣七八千甚至上万，你快来吧，路费公司给你报销，吃饭住宿都是免费的，不要给崔等来看守墓园和工地了，他的老先人又不是你的老先人，野猪把坟刨了和你有屁关系，他把你害得还不惨，装的假腿到底没有真腿好，晚上睡觉要把假腿取下来，一不小心就会跌跟头，跟瘸子有啥子两样。你的尘肺病他也不管，你还屁颠屁颠地给他家当守墓人，你不是脑子进水了吧？你先给我卡上打三千八，三千八返三百八，挣钱就跟捡树叶一样。

"我在电话上对他说着，越说越激动，我想不到自己的口才会变得这么好。我根本不给王大路说话的机会，我给他手机上发了银行卡号，手机立即被万总没收了。查四会说，大路对你好不好，关键看他给你打不打钱。查四会学得快，他给我教打电话的技巧，在那些人的监督下，我就给老家相关的不相关的亲戚一个个打电话。但那些人聪明，谁也没有上当。我们想走也走不了。上厕所有人跟着，进出都有人跟着。我没给思然打电话，我不想叫思然知道这件事。我怕思然被他们给骗来了。最后想不到王大路来电话说，他腿脚不方便，让思然专门来银川送钱。

"查四会陪着我去火车站接思然。但他们就是不停兜圈子。换了几次地方，最后定在广场东边的涵洞里。万总和刘蓝蓝抓着我的手走出了那辆破烂的面包车。思然走近我的时候，埋伏在暗处的便衣冲上来，万总和刘蓝蓝被抓了。最后，查四会自告奋勇地带警察剿灭了万总隐匿在万家花园的传销窝点。"

"谢谢你，"水莲对刘吉祥说，"要不是你陪着思然来，估计我和查四会一年半载都逃不出这个魔窟。"

刘吉祥说："幸亏我有同学在银川，人家动用了很大的关系才搬动了警察，不然，我和思然还不一定能把你们救出来。"

查四会恨恨地说："这帮人太可恶，太没人性了。"

刘吉祥幸灾乐祸地说："你这么聪明的人，还叫刘蓝蓝给骗了？"

查四会说："谁能想到她现在成传销小头目了。我上次见她的时候，她还在秦岭金矿给矿工做饭。你认识她？"

"不认识，"刘吉祥说，"女人一旦成了骗子，简直是防不胜防。"

思然说："还不是怪你们心贪。不过你们也算做了好事，协助警察把那个传销窝点给端了。"

刘吉祥说："打击传销是警察的职责，但我为了思然是赴汤蹈火在所不辞。"

刘吉祥说着说着就油腔滑调了，思然瞪了刘吉祥一眼道："你这人最大的特点是不懂得谦虚。"

气氛一时有些尴尬，水莲问刘吉祥："你晃荡这几年有对象了吗？"

刘吉祥道："我喜欢的，人家不喜欢我，我不喜欢的，人家偏偏死心塌地地追我。"

查四会问："你现在在哪工作？"

"我和思然在同一个单位，"刘吉祥骄傲地答道，"我的工作还是思然给介绍的，我一定好好干，绝不给思然丢脸。"

水莲说："你们在一个单位，你多照顾思然，不要叫人欺负她。"

刘吉祥说："谁欺负思然，我就跟他拼命。"

查四会说："你要关键时刻冲得上豁得出靠得住，不要光耍嘴皮子。"

火车轰隆隆地穿越一个接一个隧洞，偶尔白亮亮的光扑在人脸上，车厢里昏睡的人显得魔幻而不真实。

思然抓着水莲粗糙的手，看见查四会和刘吉祥的头抵在一起，几绺亮光打过来，刘吉祥脸上荡漾着疲惫而兴奋的涟漪。

## 第十章

### 一

这一掌委实不轻，踉踉跄跄地，思然差点摔倒。

几张照片被风卷着和垃圾混到了一处，看客爆发出阵阵哄笑，那一群丑陋的嘴巴露出锋利的牙齿仍不甘心,臭烘烘的唾沫雨水般飞舞,嘲弄和讽刺蜂拥而至。

"她勾引我丈夫。"

那女人一手叉腰一手挥舞:"我都跟踪他们几个月了,难怪他经常不回家,原来是在她这里。"

"你搞错了,"思然往后退着说,"我不认识你,也不认识你丈夫。"

"不认识?"那女人从包里取出一沓照片冷笑道,"不认识你们经常在一起喝茶看电影,不认识你们经常一起爬山,不认识你们电话联系那么频繁,大家说说,这算不算勾引?"

"勾引谈不上,应该算闺蜜。"一个扎着马尾辫的男子嬉笑着。

"没有啥出格的事就算了,"另个染红发抱着孩子的女人说,"现在不像过去了,谁还没有几个异性朋友,我有个闺蜜还经常在网上找人呢。"

马尾辫嬉皮笑脸地说:"男人勾引女人很难,因为每个女人喜欢的东西不一样;女人勾引男人很容易,因为男人们喜欢的东西都一样。"

"那你太狭隘了,"胳膊上文着蝴蝶刺青的女子说,"那是你们男人想的,男人是下半身动物,想问题总是从下半身的角度出发。"

"管好你的老公才对,"另一个围观者道,"她那么瘦弱,哪经得起你一掌一拳。看你壮得像大象,她瘦得像芦苇。"

"我以前比她瘦多了。"那女人向围观的人伸着长满了汗毛的胳膊辩解,"没结婚的时候我可苗条了,风一吹就能把我刮跑。可结婚后我就疯狂地胖,喝水都长膘。"女人指着思然说:"我先生被她勾上后就不正常回家，经常说加班写材料，说出差开会调研。有回他说加班，我去他单位发现他根本没有加班，所谓的加班原来都是和她加班。"

思然说："你把人认错了，我连你老公是谁都不知道。"

那女人拿照片和思然对比着说："有点像，又有点不像。你的脸瘦，这照片上女人的脸显得丰满。你的腿长，照片上女人的腿有些罗圈。你双眼皮眼睛大不戴眼镜，这个女人眼睛小还戴着眼镜。你们看看照片上的人和她是不是一个人？"女人把照片递给刚挤进人群的人。

那人抓着照片，像个侦探似的，看一眼思然，看一眼照片，说："不像，一点都不像。照片上的这个人都没有你好看，怎么会像这个美女呢？简直是天壤之别，你绝对把人认错了。"

那女人拿回照片，辨认了一会说："不会啊，我请的专业人士跟踪拍照，最后锁定的就是她。"

"错了，错得太离谱了。"那人说，"跟踪人偷拍可是违法的，侵犯了公民的隐私权。你不要听某些人撺掇，那些人就是为了钱，搞不好还连累你犯罪。我可是学法律的，法律是最讲证据的。"

女人讷讷自语道："不会，不会啊。"

那个自称法律专业人士说："和你男人好的女人叫啥名字，在哪个单位你清楚吗？"

"然。"女人若有所思地说，"一个很古怪的名字。他日记每一篇都是以亲爱的然开头。亲爱的然啊，他恬不知耻地说，你像喷薄而出的朝阳，遇见你我的灵魂都净化了，我整个人似乎回到了幼儿时代。他不知羞耻地说，亲爱的然，我每个晚上都梦到你，满脑子都是你的影子你的笑容，我活不了了。你们听听，多么肉麻。"

"你男人好像还是个情种。"那所谓的法律专业人士进一步分析道，"这都不是证据，只是文学描写，最多是你男人一厢情愿地单相思，一味地自个儿意淫罢了。"

"我先生很有文学才华，从前给我写的情书比这日记还抒情肉麻一万倍。"女人颇为遗憾地说，"可惜他现在一点也不浪漫了。"

那所谓的法律专业人士指点道："回家和你男人好好谈谈，不要再认错人了，你出手伤人已经触犯了法律，小心人家告你诽谤和故意伤害。"

女人自言自语："难道我错了吗，难道那个私人侦探骗了我？"

法律专业人士说："我从法律角度建议，和你老公过不下去可以光明正大地离婚，不要请私人侦探跟踪偷拍，更不能出手伤人。"

他递给她一张名片说："离婚的话我给你提供法律服务，最大限度地保护你的财产不受损失。"

"刘吉祥，"那女人念着名片上的文字说，"你名字好，吉祥，吉祥如意。"

"我就是给人带来吉祥的，见了我的人都吉祥如意。"刘吉祥朝人群挥着手说，"散了，散了，该干啥干啥，不要聚在这里影响社会稳定。"

众人嘻嘻哈哈地散了。

刘吉祥说："好好爱你丈夫，不要动不动就离婚就怀疑，婚姻经不起怀疑的。"

"张海山就不是个东西，"那女人哽咽着说，"要不是我爸帮助，他能当上公务员？当不了公务员，他能人五人六地在外面乱搞女人？"

两个壮汉簇拥着那女人，一辆红色的宝马载着他们绝尘而去。

"好险。"刘吉祥心里叫着，天空飘过一群白羊似的云朵，思然已不见了，刘吉祥闪身进了路边的大院。

听到几声咳嗽，刘吉祥看见思然站在大厅的安全通道处，脸上满是泪痕。"那女人走了，你不要害怕。"刘吉祥走到思然跟前安慰她。

"要不是你出现，我都不知道咋办。"思然身子靠着墙说，"我一出大厦，那女人和两个脸上有刺青的壮汉就挡住我，那女人不问青红皂白就是一巴掌，我现在还迷迷糊糊的。"

"那女人估计是张海山的老婆，"刘吉祥说，"看她那个蛮横样，老张在家里的日子不好过。"

思然擦着眼睛说："我和张海山清清白白的，啥事都没有。"

刘吉祥递给思然一张纸巾说："别伤心了，张海山那种人花花肠子，外面有几个女人也正常。"

思然辩解道："反正我不是，我和他清清白白的。"

刘吉祥抓着思然的手说："晚上我请你吃烤肉，给你压压惊。"

思然摆脱着："没心情，我回办公室再待会，房东搞装修，家里简直没法待。"

刘吉祥尴尬地缩回手："我不嫌吵闹，他就是把楼拆了，我也照样能睡。"思然摁了电梯的开关说："今天谢谢你，改天我请你吃烤肉喝啤酒吧。"思然进了空荡荡的电梯，刘吉祥也进了电梯，思然看着电梯飞快地爬升，说："你不回家啊？"刘吉祥说："我也在办公室看会书，你一个人我不放心。"思然看着玻璃外闪耀的灯光说："有啥不放心的，我啥都不怕了。"刘吉祥望着电梯屏幕上闪耀的广告说:"那个女人要是再给你寻事,我就不会饶她了。"思然闭上眼,身子随着电梯一阵摇晃。

那天下午,刘吉祥给吉祥路书报亭送去了五本杂志,书报亭的老板柳枝埋怨道:"现在杂志越来越不好卖了,要不是卖烟和饮料,生意简直维持不下去。"刘吉祥看她将《闺房》杂志扔在柜台边的纸箱上,忍不住说:"放在醒目的位置,来人了你给推荐推荐。"柳枝说:"这杂志封面女郎太艳了,一点也不纯洁。"刘吉祥讨好地说:"你卖杂志卖成了专家,啥时间请你给我们的美编上上课。"

柳枝不屑地撇撇嘴:"你们杂志太庸俗。附近有个在建筑工地做混凝土的民工每期必买。我娃有段时间来这里不写作业,光看你们杂志,骂了几回不管事,我就翻着看看,一看不得了啊,你们这刊物比毒药还毒,只要儿子来,我就藏着,不让他看到。"

刘吉祥不好意思地舔了舔发痒的嘴唇说:"学生还是不要看的好,成年人的杂志最适合成年人看。"

柳枝吃着泡面说:"你们太胆大,我都怕人家查,你们不怕?"

看着热气模糊了她的眼镜,刘吉祥说道:"我们是正规出版物,不怕查。"

看她吃得那么香,刘吉祥舔了舔嘴唇说:"经常见你吃泡面,能有营养吗?"

柳枝咕嘟嘟喝光了碗里的汤说:"填饱肚子就行,管啥营养不营养的。娃他爸跑摩的,收入不稳定。娃他奶脑梗,人都认不清。娃他爷半身不遂常年卧床。他奶清醒的时候能伺候他爷爷,要是他奶脑子犯迷糊,就够呛了。早上出门我把饭做好装在保温盒里,一个给放在床头,一个给放在茶几,日子就这样不冷不热地过着。"

刘吉祥揉了揉潮湿的眼睛说:"可怜人真多,我原来以为我可怜,想不到还有比我更可怜的人。"

柳枝撕卫生纸擦了擦嘴说:"你有啥可怜的,看你经常乐呵呵的,骑着个破自行车,感觉挺逍遥自在的。"

刘吉祥从烤炉上拿了根烤香肠,咬了一口说:"幸福的生活是相似的,不幸的生活各有各的不同。""真香,"他舔了舔嘴唇说,"再给我拿包三块五的沙河烟。"

柳枝将烟扔到柜台的报纸上说:"抽这么便宜的,不怕人家笑话。"刘吉祥撕开封口,取了一根叼嘴上:"我一般装两盒,根据场合不同,抽的也不同。"

柳枝转过身,将新到的刊物一一摆上货架,刘吉祥吃着烤肠说:"你的腰好细。"

柳枝看了看自己的腰身道:"我原来每天跳舞,身子跳得越来越柔软。后来舞厅关了,舞也跳不成了,只好盘了这个报刊亭。每天跟坐监狱一样,腰没有以前细了。"

刘吉祥说:"哪天我请你跳个舞。"

柳枝遗憾地说:"可惜舞厅关了,现在想跳也没地方跳。"

几个人来买香烟口香糖和可乐,刘吉祥怜悯柳枝的不易,往柜台里扔了一百块钱,嘴里衔着串烤肠竹签满腹心事地走远了。

后来洛城街头的报刊亭陆陆续续被取缔,刘吉祥去了几次吉祥路,那附近的学校商厦超市均在,柳枝的报刊亭却没了影踪,自此再也没见过柳枝,她是不是重操旧业去舞厅跳舞了。

那天在东新街夜市想不到几瓶啤酒下肚,思然竟有了醉意。刘吉祥搂着她,两个人在路上摇摇摆摆地走着,走过一条幽深的小巷,就到了思然租住的村子。一道高大的围墙将这个城中村与洛城繁华的街道隔离开。各家餐馆争相播放着音乐,似乎音乐能给自己带来意料不到的财运和如水般长流的顾客。那一排发廊已亮起了旋转的灯柱,看他搂着一个女人,那在门口张望的女子将一颗颗瓜子壳吐到了街面。怪异的不明来路的气味刺激得他的鼻孔阵阵发痒,打出一个惊天动地的喷嚏后,他的鼻涕泪水一股脑儿涌出来。拿卫生纸擦了擦,顺手扔进了旁边的垃圾堆。

思然蹬着鞋躺到了床上。刘吉祥望着蜷缩得像一只蚕蛹的姑娘,内心感叹着,摩挲着思然的脚,突然激动了将自己的脸紧贴在思然的脚心。思然蜷缩的身子突地绽开,另一只脚蹬在刘吉祥的胸上。刘吉祥抱着思然的脚,摩挲着那绽开如花的脚趾,酒意上涌,竟做起了梦。

刘吉祥是被思然叫醒的,准确地说是被思然的脚叫醒的。刘吉祥看着自己紧紧抱着思然的两条腿,像是藤蔓紧紧缠着一棵树。"对不起,"刘吉祥松开手,一骨碌爬起来。思然坐起身说:"我做梦被人追赶一直跑不快,原来是你把我的脚给抱住了。"刘吉祥说:"你的脚光滑得像丝绸细腻得像瓷器,人抱着就不想松开。"思然揉了揉眼说:"你又油腔滑调了,说是我请你,想不到喝了两瓶就醉了,下次一定我请。"刘吉祥说:"你喝醉的样子真好看,我愿意你一直醉着,我好一直在梦里。""你又做啥怪梦了?"思然给刘吉祥倒了一杯水问。"我梦见和你住在老家的山洞里,我们像神仙,生了一大窝崽子,狐狸兔子野猪刺猬都来陪孩子玩,喜鹊给孩子唱歌,狐狸给孩子讲故事,乌鸦给孩子教筑巢,蜜蜂给孩子教酿蜜,青蛙给孩子教游泳,猫给孩子教上树,太美妙了。"

"想得美,"思然说,"你赶紧找个对象吧,这样你生一大窝幼崽的想法就实现了。"

刘吉祥嬉皮笑脸地说："那你帮我,只有你帮我,我们才能制造一大窝幼崽。"

思然突然严肃了："我这辈子单身,谁都不嫁。女人为啥要嫁人,为啥要生孩子,难道女人离了男人就没法生活了吗?男人有几个好东西,大都是道貌岸然衣冠禽兽。"

"你这就不对了。"刘吉祥望着书架上的书说,"男人还有好的,你不能一棍子打死,那太冤枉人了,也不符合辩证法。"

"反正我觉得一个人好。"思然说,"单身女多了,多我一个也不嫌多。"

刘吉祥说:"你这么优秀的女子要是独身的话,会让世上的男人多么寂寞,许多人会因你的独身终身不娶。"

"你又说疯话了,"思然看着屋外闪耀的灯火说,"世界上还有这么痴情的男子吗?这种痴情的男子也许只存在于言情小说里,爱情当下已经成了一种奢侈的传说。"

"我是一直在喜欢你啊。"刘吉祥说完这句话后,大口大口地喝着水,他听着自己的血液哗哗地奔流,他怕思然的耻笑会让他难堪,他将脸长久地埋在杯子上。

"你从来没个正经。"思然顿了半晌说,"我感谢你帮我爸打官司,感谢你帮我去银川找回了陷入传销窝点的妈妈,真的,我一直很感激你。"

"我不需要你的感激,也不需要你把这些小事一直记在心上。我是心甘情愿的。咱们都从柳庄来,在这个繁华而又陌生的城市,咱们要像亲人一样,心烦了说说话,无论是高兴的事情还是忧伤的事情,有个人听你的诉说也是好的。"刘吉祥在屋子里走动着说：" 我知道你心里惦记着张海山，但张海山已经结了婚，他那老婆你也见识过，她恨不得把你吃了，你和张海山根本不是一路人，他会抛弃自己的家庭和你结婚吗？这个人就不是个东西，他对你造成那么大的伤害，你不会忘了吧？"

思然捂着嘴巴打了一个哈欠说："我就没想着嫁给张海山，我说过一辈子要独身的，世上的男人都是一个嘴脸，都是下半身动物，谁也不会例外。"

"我不是说你，我说的是一种普遍现象。"思然望着呆站在窗边的刘吉祥，他的影子映照在玻璃上，如一只窥探人间的忧伤的壁虎。

"你说得对着呢，男人其实都不是好东西，既然这是一种普遍现象，男人的种种缺点，别人有的我都有，别人没有的我也许还有。"刘吉祥望着对面高楼上闪耀的灯光。

"你肯定喜欢张海山，"刘吉祥说，"你还对张海山抱着幻想，我不信张海山会离了婚娶你。"

"别瞎猜了，"思然说，"我一辈子独身，我不喜欢和男人在一起生活，我有洁癖。"

"那你喜欢和女人在一起生活？"刘吉祥不合时宜地追问了一句，他想在这个晚上把许多疑问搞清楚，趁着这个难得的氛围，趁着两人的酒还没有醒，趁着还有追问的勇气。

"我不喜欢男人也不喜欢女人，"思然说，"我有时甚至讨厌自己，憎恶自己的身体。"

"都怪张海山，"刘吉祥愤愤道，"要不是他害了你，凭你的成绩，当年你一定能考上重点大学，考上了大学，你的处境就不一样了。你考公务员，一路升迁，当了处长厅长，或者读研读博，当了大学教授，全国各地到处讲学，那才是你真实的生活。如今你沦落到这个地步，都是张海山害的，我不知道他的内心有没有内疚和自责？"

"你那才是理想化的生活。"思然说，"即使我考上了大学，毕业了我也不一定能考上公务员或研究生。当一辈子小公务员的多的是，我凭啥就能一路升迁？北大毕业的，还不是照样当屠夫卖猪肉吗？你不也是卫校毕业的？"

"我一定会雄起的，我不会一直这样。"刘吉祥说，"我不喜欢医学，当年是我爸给我报的志愿，他喜欢医学，就让我学医学，其实我喜欢文学。"

"你不要干发行了，"思然说，"另找一份待遇好一点的工作吧。李一搏个人把钱挣了，给职工连社保都不办，在这里一点前途都没有。"

"我目前不考虑前途也不考虑收入。天天看见你，心里就觉得格外踏实。"刘吉祥看着思然绯红的脸颊说。其实，他的心里酝酿着更大的图谋，不过不能给思然说。

"那样会毁了你，你年龄也不小了。"思然躲开他火辣辣的目光。

"你要是一辈子独身，我也一辈子独身。"刘吉祥觉着酒劲上涌，他打了几个嗝说，"后来知道你被张海山害了，我想杀他的心都有了，要不是你妈拦着我，说不定我早把张海山给杀了。"

"你千万不要那样做，"思然说，"不怪他，我是自愿的。"

"我不信。"刘吉祥听到了自己牙齿发出咯吱咯吱的声响。

"信不信由你，我真的是自愿的。"思然沉着脸。

"我不信。"刘吉祥一连喊出了十几个不信。

"我愿意，不怪海山。"思然说。

"我不信你这么贱，"刘吉祥愤怒地说，"妓女都不会说自己是心甘情愿的，妓女一般都说自己是生活所迫迫不得已的。"

思然啪地甩给了刘吉祥一个响亮的耳光。

## 二

天气已变得魔幻，人不经意间会打个冷战，倒是树叶在空中翻腾的样子显得异常悲怆。说好了晚点下班，想不到那件事就发生了。

思然根本没有想到李美丽会将那女人带进来。"王思然，"李美丽指着埋头看书的思然对那个女人说，"你同学咋见了你还装着不认识？"李美丽拍拍思然桌上堆积的书，脸上划过诡谲的笑，"你们俩聊吧。"她高跟鞋叩击地板的声响在房间肆意流荡。

"同学？"

思然茫然地看着眼前飘着波浪长发的女人，头脑里同学的身影如纸牌般哗哗翻过，似乎有点面熟，恍惚在哪见过，但确乎想不起了。

"你真会装，"那个女人说，"我不信你记不得了。"

"我确实想不起了，"思然站起来说，"我们是哪里的同学？"

"思然现在是我们老板最器重的人，"站在门口观望的李美丽说，"思然现在结交的都是有钱有势的男人，好多男人以结交思然小姐为荣。"

阴阳怪气的，不怀好意的，她咋突然变成这样了，我处处躲着她，尽力不招惹她，她这是何故呢？思然从座位上站起来说："你该不是认错人了吧？"

"认错人了？"

那女人的头发向后一甩，如一阵浪涛袭来："狗我也许能认错，但人我是不会认错的，你勾引别人的老公，破坏别人的家庭，我咋会认错？"

"你真认错人了，"思然颇为恐慌地说，"我不认识你老公，你不要污蔑人。"

站在门边的李美丽阴阳怪气地："你可能真认错人了，我们思然还是黄花大闺女，跟男人说话都羞羞，咋会勾引你老公？你说别的女人勾引你老公有可能，但思然是万万不可能的。"

"哼。"那女人手里突然出现了几张照片，"你跟这个男人在茶馆喝茶，在公园看花，在湖边钓鱼，在饭店吃饭，这就是你的清纯？"

思然瞥了一眼，照片上那男人原来是张海山，她的脑袋突然如炸裂般疼痛。

其他人纷纷围过来看那摊在桌上的照片。

"啊，哦"思然听到人群里发出灿烂的尖叫。

"这就是你所谓的清纯。"那女人抓起桌上的字典朝思然砸去，没防备的思然被砸中了脸。那女人将纸杯里的茶水泼向思然，一把薅住思然的头发，思然身子就绕着那女人打了一个旋，"叫你勾引"思然的身子随着那女人粗壮的胳膊陀螺般旋转，"叫你下贱"那女人将思然的头猛地撞向墙壁。

砰，脑袋在墙壁上发出尖锐的鸣叫，血哗地迸溅，那女人的手上抓了一把思然的头发。

三

刘吉祥从拘留所出来已是九月的午后，阳光在头顶摇摇晃晃，他看着自己的影子在地上东倒西歪的，道路两边的树木冷眼看着他疯长的头发，几只蝉在树叶间发着嘶哑的鸣叫。他抹了一把脸，仰头望了一回天，阳光尖锐的锋芒朝他刺来，世界刹那间一片漆黑。

就是那一拳惹的祸。

多么有力啊。他看着自己的拳头呼啸着奔出去，带着风的强劲的喊声，那个时候他看着自己变成了一个拳头，全身的力气都凝聚在拳上。那女人脸上犹如开了一个杂货铺，红的黄的绿的纷纷飙出来。她将脸上的血水涂抹到雪白的墙壁上："我不怕你们人多，你们都来。"刘吉祥挥着手里的笤帚说："你也太欺负人了，竟然欺负到单位了。""你等着，你会为你的行为付出代价的。"那女人掏出手机就拨打了电话。刘吉祥和思然被警察带走时，那女人掀翻了几台电脑。

面对警察的讯问，刘吉祥仍是愤愤地："那女人就该打，我下手还是轻了，我要打得叫她一辈子忘不了。"

"你还下手轻？你把她的鼻子打出血了。"警察边记录边说。

"我都没用劲，她的鼻子太不经打。"刘吉祥盯着警察嘴角的黑痣说。

"她是个女人，你能有多大的仇恨，拿人家的五官出气。她的两颗牙被你打掉了。"警察的目光与他的目光相遇了。警察的目光并不回避，理直气壮地扑过来。他试着碰了碰，看到自己的目光恐惧地退缩着,他感伤地垂下头,收回落败的目光。

"她竟然骑在思然身上打。她像一头大象,她怕是把思然的骨头给压碎了,把思然的五脏六腑给压坏了。她都能下得了手,我咋下不了手?我是见义勇为。我要不出手,那会出人命的。我其实是救她王浅予。你们警察咋能不分青红皂白抓我?"刘吉祥跺着脚,地上腾起一股尘。

"强词夺理,"警察的笔在纸上停留了一会道,"你和王思然啥关系?"

"她是我女朋友。"刘吉祥脸上突然浮现出温暖的笑意。

"女朋友?"警察拿笔尖挠了挠额头,"王思然说她和你就是普通的同事,王浅予一口咬定王思然勾引她丈夫,王思然是张海山在外面包养的小三。"

"可耻。"刘吉祥叫道,"王浅予管不住自己的丈夫,倒将屎盆子扣在思然头上。你们咋不调查调查张海山当年是咋强暴思然的。"

"没有证据的事情不要乱讲。跟本案无关的事情不要乱扯。"警察拿笔敲着桌子说。

"你们深入调查不是就有证据了吗?"刘吉祥说,"我可是学过法律的,我有法律资格证书,我经常无偿给人代理民事官司,我最得意的是代理了柳庄几个尘肺病人的劳动维权案。"

"和本案无关的事情不要讲,就说你伤害王浅予的事。"另一个警察的目光瞪着他说。

"我再郑重强调一次,我没有故意伤害王浅予,我是见义勇为。本省的见义勇为褒奖条例规定得很明确,我应该是那个被奖励被全社会学习的人。"刘吉祥愤愤地说,"王思然的脸被抓了一道深沟,王思然的头发被扯掉了一大把,王思然鼻子流出的血水几乎将办公室淹没,我要不出手,王思然会被那头野蛮的大象打死的,你们说,我是不是见义勇为?"

一个警察的目光冷冷地扫过他的脸,另一个警察揪着下巴的胡子,目光几乎要将他击穿。

"其实待在里面挺好。"

刘吉祥冷静地整理着自己的思绪。他抬头望望灰蒙蒙的天空,电线杆上偷窥的鸟儿吱的一声飞走了。脚步跟跟跄跄,身子摇摇摆摆,人似乎突然失去了平衡。世界陌生极了,街道及街道两旁矗立的大楼像是倨傲的怪物,他竭力稳住溃散的身子,企图将自己变得威武和雄壮。也就十天的光景,似乎世界天翻地覆。他在那静寂得几乎时间不再流动的十天里,将自己三十多年的人生做了悲壮的回望。他发现自己竟怀念在柳镇开诊所当医生的时光,而最终自己抛弃收入丰厚的职业来洛城,追根溯源,是对一个人魂牵梦萦。为了思然,别说十天了,就是十年我也愿意。他想着,就听见自己的嘴把心里的想法全说了,他注视着凝滞的树叶、飞驰的车辆、川流不息的人流,没有人注意他的怪异,也没有人在意他的声音,他冷笑笑,步子走得更快了。

去了仁义村思然租住的房间,窗帘遮蔽了屋内的真相。他盲目地敲了敲门,空洞洞的回声四处飘荡。

"找谁呀?"冷不防有人拍他肩膀。

回首见那厮嘴角叼着烟,下巴蓬乱着胡子,肩膀上搭着一条发黑的毛巾,皱巴巴的红圆领衫箍着他胖滚滚的身子,倒是胸极像女人似的,鼓突突的。

"找我女朋友,"刘吉祥说。

"你,女朋友?"那人嘴角和鼻孔里喷出一股讥笑的烟雾,"他男朋友我见过，人精神得很，你倒像是才从监狱里放出的劳改犯。"

"我是他农村的男朋友，我杀了人，我才从监狱里逃出来。"刘吉祥的话恶狠狠地。

那人往后退着："你不要乱来，我可没得罪你，我不会报警。我对你女朋友很好。我经常免她垃圾费水费卫生费自行车保管费。"

刘吉祥朝楼下吐了一口痰："你以为你有一栋楼就了不起，这一拆你啥都没有了，你们这肮脏的城中村早该拆了。你要是敢打我女朋友的主意，我可叫你尝尝吃屎的滋味。"

"没有，我没有，我发誓。"那人圆滚滚的身子抖着，脸上已涌现了汗，他抓着生锈栏杆的手明显地颤着，栏杆发出嗡嗡的鸣声。

"我们已经订过婚。她给我生了好几个娃。"刘吉祥想不到自己一张嘴就是谎言，且没有一点犹豫。莫非谎言重复一千遍就是真理了？他摸了摸自己的嘴巴，觉得还是要把这谎话连篇的嘴巴管束管束，万一哪天它只会说假话谎言不会说真话正常的话了呢？

"你太厉害。"那人往后退着说，"我巴不得这村子早早拆迁，拆了我还能多收几百万，这地儿寸土寸金。我名牌小车好几辆，我一天除了打牌跳舞上馆子就没事干。可我老婆就是怀不了娃，一个都生不下，没有娃，我这家产将来不可能捐了吧。你还生了好几个，大大的厉害。"那人朝刘吉祥竖起了他短粗的大拇指。

"你要么是坏事做得太多，"刘吉祥故意恶声恶气地，"要么就是你种子不行，看你软得像一团面，你这个样子能生娃么？蝌蚪都生不出来。"

"你看你，话越说越难听。"那人身子靠着墙壁，满脸的沮丧。

"经常找我老婆的人是个啥样子？"刘吉祥问。

"那人可精神了，"房东看着刘吉祥的脸色说，"戴着眼镜，提着公文包，皮鞋擦得亮铮铮的，一看就是在政府机关上班的干部。"

刘吉祥摩挲着下巴硬铮铮的胡子说："衣冠禽兽，道貌岸然。"

房东说："你老婆上周就搬走了，乱七八糟的东西装了大半车，主要是书，你老婆爱看书，是个爱看书的女人。"

刘吉祥将房东耳朵上夹的烟抓过来塞在自己的嘴里，又将他嘴上衔的烟拔过来给自己对上火，美美地朝他脸上喷出一股烟雾说："我老婆最爱看书了，她就像书里头的林黛玉。"

那人嗷嗷地笑着，将嘴里燃尽的烟头噗的一声唾到了空中："你邋里邋遢脏不兮兮的和我一个样，咋能配得上那个林黛玉一样的女子。我妈经常夸她人漂亮，心肠好，将来一定有好报。我妈便秘十几天拉不出，她就给她掏。我妈把她夸成了一朵花，夸成人间的奇葩。"

刘吉祥实在不想听了，他大口大口地吸着烟，火红的烟头烫了嘴，他扑哧一声将烟头唾向五楼的高空。

"你就是一头猪。"他临下楼对朝他招手的房东说。

## 四

"你被辞退了。"

李一搏抓起杯子慢条斯理地喝着茶，嘴里嚼着泡得稀烂的枸杞，发出了让刘吉祥没有想到的决定。

呆愣半晌，刘吉祥摩挲着被剃了胡须光溜溜的下巴问："为啥，你为啥辞退我？"

"为啥？"李一搏轻蔑的目光从镜片后飘出，"你被派出所拘留了十天，我再用你一个有前科的人，不是和国家法律过不去吗？你一拳就把人的鼻子给打烂了，要是有刀，说不定你顺手把人给劈了。你在公司，大家都没安全感。"

"我是见义勇为。"

刘吉祥看着李一搏杯里飘荡的枸杞西洋参和虫草说："那个臭婆娘欺负思然，大家都围观但无人相助，我要是不出手，思然会被那个臭婆娘给打死的。那个臭婆娘，见一次我揍她一次。"

"你知道那女人是谁？"

李一搏似乎怕刘吉祥喝他杯里的水，手将杯子牢牢抓着，他瞪着刘吉祥吞咽唾沫发出声响的喉咙道："那个女人还是发了善心，要是她发了狠，你可能得坐两三年牢吃几年牢饭，那你就真的衣食无忧了。"

"她是法院啊，她想让我坐几年我就坐几年，我学过法律，别指望吓唬我。"刘吉祥从桌上的烟盒里抓出一根烟，拿打火机点了，美美吸一口道，"你这腐败烟一根五六块钱吧。"

李一搏将打火机和烟收进了抽屉："这和你懂不懂法律没有关系，你把人家鼻梁打坏了，不让你坐牢真的是便宜你了。"

"没打坏，只是把鼻子打出血而已。"刘吉祥看着自己嘴里喷出的烟雾缭绕在李一搏的头顶，他又深吸了一口，觉着全身的毛孔都张开了，都欣欣然张开了嘴。

"他是张海山的夫人，美日留过学，得过洋文凭，分局王局长给她叫表姐，中院民二庭庭长给她叫姑，仲裁委李主任是她表哥，洛城半个公检法在人家亲戚手上，她想叫你坐几年就能让你坐几年，你还别不信了。"李一搏盘弄着手里的核桃说，"你该庆幸你的运气好。"

"见义勇为被拘留了还叫运气好，我不知道好在哪里？"刘吉祥冷笑着将烟头摁灭在污秽的烟缸里。

"我已通知财务，拘留的十几天就不扣了，另外再多发你一个月的工资。"李一搏站起身，拿报纸赶着飞进屋内的蜂说，"你走吧，我还要会见客人。"

"你这是严重违反劳动法，我要到劳动监察大队投诉你。"刘吉祥故意做着恶恶的样子。

"我和你签合同了吗？"李一搏冷笑着，"当初收留你，也是看思然和张海山的面子，现在你打了张海山的老婆又被关了十几天，我自然不会再聘你了，哪个公司都不敢用你这样的人。"

想到没有签订劳动合同，刘吉祥觉得不能表示自己的强硬，他身子不觉矮了矮说："李总，我刚才反应有些过激，请您谅解。我喜欢文化工作，我会更加敬业，更加努力，更加踏实，请您再给我一次机会。"

李一搏轻蔑地看了他一眼，终于将那只嗡嗡叫的毒蜂拍死了："你是人物就该到大公司去施展你的才华，不要在我这里埋没你了。"

"李总，再给我一次机会吧。"刘吉祥矛盾极了，寻思要不要跪在李一搏面前，要是膝盖一软跪下去，李一搏会萌发人类天然的同情心和怜悯之情吗？

"我不能再用你了，你到财务把工资领了另谋高就吧。"李一搏将毒蜂的尸体扔进了垃圾桶。

"思然呢,思然还能在这里上班吗?"刘吉祥看着李一搏冰冷的面孔。

"思然上不上跟你何干?"李一搏拿湿巾擦着手说,"这个王思然表面看着纯纯洁洁的,想不到暗地里和张海山搞到一起,真的太丢人太影响公司的形象了。本公司一向注重文化建设,注重员工品性培养,教育员工自省、自警、自重、自立,想不到会出现这样伤风败俗之事,是可忍,孰不可忍。"

刘吉祥朝地板上唾了一口:"恶心,衣冠禽兽,道貌岸然。"重重摔上了门。

## 五

思然想不到三个她都不想见到的人会出现在父亲王大路的葬礼上。

那天躺在床上的王大路抓着思然的手说:"你要是个男娃就好了,可惜你是个女娃。"

思然的眼睛就潮潮的,想不到王大路这时候还纠结她的性别。她抓着王大路枯瘦的手说:"女娃咋了,我就是女娃也要给你看好病。"

王大路摇摇头,几滴泪珠挤出了眼眶:"不一样,男娃和女娃就是不一样。"

思然擦着王大路眼角的泪说:"男娃能办的事情,我照样能给你办到,还有啥事情没有办到你心上。"

王大路的身子一阵抽搐："我睡梦里听见你爷爷一直在喊我，寿木我自己找人打了，可这个墓地一直没弄好。"

思然说："我请柳庄的柳先生给你看风水，保证把墓地修得好好的。"

"现在的墓地不能像过去那么寒碜。"说到修墓，王大路的眼睛突然明亮了，他坐起身靠着床头说，"过去的墓用砖垒，风吹日晒雨淋不几年砖头就像豆腐渣一样酥了。现在修墓用大理石，石头上雕刻着各种图案，你想要啥人家给你雕啥，不怕风吹雨淋，几百年都不朽。你看崔总修建的墓园像个大公园，种了各种各样的花草，石头雕刻的狮子大象老虎守着墓园，要多气派有多气派。"

"那是钱多了烧的。"思然说，"爸，崔等来的豪华墓园咱们修不起，但普通人家用的大理石主材还是能用得起。我找人给你修，你亲自监督着你也放心。"

王大路咳了一阵道："你妈说查四会熟悉西峡那些做大理石墓料的，柳庄好多人家的石料都是他联系的，我不想叫他联系。那个人黑得很，两头吃。"

思然说："我直接和西峡的人联系，让他们送货上门。"

"只有查四会能联系，其他人没法联系。"王大路愁眉苦脸地说。

"我在网上搜搜，肯定能找到他们的联系方式。"思然安慰她的父亲。

"网上有吗，啥网？"王大路不解地问。

"说了你也不懂，"思然说，"那些人做生意，只要出钱，他们肯定做。

思然就拿手机在屋子里徘徊着找信号。王大路说："门前的苹果树下有信号，我看查四会来的时候老在树下玩手机，你妈也爱在那棵树下玩手机。网上有啥子嘛，大人小娃总爱抱个手机。你妈一天到晚眼睛盯着手机，觉睡到半夜都要看看手机，有时候我睡了一大觉一睁眼，她还在玩手机，脸上时哭时笑，跟疯了似的。"

"难怪我妈老说她的眼睛看不清了，手机看时间长了，真会把眼睛看坏的。"思然说着就出门寻找网络信号。

苹果树下手机的信号果然是满格的。她靠着树，在网上搜了，发现卖这种大理石墓材的个人或公司多极了，查四会可笑的还信息垄断，无非想多捞些好处吧。

思然把网上搜索的信息给王大路说了，先是欣喜，少顷，王大路唉声叹气，手不停在脊背上挠着。

听着咯咯吱吱的声响，思然觉着痒痒的，身上似乎爬满了蚂蚁。"爸，你咋了？"思然忍不住问。

"一说那个人我身上就像有蛇爬，就像有无数的蚂蚁满身跑，就像是无数的毒蜂在蜇我。"王大路脸上布满了愤怒和痛苦。

"那个人欺负你了？"思然问。

王大路的脑袋无力地摇晃着。

"你妈就喜欢叫他骗。他到西安建筑工地打工带着你妈，他在装修公司打工带着你妈，还把你妈骗进了传销。要不是你和刘吉祥去解救，搞不定会出啥事情。"

"我妈是叫人骗了，她又不是故意的。"思然替母亲辩解。

"你妈回来跟着人信耶稣，有时成群结队去七八十公里外的教堂听课。那几个教友你今天到我家吃饭，明天我几个到你家吃饭，好得像是亲姐妹。她还给我一个黑皮本叫我每天照着念。说我要是信了耶稣，我的病也不至于越拖越严重，我要是信了，身体早都好了，会好得像是小伙子，啥尘肺啊、肺气肿啊、风湿病啊、慢性支气管炎、脑梗啊、血液黏稠啊、腰肌劳损啊，都会好的。说一个半身不遂的人信了半年竟然站起来能走路。说一个眼睛瞎了大半辈子的人信耶稣后眼睛竟然能看到比正常人看得还远的地方。"王大路猛咳了一阵说。

"你也可以信，念念经也好。"思然这般安慰父亲。她本来要说这是骗人的，想想又觉着不妥，给父亲一点信仰和寄托，总比他陷在混沌的沼泽里身子无所归依好。

"你觉得是真的？"王大路追问道。

"信总比不信好。"思然含糊其词。

王大路眼里闪过一丝细微的亮光，那亮光在思然的观望里，瞬间就熄灭了。

看见了思然，从崔等来工地回家的水莲高兴得不得了。

"你咋回来也不提前说一声。"水莲惊喜地抓着思然的手，目光在思然的脸上身上摩挲着。她突然惊叫道，"你的脸咋了，"手便摸上去，思然拧过头，不让她的手去抚弄脸上的瘢痕。"跌了一跤，"思然撒了个谎。水莲似乎不信，"你这头皮咋白乎乎少了一撮子头发？"水莲的手抚着思然的头。"今年头发掉得厉害，一掉就是一撮子，"思然的头皮一阵抽搐，好在水莲的手离开了。"你脖子咋这么深的一道痕，出啥事了？"水莲望着那蚯蚓般盘旋在思然顾长脖颈上的瘢痕惊叫。

"荆棘刮的么。"

思然惊叹母亲的眼睛好毒，那真是一双缜密锐利的眼。父亲就没有发现，父亲只是念叨他的墓园，念叨他未来的归宿地。

"生在山里山你还没爬够，"水莲显然不信，"谁欺负你了，给妈说，妈撕烂她的嘴巴抓烂她的脸，叫她挫骨扬灰。"

思然笑得眼泪几乎要流出来。这是她听到的最温暖最舒心的安慰，母亲还是那样的泼辣，即使粗话听起来也让人感动得想哭。思然扑入母亲的怀里，忍着泪说："妈，我就喜欢到树林去，到山上去，望着蓝蓝的天，听着风从耳边呼呼刮过，那真是最美不过了。"

水莲拍打着思然的脊背说："瓜女子，说得像演电影一样，这是功成名就的人回乡才说的话，你说出来了，叫我觉着我女子太有才了。"

水莲摩挲着思然的头发说："城里干得不痛快就回老家吧，跟着妈打零工。剥核桃仁，种天麻，红白喜事上帮帮忙，每天也不少挣钱。村里没活了，跟着人去延安摘苹果，韩城摘花椒，新疆摘棉花，奎屯捡土豆，内蒙古放羊，妈这些年跟着人把中国好多地方跑过了。"

思然在水莲的怀里越来越小，要是变成婴儿钻进母亲的肚里那才好呢，可惜，一切都回不去了。

"妈，你受苦了，我给家里没啥贡献，还惹你操心。"思然摸着母亲手上厚厚的茧子说。

"唉，"水莲叹息道，"咱做父母的没本事，让娃跟着受苦，高中毕业就出去打工，看够了人的眉高眼低，我和你爸没本事，让你受委屈了。"

思然搂着水莲粗壮的腰，说："妈，不怪你们，就怪我不争气，没给你们争光。"

母女俩诉说了一阵。水莲道："你回来了和我多去教堂念念经，将来找工作找女婿都有耶稣保佑，一切都会顺顺当当的。"

"我不去。"思然噘着嘴。

"你爸现在一门心思想给自己修墓，要用全套大理石的，要雕各种花哨的图案。他常念叨崔等来墓园修建得像皇上的宫殿，他把人家的边角料偷偷往回拿，屋后藏了不少石材，这要是叫崔老板晓得了，那可不是闹着玩的。"炒着菜的水莲往锅里撒了一把盐。

"他想用大理石的就用大理石的，那总是他的一个念想。"思然往灶洞里添着柴说，"我们虽然不能和崔等来比，但修一个大多数人那样的还是能办得到。"

水莲在锅里翻炒着土豆丝，她拿筷子夹了几根尝着说："风俗和行情你不懂，咱柳庄墓地的用材、匠人、动工的日子都是查四会务弄的，他懂这些，他和那些做石材的人熟，找他放心。"

"我爸死活都不同意叫查四会帮忙。"思然看着水莲的脸在水汽里影影糊糊的，像是飘浮在雾里的影子。

"哟，咸死了。"水莲尝了一口叫道，"盐放多了。"她又拿往锅里倒了些醋。

腊肉的香味直往鼻孔里扑，思然起劲地嗅着说："妈，我太想吃你炒的腊肉了。"

水莲铲了一块腊肉递到思然嘴前说："今年腊肉做得少，往年都要做一百多斤。我一年大部分时间在外头，你爸在崔总的工地上，家里几乎不开火。"

思然嚼着腊肉，嘴里填满了香。水莲又到门边的地里扯了几棵嫩绿的菠菜，做了一个菠菜炒粉条。一会儿工夫，四个菜就端上了桌。"叫你爸吃饭。"水莲拿围裙擦着手说。

"喝点酒吧。"被思然搀着下了床的王大路说。

"你那气管像个烂管子,还敢喝酒。"水莲往桌上摆着筷子,拿眼睛的余光瞥了一眼王大路。

"就喝一点,娃今年第一次回家,咱们好不容易团圆了。查四会每次来你都陪他喝,你哪一次不是喝七八盅子。"王大路身子在椅子上坐稳了,拿筷子往嘴里夹了一口菠菜,刚一入嘴就扑哧吐到地上,"家里还有盐吧,没盐了再放些。"他的筷子抖颤颤地奔向腊肉炒芹菜,几片腊肉在嘴里嚼了半晌,"唉,这就不是叫我吃的,我的磨牙掉光了,吃肉就是受罪,硬吞都吞不下。"他扑哧一声将一团烂肉唾到了地上。他吃了一口醋熘白菜,评论道:"盐又不贵,多放些,吃不死人。"这回他没唾,腮帮子一阵运动,听得见咯噔一声,那疙瘩菜进了咽喉。他大口地吃着鸡蛋炒菜花,意外地没有评论。

"老大,倒酒。"王大路酒盅蹾在桌上发出了清脆的声响。

"你轻些,不怕把杯子蹾烂了。"水莲抓着酒瓶,给他的酒盅洒了几滴。

"都倒上都倒上,倒满倒满。"王大路盯着水莲给他的杯子添满了酒,方端起杯子说,"咱们一家人很少在一起喝酒,我平时心慌想喝个酒也没个人陪,思然回来了就好,多待一阵,陪爸喝喝酒说说话。"

他咕咚一声将杯里的酒喝个精光。

思然给王大路的杯里倒满酒说:"爸,我这回在家多待一段时间,陪陪你和我妈。"

思然给水莲的杯里倒满酒说:"妈,你能喝多少就喝多少。"

王大路一仰脖喝光了杯里的酒说:"你妈那个量你肯定没见过,

你妈这几年走南闯北走州过县，场面见多了，人也厉害了，她每次都把查四会喝趴下，把查四会喝得哇哇吐。"

"你不说话没人当你是哑巴。"水莲给思然碗里夹着腊肉说，"平时不见你说话，叫你说也是一脚踢不出个响屁。思然是我屎一把尿一把养大的，是我的亲闺女，你现在说话还学会了夹枪带棒，一点也不像个男人。"

王大路抓过酒瓶给自己杯里倒了酒说："没有我你生一个试试，最大是个私生子，拿不到人面前来。你能得，我和女儿说个知心话都得你批准？你这些年到底是打工把胆子打肥了，我说话都不让说，我平时是不想说懒得说。"

水莲给自己杯里添了酒："你说吧，好像我欺负你似的，你说吧，我看你能得很。"

王大路咕咚一口吞下酒："我在这家里一点地位都没有，连个外人都不如，要不是思然回家，我哪能吃上这么丰盛的饭菜。平常不是玉米糊汤就是清水煮挂面，不是面疙瘩就是酸菜拌汤。有时候一天吃一顿饭，有时候几天吃剩饭，说实话还没有人家崔等来的狗吃得好。"

"崔等来是大老板，你是啥？想顿顿像崔等来家的狗那样吃得好，你买呀，牛羊肉鸡鸭鱼虾，你买回来看我会不会做。一年挣的钱全花给了你看病吃药，想把这房子重修修都攒不下钱。"水莲喝尽了杯中的酒，又给自己倒了一杯。

"我不吃药了，很快就一粒药也不吃了，一分钱也不花了。"王大路大口大口地嚼着腊肉。

"你们俩都少说几句。"思然把筷子搁在桌上，"从我一进门你们就斗嘴就吵，能不能心平气和地说话。"

王大路瞥了一眼水莲，吧唧着嘴，喝了一口酒不再言语。

水莲似乎想说甚，看了看思然的脸，也噤了声。

饭桌上的气氛一时有些尴尬。思然看着突然无语的父母，猛觉着有些过分，自己有啥资格给他们难堪，难道他们比自己活得滋润吗？母亲性格乐观，再愁苦她也从来不说苦，总是嘻嘻哈哈的，就没见她苦愁过，似乎她就是没心没肺的样子。难道真的是这样吗？她和查四会被骗入传销窝点，那几个月是咋过来的，她从来没讲过，一说，就道，熬呗，我就不信没个出头的日子。她手被花椒树的刺扎得不成样儿，手都不像手了，她就没叫过苦。一起外出摘花椒捡土豆摘棉花摘苹果的妇女里，她的收入总是最高的。她挣的钱都是一手一手地从劳动里获得的。她在韩城摘花椒发了工钱，还给思然卡上转了一千块。"我思然苦吃大了，那么好的成绩没考上大学。"她最爱挂在嘴上的话。"不公平，老天不长眼。"她也经常骂出泄愤的粗话。每次打工回来就给父亲买这买那的。父亲心心念念的羊皮袄是她在榆林买的。父亲冬天骄傲地穿上身，故意不系扣子敞着怀，故意让那雪白的羊毛展露着。"你摸，羊毛的，一张浑全羊皮子，太暖了，把人热得，浑身冒热气。"父亲对询问的人夸张地显摆着，有时还抓着人家的手去他身上摸。母亲给他买了西凤酒和磨砂猴王烟，他爱喊人到家里喝。给人发着烟，喝着酒，天上地下古今中外地聊。但能陪他喝酒的人越来越少。自检查发现脑梗肺气肿后，母亲便很少给他买酒，后来他的气管炎肺气肿越发厉害，母亲便断了他的烟酒。"那是要我的命。"父亲常躲在厕所里抽。有时趁母亲外出偷偷抿几口酒。发现他猫腻的母亲，把他藏在柜里的烟扔进了厕所。"你这是不要命了。"母亲盯着蹲在厕所抽烟的父亲。"不让我抽才是要我的命。"蹲茅坑的父亲喘着气说。"上个厕所都没力气，还抽烟，小心把你抽死。"母亲气哼哼地说。"我死了你还有个相好的，查四会比我会心疼人。"父亲哼哧哼哧地用着劲。"他就是比你会心疼人，你的心就不是人心，再暖都暖不热。"母亲揪着父亲耳朵的手猛地松开，父亲疼得身子一哆嗦差点跌进了粪坑。

"你爸这个人一辈子可怜，"母亲说起父亲眼睛水汪汪的，连声音都变得哽咽。"到崔等来的煤矿打工，钱没挣下几个，倒得了尘肺病。他做好事救人被立柱砸断了腿，在医院腿给截了。我找了咱柳庄在洛城当记者的张建设，好说歹说崔老板额外赔偿了六万块。张建设就拿了三万，说这钱要给那些在这个事情上帮忙的人，照他说的，他自己不但没挣到钱，还贴进去了时间笑脸关系人情这费那费的。他说，崔等来可是咱柳庄在洛城响当当的人物，崔总跺跺脚，洛城的钟楼都要摇三摇，不靠方方面面的关系，他根本把崔等来这样的大老板搬不动。张建设这样讲，咱也没啥说的。要不是张建设帮忙，不说三万了三毛钱都拿不到。我原来保底要三万块，想不到要了六万块，其实还是赚了。按说三万之外，你不管人家要了十万二十万，都应该是人家张建设的。你听听，你爸也够老好人的吧，他这样讲，我能咋样，眼睁睁看着自己叫人坑了，你就是没有道理可讲，反过来还要千恩万谢地感激人家的帮助，这成了啥了嘛。"

"你爸和张建设是初中同学，过去两人都老实巴交的，都是闷葫芦，张建设考上洛城师范，到黄村小学当了几年老师，不知咋的，后来当了记者，成了个人物。"

"你爸傻啊，他不晓得人是会变的。他还以为过去的朋友而今还是朋友。狗屁亲戚朋友。要不是张海山把你给那个了,你会考不上大学?我当时要告那个狗东西,你爸死活拦阻,说丢人,说传出去女子名声就坏了,家里人也一辈子抬不起头。啥狗屁话嘛,有啥抬不起头的。你穷,你才抬不起头。

"后来我逼着张建设签了一个字据,他答应他儿子张海山娶你做媳妇。他骗了我,张海山和别的女人结了婚。要是没你爸拦挡,我早告了张海山。说来说去还是刘吉祥那小伙子不错,对你好,对你爸也好。你在洛城的日子,咱们家里啥活人家都干,帮这帮那的。小伙子人聪明,嘴甜,脑子活,不像你爸一辈子就吃了个死脑筋的亏。我被骗到传销窝点要不是刘吉祥,还不晓得啥时候能逃出来。我要是有刘吉祥这样的儿就好了,省得受各种窝囊气。"

"妈,你啥时候和张建设签的字据?你把我当啥了,我就没想过嫁给张海山。"惊奇的思然抓着水莲的手问。

"早了。可惜这个字据不晓得藏到哪里了,死活再也找不见。"水莲喝了一口酒说。

"妈,你不要喝了。"思然望着有些醉意的水莲劝说道,"你胃不好,少喝些。"

"我没喝多,我要是喝开了,你爸都不是我的对手,我要是喝,他那点酒量还不够我当漱口水用。"水莲夹了一筷子土豆丝吃着。

"我给你泡杯茶。"思然站起身,却被水莲拉住了,"其实妈的心里苦得很,你爸这个榆木疙瘩光知道修墓光知道要把墓修气派,人死了住那么气派的墓地有啥意思,活着住得好那才叫好。咱们家的房子太破了,一下大雨,怕死人了,感觉房子随时会被雨水掀掉。我想着把房子拆了,盖个三层楼,装上热水器空调太阳能背投电视，一楼自己住，二、三楼开个旅馆，将来外地来旅游参观的人可以住。查四会说咱们柳庄要重点打造乡村旅游，早动手早抢占先机。高速路马上就通了，那个时候从洛城到柳庄一个多小时的路程，来旅游参观的人会越来越多。刘吉祥这娃不错，上回我问他有对象没有，他说看上了一个，不知道人家喜欢不喜欢他。我问谁啊，他说你家思然啊。我当时就夸他好眼光，说我家思然仙女一样的人物，一般人是配不上的。"

"妈。你喝醉了，我给你泡茶去。"思然摸着脸上的疤痕说。

"你让她说，她跟我一个月说的话不超过十句，你让她放开说，你也见识见识你妈的口才。"王大路手里握着酒杯，不知道是挖苦还是表扬。

## 六

王大路那日勉强喝了点稀粥，眯着眼看窗外摇摇晃晃的太阳："今天阳光好，我该起了。"

端碗跨过门槛的思然回首见他头顶缭绕着一团雾气。那雾气先是黑色的，后渐变得红艳，红至极限，裂变为潮红血红乃至黑红，一股股混乱的颜色从王大路头顶喷射而出，繁乱的色彩在阳光的照射下幻变出种种形态。狂吠的恶犬张开嘴，一头牛在半空里抖落了它肩头的重轭，羊的皮毛绽开着脱离了身体，一群乌鸦焦躁地喊着王大路的名字。云雾忽而发红忽而变白，天空如一张巨大的幕布，几只脚在泥泞的雨地奔跑，一根细密的隐藏的铁丝绊倒了一群人。那个领头者和一只年长的狗被卷到了高空，他们的身子在空中仓皇地挣扎出飞翔的姿态，这要捕猎鸟兽的绞索终是将下套的人送上了不归路。一条蛇飞过满是闪电的天空，猫头鹰不祥的叫声四处游荡，倾斜的大地上奔走着灰色的身影，水从空中浇灌而下，村庄瞬间湮没在泽国里。王大路喊道："思然，救救我。"思然揉揉眼，幻觉消失了，屋外核桃树上的乌鸦叫声如沸。

"我刚看见我妈和我奶了。"王大路看思然将碗放在柜子上说，"她们喊我呢，说饭早做好了，一直不见我回，以为我又贪玩躲到牛棚里了。我妈满眼是泪，她摸着我脸上的伤追问谁这么狠毒在我的脸上刻字画画，我奶手里的镰刀在那棵不长苹果的树上狂躁地砍着，她眼里的火似乎要把我烧成灰，高高挽着裤腿的我爸往我嘴里塞一个烧熟的土豆。他说，吃饱了我们走，走得远远的，走到一个没人敢欺负我们的地方。我奶将镰刀扔过来，差点砍伤了我爸的脚。待我爸瘸着腿走远了，我妈摸着我的脸说，他们划你的脸，你不敢划他们的脸吗，你咋像你爸那么老实？我哭了。我妈和我奶一个爬上屋后最高的山，一个钻进屋前最深的河。我妈骑着一条鱼喊叫说快来，我们到大海里去。我奶坐在树冠上喊，快来，咱们一家在树上筑窝住。你看见你奶和你老奶了吗？她们来了咋不进家门？一个住在树上，一个住在河里，她们该不是变成了鸟和鱼儿了吧？你奶骂我懦弱，我不懦弱能有啥办法？我能干过崔等来吗？人家有钱有势的，我就是在他矿上得了尘肺病又能咋。刘吉祥给我们几个人代理打官司，好几年了，还不是照样打不赢。我在崔等来墓园当看门的，好歹每个月还发工资，吃饭还不要钱。你奶老说我没用。唉。我总不至于像查四会那样把人家金矿老板的金子偷了，把人家的十几只羊给毒死吧。我不能像咱村上有人说的，早晚要把崔等来的墓地给炸了吧。违法的事咱不能干。懦弱有懦弱的好处，不会惹事不会一气之下做下啥违法的事。你奶骂我了大半辈子，你爷从来就没给我过好脸子。你说，我活得是不是还不如一只老鸹？"王大路抓着思然的手，目光望着窗上日渐暗淡的阳光说。

"刘吉祥那娃不错，不要挑三拣四了，只要对你好，对你死心塌地，比啥都强。"王大路说完话，似乎耗尽了力气，喘一阵，头一歪，就睡去了。

## 七

想不到那三个人都来了。

喇叭发出一声叫，黑色的轿车大鱼样泊在门口，车门如鸟翅般张开后，王一盘探出身，紧跟着他伸出一个女人的脑袋，那披散的长发摆动着，高跟鞋与地面叩击着发出响亮的声响，一身黑裙缠裹着妖娆的腰身。一时间众多的目光奔过去，王一盘挠了挠发亮的脑门，荡开杜晓晓欲携自己的手，从后备箱里抓出一个花圈。他手举着花圈，对众人纷繁的目光并不关注，只是肃穆着脸，恰到好处地拿捏着表情。一人接过他尚未撑开的花圈，用了力，哦了一声，那花圈旋即伞样被撑开，硕大浑圆的，像一个巨型的花篮。人啧啧赞叹着。有人捏了捏那纸扎的绢花，惊叹着这逼真赛过了真花。倒是有人做了比较，要是鲜花就好了，鲜花散发香味，那才是夺了魁呢。

王一盘步入灵堂，按柳庄的风俗，将三炷香燃了插入香炉，跪在草袋上磕了三个头。杜晓晓整了整衣裙，也跪下身在另一个草袋上咚咚磕起头。人们看着两个鲜亮的人，一时间摸不清他们的来头，有人望着那女子撅起的臀部，嘴角露出一股坏笑。

查四会到底是见过场面的人，他将那二人搀起说："鞠个躬就可以了，不用磕头的。"

杜晓晓拍着裙子上的草屑和尘土，目光看着王大路的遗像，嘴里说："思然呢，咋不见思然？"王一盘注视着灵前袅袅浮动的烟雾说："入乡随俗，逝者为大，该跪还得跪。"

查四会将二人引入隔壁的房间，但见茶几上摆了瓜子香烟和一副散乱的扑克。查四会往纸杯里捏了一撮茶叶，将热水注进去说："思然接她姑去了，老王走得突然，一点征兆也没有。老王要过六十大寿了，说他还没吃过像样的生日蛋糕。我们起哄叫思然一定给他买个最大的蛋糕，让他也吹一回生日蜡烛唱唱生日歌，想不到他睡了一觉就不在了。"

王一盘抽着烟说："六十了还没吃过生日蛋糕，这就是思然的不对了，现在一岁娃过生日都要吃蛋糕唱生日快乐歌。"

查四会说："我们这没吃过生日蛋糕的人多的是，有的人不舍得吃，有的人不知道过生日还要吃生日蛋糕。"

王一盘和杜晓晓喝着水嘴里又是一番感慨。

思然的姑走到门口便扯着嗓子哭，那哭声煞有韵味，自带着独有的节奏。王一盘听了一阵，赞道："唱得好，有味道。"杜晓晓拍他手背上的蚊子说："人家哭得那么伤心，你还当音乐欣赏，良心大大地坏。"王一盘趁机将那手抓在掌心。查四会望着两只交错的手，咽了口唾沫，说："你们先歇歇，饭一会就好。"他到了堂屋，见思然跪在灵堂边，呆滞的目光看着相框里的父亲。

"你城里的朋友来了，"查四会说，"别傻跪了，去陪他们吧。"

思然几乎是被查四会从地上拽起来："快去吧，这里有人照应就行了，重要的客人你亲自接待。"

"我哪来的重要的客人，"思然拍了拍手上的尘土。见思然进屋，杜晓晓离王一盘身子远了点，手在王一盘手背猛拧了一下。"哎哟，"王一盘疼得叫出声，他看见思然，尴尬地挠了挠发亮的头皮说："思然啊，节哀顺变，节哀顺变。"

思然颇为惊讶："真没想到你们会来，晓晓，你穿这么漂亮，小心蚊子吃了你。"

杜晓晓说："蚊子吃了，我还能减肥，你看我是不是胖了，屁股都肥了。"

思然道："我们柳庄人说大屁股的女人有福分，会生娃，能生一窝子娃。"

王一盘忍不住笑出声："又不是猪，生一窝，生一窝谁管？"

晓晓说："我天生爱娃，一看到小娃，我就喜欢，就想抱在怀里亲几口。"

思然说："你不回去看你父母吗？黄村离这里不远，几十公里就到了。"

杜晓晓幸福地抱怨道："好多事情都还没有准备好。新房正在装修，婚纱照还没照，结婚衣服没买，首饰没买，给我的车还没买，房子还没过户，哎呀，烦死了，一大摊子事情都没有办妥当，人哪有心思回家。"

看她满足骄傲的样子，思然嘴里不自然地说道："提前祝福你们，我一定要去喝你们的喜酒。"

"你必须来，"杜晓晓说，"要不是你，我和王哥还不一定能认识，这也是缘分。人啊，不相信命运不相信缘分真的不行。"

杜晓晓动情地抓住了王一盘的手。

两只手装模作样地扭捏一番，就欣欣然握在了一起。

"你说是不是？"杜晓晓像个撒娇的蚊子在王一盘耳边嗡嗡。

"是的是的，你是上帝赐给我的最好的礼物。"王一盘突然纯情如少年。

思然顿觉恍惚。她似乎看到士杰张开双臂在空中飞行，她想起了张翠香想起了橘子，她想问问，'橘子和你不是假离婚吗'，但看着两个热情似火的人，她将这句话和唾沫一起咽进了肚。

"你爸没有受多少罪也是有福之人，"王一盘说，"要是在床上窝个七八年，老人受罪，拖累得你的日子也没法过。我妈上个月去世了，她走得很安详。"

思然想起了张翠香送自己的玉镯和荷包，她觉着身子里响了一声，似乎那个玉镯就戴在手腕上。

"我妈和你爸其实都是有福之人，"王一盘沉着声说，"没有痛苦，就跟永远在睡觉一样。"

听那话的意思，似乎王大路死得聪明，死得痛快，一点也不拖泥带水。

"你爸没啥放不下的事吧？"王一盘追问道，"把你妈照顾好，那就是你爸最大的心愿。听说你爸生前还没吃过生日蛋糕，咱们把蛋糕都吃腻了，可老人过生日吃蛋糕竟然还是一种念想，这就是你的不对了。"

"你批评得对，"思然苦笑笑，"我爸的心愿多的是，但没有一样实现的。他想上西安的城墙上走一圈，看走在城墙上和走在街道上有啥不同。他想吃羊肉泡，当听我说一碗三四十块钱的时候，又说，太贵了，一斤羊肉也就是四五十，他一碗里有一斤羊肉吗，听刘吉祥讲广州可以移植肺，可移植肺要七八十万，他就叹息着说自己还是穷，钱太少了。我们柳庄大凡有点办法的，都把家搬到了洛城，厉害的在西安买房，最不济的也把家搬到了镇上。村上到处都是空房子，平常锁着门，逢年过节才回来，有的几年几年不回家，房子风吹雨淋最后倒塌了。我爸想盖三层楼，钢筋水泥砖瓦在屋后盘了一大堆。他从河里背回的沙子石头早够用了，他把自己糟践得病越来越严重。他还想着自己有一天会成为崔等来那样的大老板，想着自己的肺和腿会突然变得跟正常人一样。唉，我爸的理想咋说也说不完。"

"都是些伟大的梦想。"王一盘听着思然的叙说，不由得夸赞。

"但这些梦想对我爸而言，几乎是不可能实现的奢望。"思然擦了擦眼泪说，"我爸到另一个世界去了，希望那个世界没有痛苦，没有病痛，他所有的理想都实现。"

晓晓拿纸巾擦着思然脸上的泪水说："叔叔走了就是解脱，到另一个世界说不定会过上好日子。"

思然苦笑笑。王一盘将一个信封塞给她说："我和晓晓的一点心意，一定要把老人的事情办得风风光光的。"

思然见推辞不掉，便收了，说："你们来了真让我意外，也让我感动。"

晓晓抱了抱思然，手在她的背上拍了拍。王一盘轻轻拍了拍思然的胳膊说："节哀啊。"

风吹动树叶发出簌簌的声响。王一盘拉着晓晓的手说："我们去山上转转，这绿油油的山看着就叫人喜欢。"

思然最后看到王一盘挽着晓晓的手，两人欢叫着钻入呼啸的山林。

看到张海山跪在父亲的灵前,思然的泪水无声地流出来。

张海山磕了三个头,脑袋与地面叩击着发出咚咚的声响。思然按礼节回了三个。"你节哀,多保重",他伏在地上,声音低沉。

"前段时间我入户调研时他精神还好得很。我们坐在门口的太阳地里聊天。他念叨你至今还没嫁人,他最放不下心了。说你的眼光太挑,怕是难找到如意的人。我说思然这么优秀,追她的人有一个班。他笑笑,笑得很开心。他叹息他身体不好,一直喘不上气,上厕所的力气都没有。他说要是肺能换,那就好了。我答应给他先联系医院,再想办法筹点钱。他高兴坏了,硬要留我吃饭。想不到一个月没来,老人就没了。"

说着说着他竟然哽咽。

"你去黄村多长时间了?"思然忍不住唏嘘。

"去年十月来的,快一年了。我们局的定点扶贫村,前几批都回去了,这次我就主动报了名。我任黄村党支部第一书记。这一年时间我把四十多户人家都走访了一遍,有的家庭还去了好几次。有些贫困得实在超出了我的想象。"说着,张海山竟显得悲伤,似乎贫困是他的罪过。

"黄村是柳庄最贫困的村庄。深山里头,只有一条石子路,下雨或是山洪暴发,就没了路。山上植被茂盛,一年四季森林覆盖,景色确实美极。我小时候跟我爸经常去。那条沟峪太深了,似乎没有尽头。人家就散落在坡根,山上野生的中药材太多了,啥药材都有。我爸年轻的时候经常去黄村挖药材,有时候还去老林里打猎、烧炭、伐木,那片原始山林可是养活了柳庄一大半人。"思然眼前恍然飘过往昔跟王大路去黄村伐木烧炭挖药材的情景。

"村里在家的是老弱病残,青壮年多在外打工,去煤矿的人多,去南方工厂的多,去建筑公司的也不少。"看着香快燃尽了,张海山又续上三支插在香炉里。

"哟,思然你俩还在你爸的灵前聊得火热,去房里聊吧。"查四会说着,招呼着前来吊唁上香的人。

张海山尴尬地站起身,思然陪他走到屋外的僻静处。看着天空乱纷纷的白云,他掏出一个信封塞到思然的手上说:"有啥困难就吭声,我会帮你的。"

"都安排好了。查四会是总管。酒席请镇上红白事班子做,主家按要求备好料就行了。我爸生前爱看戏,我妈请了剧团的演员准备唱两晚上。孝歌当然要唱,峦庄的柳发书带着他的女徒弟连唱三个通宵。我和我那几个堂兄弟姐妹在灵前跪着,来人了陪着磕头,哭一哭。其他人应付应付就不见了,我得一直在灵前跪着。我爸就我一个娃,还是女娃,我必须一直跪着。村上人厚道,能来的都来了,即使干不了活,出现了也是人气,村上就这点还一直保留着。"思然讲着丧事的安排,推辞着不肯接受张海山的礼金。

"还和我生分,"张海山抓住思然的手,"我那个母大虫竟然闹到你单位了,太过分了。我和她离婚也离不了,只好这样拖着苦熬着,我代表那个混账女人向你道歉。"

"和你没关系,"思然挣脱他的手,脸上的伤痕隐隐作痛。"你老婆好凶,要不是刘吉祥,我的头发会被她揪光,我整个人也会被她掐死。"

"我是好久才知道的。我在电话里狠狠骂了她一顿。给你打电话,你总是不接,可恶的女人,我早晚得和她离了。"张海山摩挲着下巴蓬勃的胡须说。

"离不离是你的事,和我没一点关系。"思然望着张海山蓬乱头发上夹杂的草叶说,"你把自己收拾收拾,你才来多长时间,真把自己变成黄村人了。"

张海山难为情地看着鞋上的泥巴,搓着手上的污垢说:"我头发几个月不理,澡也不可能经常洗,衣服也不可能经常换,日子过得比农民还像农民。"

张海山的手机突然响了,他接了电话后脸色变得更为阴沉,"思然你想不到吧,我副局长公示期第一个向组织部反映我问题的竟然是王浅予。"

思然惊讶地说:"她咋会去反映你的问题,你当了局长,她应该高兴才是。"

张海山悻悻地说:"女人恶起来比男人还可怕。我组织部的朋友透露,王浅予反映我道德败坏,在外面包养情妇,以权谋私,与非法商人李一搏有金钱往来。"

"你有吗?"思然质问道。

"我有没有情妇你还不清楚吗?"张海山辩解说,"李一搏春节来我家拿了三十万,我坚决不收,他说是他捐助的扶贫资金,由我自主掌握支配。当时修建自来水正缺钱,我便留下了,但我个人没花一分,这三十万全用在了工程上。后来查他的非法出版,我就睁一只眼闭一只眼,帮他蒙混过关了。"

思然慨叹道:"你好糊涂,这样的钱你敢收,到时候你有嘴也说不清。"

张海山无奈地说:"我有工程使用资金的发票。"

两人说着,电话又响了,张海山匆匆挂了说:"有人养的三头猪不见了,我得赶紧带人去帮忙找。"

思然给他装了三个大白馍说:"农村生活艰苦,一定要填饱肚子,黄村还等着脱贫致富奔小康呢。"

"黄村一日不脱贫,我一日不离岗,我是立了军令状的。"张海山咬了一口馍说,"好香,真正的手工馍,有麦子的香味。"

思然将一瓶矿泉水塞进他包里,他就骑着摩托一溜烟地消失了。

"刚那个男人谁啊?像个叫花子。这几天好多人来混吃混喝,啥都不干。"给打墓师傅送酒回来的水莲望着向远处奔跑的摩托问。

"那些打墓的人太能喝,四个人喝了三瓶,醉醺醺的能把墓穴打好?"水莲望着摩托模糊的影子在蜿蜒的公路上疾行。"是不是张海山?我咋听着声儿熟。听说包村扶贫的干部都是在单位混不下去的,要是混得好的岗位重要的,谁会在这穷乡僻壤一待就是半年一年。"

"你不懂不要乱说。海山说要给咱们这里拉自来水。黄村的水好,在那里建自来水厂,把管子铺到家家户户,人畜就不用喝河里的脏水了。高速路马上就通了,他计划着搞乡村旅游,发展木耳产业和中草药产业,搞天麻小镇,他的好点子多着呢。"思然目光盯着摩托消失的地方,反驳着水莲的话。

"想法好,就不晓得能不能实现?"水莲说,"旅游搞起来,我就是贷款也要把楼房盖了,搞民宿搞接待搞餐饮,我都是擅长的。"

"妈,你还知道民宿,厉害。"思然朝水莲伸着大拇指。

"你妈我也是在外打工长了见识的人。"水莲颇为愤慨地道,"说一千道一万,还是张海山把你害了,不然你上了大学,还愁找不到个好工作吗？"

水莲将几个空酒瓶放在屋檐下的筐子里说："收破烂的最近也不来了，一个酒瓶还能卖两毛钱。"

思然叹息了一声。

"听说海山闹离婚，离了也好。你们自小在一起玩大的，我看你们现在感情也好，让他赶紧离，你们俩结婚得了。"水莲猛地拍了自己大腿，似乎为自己的想法而惊叹。

"妈你真会说，我这辈子独身，谁都不嫁。"不想说话的思然不由得冲水莲发怒。

"放屁，你独身？你嫁给海山，还不是便宜了他。你一个黄花闺女，他都结过婚的，不是便宜他还是便宜谁了。"水莲不觉得自己无理，反而觉得自己的想法好，真的很好。"你嫁给他，也不吃亏。海山年轻，前途无量，将来肯定会当局长甚至是更大的领导，他给你安排个好工作也不是啥难事，张建设肯定有好几套房，他就这一个娃，他不给你们给谁？你抓紧，不要放过了。你不往上扑，就会被别的人扑，到时候后悔都来不及。"

"妈，你太精明了，你的精明世间无双。"思然呛了水莲一句。

王一盘挽着晓晓的手从屋后的山上下来了。

"这后山好哇。"王一盘感叹道，"真是天然氧吧，感觉吸了这里的氧气肺跟洗了一样。我将来退休了在柳庄建一栋独院，习字操琴雅集，那才是人间美事。"

"我可不来，寂寞死了。"晓晓噘着嘴道。

"有我陪，你寂寞个啥？"王一盘从晓晓头上抓过几片草叶，顺手捋了捋她裙子揉皱的下摆。

晓晓打了一个哈欠："山上的虫子太多，差点没把人给吃掉。"

水莲看着杜晓晓头发上招摇的野花说:"晚上晓晓你和思然睡东厢房,王处长睡客房,电蚊香我早早都点了。"

"我们去镇上住吧。"王一盘望着忙碌杂乱的人群说,"我们在这也帮不上忙,还让你们分心,我们去镇上住一晚,明早抽空回我老家看看。"

思然也不好说甚,家里及邻居家的卫生状况堪忧,委实不好安顿他们,还是去镇上的酒店住好,思然叮嘱了一番,他们就钻进车,转眼风一样消失了。

香燃到了尽头,思然又续上了三支。看着镜框里的父亲满腹心事忧心忡忡的样子,思然想着父亲最大的悲哀是在煤矿打工患了尘肺病,且发生事故腿被截肢,打了大半辈子工,处境几乎没有改变,父亲的内心不知何等煎熬。父亲一直没有和自己谈论过他的内心,仅仅因为自己是女儿吗?若自己是男儿,父亲会向自己敞开心怀吗?思来想去,一时间心乱如麻,恍惚间来了几个父亲在矿上的工友,那些人咳着喘着,纷纷给父亲上香磕头,跪着的思然一一磕头还礼,给每个人递上烟,拿纸杯倒了茶,听那些人数说着一个个离去的尘肺病人,思然无一应,便默然退出了乱哄哄的灵堂。

天黑尽的时候一个鬼魅的身影出现在王大路的灵堂。草铺上几个打扑克的守夜人,为了几块钱的彩头,吵得不亦乐乎。直到那人跪在地上烧着火纸和冥钞,才有一个人惊叫道"刘吉祥"。

"你这几年死哪去了,一点音讯都没有。"嘴上叼着烟的查四会瞥了一眼泪汪汪的刘吉祥说。

"你把诊所转了亏大了,刘大斌接了你诊所,生意好得不得了,他药贵还不治病,比起来你还是有点良心。"查四会眼睛盯着扑克扔给刘吉祥一根烟,似乎认定了他的嘴巴会抽的。

看他不语哭得一把眼泪一把鼻涕,嗑瓜子的往地上吐着瓜子壳,几片壳溅到刘吉祥头上。

"来玩几把。"查四会招呼。

刘吉祥摇摇头,将那根扔给他的烟扔进了冒着青烟的火堆,继续大把大把地焚着纸钱。

"少烧点,还有好几天,烧完了你买啊?"输了牌的查四会盯着匍匐在地上的人说。

刘吉祥将一沓冥钞扔进火堆,暗红色的火苗发出嚯嚯的欢笑,他拍拍膝盖站起身。

满天星辰竞相发着亮光,远山的轮廓隐隐显示着峥嵘的气象,间或野鸟的长唳划过耳际,随着一阵铜锣响,哀婉的孝歌飘满了夜空。

"一更孝子灵前坐,孝男孝女泪如梭,父母不幸见阎罗,往日叫吃又叫坐,又叫孩儿端茶喝,今晚莫见父母叫,孩儿心里似刀割。二更孝子泪淋淋,想起父母生百病,生前疼痛又难忍,睡在床上不起身,一身无力又无劲,山珍海味不想吃,龙凤心胆不想吞,求神拜佛许愿心,杀猪宰羊谢神恩。三更孝子想父母,想起父母养育恩,父母把你养成人,一岁两岁怀里抱,三岁四岁不离身,五岁六岁难说起,一岁一岁养成人。"

"我不知道你回老家了。你的手机一直打不通,给你发了那么多信息也不见你回。"刘吉祥听着哀婉的孝歌对思然说。

"老家信号不好,手机有时候就打不通。我也不知道你啥时候出来,我爸病重,我等不及了,就回老家了。回家待了一个月,我爸就走了。"思然望着山黑魆魆刚硬的轮廓,声音哽咽。

"节哀。叔走了也是解脱了。柳庄七个尘肺病人,四个都走了,你爸是第五个。现在很多人还抢着下煤窑,给人送钱找关系也要去煤矿。唉,没办法。"刘吉祥看着深邃天空说。

"他们不去煤矿去哪里?煤矿工资高,又不要啥技术,煤矿干一个月,抵其他工作两三个月。煤矿也不是你想去就能去的。没关系没有可靠的人,你根本进不去。我爸进崔等来的煤矿,给中间人送了好处费,就这还等了大半年才排上队。"思然抚摸着不知何时站在身边的王一虎的耳朵说。

一颗流星拖着灼亮的光芒划过天边。

"有机会我还得收拾那个女人,让你受了那么大的屈辱。"默了片刻,刘吉祥吐出一句狠话。

"连累你受了那么大的罪。"思然说,"我也理解那个女人了。每个人都在捍卫自己的利益,不放过别人就是不放过自己。你不要再莽撞了。"

"为了你我啥都愿意。"

刘吉祥在闪烁的光影里说了一句醇厚的话。这浓郁的表示心迹的话似乎只有在半明半暗的夜里才可以讲。他摸了摸嘴,想不到自己的口舌会说出这么率性抒情的话。

"你让我收拾那个女人我就收拾那个女人。你让我给你当狗我就给你当狗。你叫我咬谁我就咬谁。"刘吉祥索性把意思挑明了。

见思然无语,刘吉祥愤愤地说:"张海山算男人吗,你被他的母老虎打了,他还一直躲着,这样的男人算男人吗?我要是见他了,要好好揍他一顿为你出出气。"

"你不要这样说他。他有他的难处。"

"现在了你还为他辩护。你们根本就不可能。他会为你离婚吗？你是做梦呢吧。你们就不是一个阶层的人。到今天你还不明白我对你的苦心吗？咱俩才是一个道上的。"

"我一辈子独身。我谁也不嫁。"

他猛地将她揽到怀里，双手箍着她身子，她挣扎着后来索性就不动了，任泪水肆意地流淌。

王一虎呜呜咽咽地走开了。

## 第十一章

### 一

头七这天，思然早早起了床，跪在父亲的遗像前烧了纸钱，想着睡在泥土里的父亲，眼睛不由得湿了。

说是头七这天人的灵魂会回家，这一回，就再也不留恋人世间了，就义无反顾地去了另一个世界。镇街的阴阳先生柳发书掐算午间十二时，父亲的灵魂会最后一次归来。在地上撒些草木灰，能清晰地看到亡灵归家的印痕。是猪蹄印的，说明亡灵已投胎为猪。还有鸡脚印、牛脚印、羊脚印，不一而足。年老的都信这个传言。柳先生交代那天要开着门，人和家禽都避得远远的，鬼魂归来称回煞，那煞可是极厉害的，触者皆亡。父亲生前常讲亡灵回家的传说。那为啥称亡人为煞呢？思然好奇。父亲没有回答。他也是从上辈人口中听来的，风俗一代代传下来，他没有能力回答这个疑问。而今，他就要变为可怕的鬼煞回家了。思然在地上磕了三个头。她知道父亲会看见她的孝心的。"我走了，"她默念道，"爸，你在天之灵保佑我吧。"她在父亲的坟前放了一瓶酒和一盒烟。她望着那隆起的坟丘说："爸，你现在住的地方还简陋，你先委屈一阵儿，我保证以后用大理石给你建墓廊。酒是你喜欢的西凤酒，想喝就喝吧。你肺气肿戒了烟戒了酒，把你戒得难受的，躲在厕所里抽，躺在床上抽，钻到屋后树林里抽。为了戒烟酒，我妈把你骂得狗血喷头。有的男人一辈子欺负老婆，你是一辈子被我妈压着欺负着。再没人管你了，我妈再也不骂你窝囊了再也不说你三寸丁不算个男人了，你耳根子终于可以清净了。我妈也可以去寻找她的自由，她就是风，爱在各地跑。她可怜也是生错了地方。她要是生在大城市受过良好的教育，那她一定是个铁娘子般的人物。你们两个其实都解脱了。我抽空会回来看你的。你要是想我了，就给我托梦，咱们在梦里见。逢年过节，我要是不能回来给你上坟，我就在城市的十字路口画个圈，写上你的名字，我会面朝家的方向，给你烧很多很多纸钱，我会喊着你的名字请你来捡钱，爸啊，你一定要来。"

　　刘吉祥租的车停在了门口，查四会从车里钻出来。他看着收拾行李的思然说："我来送送你们。"思然感激地说："多亏了你，要不是你，我爸的后事都不知道咋办。"查四会摸摸下巴说："乡里乡亲，应该的。"

　　"你把思然给照顾好了。她叫你东你不能西，她让你笑你不能哭。记住，凡是思然反对的你就反对，凡是思然赞成的你都赞成。思然要是有个三长两短，小心我打断你的腿。"查四会看着水莲往车后备箱里放着做宴席剩下的丸子肘子和几只烧鸡，叮嘱在旁边抽烟的刘吉祥。

"你们留下吃，这么热的天，拿到城里怕坏了。"刘吉祥趴在敞开的车门上说。

"家乡的味道，城里能买到吗？才去城里几天，好像你在城里扎了根似的，装狗不像狗装狼尾巴长。"查四会将一盒烟塞到刘吉祥手上。

"思然胃不好，三餐要及时，叫她一定要吃早餐。"水莲将丧礼送的几幅挽幛塞到后备箱反复叮嘱。

刘吉祥被说得兴奋了，一个劲地点着头说："妈，你放心，思然就是我的命。"

思然瞪了瞪他说："妈是随便叫的吗，看你嘴贫的。"

刘吉祥笑着道："我先熟悉熟悉，早晚都要叫的。"

思然指着黑色的挽幛说："我不要这个，放到家里。"

水莲道："这黑布质量好，找个好裁缝做裤子最好了。"

思然咬着嘴唇说："不要。"

查四会说："拿上吧，也是个念想。"

思然拿目光盯着刘吉祥。

"不拿就不拿，"刘吉祥从后备箱抱出几匹黑布，"咱听思然的，这个给咱妈留下。"

水莲张张嘴，最终没说甚。车子启动时，查四会往车里扔进一个信封说："我的一点心意，你们拿着用。"

刘吉祥拿目光看思然，思然眼睛湿润偏不看他的目光，车子缓缓往前行着，思然将那个装了钱的信封从车窗扔出去，刘吉祥从后视镜里看查四会快步往前撵着，水莲嘴里喊着，身子摆得像风中的芦苇，"加速，"思然哽咽着说，刘吉祥脚踩油门，车子像是长了大翅猛地飞起来。

## 二

眼看就年底了，街上行人匆匆，那几个穿着橘红色服装的保洁不慌不忙地清扫着地上的落叶和烟头。他们口袋里的手机播放着极响亮的音乐，感觉这条路就是他们的私人领地。有时见她或他坐在长椅上啃一口馒头喝一口塑料瓶的水，思然感叹生活其实也极容易满足，她常从心里给他们献上了更多的敬意。

李一搏在会上声嘶力竭的叫喊犹响在耳畔，"刊物发行量下降那是常有的事，哪能像吃了兴奋剂不停上升。我们要占领二、三线城市，全面占领他们的报刊亭。"可笑，二、三线城市的人不需要高尚的精神追求吗，难道他们对你这种庸俗不堪的玩意更感兴趣吗？不能再突破底线了。思然在会上讲了自己的意见。"美女还是穿着衣服好看。"思然说了一句幽默的话。李一搏恼了。他不容下属反驳他，从事所谓的文化产业十多年来，他自认为他的眼光是有前瞻性的，《闺房》每期发行四十多万册的神话不是每个做期刊的人可以创造的。垂涎自己的人何其多呀，模仿《闺房》风格的刊物何其多呀，但自己从来都是挺立潮头，将那些模仿者远远抛在了身后。李一搏咒骂着那些拙劣的模仿者，而对频频下降的发行量提出了严厉警告和批评。"我们必须靠质量求生存，读者不看你的刊物饭吃不香觉睡不好干啥都没精神，办到这个水平，还愁没有发行量吗？全国十几亿人，你们算算，百分之零点一、百分之一又是多少，怕怕呀，我们的市场潜力是无限的。"一讲开话，李一搏就刹不住话头。"将来我们要组建传媒集团，要上市，你们这些元老都要拿股份，想想看，一旦上市，你们就变成了百万千万亿万富豪，我的亲亲，未来可期啊。"李一搏唾沫喷溅地讲着，终是讲累了，咕咚咚喝了杯子里枸杞冬虫夏草泡的营养水，抽纸巾擦了擦嘴唇，目光环视着开会的人。思然觉得那目光像是老虎环伺众多小动物。在场的人，有的面无表情地看着天花板，有的低头刷手机，有的本子上心不在焉地涂画着，而有的闭着眼似乎已经神游到无穷的远方。"咱们又不是钞票，怎能让每个人成瘾，让人离不了。"有人嘀咕着。这个比喻妙，思然想着没说出口，会一结束就被李一搏单独召见了。

"听说张海山要提副局长了。"李一搏招呼思然落座后说。

"他提不提和我有啥关系。"思然看着窗台上那盆开得艳丽的花。

"你们的关系我清楚得很，别人不知道我还不知道？"李一搏显得高深莫测，"他对你可是一往情深，不然他老婆咋能闹到单位，我心里明镜似的。"

"你有啥话就直接说，不要旁敲侧击拐弯抹角的。"思然躲着李一搏咄咄逼人的目光。

"咱们刊物最近出了点小麻烦。几个市的稽查部门查封了咱们发行的杂志，还给洛城来函要求协查。市局原局长李虎认为我们刊物雅俗共赏老少咸宜，鼓励我做大做强。虽然有人一直告，但有李局长支持，一点事情也没有。但李虎去年被抓判了五年刑，两个和我要好的处长被双开。幸亏认识了张海山，做咱们这一行的，局里市里省里没有关系不行。只要海山当了副局，上了这个重要的台阶，后面当一把手乃至升到更高级别的领导都是指日可待。"李一搏声音低沉，显示了一股不可抗拒的力量，"海山现在正是要用钱的时候，关键时候咱们要助他一臂之力。"

一个鼓囊囊的大信封被李一搏推到思然手边。这个人果然狡猾得紧。听同事讲，李虎被纪委双规后，李一搏被叫去谈了几次话。李虎极顽固，拒不交代。李一搏倒是很配合，交代了详情。省局批转的核查李一搏非法出版的函件被李虎压下了。为示谢意，李一搏将五万块现金装在一个茶叶盒，并附了一幅著名画家的画。后经鉴定，那幅画系伪作。李虎孙子满月，他给封了五万元的大红包。李虎出国考察文化事业，他陪同，送了李局长五万美元。每年过春节拜年送李局两万块，都是装在一盒顶级的冬虫夏草里。李虎竞争副市长没成功，心情郁闷住院疗养，去看望的李一搏送了一张十万块的银行卡。至于吃饭洗浴按摩，那就不用说了。茅台五粮液中华烟，那都是小意思，没记账，倒是那些稍大点的花销他都详细做了记载。这也是职业属性。他是搞产业的，本质上是个商人。李虎得知李一搏的交代后，没办法也给组织老老实实地坦白了。他恨得咬牙切齿。"我出去叫他不得善终。"据说李虎从里面让人给他传出了狠话。

"要送你送。"思然想着李一搏过往龌龊的行径，断然拒绝了，"你做任何事情都按照商业原则进行交易，我办不到。"

李一搏不屑地说："让你送自有让你送的道理，你关键时候帮他一把，他会终生感激你。"

思然愤然道："我不掺和你们之间的事，我是我，他是他。"

看着思然不屈服的样子，李一搏装模作样地感叹道："可惜了海山对你的一片情深。有人想送还没钱送，你是给钱了还不接受。海山给你担了多少事，你连这点担当都没有。我原以为你是个有胆有识有情有义的女子，想不到你和大多数人一样，关键时候也指望不上。"他长叹一声,手在老板桌上频频拍着。

"我已经把刘吉祥给开了。"李一搏盯着思然说,"这个人成事不足败事有余,把海山夫人王浅予的鼻子打出了血。要不是旁人拉,说不定会出人命案。得亏海山做工作,不然王浅予一定会把刘吉祥送进监狱。这家伙心狠得太,一拳过去,王浅予的鼻血就哗哗地喷出来。我那天要是在单位的话,也不会让你吃亏的,到单位打我的人,也太欺负人了。"

思然冷冷地说:"你是老板你想开谁就开谁,你哪天看我不顺眼也可以随时开我。"


## 三

门一推就开了,房子收拾得整洁,窗台上那盆叫不出名的花开得正艳,翠绿的叶子闪着绿光,似乎要滴水的模样。墙上挂着一只老鹰状的风筝,那展开的翅膀犹若带着风声,能听到它苍茫的叹息。被子叠得像一块切割整齐的豆腐,枕边放着一本书,似乎等着它主人的随时阅读。桌上的信封只撕开了口,信封下还压着厚厚一沓。刘吉祥随手翻阅,那字倒写得极有特点,显然是练习过书法的。

思然:

我来柳庄包村扶贫已经大半年了。感慨很深啊。那是你的故乡也是我曾经的故乡。当柳庄包扶的任务分给我们局时,我的心里就沸腾了,我是太想回到那里去了。

我们曾在那条河里嬉水，曾躺在大青石上晒太阳，曾爬上高高的山巅爬上高耸入云的树冠，妄想着抓住天边飘浮的白云，幻想着爬到天上去。原以为手可以抓着天，及至爬上那最高的山顶，才发现天还在更高的远处。山下和山巅看到的世界完全不同。山下看到的天很小，就像一个大锅罩在头顶，天被高山及山巅的树木顶着。以为爬上山巅就可以抓住天了，及至我们气喘吁吁地爬到山巅，才发现世界太辽阔，无边无际的，天距离我们太遥远了。那次爬上山巅摸天给我留下了深刻的感受。距离不同，位置不同，视角不同，看到的世界就大大不同。这个感受让我在后来的工作和处世中越发体会到了世界的玄妙。

其实我心里还有着担忧。童年我经常随爸爸回柳庄，只是当个过客，只是去探亲访友，如果真的投身脱贫攻坚工作，那里的苦我能受得了吗？与农民同吃同住，要把自己变成农民，变成乡亲们的一员，我能做得到吗？在我犹豫彷徨的时候，其他同事已经积极报名要求去驻村了。

当第一轮驻村干部返回时，我毫不犹豫地报了名。我要去，我要去最艰苦的地方磨砺自己。到了黄村，我才发现现实和理想之间的距离多么遥远啊。

村民还没用上自来水。人畜饮水都靠着门前一条河。天干旱的时候，河水就剩了一条线，有时下游就没有水了。下雨天水很浑浊，翻腾着泥浆，有时还有小动物的尸体。人在河里洗衣裳，牛把屎尿拉在河里。再脏，毕竟还有水。而有的地方就没有水。村民要到五六里外的地方担水，把水储存在一个大缸里。全家人都靠着那点可怜的水生活。他们用水极节省，可以说是循环节水的范例。一家人合用半盆水洗脸，洗了脸的水给牲畜喝，有时候沉淀沉淀，还可以用来洗脚。水太珍贵了。我到老乡家去，往往先看他们家的水，看门口有水井还是有河，看储水的水具。一个老大爷水缸里的水长了蛆虫，他得了白内障，自然看不清，还用那水做饭吃。我离开的时候，老大爷不让走，硬要给我烧水喝。我看着浑浊的水和水面上漂浮的碎屑，闭着眼喝。我实在不忍心倒掉。他们天长日久都是喝这样劣质的水呀。老人拉着我的手絮絮叨叨。三个儿子外出打工，一个下煤窑，一个在西安跑摩的，一个给人跑货运的时候出了车祸，死在了高速公路上。老人长年一个人在家。孩子很少回来，他们回来都待不惯。人变了，吃不了苦。老人也许是没和人说过这么久的话，说着说着就哭了。我再一次去的时候，给老人提了一大桶纯净水，还给他买了几斤茶叶。老人说我比他的娃好，拉着我的手不让我走，硬要给我打荷包蛋吃。

一定要让村民吃上自来水，一定要给家家户户通上自来水。我暗自下定了决心。我挂职村党支部第一书记的期限是一年，我争取干两年。在这两年的时间里，除了市上镇上的统一部署外，我一定要实实在在地为村民为乡亲们做点有益的事。

我的报告局党委极为重视。主管脱贫攻坚工作的孙副局长发来信息，对我的报告给予了高度评价。我相信在各方的共同努力下，黄村人吃上自来水的日子很快就会到来。

思然：

　　我对黄村做过深入调查。该村共有村民六百二十户、一千八百三十七人，其中党员七十五人；全村有贫困户一百二十户，贫困人口三百二十人，低保人口六十人；村"两委"班子成员六人，农户人均纯收入五千一百二十元。农业基础设施薄弱、村组水渠灌溉能力极差，每逢干旱季节，农田面临成灾或绝收，农民叫苦不迭；村组简易公路坑坑洼洼，有四个村组还是原始土泥路，村民出行、农产品出村十分困难；村民住房简陋，至今还有相当数量的土坯房、毛坯房。村中环境差，村民居住分散，有五十多户居住在山坡，多数村组没有公厕；村民受教育程度普遍偏低，缺乏必要的生产技术、缺少资金，农业无主导产业，严重制约着全村经济发展和社会事业全面进步；村级集体经济非常薄弱，主要靠上级下拨的转移支付维持村级正常运转。但黄村也面临着难得的发展机遇。它的未来必然是宜居宜人。

思然：

　　夜里睡不着，想打电话信号也时有时无的。想想还是写信好。现在通信发达，很多人已经不写信了，读信和写信于当下都是十分奢侈之事。我没有收到你的回信。

也许你没写，也许邮路不畅，信件一直在路上。农村的夜晚你大抵是知道的，除了看电视，几乎没有所谓的夜生活。我一个人在黑夜里走着，垂落宇宙的天幕灿烂如人间的街市，亮晶晶的星星眨着眼，风在身边发出窸窸窣窣的声响，望着散落在各处的寂寥的灯光，想着这片贫瘠的土地何日能摆脱贫困早早步入小康啊。只有经济富足了，精神才能富足。精神的贫困也许比物质的贫困更令人惊惧。走着走着，间或听到有人家里传出古老的孝歌。那是唱给亡灵的歌，但在这样的夜晚听来，别有一种凄凉和悲苦。

如何构建新样貌的乡村，我是有着深刻的思考和筹划的。这是一盘大棋。黄村的石子路，坑坑洼洼。要改造成水泥路，双向两车道，能过大货车。黄村的土豆天麻猪苓茶叶等出产能够运得出。有几座山崖挤占了路面，坡度很大，路面极窄，得把那些碍事的山崖炸掉。临近崖面的公路要修筑水泥护栏。我曾亲眼看见一辆满载着土豆的农用三轮车冲下了几米高的山崖，车子摔成了废铁，那人半身不遂至今还躺在床上。那是个种土豆的好手。他从陕北引进了新式土豆品种。成熟期短，个头大，耐贮存。他既是土豆专业户，又是粉条专业户。他制作的粉条非常抢手，好多人到他家里买。但就是产量小，远远达不到规模化。我原先设想成立粉条合作社，让他领头，注册个商标，搞规模化生产呢。这个投资小，技术含量不高，容易取得经济效益。哪承想车祸毁掉了一个致富带头人。归根结底还是交通问题。这样的例子举不胜举。改变落后的交通状况刻不容缓。将黄村峡峪的水聚集，拦河修建水库，让黄村的水进入柳庄的家家户户，这是我梦寐以求的事。当自来水管道通入每一个家庭，家家户户能听到自来水哗哗的水响，我这包村就算包出了成就。

过境柳庄的高速快要通车了，一定要抓住这个重大机遇。柳庄基础建设欠账太多，急不得，慢慢来。要因地制宜发展乡村旅游、建设专业合作社、村民活动室、阅览室、健身广场、议事大厅、实用技术培训学校等。目前最大的制约是缺乏项目资金，缺乏各类技术人才。真的是孤掌难鸣啊。有时被误解谩骂，真想一走了之，但每每想到自己的承诺和责任，便为自己这种怯懦和畏惧羞愧而不安。

恩然，我觉着自己正在脱胎换骨。如你能回老家，则更好了。我们携手，让柳庄早日走上康庄大道。

哦。想起了一个人。李一搏曾来过柳庄。他给每个贫困户送去了米面油，还给了每家几百元不等的慰问金。他表示愿意帮扶三户家庭，承担那五个孩子高中到大学的全部费用。将来孩子毕业了还可以到他的公司就业。我真的感动了。如果每个企业家每个先富起来的人都有李一搏这样的觉悟和境界，都愿意投身于乡村的脱贫攻坚事业，何愁我们宏伟的目标不能实现。李一搏许诺，柳庄的自来水工程他愿意资助一笔钱，只要有需要，他愿意尽他的最大努力。

我们得改变对他的偏见。

原以为他是个为了利益不择手段的市侩商人，抓住了时代的机遇，游走在灰色地带，为自己攫取了巨额的财富。像他这样利用种种不法手段致富的人很多，不过他们足够智慧，通过种种途径将自己彻底洗白。我为自己的浅薄感到羞愧。其实我们内心对他们既羡慕嫉妒又仇恨仇视，这是国人普遍的一种病态的心理。时代的进步有时的确得靠这些敢为人先的企业家实干家。他们有时候真的能改变世界。

思然：

十几年前那件事一直像个刺扎在我内心。每每想起，心里的愧疚就淤积得像一座沉重的大山。我多次想当面对你说声对不起，但都鼓不起这个勇气，我为自己的懦弱感到羞愧。看你飘零至今，还是独身一人，我明白当年对你造成的创伤也许一生都无法弥补。我改变了你的人生。我不祈求你的谅解，我不配得到，但我衷心希望你能快乐，早日找到情投意合的另一半，开始新的人生。

王浅予对你的伤害我非常内疚。那个恶妇我受够了。但离婚又不能，只能如此苟且。这也是我去柳庄包村扶贫的重要原因之一吧。这其实是一种逃避。但我在柳庄能感到身体和灵魂的安妥。

思然，祝你每天要快快乐乐的。

再往下看，楼道传来了脚步声，刘吉祥装着看墙上悬挂的那幅画。

端着一盆洗净了的衣服的思然看着故作镇静的刘吉祥问:"我门锁着,你咋进来了?"

刘吉祥一屁股坐在床沿上,说:"你可能忘了锁,我一推,门就开了。"

思然将一脸盆衣服放在墙角,疑惑地说:"我锁了,咋能没锁呢?我走的时候还专门推了推。"

"你最近老是丢三落四的,可能太焦虑了。"刘吉祥的腿摇晃着,床跟着咯吱咯吱地响。

"要坐你就好好坐着,"思然不悦地说,"你不嫌摇得难受。"

"我不难受。"刘吉祥嬉皮笑脸的。

"我听着硌硬。"思然将一把椅子推到他身边。

刘吉祥便将屁股换了个位置。

"你和张海山联络得够紧密的,"刘吉祥的胳膊支在椅子背上说,"每天一封信,肉麻得我都想呕吐。"

"你咋偷看我的信,"思然收拾着凌乱的桌面说,"他写就写了,你吃啥子醋,我和他就是普通的朋友。"

刘吉祥揶揄地说:"思然,张海山是有妇之夫,你还对他抱有幻想吗?他张海山结婚了还对你一直念念不忘,不停地勾搭你骚扰你,他这是啥意思?"

"你不要胡思乱想。张海山在柳庄包村扶贫,写写信咋了?"思然将信装入一个大纸袋锁进了抽屉,"你不要乱翻我的东西,也不要干涉我的生活。"

"咱们都确定关系了,你心里还装着他,你这样对我公平吗?你们十几年前发生的事情你至今还瞒着我。你应该告诉我,你应该向我坦白,而不是至今还对自己的未婚夫遮遮掩掩。"刘吉祥盯着思然苍白的脸。

"我们之间没有啥,"思然道,"我和张海山拉扯起来就是远得不能再远的亲戚而已。"

"亲戚?"刘吉祥冷笑,"哪门子亲戚?你真以为我不知道你们的丑闻?十几年前那个炎热的夜晚,高考的前一天,那个恶棍将一个漂亮的女中学生灌醉并强暴,那个被强暴的女生因此而高考失利,自此她长期生活在那个被凌辱的阴影里,她错误地认为所有对她献殷勤的男人都垂涎她的身体,即使碰到一个像狗一样对她忠诚像糖一样对她甜蜜的男人,她的内心还是摇摆不定。"

"我说得对吗?"刘吉祥看着思然愤怒的脸。

"你写诗可惜了,你应该写小说,你的想象力太丰富了。"思然咬着嘴唇,冷冷瞥了他一眼。

"那个恶魔将你强暴,还心安理得地当着公务员,还装模作样地去扶贫,还衣冠禽兽甜言蜜语地给你写信,我早该将他送到牢里去。"刘吉祥狂暴地敲打着椅子。

"他现在忏悔了,"思然说,"我过去的事情不用你管。"

"他要是悔过了,他就应该去自首,我还可以给他当律师。"刘吉祥申辩道,"这么多年只有我是真心爱你的,难道你就没有发现吗?"

"你既然那么在意,咱们的缘分就尽了。"思然拉开门说,"你走吧。"

刘吉祥站起身说:"我虽然知道了真相,但我会更爱你的,我不在乎你的过去,那都是张海山造成的,他早晚会为他的恶行付出代价。"

刘吉祥去拉抽泣的思然,思然打开他的手,端着那盆衣服去了楼道。思然将洗干净的衣服挂在铁丝上，水滴滴答答的，风来了，湿淋淋的衣服不由自主地飘荡。

四

张海山副局长任职公示发布一个月后，《闺房》编辑部被查封了。那天空中的雪花悄无声息飘落，风发出嘶嘶的鸣叫，一辆执法车停在办公楼前，几个人往门上贴着封条。思然远远地看着，觉得莫名的开心，这不期而至的结局，似在意料之中，却想不到它会来得这么迅捷，一点预兆都没有。

"李总昨天开会说马上要发工资了，"李美丽对那些往车上搬着资料的人说，"咋今天就查封了？一点征兆也没有。"

执法人员拍了拍手上的灰尘说："你们参与非法出版，要配合调查，随叫随到，工资找李一搏要去吧。"

"我们每年都给主办单位缴了五十多万元的刊号使用费，咋就成了非法出版？"李美丽质问道。

"那个刊号是假的，他骗你们的。李一搏这十几年做了七八种假刊物，发行量大，影响恶劣。"执法人员最后严肃地说，"你们这些号称做文化的，其实就是一群法盲，找个正经点的工作，就是开个小店也比办这种地下杂志强。"那人正了正大檐帽，严肃了面孔道："一个个好好想想，随叫随到，我们手上有名单，你们要好好配合调查。"

"李一搏这个大骗子，骗了我们这么多年。"李美丽愤愤地说，"我们都是被他蒙蔽的，我们才是最大的受害者。"

大家不再议论工资的事，觉着李一搏这回真的玩完了。想想，觉着这个李某人真的可恶，真的是资本家的走狗。他不是豪情万丈地叫嚣，道路是曲折的，前途是光明的吗？他不是常说，和某长某局某领导常在一块吃饭喝酒吗？他常慷慨激昂地给大家鼓劲，撸起袖子加油干，有我吃的，就有你们吃的，我不吃不喝，也让你们有吃有喝，我要给你们盖楼买车拿年薪，让你们每年去国内外休闲度假放松身心，我要那么多钱干啥啊？渴不过饮一瓢水，饿不过食一碗之食，寝无非三尺之眠，要那么多钱财有何用哉？我们创造我们快乐，我们工作我们快乐。听听，他的言辞多么蛊惑人心。有人鼓掌，发自内心地鼓掌，多数人被这掌声裹挟纷纷拍手，有人还跳起了舞，一时间场面让人感动得有些失控。这回牛皮吹爆，公司被查封，李一搏给群众画的大饼还能实现吗？执法车威风凛凛地走了。众人方从荒诞的臆想和叵测的现实中惊醒，这回，李一搏也许真的玩完了。这样的新闻每天在上演，凭啥他李一搏就可以屹立惊涛骇浪而不倒呢？他不是神仙，也不是魔鬼，他不会孙大圣的七十二变，比他牛逼几十倍的富豪说倒就轰然倒下了，他会例外吗？有人将计算机主机装进了黑色的大垃圾袋。有人将电水壶混装进了自己的杂物车。看见新买的纸杯子还堂而皇之地摆在窗台上，赶紧藏了，晚一点连个屁也闻不到。及至思然走进办公室，看见张海山送自己的保温杯不见了，桌上的电脑不翼而飞，不到半天时间，五六间办公室被洗劫得空荡荡的。思然将自己的物品装入纸箱，拖欠的工资大概率是指望不上，那些被洗劫一空的公司物品，能抵得上几个月的薪酬吗？

## 五

　　整理杂物的时候,刘吉祥来电话约她晚上去老干妈餐馆吃饭,饭后看电影,票都订好了,刘吉祥特意强调:"3D的,你看子弹朝你射过来,锋利的剑似乎要劈开你身体,鳄鱼的大嘴会把你吞进去,水花淋在你头上,太刺激惊险了。"

　　本不想吃晚饭的思然经不住刘吉祥的聒噪,只好应承了。这个人太麻缠,思然整理着从办公室带回的物品,看着书本里夹的照片沉思。虽说答应了和他交往,但从内心而言,那并不是自己最好的选择。水莲的极力撮合,刘吉祥日复一日地进攻,如果不十分挑剔的话,他还算自己无奈之中的一个选项吧。十本厚厚的笔记本,记录了自己到洛城生活的点点滴滴。某天把它们全部录成电子文档,也算给自己兵荒马乱生活的一个见证吧。思绪飘飘忽忽又陷落在刘吉祥身上。这个人永不服输,永远用挑战和斗争的姿态去生活,这一点却是自己不具备的,而这正是战胜生活困厄的必须。感觉刘吉祥一直在路上,一直是个奔跑者的姿态,像当代的夸父,他会渴死在寻水的途中吗?思绪翻腾了许久,终是没有确凿的答案,倒是窗外的天色暗了许多,隐约的风声在窗外徘徊。他几次要自己搬到他在二府庄租的房子,虽说简陋,但也是单元房啊,有灶房有卫生间,有客厅有卧室,真有家的样子。她和他在那间逼仄的客厅里包过一次饺子。听说她不吃大肉馅的,他专门为她包了韭菜鸡蛋的,他厨艺远超过她了。那饺子从他灵巧的手里产出来,像一个个精致的耳朵,它们聚集在案板上,似乎想偷听他俩的悄悄话。她忽然来例假了,她的例假极没规律,有时月初,有时月末,而有时每月则来两次。裤子上留下了尴尬的血迹。刘吉祥便去便利店给她买了卫生巾,一大包啊,这个傻瓜,买得太丰盛了,夜用的,日用的,加厚的,防侧漏的,他真是个细腻之人,比水莲对她周全多了。那天她例外地让他吻了自己。她真的感动了。她觉得女人被感动太容易了,一件微不足道的事就能点燃她们的情绪之火。这也是个可怜人,她心里叹息着,手摩挲着他的头发,一时间竟然母爱磅礴。

她恍然想起了自己生下的那个孩子。要不是意外死亡,现在也十岁了。护士说是个男孩,她隐约看到那屁股上莲花样青色的胎记。在怀里抱了一会,她就昏睡过去。这个孩儿差点要了她的命。起初她懵懵懂懂的,水莲给她吃打胎药,给她吃民间流产的偏方,可这个孩子却顽强地附在她的宫腔里,有时还狠狠拿脚踹她。"你怀的是妖怪啊,"水莲让她穿不显怀的衣裳,拿长长的布条裹她的腹,但这都抑制不了生命的疯长。水莲带她去了医院,一通检查下来,已经不能强行终止了。孩子胎位不正且脐带绕颈。"先生下再说吧。"产科医生给这对无措的母女提出了专业的建议。折腾了两天,这个妖怪终是生下了。精疲力竭的思然在昏睡中梦着了孩子的笑容,听到了婴儿咯咯的笑声。妈妈,妈妈,似乎听到孩子对自己发出人生第一声呼唤。及至醒来,婴儿早不见了。可能是生产的时间太长,孩子肺部受了严重感染,呼吸功能衰竭,水莲学说着医生的专业术语安慰她。思然听得一阵儿心疼,便又昏迷过去。妈,她似乎听见孩子稚嫩的呼喊。此后多年,她常朦朦胧胧恍恍惚惚地听到孩子在叫她。她感觉那个孩子长大了,他常在梦里责怪她。妈,你为啥不要我了?妈,我饿。妈,我冷。

她看着他瘦弱的身子瑟瑟发抖。

刘吉祥来电话催她，她任铃声响着，泪水已模糊了容颜。

## 六

推开"山丹丹"包间，看着满桌的菜，思然微有惊愕，她刚坐下，刘吉祥就埋怨道："等你了一个多小时，从你住的地方走过来也就二十多分钟吧。"

思然歉意地说："忙着收拾屋子，收拾收拾就把时间给耽误了。"

刘吉祥吆喝服务员把菜重新加热，"你胃不好，不能吃凉的，"刘吉祥给两人各倒了一杯啤酒说，"我们先干一杯，庆祝一下。"

思然举杯和他碰着说："啥事值得庆祝，咱俩人点这么多菜太浪费了。"

刘吉祥干掉杯中的啤酒，拿餐巾纸擦着嘴说："我又找到了工作，还是干文化的，第一单就净赚五千，更重要的，那个李一搏倒了，这两件大事还不值得庆祝吗？"

思然一笑："李一搏倒不倒和你有啥关系，倒是你挣了五千块钱的事情值得说说。"

被加热的菜重新上桌，无非是韭菜炒鸡蛋、酸辣土豆丝、土豆烧牛腩、酸菜鱼之类的普通菜肴。

"吃啊，"刘吉祥给思然夹了一块牛肉说，"李一搏的杂志被查封是最该庆祝的。杂志每月近百万的发行收入，但给咱们一月只开三四千块工资，还不办社保，这样吃人血的老板天不亡他都是天不长眼。柳庄一个中学生看杂志入了魔，将一个独自在家的老太太给强暴了。老太太羞不过要上吊，被儿媳妇给救了，警察在那个中学生宿舍搜出十几本你们编的黑杂志。李一搏会不会被判刑，那就很不好说了，他毕竟在这个行业做了十几年，根深叶茂。"

思然颇为惊讶："真的还是假，听着咋像天方夜谭？"

刘吉祥给思然夹了一片鱼说："不是我杜撰的，我还没有那么丰富的想象力，是《洛城日报》的大记者亲口说的。"

"你咋还攀扯上了报社记者？"思然看他已不胜酒力而显出了半边脸火红半边脸惨白的怪诞景象。

"那个记者可牛了，各个线上的人都认识，五行八作，三教九流，没有他不认得的。其实几年前我们就认识了。当时我给你爸和那几个尘肺病人代理打官司，我寻思有记者和媒体介入，影响会大一些。我把材料和有关证据复印了给他，还请他吃了几次饭，送了他一张两千块的购物卡。他答应带人去采访，后来就没了下文。我催了几次，他说稿件已写好，但领导审查后不让发，说这样的稿子发出来影响不好，不利于社会团结稳定。我给他打了几次电话，他就将我列入了黑名单。上个月我无聊试着给他打电话，竟然就打通了。我请他给我帮忙找工作，他竟然非常爽快地让我去他的广告公司拉广告，三个月的试用期没有底薪，但一个单子可拿百分之三十五的提成。你算算，一个广告四万元，你的提成就可以拿到一万多，他热情洋溢地鼓励我，一月不多拉，拉回来一个就赚了。我第一单广告款到账后提了五千块。"刘吉祥说得兴奋，给自己又倒了一杯酒说，"按这样的挣钱速度，致富指日可待。"

思然默默听着，末了说："你走的和李一搏是一个路子。"

"李一搏这回应该完蛋了，"刘吉祥幸灾乐祸地说，"不是不报时候未到，出来混，迟早要还的。你可能还不知道吧，李美丽一直在暗地里黑他。"

"你咋知道的？"思然惊讶地说，"李美丽和他一荣俱荣一损俱损，李一搏对李美丽还是够好的。"

"李美丽将李一搏杂志二渠道发行商的名单卖给了他的竞争对手许令好，这个五百多人的名单可是商业机密，它涵盖了全国中小城市的书报批发商、报刊亭，谁拥有了这个名单谁就拥有了独一无二的资源。李美丽这招够狠的，等于直接掐断了李一搏的渠道。"刘吉祥说着显得很开心，"也怪李一搏心太贪，他答应给李美丽的分红、股份、年薪一直不兑现，李美丽就被许令好给拿下了。"

"你咋知道的？"思然半信半疑。

"许令好也写诗，我们早先就认识。诗人都爱吹牛，在一次诗会的聚餐上，他喝大了，把李一搏李美丽的矛盾给端出来了。"刘吉祥说，"吃饭的人都恭维他不但诗写得好，而且生意也做得好，只有他有资本经常请诗人圈的朋友吃饭，他被大家恭维得晕头转向不知天高地厚，就大肆宣扬他竞争对手李一搏的丑闻，说得刹不住了嘴，把该说的不该说的都说了。"

思然讥讽道："你也有这个毛病。"

刘吉祥不理会思然的挖苦，神秘地说："我去打印诗稿，无意中在复印店的电脑上看到李美丽实名举报李一搏的信件。李美丽掌握的都是猛料，店老板没有删，我暗中下载了，又从网上发了几封举报信，当然用的都是李美丽的大名。"

思然说："你也够阴的。"

刘吉祥得意地大笑着："李一搏黑钱挣得够多了，也到了该偿还的时候。"

思然看不得他张狂的样子，冷笑着说："你其实和李一搏、李美丽是一路子人。"

"不管白猫黑猫，抓住老鼠就是好猫，只要能挣钱的路子都是好路子。"刘吉祥给思然盛了一碗汤说："你可能还想不到吧，我现在的老师是张海山的爸爸张建设。"

"啊，"思然惊叫一声，手里的汤匙跌在桌上。刘吉祥诧异地瞅了瞅思然，拿抽纸擦着流淌的汤说："那次我将线索提供给张建设，他就带着我去了造纸厂。厂长也是见多识广的人，知道记者曝光的真实意图。我们一个唱黑脸一个唱红脸，连诈唬带威胁，厂长答应了四万块的广告费。中午的饭局上，张建设喝高了，说自己儿子很快就提副局，市上领导答应两年后提正局。我说我和张局早认识，还是哥们呢。张建设高兴地鼓励我好好干。那次采访我拿了五千，张建设拿了大头。想想也对，没有张建设参与，我连一分钱也弄不到，搞不好还会以敲诈勒索的罪名被抓了。造纸厂李厂长提供材料，我写了一篇五千字的通讯，讲李厂长如何如何重视环保，如何如何重视产品质量，《洛城日报》登了半个版。这可是我第一次正式发表这么大篇幅的新闻作品。我给李厂长送了一百份报纸，李厂长送了我几十卷卫生纸。思然，咱们以后用纸不用愁了，李厂长答应专供。"刘吉祥颤抖着给思然夹了一筷子菜。

眼看着电影开场时间到了，思然突然道："我不舒服，你自己去看吧。"刘吉祥提着打包的剩菜说："票都买了，咋就不去了？难得扬眉吐气一回。""身体不舒服，你一个去看吧。"思然拧身往回走着。刘吉祥呆愣一阵,拔脚赶上了思然。"你一个人去看嘛。"思然看着身旁喘息的刘吉祥。"一个人看有啥意思。"刘吉祥不快。思然不想辩解,路过便利店,刘吉祥将洗发水洗衣液卫生巾锅巴饼干巧克力方便面咖啡茶叶等各色零用物品买了一大塑料袋。思然无语,继续走着。刘吉祥不知思然咋就突然怏怏不悦了,便相跟着,进了嘈杂的巷子,穿过幽暗的巷道,公厕飘出的气味欢快地扑过来,鼻子打出一阵响亮的喷嚏,塑料瓶易拉罐胡乱堆积着,流浪汉坐在几个压扁的瓶子上,他吃一口馍,掰几疙瘩扔给身畔的麻雀,麻雀拍拍翅膀兴奋地叫着。刘吉祥跺着脚,轰的一声,麻雀飞起后落到公厕的屋脊上,几片羽毛在空中毫无方向地乱飞。

进屋后,刘吉祥将一大包东西放在地上说:"这民房夏天热得要死,冬天冷得要死,我租的房子有暖气有空调,你搬到我那里住吧。"

思然给他泡了一杯茶说:"我住习惯了,这附近有好几所大学,经常举办各种讲座,我常去听,收获太大了。"

杯里的茶叶被开水浸泡后像无措的鱼儿上下翻腾,刘吉祥吹了吹浮在水面的叶子说:"这城中村马上要拆了,拆了后你住哪里?"

思然听他的口气充满了不解,遂说道:"这么大的洛城,还没有我住的地方吗?"

"咱们啥时候结婚?"刘吉祥嘴里咀嚼着泡软的茶叶。

"咱们这个样子咋结婚?不能为了结婚而结婚。"思然拿起桌上那本没有看完的书,"你抽空了多看看书,不要一天急躁躁的。"

"我静不下心,"刘吉祥说,"世界变得太快,我还没有来得及适应,它就变了,我们得有七十二般变化才行。你能静心,我不能，我要追赶时代的步伐，不然时代会将我抛弃甚至将我碾成粉末。"

"我们当然不会在出租屋里结婚，也不会回柳庄结婚。虽然我爸妈在柳庄镇街给我盖了三层小楼，但我们已经回不去了，我们生是洛城人死是洛城鬼。"刘吉祥临走时道，"张建设说只要我跟着他好好干，票子房子车子都不是问题，别人能做到的，我当然也能做到，我会让你风风光光体体面面地当新娘。"

思然收拾茶几发现刘吉祥留下的信封里装了两千块钱。

## 第十二章

### 一

刘吉祥听着车载音乐，嘴里哼着歌曲，道路两旁的树木如一个个敬礼的士兵往后退却着，他手握方向盘，汽车如一条大鱼遨游在宽阔喧嚣的大街。行人像一只只鱼虾，胆怯地避让着这闯入人流的掠食者。它摆动颀长的尾翼展开锐利的胸鳍无数鱼儿被吸进它残暴的大嘴，嗜血的它对肉食有着天然的渴望和贪婪，它磨砺着自己闪着亮光且能切割骨骼的牙齿，它觉得自己越来越勇猛，头脑里时时浮现出鲨鱼捕食的血腥场景。

好呀，这就是我理想的和追求的，一愣神，车子与一辆送快递的摩托差点相撞。"找死，"他顺嘴爆出一句粗话，猛打方向盘，车子凶恶地擦过路边的大树，碾过一辆共享单车，差点撞在路边的隔离墩上。他惊吓得一脚踩死刹车，头撞着了挡风玻璃，一股血喷在开裂如花的玻璃上。那个被吓得魂飞魄散的骑手冲他骂了几句，幽灵似的消失了。他擦了额头的血。曾几何时，自己就像鲨鱼嘴边盲目游动的鱼，而自己从被鲨鱼捕猎到成长为捕猎的鲨鱼，那转变该是何等的惊心动魄啊。

当然该感谢入门师傅张建设了。

那第一单五千元的提成，让他突然发现了还有如此便捷的生财之道。张建设就是值得效仿的榜样，他采用的方法都是可以借鉴的。机会总是痴情于有准备的头脑。张建设见他忠诚可靠，便给他办了一个洛城日报社内部记者证。这个记者证当然在网上是查不到的。张建设见他疑惑，一语道破了天机，"谁敢查你的证？一般你去的地方或多或少都有问题，他就不敢叫你亮证，真的碰到死硬分子，你给我打电话，我的证件谁敢说是假的？""不过啊，"张建设话锋陡转，"你发现了线索不要贸然行动，尤其重大线索，必须给我报告，不然，真出了事情，就覆水难收了。"张建设苦口婆心给他讲了若干记者翻车被抓的事项。"好啊，我一定给师傅汇报，绝不擅自做主，"说这话的时候刘吉祥已私下做了四个单子。有收入四千的，有两千块成交的，也有五百可以搞定的。

说来可笑得很。

他驾车由柳庄开往洛城，在黑龙口饭店吃饭时听闻一桩怪事。说镇街干部爱打麻将，经常几个人掩着门明目张胆地打，办个公务盖个章子要等大半天。若是恰逢那人输了，你这章子八成是盖不了，若是那人赢了，便从口袋里掏出来啪啪就给你盖了。闻此言，真是气从心头生愤从心头起。在知情人的指点下，他猛地推开办公室的门，照相机一阵乱拍，那批人吓得哐当哐当地收拾牌桌，有人捂着脸钻到桌下。"好大的胆，上班时间玩牌，还有没有法纪？"他一声断喝，照相机的镜头扫过那些发愣发呆发蔫发狠的脸孔。拍照毕，抽转身，去了院内，手从口袋里摸出烟，给发苦的嘴巴按上，另只手摸着打火机打出一绺淡蓝色的火苗，嘴巴深吸一口，看见院内墙上刷着"廉洁奉公　依法行政"的标语。

一个身材瘦挺的人奔到他面前，"领导是哪里的？"他颤抖的手敬出一根身材细长的烟。

"比我抽的好，"他故意不接，却装了威严的嗓音道，"全市上下正在狠抓作风纪律建设，狠抓机关效能建设，你们却上班时间打麻将，老百姓意见很大，盖个章子要跑十几次，老百姓想把你们门口挂的牌子给摘了，我看摘了也好，留你们何用？还花着纳税人的钱，嗯，我们正愁抓不到新典型，你这个典型就送上门了，好啊，我把暗访的情况给市领导汇报一下，这也是重大收获嘛。"

那人的脸上红一阵白一阵紫一阵绿一阵："领导批评得对，我们错了，坚决改正，领导暗访，也不提前打个招呼，我们一点准备也没有，基层辛苦，大家平时也没啥子可娱乐的，偶尔耍一下，领导是哪个单位的？我好给上级汇报。"

那人连拉带扯将他弄到办公室，很快就泡了茶，抽屉里取出一条软中华，撕开包装将一盒闪着红艳艳光泽的香烟摆在他手边，"领导喝茶，不要客气。"那人在办公桌后落座了，脸上摆着质疑的神色，"领导哪里的？我好有个思想准备。"

那人的目光愈来愈狐疑，不亮明身份这个老油条是不会就范的，比他身份尊贵的见得多了，最后还不是都谦恭得如同孙子。

"洛城日报社，"刘吉祥掏出记者证在那人脸前晃了晃。那人脸上掩饰不住地闪过一阵抽搐和彷徨的汗珠，"哦，记者领导，你多批评，有啥条件只管提嘛，我们全力整改，全力整改。"

"我要给市领导报告，"刘吉祥拨通手机装模作样地汇报了简要情况，末了频频点着头，嘴里不停地嗯嗯着，似乎与他通话的是一个级别很高的领导。最后他挂了电话，长长吐出一口烟："复杂啊，不好办，你们这回是撞到枪口上了，领导正要抓典型。"

"鄙姓刘，刘天科，这里的镇长，目前负责全面工作，"那人谦恭地双手递给他一张名片。"咱们五百年前还是一家人，一笔写不出两个刘字。"刘吉祥的口气不再那么咄咄逼人了，反而显出一种难得的亲民和戏谑。他自然是走不了了，都到晚饭的时间了。

掩映在群山之间的农家乐自是豪盛，坐于主宾位置的他承接了每个人的敬酒，身旁那个微胖的姑娘总拿暧昧的目光在他脸上扫，间或身子和他有意无意地触碰。当那个微胖的姑娘给他敬酒，众人吆喝着两人喝个交杯酒时，姑娘羞怯腼腆的目光在他脸上一闪一闪的。

主持工作的刘镇长说："这是今年新考来的大学生，咱们机关里唯一的女才子，你俩今天是郎才女貌，这交杯酒就走一个。"

"领导都发话了还说啥呢，按领导的意思办既是美德也是基本规矩。"刘吉祥和胖姑娘喝了三盅交杯酒。当胖姑娘要看照相机里的照片时他一点回绝的意思都没有。他醉得分不清了南北东西，被刘天科和胖姑娘送到了黑龙口大酒店。满天的星星冲他眨着眼，他笑着唱着……

"你醒了。"刘天科第二天早上在床前意味深长地看着他。

汽车后备箱放了土鸡蛋木耳和香菇，腊肉的香味一直在车内缭绕，当车辆即将驶入秦岭隧道时，他在紧急停车区停下了狂奔的汽车。他数了数信封里的钱，数目他是满意的。刘天科真是个聪明人，胖姑娘不小心把照相机丢失了，镇政府赔偿了足够买两部相机的钱。刘天科是聪明人，我刘吉祥何尝又不是聪明人，凡事适可而止，过犹不及于事无益。"到洛城了兄弟来拜访你，给你买部更高档的相机。"刘天科的话语一直缭绕在耳畔。眼前缤纷闪过绿的黄的红的树叶，那真是刘天科导演的一部戏，胖姑娘演得还不错，唯一缺憾的是这姑娘真的太胖了。他的脚用力踩下油门，车子傲骄地吼了一声。

说来好笑，刘天科竟那么天真，真的周六来洛城约他在香格里拉大饭店吃饭。他提前约了思然，一听说都是陌生人，思然走到半路不去了。你不试着改变自己让自己去适应城市，还能让这个城市适应你吗？无怪乎这么多年你的事业和生活毫无起色。性格决定命运，似乎说的就是思然这一类人。硕大的包间就他俩，喝着茅台酒抽着中华烟，他们天南地北地闲扯。他谈了洛城官场上的某些官员，云里雾里，只说大概又不具体阐明，刘天科听得极投入，频频向他敬酒，亲手给他盛了两碗王八汤。

"这汤大补，多喝点补补身子。你刘主任一天忙得没时间照顾身体，没有好身体哪来好精力，过了享受的年龄就是美味佳肴放在你眼前也是心有余而力不足。"刘天科给他盛了一大块甲鱼肉。

"刘主任啊，"刘天科长满疙瘩的脸像一只雨地里的癞蛤蟆在他眼前蹦跶，"我在科级的位置上干了八年，八年把日本小鬼子都赶跑了，而我把这个位置都坐出了老茧坐出了千年不变的禅的味道。我的前任比我小五岁，没能力没水平没学历，呼呼地提成了副县长。那水平比我差远了，念个报告都念得磕磕绊绊的，临时讲个话都要带着稿子，但人家比我长得有优势，这女人走后，满想着我该接手书记了，想不到又从另外一个单位调了一个人占了这位置。那个人干了两年,职工不停地告状,班子也不团结,组织上将他调到另外一个县当了宣传部部长,还进了常委。你说说,我多么难受多么煎熬。我陪了四任领导,其实工作都是我干的。这回你一定要把我提上去,经费不够了你随时说。咱家借钱也要干。原单位提拔可以,换个单位提拔更好。无论在哪里我都能干好,我到任后一定能振兴本县各项事业,我上去了,还能少了你的吗,都是小意思小意思。"

刘吉祥抽着烟,间或滋的一声喝口茶,他的目光忽而看着亢奋地表达意愿的刘天科的脸,忽而盯着窗外频频变幻着颜色的大厦,他的目光像是无法确定方向的翅翼,总是在迟疑徘徊中寻找新的目标。恍惚间,他觉着刘天科真的可怜,他不由得为自己也为刘天科感到悲哀和无助。

刘吉祥高深莫测地抽着烟,末了,说:"我给领导做做工作,你也要好好表现。""是,是,是,"见他松了口,刘天科一口气说了无数个是,又掏心挖肺地表白一番。"按摩还是不做了。"刘吉祥看着刘天科将一个手提袋塞到自己手上。

路灯深情地看着他,代驾的车技真好,车子像一条大鱼在洛城繁华的街道上奔驰,他打了一个茅台味的酒嗝,跟着车里的广播唱起了歌。刘天科出手阔绰,这样的人真让人放心。几桩事情都没给张建设透露丝毫音信,透露不得啊。这一招半式,都深得张建设真传且在不断锤炼中达炉火纯青之境。有时候他对自己的智商情商暗自惊叹,想不到世上还有这等好的职业,自己竟生生蹉跎了许多岁月。他扳着酒后发红发肿的手指,看着手指上那一根根粗壮肥硕的黑毛,这一年收获得锅满瓢满的,真得感谢将自己引进门的师傅啊。没有真正当记者当领导的师傅,他就是有天大肥胆也不敢一而再再而三地在雷区徘徊冲锋。那些涉险被抓的人还少吗，这事真得拿捏好分寸和尺度。

"你们不要背着我做坏事，尤其不要干敲诈勒索违法乱纪的事，出了事情都是你们自己的个人行为，和我和报社没一点关系。发现线索一定要报告，及时报告，万万不可图一时薄利私自行动坏了名节。"呵呵，张建设每每这么敲打他公司招揽的业务员。刘吉祥总是第一个高调表态，用忠诚的语调宣示自己兢兢业业遵守各项制度规定，一副忠诚老实的态度让其他人鄙夷不已。逢年过节或者即使不是啥子节日，刘吉祥时不时要给师傅送去一些礼物，无非茶叶烟酒及各地赠送的土特产，重要节日的礼物自是重了，超市的购物卡他从不吝啬。张建设五十岁生日那天，他送了五千块的购物卡。生日宴会上的张建设颇为感动，赞扬他是一个知恩图报的人，一个脱离了低级趣味的人，一个能干成大事的人。两人碰着杯两个脑袋抵在一起，亲密得像是两头要战斗的公牛。冷眼旁观的张海山频频以咳嗽暗示自己的不满和对父亲的提醒，但被刘吉祥忠心感动的张建设深陷刘吉祥恭维的泥潭难以自拔。他拿目光训示张海山后，将他叫过来说："吉祥这个人不错，对人一个忠字一个诚字，这就很了不起了，我帮过的人不计其数，可真正知恩图报将我放在心上的唯吉祥一人，你对吉祥能帮衬就多帮衬，一个农村娃闯世界不容易。"张海山点着头，三个人又是一阵砰砰地干杯。"你别给我爸捅娄子，我爸认不清人，我可认得清。"张海山对刘吉祥发出了严厉的警告。点头哈腰的刘吉祥一个劲儿喝酒，似乎他没喝过这高端的白酒。"你啥玩意我不清楚，要不是思然爸妈忠厚老实放了你一马，你个强奸犯还有资格跟我在一起喝酒吗？强奸罪至少要判八年刑，情节恶劣的，还要加重刑期。"刘吉祥哈出一口酒气，听着心里另一个自己对张海山发出了严厉乃至严酷的鞭挞。

这样的日子好啊。刘吉祥看着一路绿灯为自己通行做了最大的保障。"把这城市最繁华的大街走一遍，"刘吉祥给代驾司机发出了一道新奇的指令。司机猛踩油门，车子如生了垂天巨翼，驮着他飞向了金灿灿的世界。

当刘吉祥接到另一个线索的时候，刘天科小心翼翼地发来了信息，"事情有进展吗，最近正在调整干部，新领导马上到任了。"他寻思良久，不知如何回复，遂不再理会。隔几日，刘天科的信息再次叩响了他的手机，"经费不够的话，我再打，请把卡号发来。"银行汇款颇具风险，他思索良久，还是挡不住钞票翻卷的声响，遂在夜里发去了卡号信息，并安抚曰"正在进行中，勿躁"。那边很快给那张卡上汇了款，数量超出了他的想象。好，好得很。抚着那张盛满巨款的银行卡，似觉卡的身子越来越沉，生怕这只藏着钱的巨兽飞了，他将它紧扣在掌心，用了全身的力量，那巨兽的身子如燃起了巨焰，他听到了钞票疯狂地大笑。好事接踵而至。崔等来在木耳沟的煤矿冒顶了，两名矿工被埋在了井底。线人给他打来电话，"好个崔等来，终于让我等到了猎捕你的机会。"他狞笑着，驾车连夜向柳庄狂奔。

刘吉祥找到那个逝者胡前进的家属，他们脸上风平浪静几乎看不到哀伤的阴影。隐约记得他们小学曾经同班，嬉笑玩闹时演坏人的刘吉祥经常把演好人的胡前进打得满地翻滚。

"前进可怜得身子还没找到。"胡前进的父亲说着说着就老泪纵横。起初那个下巴卷曲着胡子的老人吞吞吐吐。结婚才半年的儿媳屡屡拿目光示意和警告。老人频频张开的嘴巴被儿媳打岔的话语堵塞了,"前进早在矿上不干了,跟他舅去西安建筑公司盖了几年楼房。"儿媳妇扔过几句定性的话语堵死了刘吉祥辗转寻找的答案的企图。

"我表弟前年在矿上没了,崔等来一次性给我大姨二十万,又把我二老表招到矿上,每个月还给我大姨家五百块生活费,一直管到我大姨我大姨夫过世。"刘吉祥给胡前进父亲发了一根烟说,"我姨我姨夫的后事崔老板也管,该唱老戏就唱老戏,该唱孝歌就唱孝歌,身上里三层外三层都是崭新的,柏树寿木里三层外三层都上桐油,埋在地下不怕虫吃不怕水淹不怕土蚀,放个七八年一点问题都没有,我姨我姨夫笑得啊嘴巴几天都合不拢,这个崔老板比亲生儿还孝顺。"

说着说着,刘吉祥发现他们的脸色起了变化,扎了马尾辫的小媳妇端着凳子直往他身边挪,生怕他的话被风吹走了或被猫给叼跑了。胡前进的父亲牙齿咬着嘴唇,脚在地上碾压着烟头,间或吐出一口口浓痰,后来胡前进的母亲控制不住情绪一把鼻涕一把眼泪地号哭着,骂崔等来:"同样是死在了矿上,为啥待遇差别竟然那么大?都是一个村的都是农民都不沾亲不带故,为啥就差别那么大?我前进的命就不是命了?"裸着上身的胡前进的弟弟早已穿上了圆领衫:"我去找矿上算账,欺负人也不是这么欺负的。"

哈哈,计谋生效了,任何时候都要拿脑子想问题而不是凭一腔冲动。胡前进的父亲颤巍巍地拿出了收据及与矿上签订的承诺书、协议书。刘吉祥看着每张纸上血红的手印,说:"你们应该联合起来,崔等来是封你们的嘴巴,你们两家一定要联合起来,那两个协议都是非法的,废纸一张,比擦屁股的手纸还肮脏,他应该害怕你们,发生了事故还瞒报本身就是一种犯罪,他要是不接受你们的要求，你们就找媒体，媒体一曝光，他不但赔得更多还要接受法律的制裁。"

轻而易举地，刘吉祥就获得了重要的证据。"你们去找崔老板，"刘吉祥给他们支着儿说，"先不要埋人，弄个冰棺，把人放里头，三天后你们去煤矿，到时候有大批的媒体记者帮助你们。"

他们感恩戴德地拥着刘吉祥。胡前进的父亲将刘吉祥送到路边的核桃树下抓着他的手说："前进媳妇还想分钱，说是她男人拿命换来的，钱她要拿大头，还说她肚里早怀了前进的骨肉，她找懂法律的人咨询了，肚里的娃娃也有继承权，钱该给那母子两个分，你说这对不对？前进大部分时间在矿上很少回家，咋能叫她怀上了娃，她拿了钱跑了改嫁了我们不是人财两空吗？"

想不到还有这等棘手之事。

胡前进父亲求助的目光深情地注视着刘吉祥，身子吊在空中的虫子顽强地挣扎着，它们妄图攀缘着自己的丝再次回到树枝上。"她说得对，法律是这样规定的。"刘吉祥避开胡前进父亲洋溢着希望和憧憬的目光。"那咋办？"胡前进父亲望着空中衔着丝荡漾的青虫说，"叫前进媳妇嫁给前进兄弟咋样，肥水不流外人田，钱留住了人也留住了，前进兄弟俩感情好，他兄弟和他嫂子成了夫妻，前进应该也是满意的。"刘吉祥想不到胡前进父亲会使出这个妙招，前进的媳妇会同意么？"犯法不犯法？"胡前进的父亲问。"不犯法。"刘吉祥说。"不犯法就好，这个家还是我说了算。"胡前进的父亲打开眼前吊着丝的虫子，猛地提高了声音。

崔等来想捂盖子的思想让刘吉祥的阴谋又一次得逞了。在翔实证据的炮轰下，崔等来派来和刘吉祥谈判的办公室主任哭丧着脸溃败得一塌糊涂。刘吉祥接过装钱的塑料袋不顾限速的规定一路狂飙着奔向洛城。子夜时分驶出了高速,看着洛城璀璨的灯火,刘吉祥在无人的广告牌下撒了一泡从柳庄憋过来的热乎乎的带着腥臊味的尿液。流浪吧,奔跑吧,刘吉祥目光温柔地飞向璀璨的夜空,我爱你们,他对着繁华喧嚣的夜空发出了狼一样的咆哮。

岂能饶过你。你的恶,你的凶,你的饕餮,你的无良,你的煤炭一样恶黑的心肝。是的,冥冥之中一定有一只惩恶扬善的手,虽不在庄严的法庭,但道德的律令早该将崔等来之流绑缚刑场,那如山的财富还不如一疙瘩煤炭给人间带来的光热,你对他实施的惩罚则代表了一种正义,虽说这迟到的正义已不是正义,但那正义毕竟发挥了作用。

那时刘吉祥心里一瞬间翻腾过他所认知的事理,对也罢错也罢,这就是现阶段他所总结的奇葩的真理。自己被几个蒙面人挟持的画面一闪而过,王大路等尘肺病患者你们可以瞑目了,这回,虽不至于让崔等来破产但足以让其颜面丢尽。他将线索发给了行内几个朋友,这些人和他一样干着同样的营生。有价值的线索大家分享,这也是雨露均沾利益最大化的基本原则。一波波的采访者,如一群食腐的秃鹫。几周后,他终于看到了崔等来木耳沟煤矿被关停整顿的消息。哈哈,崔等来就是有三头六臂七十二般变化也绝对想不到,这个曾被他捂着盖着打点得毫无破绽的矿难,最终会被刘吉祥给掀了盖子。"嘀"的一声来了条手机短信,称他的银行账户涉嫌洗钱,让他尽快与李警官联系。骗子,他冷笑着删了,目光却长久地注视着刘天科的信息。许久都没收到这个人的催命短信了,他挠着因思虑过度昼夜不停落发的脑壳,似乎看见自己深陷一个被鲜花荆棘掩盖的泥淖。

"天呀。"他拍着大腿嘴里哦哦地叫着:"真是天助我也。"他将那张报纸翻来覆去地看着，直到千真万确地确认那个人就是刘天科时，他兴奋得跳了起来，他甚至拍了拍身旁人的肩膀。"神经病"，在旁人不解的叱骂中，他像一只跳出泥坑的青蛙发出一声声大叫。无怪乎几个月不骚扰我，原来刘天科进去了。据官方发布的消息，刘天科因涉嫌巨额贪腐被双规，目前正在接受组织的审查。安全了，进去的他敢向自己索要见不得人的活动费吗？他敢将这见不得阳光的丑闻公之于世吗？那几天刘吉祥像踩着五彩云霞，像生了翅膀，带思然接连去了洛城的霓裳、云间、河畔、洛水等名店，吃了喝了醉了兴奋了，疑惑的思然再三询问，刘吉祥始终不肯吐露半个字的秘密。

好啊。天生我材必有用，我辈岂是蓬蒿人。岑夫子，丹丘生，将进酒，杯莫停。他觉着身体与车子融为一体，似乎自己成了钢铁巨人。飞吧，他向着坐落于洛城开发区的锦湖观邸狂奔。

要买就买高端的，紧邻花香鸟语的湿地公园，一条河从小区逶迤而过，站在房间的阳台，能看到远山含着缥缈的烟雾，再极目最远处，似可看到高踞山巅的寺庙雄伟肃穆的身影。恍然传来的鸟鸣让刘吉祥的思绪如烟如雾，不被人看好的二十五楼最终在售楼小姐莺歌燕语的推销中签下了合约，虽是按揭贷款，但按目前财富积累的模式和速度，自可将还款的速度大大提前。请享誉业内的家装公司做装修，这人生的第一套房怎么奢侈都不算过分。坐在阳台的茶吧悠闲品茶，注目那若有若无的云雾缠绕在远山，穿过小区的湖水倒映着高楼的光影，色彩缤纷的鱼群在水里摆着妖娆的仪态，河水梦幻般的呢喃让人恍入仙境。书房自然是必需的，会客写作习字，那是艺术人生的必要装置，诗该写了，四年没写一个句子，偶尔萌发了磅礴的诗意，可写出的却惨不忍睹，哪还有一个才子曾有的智慧呢？从前的五千首可以出个集子了，就叫《吉祥诗选》或者《吉祥诗歌大系》吧，请名人写序推荐是必须的，最少得请十几个著名的评论家和诗人吧，起码得涵盖当今诗坛各个年龄段的大腕吧，让他们的序言和我的诗歌一起流传乃至不朽。

哈哈哈哈！

刘吉祥站在散发着浓重甲醛味的房子里发出野兽般的号叫。


二


当思然惊讶于刘吉祥变得越来越阔绰的时候，她意外地接到了查四会病重住院的消息。父亲坟头的草已长得极为茂盛，尤其到了黄昏，众多的鸟儿齐聚于遍布草木棘刺的坟头，鸣唱的声音此起彼伏，似是开了一场盛大的演唱会。

"你爸生前爱看电影，为看一场露天电影，能跑几十里路，生前是个闷葫芦，一天说不上几句话，死了话多的，都叫这些鸟说了。"水莲念叨着，母女俩看着一群野鸡拖着华丽的尾羽咯咯叫着飞出坟茔，彩云般地落入茂密的山林。水莲捡了几个野鸡蛋，一只野兔惊慌地跃出草丛。"坟上的草割割吧。"思然望着被草木占领的坟头说。"不能。"水莲恫吓的语气阻止了思然欲抓镰刀的手。那把刃口依然锋利的镰刀闪着晦暗的光泽，刀柄被手掌抚摸出光滑的云朵样的圆晕。"思然你好久都没回家了，爸想吃你买的烧鸡。"思然仿佛看见父亲挥着乌黑的大镰，饱满的麦穗点着头，金黄的麦秆纷纷落地。

"坟上的草不能随便割，割了会惊动地下的亡魂，亡魂出了坟遇人伤人遇物伤物。"水莲抓住了思然举起来的镰，"要割，也要到每年的大寒，这天亡魂不在家，悄悄割了他不晓得，想想，你在他的房顶上折腾，他会以为你拆他的屋子，他会让你好过啊？"

水莲看着思然脸上罩了一层哀怨的雾气。

查四会佝偻着腰从小路上走过，他竭力将腰挺直了，身子还是不由自主地往前倾斜："等到大寒了，我会找人收拾的，你不用操心。"

思然看着阳光沸腾的地面上查四会的影子摇摆得像一只坠落地面挣扎扑腾的老鸹。

"给你爸修建墓廊的石材都预订了，等我的身体好一点，找人看个日子就开工。"查四会蜡黄着脸，似乎从思然的神情上看到了她心思。

"你咋了？身体这差的。"思然望着这个曾经威武雄壮的人。

"老是肚子疼，吃了好多药都不顶事。"查四会抚摸着腹部说，"该不是你爸叫我吧？我去了也好，省得他一个人心慌。"

"净胡扯。"水莲端来凳子，查四会摇摇摆摆地将屁股放上去。"到大医院好好查查。"水莲看着查四会芜杂的头发说。

查四会摇摇头："不用去医院，过过就好了。我实在忙得走不开，自来水正在铺管道，通往黄村的路还有几个地方没打通，海山请的规划师要来开乡村建设论证会，天麻栽培技术培训班也要开班了，时间紧得很。"

"那些事也不是一天两天就能做完的。"水莲说，"要紧的是身体要好。"

查四会望着停在路边的挖掘机说："不碍事，我身体听话得很。"

"为啥崔等来的庄园停工了？"思然问。水莲说，"墓园也停了，工头通知我们最近不用去。"

"我好长时间都没看见崔等来的奔驰越野和房车了。"查四会站起身，望着天边变幻的白云说，"他出事太正常了，不出事才不正常。他答应给村上建设投的钱一直没到位。"

"还是我们老百姓踏实，"水莲接了一句，"我们不用满河滩寻找白色的石头了。"

各种消息接踵而至。

崔等来被有关部门带走接受调查大半年后，崔氏庄园的修建彻底停止了。雨断断续续下了半个月，这是柳庄历史上最长的雨季，那绕山而建的黄色围墙彻底坍塌了，一群挖掘机朝虚空里举着生锈的长臂，几座亭台楼阁孤零零地站在废墟上，那被破坏的山体流淌着黄色的泥浆，堰塞湖上漂着几只柳庄不常见的野鸟。

转眼进入秋天，思然看到病床上沉睡的查四会时，医院的银杏树已开始飘着金黄的落叶，窗外偶尔传来若有若无的歌声，一只猫贴着玻璃望着屋内沉默的人。

水莲望着输液管里流动的液体悄声说："他年轻时得过黄疸肝炎，那时候条件不好，他拿茵陈泡水喝，十几年都没犯，上个月疼得卧了床，想不到一检查就是肝癌，还是晚期。"

思然看着几颗泪淤积在查四会疲惫而深陷的眼眶里。闻讯而来的刘吉祥交了一笔医药费后，护士才挂上吊瓶而没有将欠费单扔在床头。

"挂那些液体屁用没有，"查四会的眼睛勉力睁开一条线，"你们忙的，我都住两个星期了，我这病是老病，回家养养就好了。"

刘吉祥握着他鸡爪般干瘦的手安慰道："听医生的，好好治疗，很快就会好的。"当水莲念叨刘吉祥垫付了医药费时，查四会的眼泪就不受控制地顺着脸颊恣肆流淌，他抓着刘吉祥的手，嘴里念叨着："我一定还，一定还，不住了，出院吧。"

"你好好看病，钱不是问题，"刘吉祥任查四会抓着他的手，安慰说，"现在医学这么发达，没有治不好的病。"

"四会老念叨你，说你在洛城把事情做大了，柳庄人说起你都是满嘴的夸赞。"水莲不想让查四会难堪，便絮絮叨叨地转述着他曾说的话，"他见人就说你好。说你是浪子回头金不换。他为常骂你糟蹋你声誉觉着后悔，他要当面给你说个对不起，但他好面子，见了你就不好意思开口。四会人心肠好，但嘴直，把好多人得罪了。他和海山谋划着，给家家把自来水通到家门口，水龙头一开，白花花的水就哗哗地流出来。肝病发作干不动了，他就到工地给干活的人泡茶端水发烟。烟和茶叶都是他从自己家里拿的。他还拿自己的钱给村上干活的人发工钱。他眼巴巴地等着自来水进家那一天。"

"说那些干啥？"查四会看着输液瓶说，"早日喝上干净卫生的水，我们得怪病的人就会越来越少。张海山一个外地人，每天都扑在自来水工地上，我们再拖拖拉拉不热心就说不过去了。"

"你先把病看好，"水莲嗔怪地道，"修自来水又不是一天两天的事。只要你病好了，比啥都强。"

"我怕是等不到那一天了。"查四会的目光突然黯淡，"我爷得的是肝癌，五十岁去世了，我爸得的是肝癌四十五岁不在了，我现在四十八，比我爸还多活三年，我们基因里带着，这就是命。"

知道隐瞒不住了，水莲说："过去医学不发达，现在医学发达了，医生说能看好，你要增强信心。"

查四会脸上露出苦笑，就昏睡了。

"你和刘吉祥抓紧把婚结了。"醒来的查四会抓着思然的手满眼里充盈着希望和亮光。

趁刘吉祥和水莲不在病房，查四会从床头的皮包里取出一个油纸包："这个给你。"

思然觉着塞在手上的物品陡然增加了重量。

"这是啥？"思然双手掬着沉甸甸的油纸包问。

"金子。"

查四会眼里闪出一道金灿灿的光芒。

"这是我在秦岭桐峪金矿打工攒下的金子，有的给你妈打了手镯，有的做了一根小金条放在你爸的棺木里，有的缺钱用的时候低价兑成了钱。这包金子送给你，急用的时候可以到银行兑。"查四会低沉着声说，"金子的事千万不要给刘吉祥说，也不要给你妈说，任何人都不要说。那个金老板暗中一直派人在找我，这回他再也找不到我了。"

查四会望着空洞洞的病房，突然发出一阵喑哑的笑声。

柳庄的狗吠在凌晨的路边回响，刘吉祥放慢了车速，他听到车里突然传来了水莲的抽泣。

三

"两个男人都走了，我要到处跑跑，在哪里跑不动了，就在哪里歇下来。等柳庄漂亮了有人来旅游了，我就回去搞民宿。"

思然耳边常常想起水莲的话。比起母亲,自己很是缺乏那份敢爱敢恨说走就走的勇气。七月水莲就独自去了内蒙古。那个地方天大得无边,草原大得无边,牛羊多得无边,和牛羊在一起,比和人在一起舒服多了。水莲在电话里告诉思然:"这里有柳庄人,有柳庄口音就像有了通行证,就像是找到了亲戚,我们和羊住在草场,羊太听话了,吃饱了就睡在草地上,比娃还乖。"水莲的声音听着像是飘在天边洁白如雪的白云。"你结婚的时候妈一定回去喝女儿的喜酒,不要挑了,吉祥那娃好,跟着他没错。"

思然听着心里暖洋洋的。其实,水莲去了内蒙古还有更深的意味。还记得思然生下的屁股上有莲花胎记的孩子吗?她骗思然,那个孩子夭折了。其实,她悄悄把那个孩子送到了儿童福利院。她寻思着,日后如果思然和张海山能结婚,这个孩子还可以回到他们身边。假若没实现,未婚的思然不可能带着一个孩子啊。那像啥,一辈子不是叫这孩子给拖累了给毁灭了吗?哪个男人愿意娶一个未婚的还带着拖挂的女人?但这个隐秘不能给思然说。水莲常去儿童福利院看海子,给海子买这买那的,她盘摸给海子找一个好点的人家,让海子将来有个好的归宿。王大路死了,查四会也死了,孤独的水莲突然决定自己养着海子。她要将海子养大成人,至于以后让他认不认自己的母亲,那要看将来的发展。当水莲兴冲冲地赶到福利院,胖胖的杨院长告诉她,海子玩耍时丢失了,怀疑被在福利院做饭的内蒙古人黑雷根拐跑了。虽然杨院长再三道歉,说警方已经立了案,海子会找回来,黑雷根会被抓住,但水莲还是气愤不过地将她骂得狗血喷头。冷静过后的水莲做了大胆的抉择,她要去内蒙古找她可怜的孙儿。当水莲带着海子的照片及有关黑雷根的信息坐上了去包头的火车时,思然正蹲在洛城的十字路口给殁去的王大路和张翠香焚烧纸钱。

纸灰像灰色的蝴蝶在空中飞舞,暮色笼罩的街头一摊摊焚烧的纸钱,一个个神色肃穆的祭奠者注视着燃烧的火堆,暗红色的火焰无声地燃烧着,青色的烟雾在马路上缭绕。"爸呀,翠香奶奶。"思然低语着,手往火堆里添加着冥钞。突然平地起了一股风,焚化的纸钱漫天飞舞,"你们来了么?"思然低语着,似乎王大路和张翠香躲在看不见的暗处。思然面朝着家乡的方向,说:"爸,我们都好好的,你放心吧。奶奶,你送给我的荷包里还装着那么多钱,感谢你啊。橘子乳腺得了不好的病,王一盘在医院伺候她,估计一时半会好不了。"风发出怪异的笑声,一群排队等着焚烧纸钱的人,思然看着纸钱焚化起身离开,才走几步,就见穿着橘红色工装的保洁将那尚冒着青烟的灰烬扫进了簸箕。

叮咚,手机信息显示银行卡上来了一笔钱。水莲说她吃饭不花钱住宿不花钱,在那荒无人烟的草原上钱就像废纸。思然的眼睛潮潮的,她给母亲打电话,可手机里一直是刺啦啦的噪声。是哦,那茫茫如海的草原,凶恶的狼群虎视眈眈,天穹翱翔着饥饿的苍鹰,冰雪覆盖着山巅,打个电话也许要爬几个山包。思然盘算着,趁夏日未尽,一定去草原看望牧羊的母亲。

病床上的橘子看见提着牛奶和水果的思然着实惊讶,她挣扎着坐起身,拍着床边打盹的王一盘说:"思然来了。"

王一盘真是瘦了,脸皮耷拉着,几根头发乱糟糟地盘在头顶,胡子粗野地占领了下巴及脸庞上的部分区域,他和思然打了招呼后,呆呆地看着输液管里无声流动的液体。

橘子抓住思然的手说:"没想到你还来了。我反反复复住了几次医院。多亏一盘,不分黑天白夜地伺候我。他嫌医院的饭没营养，在家里给我煲汤做饭，我以前咋没看出他还有这么好的手艺？"

"以前不是没有表现的机会嘛。你霸着位子，从来不让我试一试。"王一盘给橘子剥了一根香蕉说，"人在大风大浪的关头才能看出担当和本领。"

"一表扬就翘尾巴。"头发几乎落尽的橘子包着头巾，她抓着思然的手不放，"姐以前有些对不起你，还请你体谅。我得乳腺癌三番五次地化疗后，想了很多，真是想透了人生。"

思然说："姐，你安心治病，这个病恢复起来快得很。"

橘子苦涩地笑着说："我好不容易从学校调到了教育局，马上要提拔了，却得了这个不好的病，看来我这辈子和当领导无缘。"

王一盘赞扬她说："你进步也够快的，比我强，等你身体好了，照样可以提拔，不影响的。"

橘子拿目光盯着他说："这次出院后咱们就真正离婚吧，我多分的财产再分给你。以前为了买房假离婚，其实那个时候我已经知道自己得了不好的病。你要是真的爱杜晓晓，杜晓晓也是真的爱你，你们就结婚吧。我不会再影响你们了。"

王一盘脸上浮现了复杂暧昧的表情："当务之急是给你好好看病，我再结不结婚无所谓的。"

橘子目光盯着天花板说："我反省了自己，对你的关心太少，对你的体谅宽容不够，对你的要求太苛刻，经常对你冷嘲热讽的，对咱妈也不够孝顺，对士杰太狠太严，我不够漂亮，不够温柔，不够贤惠，不够善良，过于追求物质和名利，满身都是缺点。我也对不起你的前妻李晓慧，让你们好好的家庭破碎了。如果再往深处追究，我还对不起浅予，让她小小年纪就失去了父爱。"

王一盘擦着橘子的泪水说:"咱们又不是开组织生活会,你没必要这么严厉地检讨自己。"

橘子的泪水止不住了:"说出来了就觉得心安了,原谅不原谅理解不理解那是你的事,万一我走了,想说都没机会说了。"

"我从来就没怪过你。"王一盘抓着橘子的手哽咽着说,"好好看病,就是把房子卖了也要给你治好病。"

那一刻,被感动的思然心中暖暖的,她拿出一个信封说:"姐,你安心养病,不要胡思乱想了,这是我的一点心意。"

橘子有气无力地推辞着说:"咋能收你的钱?你挣钱太不容易了。"

思然将信封搁在桌上说:"我前几天梦到了奶奶,她给我托梦说你病了,还再三交代以她的名义给你买点营养品。"

橘子突然哭出声。

思然走到了门口,橘子却招手将她喊回来,橘子让思然的耳朵贴着她嘴巴,思然听了几句就连连摇头,慌慌地离开了病房。

王一盘将思然送到电梯口,王一盘问:"橘子把你叫回去说啥,神神秘秘的?"

思然羞红了脸说:"她糊涂了,胡说八道的。"

王一盘不好追问,便说道:"橘子乳腺癌晚期,虽然手术很成功,也化疗了几次,但以后啥情况难说得很。原打算我和杜晓晓国庆节结婚,橘子的病一搅和,这婚一时半会也结不成了。"

思然看着顾虑重重的王一盘问:"晓晓啥意思?"

"不清楚,最近我们很少联系。我忙的,单位一大堆事,还要日夜守在医院里。"王一盘看着往电梯里拥挤的人说,"抽空你给晓晓做做思想工作。"

临进电梯前，思然说："你要是实在忙不过来，就给我打电话，我到医院服侍橘子姐。"

王一盘点点头，目送着思然被下降的电梯带走了。

"国庆咱们结婚吧。"

当刘吉祥说出结婚的日子，思然不假思索就应了。房子装修得颇为豪华，在刘吉祥的解说下，思然像一个女王巡视着他们未来的领地。"咱们的新生活从此拉开了序幕，"刘吉祥拥着思然，落地窗外的天空碧蓝如洗，陌生而新鲜的世界蓦然从窗外扑来。

阳光暖烘烘地照着地板上挣扎扭动的人。刘吉祥的手忙碌着、嘴忙碌着、身上的肌肉忙碌着。思然阻挡着刘吉祥的疯狂进攻。蓦然间，那狰狞变形的脸像一只恶兽向她扑来，她嘴里发出惊恐的喊叫，手凝聚了全身的力气，抓起身边一块残缺的砖头。

后来思然冷静地坐起身，看着地上迸溅的血液，头脑里详细地复盘了事件的始末。

刘吉祥被她恶狠狠的语言刺伤后，手依然没有停止疯狂的动作，"我都等你了十几年，"刘吉祥的言语变得含糊不清，"为啥还这么藏着掖着，咱们马上就要结婚了，早晚都要来的事，为啥还封藏得这么严密，你内心是不是还想着那个人？"

刘吉祥的脸凑上去，似乎想把整个人钻入她的身体。她抓了一把，就像当年抓张海山一样。事情复杂了，刘吉祥不再观察，他本身要酝酿一首诗的。孰料，他的身子钉上去，"你还给我藏着掖着，你十几年前给张海山的时候咋不藏着掖着，你是不是忘不了？你们一直联系着，人家都结婚了你还联系着，你跟人家藕断丝连你们来往得太热烈了，第一次就那么难忘吗？"

刘吉祥彻底疯了，似乎恶魔附了身，污言秽语像一群没有情感的子弹向着思然的身体噼里啪啦地狂射。

思然蠕动的手抓住了地上那块残缺的砖头。

起初她以为刘吉祥是伪装的。"别装了，你现在变得越来越混蛋，打你一砖让你清醒清醒。"思然说，"我的那点事情要是让你心里过不去，咱们就算了，没必要再苦耗着。"刘吉祥的嘴巴闭得紧紧的，像一只紧紧地咬合着壳的河蚌。"咱们到草原上去结婚吧，我妈在那里放羊，咱们也在那里当牧人，放着一群牛羊，多好。"思然久久不见刘吉祥回应，她伸手试了试刘吉祥的鼻息，觉着自己的身子似被抽掉了魂魄和筋骨，软绵绵得像是无法飘散的凝固的烟雾。

自来水入户那天，天蓝得极不真实，倒是村子翻腾的喧嚣让空气里飘逸着一阵阵爆竹的香味。思然将老屋所有的门窗都打开，憋在房里的浊气呼啸着逃往洁净的空中。哗，思然拧开水龙头，水掬满了双手，一口气喝进了肚。"生水少喝些，你胃不好。"刘吉祥虽是这般叮嘱，他却更夸张，头塞到水管下，嘴巴含着水龙头，任清亮的水欢叫着冲入自己的肚腹。扑哧，那肚子到底是承受不住，一股水从嘴里喷出来射向阳光奔腾的高空。

"张海山这回做了一件真正的好事。"刘吉祥望着地上白花花流动的水说。

思然却去了父亲的坟地。

她将一杯清亮的水放在父亲的坟前，跪下身说："爸，我们每天都可以用上自来水了，你尝尝，真正的无污染的矿泉水，我们再也不用和牲畜在一条河的脏水里扑腾了。"

她还告诉父亲："他和刘吉祥马上就要结婚了，洛城的房子已经装修好，虽然要还三十年的房贷，可我们年轻轻的，那点贷款不算个啥。刘吉祥这个人不坏,但毛病也不少,你说的,人谁个没有毛病呢。我妈在内蒙古放羊,我和吉祥准备在草原上结婚,过年我们要是回不来了,我就在大草原上给你烧些纸钱,你别赌气不捡。"

草窝里扑棱棱飞出一只鸟,它冲思然唱了几声,猛地冲向了高空。

思然将一缸子清水洒在查四会坟前,她给那个安睡在地下的人说:"叔,我妈去大草原的时候给我说了,我过去常错怪你。你帮我家干活的时候,我藏你的烟你的打火机,往你的碗里偷偷撒一大把盐,还给你起了六七个难听的外号,你知道是我干的,但你从来不给我妈说,也从不责怪我。你每次来都给我买东西,可惜我把那些东西都扔了,现在后悔死了。"

"爸,"思然喊了一声,看到从王大路坟头飞走的那只怪鸟默默地落到查四会的坟头,嘎嘎的叫声塞满了天幕。

天麻小镇的建设已见雏形,自来水进了家家户户,黄村公路打通那天张海山倒下了,巨石下的炸药一直没有爆炸,张海山去检查的时候,嘡的一声巨响,那块巨石炸裂了,飞起来的张海山看见一列高速列车正沿着亮闪闪的轨道向柳庄驶来。

# 后记

如影随形，她与她的目光艰难地跋涉在坎坷的路途中，金色的树林里分岔出无数小径，金黄的叶片描绘着旷野的繁复，群山如涛，溪流争鸣，没有一条大道安然地通达人间，她像一只色彩斑斓的大鸟，从春走向了秋，她的长唳击破了林间的沉静。

再次遇见已是十几年后的秋日。街市横亘，车流如沸。红灯阻隔着车辆和人群，某一刻，我与她在十字路口偶然相逢。她的目光抓住了我，像是赶赴一场期待已久的约定，她目如闪电，我看见被击中的我在白昼里闪现出灿烂的火花。

故事开始了。她阖眼垂目，纤长的睫毛颤悸着，她的讲述打开了时间之门，我似乎驾着一列满载糠秕稻谷鸟兽的长车轰隆隆沿城市向山林穿行。

犹如一个魔法师，她和她的故事在头脑里发酵乃至沸腾，我辗转反侧难获安宁。某天，故事终是熟了，杂花生树，鸟雀欢鸣，我闻到了她的诱人芬芳。

创作的路途迷人而艰辛。大部分在夜间，通常在某个落差，经历了昨日光鲜的寻访，也许是好友文琴，今天会说不再追随，终其关系的争吵。愿外人的关爱，就乘坐在他们委屈的臂膀中少了守护，就人人又化之。面其重要上自己反精神的香气息。所以月。2022年1月她完成了小说的初稿。非典的口罩成为人的第二张面孔，或是居家，或是围城，筛选伪造流浪汉中，她反复说，《如花》装线织了链情的疲惫轮。我送天赐，在她身上使推了自己，完成了长篇小说的一次修炼。回到这才是真一部长篇。他疏于亲爱又重，她的生活在看天能家事的冬日的日常中，她走进了文学的沸腾氛围。长篇小说就是为将来的生活的铺排地做技术上的准备，图天，主题，故事、家人、友谊……这也是关键的新的创作在时间与空间深刻的拓展。言之具有人物，词语，细胞、地方、善意的隐情扩围力。虽然然后是许多未来文体之化，都还当中的一个世界的入铜道，她就是我表达说这世上，如果是说火山爆发的的冷度越大的节。作品的文化力了生作件基底的真力，才是居于下属的气生则那拥有的自己。自信自己在创造也同样，而生也是蓬勃的自生，双又灌溉着自身，她就投到了我的返这样吗，她还会一种活刃月喜，其少难传的生存者吗？在自信与欺辱中，并一切高力潜，她又看不如来此。也许这也会的意，而她皆有真实生的女人的方，是放红果出来的呀。她没去想过自己的个人间。

《如花》写完了。冬日的挣扎和什么摘满了玄色的荒漠，徘徊一颗一颗子细致的话语与何步，她月光透出满意的青凉，她的故事就是你的故事，如人间信任！你，如我。